中国古典文学
读本丛书典藏

楚辞选

金开诚 高路明 选注

人民文学出版社

图书在版编目（CIP）数据

楚辞选/金开诚，高路明选注. —北京：人民文学出版社，2021
（中国古典文学读本丛书典藏）
ISBN 978-7-02-016715-9

Ⅰ.①楚… Ⅱ.①金… ②高… Ⅲ.①古典诗歌—诗集—中国—战国时代 Ⅳ.①I222.3

中国版本图书馆 CIP 数据核字（2020）第 210473 号

责任编辑　李　俊
装帧设计　陶　雷
责任印制　王重艺

出版发行　人民文学出版社
社　　址　北京市朝内大街 166 号
邮政编码　100705

印　　刷　三河市鑫金马印装有限公司
经　　销　全国新华书店等

字　　数　205 千字
开　　本　880 毫米×1230 毫米　1/32
印　　张　11.375　插页 3
印　　数　1—8000
版　　次　1998 年 10 月北京第 1 版
印　　次　2021 年 9 月第 1 次印刷

书　　号　978-7-02-016715-9
定　　价　42.00 元

如有印装质量问题,请与本社图书销售中心调换。电话:010-65233595

目 录

前言 1

屈原
  离骚 3
  九歌 57
    东皇太一 58
    云中君 61
    湘君 65
    湘夫人 72
    大司命 78
    少司命 85
    东君 90
    河伯 95
    山鬼 99
    国殇 104
    礼魂 107
  天问 109
  九章 158
    惜诵 160
    涉江 176
    哀郢 187
    抽思 201

怀沙 214

　　思美人 226

　　惜往日 240

　　橘颂 251

　　悲回风 256

远游 279

卜居 312

渔父 322

宋玉
　　九辩 331

前　言

　　"楚辞"按其本义来说就是楚人的歌辞，它是用楚国方言按照独特的语言方式写作，富有浓郁的楚地色彩和风情，并且有的还能够歌唱的一种诗体。楚辞这种诗体最早产生于楚国民间。伟大诗人屈原就是在学习和接受了楚国民歌的基础上，发展了"楚辞"这一新诗体，并以其光辉的创作奠定了楚辞的典型形式。

　　"楚辞"经过流传，至西汉末年由刘向编辑成书。刘向所编《楚辞》十六卷，除了收有二十五篇屈原的作品，还有屈原之后，自宋玉至西汉时期一些模仿屈原、用楚辞体写作的作品。东汉王逸为楚辞作注，成《楚辞章句》十七卷。《楚辞章句》收录屈原作品共二十五篇，即《离骚》一篇，《九歌》十一篇，《天问》一篇，《九章》九篇，《远游》、《卜居》、《渔父》三篇。《楚辞章句》是我们今天所能见到的、最早收录了屈原作品的著作。

　　屈原是"楚辞"的开创者和最主要的作家。屈原名平，出身于楚王朝的远房宗族。根据近代一些学者的研究，比较合理的说法是，屈原生于公元前三五三年（楚宣王十七年）的正月二十三日。在楚怀王时期，屈原先任三闾大夫，这是一个与宗族事务有关并负责督导楚王朝贵族子弟的职务。之后，屈原又任左徒之职，"入则与王图议国事，以出号令；出则接遇宾客，应对诸侯"（《史记·屈原列传》）。起初，楚怀王很想在政治上有所作为，因此能够接受屈原的进步主张，对内修明法度，对外联齐抗秦，使楚国的国势一度出现上升的趋势。但是，屈原的进步主张和变革措施严重损害了整个旧贵族势力的利益，于是发生了激烈的政治斗争。屈原遭到来自楚国的贵族集团的诬陷和迫害，楚怀王也终于疏远屈原并使政治变革中途夭折。屈原的变革主张,概括起来说就是通过修明法度与举贤授能来实现楚国的富强。修明法度与举贤授能在战国时代都有明确的针对性,前者反对旧贵族违法乱纪、为所欲为;后者反对权贵世袭与任人唯亲。二者都触及了旧贵族的根本利益,因此,旧贵族们必定要竭力阻挠变革的进行。

政治变革的失败,使楚国的形势急转直下。在此后的十余年中,楚国屡次遭受秦国的侵略和欺骗。随着楚国形势的转恶,屈原也一再遭受迫害。先是被斥离郢,谪居汉北。当他从汉北被召回不久,秦昭王约楚怀王会于武关,怀王被囚而客死于秦。顷襄王即位,屈原的处境更加恶劣,被流放到江南,一去不返。最初,屈原从郢都出发,沿长江、夏水向东南流亡,经过洞庭湖和夏浦,然后到达陵阳(即今安徽青阳县南的陵阳镇),在那里逗留九年之久。顷襄王二十一年(前278年)秦将白起攻破郢都之后,屈原又大致循原路西还,重经武汉地区,然后穿洞庭,入沅江,而至于辰阳、溆浦。屈原到达辰阳、溆浦之后,本来是不可能再有大的迁移了。但顷襄王二十二年(前277年)秦兵攻陷了楚国的黔中郡(郡治故城在今湖南省沅陵县西),迫近了屈原的流放地。因此屈原只得重入沅江,横渡洞庭,至于湘江流域。此时楚国大势已去,不可避免地要被秦国吞并。屈原在极度悲愤与绝望中,在长沙东北的汨罗江投水殉国。据考证,屈原的逝世当在顷襄王二十二年(前277年)或二十三年(前276年)。

屈原对楚国怀有深厚的感情,这与我们今天所说的爱国主义当然有很大的区别。但是,爱国主义是随着历史的发展而发展的,在种种不同的历史背景中有种种不同的具体表现。屈原作为一个爱国者,最关心的显然是楚国的兴衰成败及其在列国中的地位与处境,所以他的爱国之情首先就表现为参与楚国现实斗争的政治热情。正是这种热情,既支持他在斗争实践中百折不挠,甚至以身殉国;又凝结为一系列具有深刻政论性的抒情巨作。屈原的爱国热情还表现为强烈关心楚国人民的命运;深刻恋念楚国人民开辟和建设起来的美好乡土;尊重楚国的历史和文化并为之自豪;特别是他始终怀着由楚国来统一全中国的远大理想和迫切愿望,说明在他心目中全中国从来就是一个整体,诸侯割据只是历史发展中的暂时现象。这种种思想感情的因素,都表明屈原的爱国主义是含有值得肯定的历史内容的。如果把爱国主义作为一种发展着的思维经验来看,那么屈原的诗篇确曾为它提供了有价值的内容。

屈原的辞作富有积极浪漫主义色彩。在他之前,艺术文学创作中的浪漫主义基本上处于朴素、自发的阶段;自屈原始,积极浪漫主义的创作方法才得到比较自觉的运用,并集中表现于诗人自我形象的塑造。在楚国当时的现实中,反动贵族势力占有很大优势;但以屈原为代表的进步势力,在比较长久的历史发展中却有其较为远大的前途。屈原基于一定的历史预见而对自己的理想怀有坚强的信心,并在文学的创作中有气魄把自己刻划成一个崇高、完美的艺术形象。同时还通过形象的对比,把那曾在楚国猖狂一时的反动势力,从政治上、道德上、美学上加以鞭挞和摧毁。同时,为了塑造崇高、完美的艺术形象,屈原也充分发挥了他的丰富想象,绘制不受时间空间局限的广阔背景,配备多种多样、生动奇异的景色和事物。因此,他的许多诗作都显示了色彩浓艳、形象瑰丽、气势雄伟等特色,能以足够的容量来表现他深刻的思想和奔放的热情。

屈原辞广泛运用了比兴的艺术,使抽象化的政治热情得到生动具体而丰富多彩的表现。比兴手法在《诗经》中已经大量运用,屈原对此做了巨大的发展。他所运用的比兴形象不再像《诗经》所用的那样比较单纯和静止,而是丰富复杂,互相联系,且有很大的能动性;因而就更有艺术表现力,能够生动地表现事物之间的复杂联系及其变化和发展。

屈原辞的诗歌语言也很有特点。他在创作中一方面大量运用华美的词藻,写得五彩缤纷、花团锦簇;另一方面又总是用质朴本色、刚劲坚实的语句来构筑篇章的骨架。像《离骚》的"长太息以掩涕兮,哀民生之多艰"、"亦余心之所善兮,虽九死其犹未悔";《抽思》的"善不由外来兮,名不可以虚作;孰无施而有报兮,孰不实而有获"等等,表现着认识的深度,情感的高潮,把抒情和说理融为一体。在屈原的诗中,华美和质朴两种语句总是恰当交织,相得益彰,所以就形成一种华而又实、丰厚茂密,多彩而统一的语言风格。

另外,屈原的辞作中多有对偶句的锤炼和运用,这是一种积极修辞的形式,目的在于利用汉语汉字的特点,使诗歌语言更加美化。这一特点对后来诗赋词曲等各种文学形式的语言运用都有深远的影响。

下面对本书的体例做几点说明。

(1)王逸《楚辞章句》所标明的屈原作品是二十五篇,本书以之为据,排列的顺序也依照《楚辞章句》。涉及作品真伪和顺序问题的不同意见,则于各篇题解中议及。

(2)本书采用的底本是《四部丛刊》影印明翻宋本《楚辞补注》。遇底本有误,征引异文校正。校勘征引异文,以洪兴祖《楚辞补注》所引异文及朱熹《楚辞集注》为主,凡有校正,皆写入注文,不另出校记。原书中的繁体字、古体字一律改为通行简体字。

(3)题解说明各篇的篇题命意、创作背景、思想内容及艺术特色等,并对某些疑问或有争议的问题做简要的述介。

(4)本书注释包括词语的解释、典故用事的说明等,力求准确、简明。除表达我们的意见之外,对于有分歧的字词的解释,也有选择地加以介绍,以供读者参考。词语的解释不避重复,但同一篇中意义相同的词语一般只注一次。生僻的字词,用汉语拼音和同音汉字注音。引文必注明书名,但以段落为单位,同一段落中,同一书名只出现一次,如再次出现同一种著作的引文,书名则省。

(5)注中对原作的大部分句子,基本上以两句或四句为单位作了串讲;其中标明"以上二句说"的,大体上是直译;标明"以上二句意思是"的,大体是意译。另外有个别句子由于理解有异,或者译文不能充分反映作者用意,则在串讲之外再作简要的文字解释。

金开诚　高路明

1995年3月

屈　原

离骚

　　本篇是屈原的代表作,也是楚辞中最重要的一篇。《离骚》篇名的解释,旧说可概括为两类:(一)司马迁《史记·屈原列传》说:"离骚者,犹离忧也。"班固《离骚赞序》训释更为明确:"离,犹遭也。骚,忧也。明己遭忧作辞也。"二说略同,多为后人所宗,并有所申说。(二)王逸《楚辞章句·离骚经序》说:"离,别也。骚,愁也。经,径也。言己放逐离别,中心愁思,犹依道径以风谏君也。"此说释"离骚"为"别愁",在后世也很有影响。在近人的解释中,影响较大的亦有两说:游国恩先生认为,"离骚"与《大招》中的"劳商"双声通转,"劳商",王逸注为古曲名,则"离骚"亦应为古曲名,用于篇名与《九歌》、《九辩》相若。至于"离骚"二字本身的意义,游国恩认为,"离骚"即"牢骚",二字当释为一词,不宜分释(说详《楚辞概论》)。又钱锺书先生说,"离骚"是"欲摆脱忧愁而遁避之"的意思,与用作人名的"弃疾"、"去病",或用作诗题的"遣愁"、"送穷"相类(说详《管锥编》第二册)。此二说亦颇新颖别致。从屈原的生平事迹和屈辞用词之例来看,我们认为司马迁和班固的解释较符合题名原意。

　　关于本篇的创作年代,汉代学者大都认为作于楚怀王时期。这个结论是正确的。但说到《离骚》具体的创作年代,汉人之说莫衷一是,多有矛盾,不可轻信。例如,《屈原列传》既已明确指出《离骚》作于楚怀王怒而疏屈原之后,但后文又认为作于怀王时被放逐之后,而且在《太史公自序》中更肯定地说:"屈原放逐,乃赋《离骚》。"班固在《离骚赞序》中认为,"怀王怒而疏屈原,屈原以忠信见疑,忧愁幽思而作《离骚》"。但在《汉书·地理志》中却说:"屈原被逸放逐,作《离骚》诸赋,以自伤悼。"王逸《离骚序》也有类似的矛盾。屈原的被疏与被放分别在楚怀王和顷襄王两个朝代,中间相隔数十年,汉人却混为一谈,可见他们对《离骚》具体创作年代的认识是十分模糊的。在汉人研究的基础上,结合对《离骚》本文和屈原生平事迹的分析,我们认为《离骚》的创作是在楚怀王朝屈原遭逸被疏、多经挫折之后,但他尚未离开郢都去往汉北。

《离骚》是中国古代文学中仅见的长篇抒情诗。全诗以强烈的爱憎、丰富的形象、浓重的色彩深刻反映了诗人屈原与楚国没落贵族之间的激烈的政治斗争,突出表现了屈原本人的进步理想、政治热情、峻洁的品格和顽强的斗争精神。诗中反复强调修明法度、举贤授能,是使楚国强盛的正确道路;而违法乱纪、结党营私则必然要将楚王朝引向危亡。诗人熟练地运用比兴的手法,描写两种主张和做法之间的斗争。由于《离骚》的创作真切地反映了楚国当时的政治现实,作者在强烈的政治倾向的推动下,又创造性地在抒情叙事中融进了说理的成份,因而使全诗具有鲜明的政论性,这正是它的思想性的集中表现;从中可以清楚地看出,在当时的历史条件下,屈原作为进步政治家所达到的思想高度及其必然存在的历史局限。

《离骚》作为抒情诗,大大突破了《诗经》中基本定型的"短章复沓"形式,它在高度概括复杂的现实矛盾的基础上,对抒情主题做了富于变化而层层深入的表达。全诗篇幅宏伟,气势磅礴,波澜起伏,气象万千。诗人屈原在创作上的一些主要特征,如积极浪漫主义、比兴艺术和华实并茂的语言风格等,都在《离骚》中得到最充分、最典型的表现,因而也最能够显示屈原的艺术个性和独特风格。总的来说,《离骚》的出现,在中国文学史上标志着诗歌创作进入了新的时代。

帝高阳之苗裔兮[1],朕皇考曰伯庸[2]。摄提贞于孟陬兮[3],惟庚寅吾以降[4]。皇览揆余初度兮[5],肇锡余以嘉名[6]。名余曰正则兮,字余曰灵均[7]。纷吾既有此内美兮[8],又重之以修能[9]。扈江离与辟芷兮[10],纫秋兰以为佩[11]。汩余若将不及兮[12],恐年岁之不吾与[13]。朝搴阰之木兰兮[14],夕揽洲之宿莽[15]。日月忽其不淹兮[16],春与秋其代序[17]。惟草木之零落兮[18],恐美人之迟暮[19]。不抚壮而弃秽兮[20],何不改此度[21]？乘骐骥以驰骋兮[22],来吾道夫先路[23]！

〔1〕帝:指传说中的远古帝王。高阳:古帝颛顼(zhuān xū 专须)在位时的称号。苗裔(yì 亿):后代子孙。宋代朱熹《楚辞集注》说:"苗者,草之茎叶,根所生也。裔者,衣裾之末,衣之余也。故以为远末子孙之称也。"按据《史记·楚世家》记载,楚之先祖,出自颛顼高阳。高阳是黄帝之孙,昌意之子。高阳生称,称生卷章,卷章生重黎,重黎之弟吴回生陆终,陆终生子六人,"六曰季连,芈(mǐ 米)姓,楚其后也"。又据王逸《楚辞章句》,楚武王生子瑕,受封于屈地,因以为氏。屈原是屈瑕的后代,所以"自道本与君共祖,俱出颛顼胤末之子孙,是恩深而义厚也"。

〔2〕朕(zhèn 阵):我。古时候人人都可以用"朕"自称,从秦始皇开始,才为帝王独用。皇:大。一说"美"。考:对亡父的尊称。伯庸:是屈原父亲的名或字,但也可能是一个化名。

以上二句说:我是古帝颛顼的后代,我那已过世的伟大父亲叫伯庸。

〔3〕摄提:是"摄提格"的简称。这是古代"星岁纪年法"的一个名

称,指岁星在星纪宫、太岁在寅位的年份。按:"星岁纪年"是"岁星纪年"和"太岁纪年"的合称。岁星即木星,自西向东运行,以接近十二年的时间绕太阳一周,十二年中经历星纪、玄枵、诹訾、降娄等十二宫。这是天文上实有的现象,构成了"星岁纪年法"的天文学基础。太岁是一个假设的星名,古代星历家为了应用方便而假想它自东向西运行,与岁星背道而驰又紧密对应,十二年中"经历"人们所用惯了的子丑寅卯等十二辰位,依次记年。所以这是"星岁纪年法"的一种实用方法。又太岁"经历"十二辰位,各有一个名称,其中"太岁在寅"之年,就叫做"摄提格"。贞:正,正当。孟陬(zōu 邹):正月。按夏历每一年的正月是寅月。

〔4〕惟:发语词。庚寅:指屈原的生日,这一天用"干支"来计称,恰好是庚寅日。降:降生。

以上二句说:太岁在寅之年,正当新正之月,就在庚寅那天我降生了。

〔5〕皇:上文"皇考"的省文,指父亲。览:观察。揆(kuí奎):估量。度:时节。"初度",初生之时。

〔6〕肇(zhào 兆):开始。锡:赐给。嘉名:美名。

以上二句说:父亲在我初生之时仔细观察我,一开始就给了我美好的名字。

〔7〕以上二句意思是:给我取名叫正则,表字灵均。古人有名有字,这里"名"和"字"都用作动词。据《史记·屈原列传》,屈子名平字原,所谓"正则"、"灵均"当是与"平"、"原"二字意义相应的化名。清代王夫之说:"平者,正之则也;原者,地之善而均平者也。隐其名而取其义,以属辞赋体然也。"(《楚辞通释》)

〔8〕纷:盛多的样子。楚辞句例,往往以一个字或三个字的状语放在一句之前,形成其句法特点之一。此处"纷"字即为状语提前的一例。内美:内在的美好品质。

〔9〕重(chóng 虫):加上。宋代洪兴祖说:"重,再也,非轻重之重。"(《楚辞补注》)修能:优秀的才能。清代钱澄之说:"内美以质言,修能以才言。修能犹云长才也。重之,言既有其质,又有其才也。"(《屈诂》)

以上二句说:我既有这么多内在的美好品质,又加之以优秀的才能。

〔10〕扈(hù 户):楚方言,披的意思。江离:香草,即芎䓖(xiōng qióng 凶穷),也叫川芎。芷(zhǐ 止):香草,即白芷。"辟芷",生长在幽僻之处的芷草。

〔11〕纫:连结。秋兰:香草,即兰草或泽兰(一类二种),因在秋季开花,所以这里称之为"秋兰"。按:屈原辞中多次说到"兰",不少旧注以"兰"为兰花,实则屈原所说的兰是指兰草。兰花和兰草都是多年生草本植物,但兰花无枝无茎,叶呈条形,花香叶不香;兰草则有枝有茎,叶呈卵形,花叶俱香。宋代朱熹说:"大抵古之所谓香草,必其花叶皆香,而燥湿不变,故可刈以为佩。若今之所谓兰蕙,则其花虽香,而叶乃无气,其香虽美而质弱易萎,皆非可刈而佩者也,其非古人所指甚明,但不知自何时而误耳。"(《楚辞辩证》)这是从可否"刈而为佩"来区别兰草与兰花。总之,屈原所说的"兰"确指兰草或泽兰无疑。旧注凡以"兰"为兰花、或在解释中把兰草、兰花相混者,皆不可信。佩:名词,指古代人身上佩带的饰物。洪兴祖说:"兰芷之类,古人皆以为佩也。"

以上二句说:身上披带着江离和白芷,又把兰草连结成串作为佩饰。

〔12〕汩(yù 玉):楚方言,水流很快的样子。这里是比喻时间过得快,并用了状语提前句式。不及:来不及。

〔13〕与:等待。"不吾与",不等待我,是否定句宾语提前句式。朱熹说:"言己汲汲自修,常若不及者,恐年岁不待我而过去也。"(《楚辞集注》)清钱澄之说:"此言其进德修业,欲及时也。"二人解释正确可参。

以上二句说:时间过得飞快,我总好像来不及似的,怕的是年岁不等人。

〔14〕搴(qiān 千):楚方言,摘取。阰(pí 皮):土坡。木兰:树名,落叶乔木。晚春时开紫花,所以俗称紫玉兰;又花形如莲,所以又叫木莲。

〔15〕揽:采,取。洲:水中的陆地。宿莽:经冬不枯的草。一说即拔心不死的卷施草。

以上二句意思是:早早晚晚都采用芳香而生命力坚强的植物以为装饰,比喻德和才的顽强进修。

〔16〕日月:指时光。忽:过得很快的样子。淹:久留。

〔17〕代序:时序更相替换。

〔18〕惟:思、想。一说此处"惟"为发语词。

〔19〕美人:泛指有德才或有作为的人。迟暮:晚的意思,比喻年老。

按:"日月"以下四句是承上启下的过渡句,日月不留,美人衰老,是泛言人生的道理。以此作为过渡,就使前文较为自然地转入后文,就是说,作者由追述自身的进修转而劝告楚王要上进。

〔20〕抚:持有,引申为凭藉的意思。壮:指壮盛之年。秽(huì 汇):脏东西,比喻恶行;一说比喻谗佞之臣。

〔21〕度:指行为的准则,一说指态度。

以上二句,上句指出楚王没有凭藉壮盛之年来抛掉不好的行为,下句质问他为何不改变这种做法。又清代徐焕龙解释下句的"何不",认为"与上句互文,上'不'字已暗合一'何'字,而又带起下文之词。"(《屈辞洗髓》)按照徐氏的说法,则上下二句都应作问句来读,可作为参考。

〔22〕骐骥(qí jì 其记):骏马。"乘骐骥",比喻楚王任用贤能。驰骋:比喻楚王大有作为。

〔23〕来:来吧,是招呼楚王之词。吾:屈原自指。道:同"导",引导。夫(fú 扶):语助词。先路:前面的路。

以上二句说:如果你乘上骏马以奔,那就来吧,我来给你引路。

昔三后之纯粹兮[1],固众芳之所在[2]。杂申椒与菌桂兮[3],岂维纫夫蕙茝[4]?彼尧舜之耿介兮[5],既遵道而得路[6];何桀纣之猖披兮[7],夫唯捷径以窘步[8]。惟夫党人之偷乐兮[9],路幽昧以险隘[10]。岂余身之惮殃兮[11],恐皇舆之败绩[12]!忽奔走以先后兮[13],及前王之踵武[14]。荃不察余之中情兮[15],反信谗而齌怒[16]。余固知謇謇之为患兮[17],忍而不能舍也[18]。指九天以为正兮[19],夫唯灵修之故也[20]!曰黄昏以为期兮[21],羌中道而改路。初既与余成言兮[22],后悔遁而有他[23]。余既不难夫离别兮[24],伤灵修之数化[25]。

[1] 三后:指传说中的三个古代贤君,即夏禹、商汤、周文王。后,君王。一说"三后"指楚国先君中三位贤而昭著的君主。可供参考。纯粹:"纯"本指净丝,"粹"本指精米,二者组成一词,指事物没有杂质;这里是形容"三后"德行完美。

[2] 固:本来,确实。众芳:比喻众多的贤臣。

以上二句说:从前夏禹、商汤、周文王三位贤君德行完美,他们周围确实有众多的贤臣。

[3] 杂:动词,杂有,兼有。申椒:"椒"是指花椒,落叶灌木,所结的子即称为花椒,是一种香物。"申"是重叠的意思。明代汪瑗说:"椒生多重累而丛簇,故曰申椒。"(《楚辞集解》)菌(jùn 郡)桂:即箘(jùn 郡)桂,是桂树的一种,树干正圆如竹,皮薄可卷,也是一种香物。

[4] 维:同"唯",只。纫:连结。夫(fú 扶):语助词。蕙:香草,和兰草同类,亦名薰草、零陵香、佩兰。茝(zhǐ 止):同"芷",即白芷。按:"蕙"、"茝"与上句"申椒"、"菌桂"均以香物比喻贤臣,二句概言"三后"

用人不拘一格。

以上二句说:"三后"兼有花椒、菌桂等各种香物,岂只是把蕙草和白芷连结起来作为饰物。

〔5〕尧舜:唐尧、虞舜,传说中的上古圣君。耿介:光明正大。

〔6〕既:已。道:正道,正确的道理。路:比喻治国的正确途径。

以上二句说:那唐尧、虞舜光明正大,已经遵循正道而找到了治国的坦途。

〔7〕何:何等、多么。这里是状语提前。桀(jié洁):夏桀,夏朝末主。纣(zhòu咒):商纣,商朝的末主。桀、纣都是传说中的暴虐无道之君。猖披:或作"倡披"、"昌披",都通"裮被"。《广雅·释训》:"裮被,不带也。"这里是由衣不束带引申为猖狂放肆的意思。

〔8〕夫(fú扶)唯:"夫",发语词。"唯",以,因为。捷径:"捷",速。"径",小路。二者结合成词,指为了求快而走的斜近小路。窘(jiǒng炯)步:难以举步,不好走。

以上二句说:夏桀、商纣是多么放肆,他们只因走了斜路,以至于寸步难行。

〔9〕惟:发语词。一说是想的意思,亦可通。夫(fú扶):指示代词,彼,那些。党人:结党营私的人,指楚国反动贵族集团。偷乐:苟安享乐。"偷",苟且。

〔10〕路:比喻国家的前途。幽昧(mèi妹):昏暗。险隘:危险狭隘。

以上二句说:那些结党营私的人只是苟安享乐,楚国的前途将暗淡艰险。

〔11〕惮(dàn旦):害怕。殃:灾祸。

〔12〕皇:大。一说指君。舆:车。"皇舆",国君所乘的高大车辆,比喻楚王朝。汪瑗说:"盖不敢斥言其君,故以皇舆言之,且于行路之比亦切也。"败绩:清戴震说:"车覆曰败绩。"(《屈原赋注》)这里是用战车

倒翻比喻王朝倾覆。

以上二句说:岂是我个人害怕遭殃,怕的是楚王朝要垮台。

〔13〕忽:急急忙忙的样子。这里是状语提前。先后:动词,跑前跑后。

〔14〕及:赶上。踵(zhǒng肿)武:足迹。"踵",脚跟;"武",迹。二者结为一词,是偏正结构,作"及"的宾语。按:由于"踵"亦可作动词,解释为"追随","武"为足迹,所以旧注或以"踵武"为动宾关系;这种解释与动词"及"犯重,不合此处文义。

以上二句说:我急急忙忙在车旁奔走照料,跑前跑后总想让它按着前代贤君的脚印走。

〔15〕荃(quán全):香草,即溪荪,俗名石菖蒲;《楚辞》中或称为"荪",都用来比喻楚王。按:屈原辞中言及香草甚多,而其文例唯"荃"、"荪"所比喻者最为尊贵,专用于楚王。中情:内情,本心。

〔16〕齌(jì计)怒:暴怒。"齌",本义是指用急火煮食物。这里用作"怒"的修饰语,表示怒火之盛。

以上二句说:君王不详察我的本心,反而听信谗言而大发怒火。

〔17〕謇謇(jiǎn减):正直敢言的样子。按:"謇"的本义是指发言之难,所以口吃或称"謇吃",事有难言而强言之则称"謇谔"。此处"謇謇"即以謇谔难言状忠直极谏之貌。朱熹说:"謇謇,难于言也,直词进谏,己所难言,而君亦难听,故其言之出有不易者,如謇吃然也。"这是着重于"謇"字本义为说。王逸说:"謇謇,忠贞貌也。"(《楚辞章句》)这是指出了"謇謇"的引申义。患:祸害。"为患",造成祸害。

〔18〕舍:放弃。一说"舍,止也。"

以上二句说:我本来就知道正直敢言会给自己造成祸害,但忍耐不住,不能放开不说。

〔19〕九天:上天。传说天有九重,上帝在最上一层。一说此处九字

并非实指,与下文"九畹"、"九死"之九相类,皆取虚义。正:通"证"。

〔20〕灵修:指楚王。王逸说:"灵,神也;修,远也。能神明远见者,君德也,故以喻君。"朱熹说:"灵修,言其有明智而善修饰,盖妇悦其夫之称,亦托词以寓意于君也。"清代王树枏说:"灵修皆善美之义,称君为灵修犹称君为圣明耳。在君曰灵修,在臣曰好修,其义一也。"(《离骚注》)按:从上下文义看,此处"灵修"指君王无可怀疑;至于何以称君为"灵修",则尚无确说,总之是对君王的美称。

以上二句说:请老天爷来作证,我那样做只是为了君王的缘故。

〔21〕"曰黄昏"二句:这是衍文,是《九章·抽思》篇中的相似文句窜入本篇,应删。

〔22〕初:当初。成言:说定,约定。又宋代洪兴祖认为,"成言谓诚信之言,一成而不易也。《九章》作'诚言'"。(《楚辞补注》)说亦可通,可以参考。

〔23〕悔:翻悔。遁:变迁,这里指变心。他:他志,别的主意。

以上二句是以男女婚约为比喻,意思是楚王当初已同我说定要有所作为,后来却翻悔变心,又有别的主意。

〔24〕难:为难。夫(fú 扶):语助词。

〔25〕数(shuò 硕):屡次。化:变化。

以上二句说:我并不难于离去,伤心的是楚王屡屡变化,反复无常。

余既滋兰之九畹兮[1],又树蕙之百亩[2]。畦留夷与揭车兮[3],杂杜衡与芳芷[4]。冀枝叶之峻茂兮[5],愿俟时乎吾将刈[6]。虽萎绝其亦何伤兮[7],哀众芳之芜秽[8]!众皆竞进以贪婪兮[9],凭不厌乎求索[10]。羌内恕己以量人兮[11],各兴心而嫉妒[12]。忽驰骛以追逐兮[13],非余心之所急[14]。老冉冉其将至兮[15],恐修名之不立[16]。朝饮木兰之坠露兮[17],夕餐秋菊之落英[18]。苟余情其信姱以练要兮[19],长顑颔亦何伤[20]!揽木根以结茝兮[21],贯薜荔之落蕊[22]。矫菌桂以纫蕙兮[23],索胡绳之纚纚[24]。謇吾法夫前修兮[25],非世俗之所服[26]。虽不周于今之人兮[27],愿依彭咸之遗则[28]。

〔1〕滋:培植,繁殖。畹(wǎn宛):十二亩。一说是三十亩,备参考。"九畹",表示种植之多。"九"不一定是实指。

〔2〕树:动词,种植。亩:王逸说:"二百四十步为亩。"(《楚辞章句》)"百亩",也是种得多的意思。

〔3〕畦(qí其):动词,分畦栽种的意思。留夷:香草,即芍药。揭车:香草,俗不常见。高数尺,白花,味辛。

〔4〕杂:动词,穿插种植的意思。杜衡:香草,叶似葵而有香,亦名杜葵,俗名马蹄香。芳芷:即白芷。

以上四句是以种植各类香草比喻培养各种人才。

〔5〕冀:希望。峻茂:高大茂盛。

〔6〕俟(sì四):等待。刈(yì义):收割。

以上二句说:希望各种香草都长得枝繁叶茂,但愿到时候我将能收割它们。

〔7〕萎绝:枯萎凋落,比喻培养的人才受到摧残,未起作用。

〔8〕众芳:指以上所说的各种香草。芜秽:长满乱草,草荒。比喻人才变质。

以上二句意思是:各种香草因受摧残而枯萎倒也不必悲伤,可悲的是它们竟变成一片恶草。

13

〔9〕众:指楚国的反动贵族。竞:争。进:追逐。"竞进",指争夺权势。以:而,表示两种行为联系的连词。贪婪:爱财爱食的通称。按:此处"竞进"重在表现对权势的争逐;"贪婪"则重在表现对财利的追求,两者互相联系又各有所指。

〔10〕凭:楚方言,满的意思。此处"凭"的用法又是《楚辞》中常见的状语提前,其含义及作用近似于今人口语所谓"满不在乎"之"满",以形容众贵族不厌求索时意气盛满之状。厌:通"餍",饱,引申为满足的意思。乎:介词,于。求索:指对财富的追求索取,承上句"贪婪"而言。

以上二句意思是:众人争着向上爬而又极其贪婪,他们肆意追求财利,总不满足。

〔11〕羌(qiāng腔):楚方言,发语词。内:向内,意思是对自己。恕己:忖己之心。量人:度量他人之心。

〔12〕兴心:生心。

以上二句意思是:那些"竞进贪婪"的人各以自己的心肠度量他人,从而又都生嫉妒之心。

〔13〕忽:状语,急忙的样子。驰:直骋。骛(wù勿):乱驰。"驰骛",狂奔乱跑的意思。追逐:指追求权势和财富。

〔14〕所急:名词性词组,指急于去做的事,即上句所说的"驰骛"、"追逐"。明代汪瑗说:"非余心之所急,屈子自表其心不同于众,而众人不必嫉妒也。"(《楚辞集解》)

以上二句说:急忙忙狂奔乱跑以追求权势财富,这不是我急于去做的事。

〔15〕老:指老年。冉冉(rǎn染):渐进的样子,指岁月流移。

〔16〕修名:美名。

以上二句说:老年渐渐地就要到来,只怕美名不能树立。

〔17〕坠露:指木兰花上坠下的露水。按:木兰树于晚春开花,所以

这里所说的"木兰"是与下句"秋菊"相对的。

〔18〕落:始。《尔雅》:"俶、落、权舆,始也。"英:花。"落英",初生之花。宋代孙奕说:"《楚辞》云夕餐秋菊之落英,谓始生之英可以当夕粮也。……宫室始成而祭则曰落成。故菊英始生亦曰落英,设或陨落,岂复可餐?况菊花独干死于枝上而不坠,所谓'秋英不比春花落'也。"(《示儿编》)按:屈原设喻见意,未必事事拘泥物理,"落"读为坠落之落,本无不可。宋代许多诗话笔记因议及王安石、欧阳修相嘲之事,所以提出种种新解;其中训"落"为"始",以"落英"为初生之花,既近于事理,又与上一句密切相对,因此可视为正解。

以上二句意思是:从春到秋,无论早晚,所服食的都是芳物;比喻自己始终追求思想高洁,与上述贪婪的人形成对比。

〔19〕苟:假如,只要。情:指思想感情。其:句中语助词。信:真正,确实。姱(kuā 夸):美好。以:而,表示事物两种性质联系的连词。练要:精练要约,形容思想感情专注于要事大节,而不繁杂琐细。按:"练要"与上"信姱"都是形容词性词组,通过"以"的联结,共同说明"情"的性质。

〔20〕颔颔(kǎn hàn 砍汉):饿得面黄肌瘦的样子,承上"饮露"、"餐英"而言。

以上二句说:只要我的思想感情确实美好而精专,虽然饿得面黄肌瘦又有什么可悲伤的?

〔21〕揽:持。木根:指香木的根株。

〔22〕贯:串连。薜荔(bì lì 必力):常绿灌木,蔓生,亦名木莲,俗名木馒头。蕊(ruǐ 锐上声):花心。

以上二句说:拿着香木的根株以结上香草白芷,又把薜荔的花心串起来,系在上面。

〔23〕矫:举。一说"使之直也",亦可通。

〔24〕索:绳索,这里用作动词,指搓绳。胡绳:一种蔓生香草,有人说就是延胡索。纚纚(xǐ喜):绳子又长又好的样子。

〔25〕謇(jiǎn检):楚方言,发语词。法:效法。前修:前代贤人。

〔26〕服:佩带。所佩之物即以上四句所述。

以上二句意思是:效法前代贤人,力求服饰芳美,不同于世俗的打扮。

〔27〕周:合。

〔28〕彭咸:传说是殷代的贤臣,因谏劝君主不被采纳,投水而死。遗则:遗留的准则、榜样。

以上二句说:我的行为虽然不合于现在的俗人,但我愿意依照彭咸遗留的榜样去做。

长太息以掩涕兮[1],哀民生之多艰[2]。余虽好修姱以鞿羁兮[3],謇朝谇而夕替[4]。既替余以蕙纕兮[5],又申之以揽茝[6]。亦余心之所善兮[7],虽九死其犹未悔[8]!怨灵修之浩荡兮[9],终不察夫民心[10]。众女嫉余之蛾眉兮[11],谣诼谓余以善淫[12]。固时俗之工巧兮[13],偭规矩而改错[14];背绳墨以追曲兮[15],竞周容以为度[16]。忳郁邑余侘傺兮[17],吾独穷困乎此时也[18]。宁溘死以流亡兮[19],余不忍为此态也[20]!鸷鸟之不群兮[21],自前世而固然。何方圜之能周兮[22],夫孰异道而相安[23]!屈心而抑志兮[24],忍尤而攘诟[25]。伏清白以死直兮[26],固前圣之所厚[27]。

〔1〕太息:叹息。掩涕:揩拭眼泪。一说掩面垂泪。均可通。

〔2〕民:人。"民生",人生。一说"民"指人民群众。一说"民"为屈原自指。按:屈辞多以"民"代人。下文"终不察夫民心"、"相观民之计极"、"民好恶其不同",《哀郢》"民离散而相失"等句皆其例,"民"必泛指为"人",方于各句皆通。多艰:多难。

〔3〕虽:是"唯"的借字。好(hào 浩):动词,喜爱。修姱:这里指美德。以:表示行为结果的连词。羁(jī 机):马缰绳。羁(jī 击):马络头。"羁羁",在这里均作动词用,比喻对自己的约束。朱熹说:"羁羁,言自绳束,不放纵也。"(《楚辞集注》)

〔4〕谇(suì 岁):责骂,指遭逸而言。替:废弃。指不被朝廷任用。

以上二句说:我只不过爱好优美的德行,用来约束自己,却早上遭到诼毁,晚上就被罢职。

〔5〕以:因,是引进原因的介词。纕(xiāng 香):佩饰。

〔6〕申:重复,加上。明代赵南星说:"蕙纕已可废,又重之揽茝,益可废也。"(《离骚经订注》)清代蒋骥说:"蕙茝皆其所修而取废之具也。"(《山带阁注楚辞》)说皆近是。

以上二句说:废弃不用我,既是因为我以蕙草为佩饰,又加上我采集了白芷。

〔7〕亦:语助词。善:爱好。

〔8〕九死:死亡多次,极言其不悔之意。

以上二句说:只要是我真心所喜爱的,即使为之而死亡多次,也还是不后悔。

〔9〕浩荡:本义是形容水面广大,这里是无思无虑的意思,等于说"糊涂"。

〔10〕夫(fú 扶):句中语助词。民心:人心。朱熹说:"民,谓众人也。"

以上二句说:怨的是楚王太糊涂,始终不能明察人的本心。

〔11〕众女:借指谗人。蛾眉:旧说比喻女子之眉像蚕蛾须那样弯细,是美貌的象征,这里是屈原以女性自比,而以美貌比喻美质。

〔12〕谣诼(zhuó 茁):造谣诽谤。

以上二句说:那些女人嫉妒我的美貌,造谣诽谤我善于淫邪。

〔13〕工巧:善于投机取巧。

〔14〕偭(miǎn 免):违背。规:画圆形的仪器。矩:画方形的仪器。"规矩",比喻法度。错:通"措",指措施、做法。

以上二句说:时下的风气就是投机取巧,人们都违背法度,改变正常的措施。

〔15〕绳墨:木工用的墨线,是定直线的工具,这里比喻正道。追:随。"追曲",仍以木工为喻,治木不借助"绳墨"以取其直,反而随其邪曲。

〔16〕周容:苟合求容。度:常规。

以上二句说:他们违背正道而追随邪曲,争相苟合求容以为常规。

〔17〕忳(tún 屯)郁邑:忧愁烦闷的样子。侘傺(chà chì 诧斥):楚方言,怅然而立,失意的样子。

〔18〕乎:于。清代朱冀说:"此句无限神情,在独字、也字内,盖大夫遥想从前一片婆心,满腔热血,不意今日到此地位。"(《离骚辩》)

〔19〕宁:宁可。溘(kè 克):忽然。流亡:按《九章·惜往日》有"宁溘死而流亡"句,句意应与此句相同,则"流亡"显然不能解释为"流放"或"死于流放"。王逸《楚辞章句》对《离骚》此句的解释是"宁奄然而死,形体流亡";在《惜往日》中的解释是"意欲淹没,随水去也"。两处虽有差异,但"流亡"均不作"流放"解。近人郭沫若对《离骚》、《惜往日》中的"宁溘死"句分别解释为"我就淹然死去而魂离魄散";"我宁肯死去而随流水"(见《屈原赋今译》)。综观诸说,"溘死"、"流亡"似当从时间上区别,前者指生命的终止,后者指形体等遗迹的消亡。

〔20〕此态:指苟合求容之态。
以上二句说:我宁可忽然死去而形迹消亡,也不忍心做出这种丑态!
〔21〕鸷(zhì 至)鸟:凶猛的鸟,如鹰、雕之类。
〔22〕圜:同"圆"。周:合。
〔23〕夫(fú 扶):发语词。孰:疑问副词,用法与《九章·哀郢》"孰两东门之可芜"之"孰"相似。王逸说"谁有异道而相安耶",是以"孰"为疑问代词,也可通。
以上二句说:方的和圆的怎能相合,不同的为人之道怎能彼此相安?
〔24〕屈心:心里委屈。抑志:压抑自己的意志。
〔25〕忍尤:忍受罪过。尤,罪过。攘诟(gòu 购):招来侮辱。"攘",取。"诟",侮辱。王逸训"攘"为"除"。多数明清注者则训"攘"为"取"。按:训"除"与训"取",于古皆有所据,但此处文义当训"取"。清代俞樾说:"按上句曰'屈心而抑志兮','抑志'与'屈心'同,则'攘诟'必与'忍尤'同。如王注则是'屈心'、'抑志'、'忍尤'六字共为一义,而'攘诟'自为一义,于文理殊不可通。"(《俞楼杂纂·读〈楚辞〉》)所驳极是。
〔26〕伏:通"服",等于说"服膺",坚持于心的意思。死直:为直道而死。
〔27〕厚:动词,看重。
以上四句意思是:宁愿受到种种痛苦和迫害,只要坚持清白做人,为直道而死,这肯定是前代圣贤所看重的。

悔相道之不察兮[1],延伫乎吾将反[2]。回朕车以复路兮[3],及行迷之未远[4]。步余马于兰皋兮[5],驰椒丘且焉止息[6]。进不入以离尤兮[7],退将复修吾初服[8]。制芰荷以为衣兮[9],集芙蓉以为裳[10]。不吾知其亦已兮[11],苟余情其信芳[12]。高余冠之岌岌兮[13],长余佩之陆离[14]。芳与泽其杂糅兮[15],唯昭质其犹未亏[16]。忽反顾以游目兮[17],将往观乎四荒[18]。佩缤纷其繁饰兮[19],芳菲菲其弥章[20]。民生各有所乐兮[21],余独好修以为常[22]。虽体解吾犹未变兮[23],岂余心之可惩[24]!

〔1〕相(xiàng 向):视。"相道",看路。

〔2〕延伫(zhù 住):长时间站立、迟疑的样子。又一说"延伫"为"长望"的意思,亦可通。反:同"返"。"将反",指惩前之失,退而自修其身的意思。宋代朱熹说:"言既至于此矣,乃始追恨前日相视道路未能明审,而轻犯世患,遂引颈跂立,而将旋转吾车,以复于昔来之路。"(《楚辞集注》)清代顾成天说:"此言仕路不能行其道,隐居独善庶乎可也。"(《离骚解》)可以参考。

以上二句说:后悔以前看路不曾看清,迟疑了一阵,我将返回原路。

〔3〕复路:回复旧路。

〔4〕及:趁着。行迷:迷路。

〔5〕步:慢行。皋(gāo 高):水边的高地。"兰皋",长着兰草的水边高地。一说"泽曲曰皋,其中有兰,故曰兰皋"。

〔6〕丘:小山。"椒丘",花椒丛生的小山。焉:于此,在这里。止息:休息。

以上二句说:让我的马在长着兰草的水边慢慢行走,又跑上了长着椒木的小山,且在这里休息。

〔7〕进:指进仕于朝廷。"进不入",意思是虽然进仕于朝廷,却未被楚王真正接纳和信任。又宋代钱杲之说:"入,犹纳也",并认为"进不入"是指"进谏不纳"(见《离骚集传》),说亦可通,但不如以"进"为泛指

"进仕"更切合文义。离:通"罹",遭到。

〔8〕退:隐退。初服:当初未进仕时的服饰,比喻原来的志趣、品德。

以上二句说:进仕朝廷未被信任,反而遭了罪,现在要洁身隐退,继续进修原有的品德。

〔9〕芰(jì计):菱,这里指菱叶。荷:荷叶。衣:上衣。

〔10〕芙蓉:荷花。又明代周拱辰说:"旧以芙蓉为莲花,是矣。此章之芙蓉,则非莲花也。一花也,以为衣,又以为裳,不重出乎?《大招》'芙蓉始发,杂芰荷些',既是一物,又何以云芙蓉杂以芰荷乎?按《花木考》,芙蓉、莲花自是两物。唐诗云'芙蓉开在秋江上',荷开以夏,芙蓉以秋,何可混也。"(《离骚草木史》)按:周说亦非无据,可供参考。裳:下装。芰荷为衣,芙蓉为裳,都极言"初服"的高洁。

以上二句说:用菱叶、荷叶制成上衣,又集结荷花来做下装。

〔11〕已:止,罢了。

〔12〕苟:表示假设的连词,如果、只要。

以上二句说:不了解我那也罢了,只要我的内心真正芳洁。

〔13〕高:这里用作动词,使之高的意思。岌岌(jí及):高耸的样子。

〔14〕长:这里用作动词,使之长的意思。佩:佩带的饰物。陆离:曼长的样子。清代王念孙说:"陆离有二义,一为参差貌,一为长貌。下文云'纷总总其离合兮,斑陆离其上下';司马相如《大人赋》云'攒罗列聚丛以茏茸兮,衍曼流澜疼以陆离',皆参差之貌也。此云'高余冠之岌岌兮,长余佩之陆离','岌岌'为高貌,则'陆离'为长貌,非谓参差也。《九章》'带长铗之陆离兮,冠切云之崔嵬',义与此同。"(《读书杂志》)此说较为有据。

〔15〕芳:指香洁之物。王逸说:"芳,德之臭也,《易》曰'其臭如兰'。"(《楚辞章句》)朱冀说:"芳是香气,比君子志行芳洁。"泽:润泽。王逸说:"泽,质之润也,玉坚而有润泽。"朱熹说:"泽,谓玉佩有润泽

也。"又一说"泽"指污垢。如朱冀说:"泽是粉泽,比小人声闻过情。杂糅云者,党人用事,所以人品真伪混淆,惟我光明之天质,未致因而亏损也。"清代鲁笔说:"泽,垢泽,指小人污秽者。"(《楚辞达》)近人郭沫若也说:"泽字旧未得其解。今案《毛诗·秦风》'岂曰无衣,与子同泽。'郑注:'泽,亵衣也,近污垢。'即此泽字之义。"(《屈原赋今译》)这一类说法亦不为无据。但因本段从"退修初服"以下所言皆服佩芳洁之意,此句紧承上文,似不应涉及"垢泽"之类,所以姑且采用前一说,后者供参考。杂糅(róu 柔):混杂在一起。

〔16〕唯:发语词。昭质:洁白光明的品质。

以上二句说:服饰的芬芳与佩玉的润泽彼此交织,洁白光明的品质还是没有亏损。

〔17〕反顾:回顾。一说"反顾"为自视其身。按:此处"反顾"是承上"延伫将反"、"回车复路"而又一次提到目前的打算,以摄起"游目"、"往观"等语。游目:纵目远望。

〔18〕四荒:四方远处。"荒",远。按:此处所谓"往观四荒"是离朝适野之意。王逸以下不少注者都在这里说到"求贤君"、"求贤臣"、"求知己"等等,其实此处还只是讲洁身远游,以避罪尤,与下文"求索"、"周流"等段并非一事。

以上二句说:急忙回顾而又纵目远望,我将要游观于远处四方。

〔19〕缤纷:盛多的样子。繁饰:装饰繁华。

〔20〕菲菲:香气很盛的样子。弥:愈加。章:明、显著。

以上二句说:佩物盛多,装饰繁华,香气勃勃,愈来愈显著。

〔21〕乐:乐意、喜欢。"所乐",是及物动词加"所"而组成的名词性词组,指"所乐"的事物。

〔22〕常:常规,这里是"习惯"的意思。

以上二句说:人生各有各的爱好,我独喜爱美好的品德而习以为常。

〔23〕体解:古代酷刑,即肢解。又明代闵齐华说:"体解,犹形化之意,未必即是肢解。"(《文选瀹注》)清代钱澄之也释为"骨化形消"(《屈诂》)。可供参考。

〔24〕惩:受戒而止的意思。

以上二句说:虽然粉身碎骨我也决不改变,我这种心志难道会因受到儆戒而止歇?

从开头至此是全篇第一大段。在这一大段中,作者自述其身世、德才和理想;他关心楚王朝的命运而把改革的希望寄托于楚王,终因楚王变心而理想不能实现。接着又叙述他同楚国反动贵族集团的深刻矛盾,对后者做了尖锐有力的揭露。最后设想自己要隐退,但仍决心坚持原有的品德和理想。

女嬃之婵媛兮〔1〕,申申其詈予〔2〕。曰:"鲧婞直以亡身兮〔3〕,终然殀乎羽之野〔4〕。汝何博謇而好修兮〔5〕,纷独有此姱节〔6〕?薋菉葹以盈室兮〔7〕,判独离而不服〔8〕。众不可户说兮〔9〕,孰云察余之中情〔10〕?世并举而好朋兮〔11〕,夫何茕独而不予听〔12〕?"

〔1〕女嬃(xū 须):旧说是屈原的姐姐。按:"嬃"在古代楚方言中是姐妹的通称。又,这里"女嬃"只是寓言,并非实有其人;因为屈原曾以美人自喻,所以对他进行责劝的人也假设为女性,这也正如上文嫉其蛾眉者,必设为"众女"一样。又从"女嬃"责劝的态度、内容及语气看,则其人身份当是女伴中的长者,是一个老大姐式的人物。婵媛(chán yuán 蝉元):楚方言"啴咺"的借字,喘息的意思。这里指因愤急而喘息的样子。

〔2〕申申:重复地、再三再四地。一说"申申,繁絮貌"。詈(lì):骂。予:我。按:"女媭"的责劝是出于对屈原遭遇的真诚关心,只是她对屈原并不了解。旧注中有认为"女媭"代表了屈原的对立面的说法,这是不正确的。

〔3〕曰:说。主语是女媭。本段以下各句都是女媭的话。鲧(gǔn滚):神话中人名,是夏禹之父;在唐尧时受命治水,未成,被当时摄政的虞舜放逐到羽山之野,终于死在那里。婞(xìng性)直:刚直。一说"刚愎倔强"。亡身:即"忘身",意思是不顾自身安危。

〔4〕终然:终于。殀(yāo夭):当作"夭"。即"夭遏",是遏制的意思。乎:介词,于。羽:羽山,神话中地名。旧说在东方海滨。

以上二句意思是:女媭说:"鲧因为刚直而不顾自身的安危,终于被遏制在羽山之野。"

〔5〕博:广泛,多方面。謇:直言。"博謇",是偏正结构,意思是在各种事情上都敢于直言。

〔6〕姱节:美好的节操。

以上二句意思是:"你为何对什么事都要多嘴多舌,又那样喜欢高洁?为何独有你定要讲究这么多美好的节操?"

〔7〕薋(zī资):在这里是动词,积累的意思。菉(lù录):草名,亦名王刍、淡竹叶。葹(shī施):草名,即苍耳,又名地葵等。"菉"、"葹"都是普通的草,王逸以为恶草,未确。"薋菉葹",是动宾关系,与"揽木根"、"贯薜荔"、"矫菌桂"、"索胡绳"等例同。按"女媭"在这里只是劝屈原要像一般人那样多用普通的草,以比随俗安常,并非要他以恶草为饰,同流合污。

〔8〕判:区别,这里用作状语,与众有别的样子。服:佩用。

以上二句意思是:"满屋子堆积着普通的草,你却与众不同地偏要抛开它们不肯佩用。"

〔9〕户说:挨家挨户地说明。

〔10〕云:句中助词。余:这里是"咱们"的意思,是女媭站在屈原一边说话的语气。

以上二句说:"对众人不能挨家挨户去说明,谁会来详察咱们的本心?"

〔11〕并举:意思是"都这样行事"。朋:朋党,成群结伙。

〔12〕茕(qióng穷)独:孤独。予:我。这里是"女媭"自指。"不予听"是宾语提前,意指"不听我的话"。按:"女媭"之言至此为止;前人从东汉王逸、宋代朱熹以下,多有以"众不可户说"等四句为屈原答词者,均与文义不合。

以上二句意思是:"世上的人都喜欢成群结伙,你为什么要孤独自处,而不听我的话,变得随和一点?"

依前圣以节中兮〔1〕,喟凭心而历兹〔2〕。济沅湘以南征兮〔3〕,就重华而陈词〔4〕:"启《九辩》与《九歌》兮〔5〕,夏康娱以自纵〔6〕。不顾难以图后兮〔7〕,五子用失乎家巷〔8〕。羿淫游以佚畋兮〔9〕,又好射夫封狐〔10〕。固乱流其鲜终兮〔11〕,浞又贪夫厥家〔12〕。浇身被服强圉兮〔13〕,纵欲而不忍〔14〕。日康娱而自忘兮〔15〕,厥首用夫颠陨〔16〕。夏桀之常违兮〔17〕,乃遂焉而逢殃〔18〕。后辛之菹醢兮〔19〕,殷宗用而不长〔20〕。汤禹俨而祗敬兮〔21〕,周论道而莫差〔22〕。举贤而授能兮〔23〕,循绳墨而不颇〔24〕。皇天无私阿兮〔25〕,览民德焉错辅〔26〕。夫维圣哲以茂行兮〔27〕,苟得用此下土〔28〕。瞻前而顾后兮〔29〕,相观民之计极〔30〕。夫孰非义而可用兮,孰非善而可服〔31〕?阽余身而危死兮〔32〕,览余初其犹未

25

悔〔33〕,不量凿而正枘兮〔34〕,固前修以菹醢。"曾歔欷余郁邑兮〔35〕,哀朕时之不当〔36〕。揽茹蕙以掩涕兮〔37〕,沾余襟之浪浪〔38〕。

〔1〕节中:依前圣之道而没有偏差。

〔2〕喟(kuì 愧):叹息。凭:满。"凭心",心中愤懑。历兹:经历这一切困穷挫折的意思。一说"历兹"即"至此",意思是"胸怀愤懑,以至于此",亦可通。

以上二句意思是:我遵循前代圣贤之道并无偏差,可叹的是终于要满怀忧愤来经受这一切!

〔3〕济:渡。沅湘:沅水、湘水,都是现在湖南省境内流入洞庭湖的大河。征:行。

〔4〕就:趋,投向。重华:虞舜之名。陈词:陈述申诉之词。屈原之所以想向虞舜"陈词",可能因为相传虞舜南巡,死于苍梧之野,与楚人关系最深。

〔5〕启:夏启,传说中夏朝的君主,夏禹之子。《九辩》、《九歌》:古乐曲名。古代神话说这是夏启从天帝那里取得的。又,向"重华"所陈之词从此句开始。

〔6〕夏:指夏启。康娱:寻欢作乐。"康",乐。自纵:放纵自己。

以上二句意思是:夏启从天上偷来《九辩》、《九歌》,夏王朝的君主从此寻欢作乐而放纵自己。

〔7〕难(nàn):患难。图:谋划。

〔8〕五子:指夏启的五个儿子。失:衍文,应删。用乎:因此、因而。家巷:内阋,内乱。"巷",通"鬨(hòng 讧)"。根据多种古书记载的上古传说,夏启有五个儿子被贬在观地,称为"五观"。夏启十年至十一年间,"五观"共同作乱,乱平以后,"五观"中最小的儿子武观被放逐于西

河。夏启十五年,武观又据西河发动叛乱,被彭伯寿率师讨平。此处"五子家巷"是兼指前后两次叛乱而言。

以上二句说:启不顾患难也不计未来,他的五个儿子因而发生内讧。

〔9〕羿(yì义):夏时诸侯,有穷国君。曾起兵推翻夏启之子太康,后又篡夏后相之位而代立。淫:过分。"淫游",游乐过度。佚(yì异):放纵。畋(tián田):打猎。

〔10〕封:大。"封狐",大狐,这里代表大的野兽。

以上二句意思是:后羿沉湎于游猎,又喜欢射那大兽。

〔11〕乱流:逆乱之辈。鲜:少,少有。终:名词,结果,下场。

〔12〕浞(zhuó苗):人名,即寒浞。传说他是羿的相,因贪恋羿妻,勾结羿的家臣逢蒙杀死羿。厥(jué决):其,指羿。家:妻室。王逸说:"羿畋将归,(寒浞)使家臣逢蒙射而杀之,贪取其家,以为己妻。羿以乱得政,身即灭亡,故言鲜终。"(《楚辞章句》)

以上二句说:逆乱之辈本来就少有好下场,寒浞又在贪图羿的妻子了。

〔13〕浇:通"奡(ào傲)",人名,即寒浞与羿妻所生之子。他曾用兵攻灭斟灌、斟寻两个部族,杀死因失国而居于斟灌的夏相;但后来又被夏相之子少康所杀。被服:即"披服",这里是"身上负有"的意思。明代汪瑗说:"'被服强圉'谓专尚猛力,如被服之在身而不舍也。"(《楚辞集解》)强圉(yǔ雨):即"强御",强暴有力的意思。《论语·宪问》:"羿善射,奡荡舟,俱不得其死然。"浇是古代传说中有名的力士。

〔14〕纵欲:不详所指。清代蒋骥认为"纵欲,如淫于女岐之类"。(《山带阁注楚辞》)事见《天问》,可以参考。忍:克制。

以上二句说:浇身上负有强大的力气,但放纵欲望,不自克制。

〔15〕日:这里用作副词,天天。自忘:清代王夫之说:"忘其身之危也。"(《楚辞通释》)

〔16〕用夫:因此。颠陨(yǔn允):坠落。按:少康杀浇事详见《天问》,并参下文"及少康之未家"句注。

以上二句说:浇天天寻欢作乐,忘掉了自身的危险,他的脑袋因此掉落。

〔17〕常违:违常,违背常规。一说"言常背天违道"(《文选五臣注》)。一说"常违,无往不违也"(清钱澄之《屈诂》)。

〔18〕乃:就。遂焉:终于。

以上二句说:夏桀违背常规,就终于遭殃。

〔19〕后:君王。辛:殷纣王之名。菹醢(zū hǎi租海):古代酷刑,把人剁碎做成肉酱。

〔20〕宗:宗祀。"殷宗",指殷王朝。用而:因而。

以上二句说:纣王把人剁成肉酱,殷王朝因而不得久长。

〔22〕俨(yǎn演):严肃、庄重。祇(zhī支):与"敬"同义。

〔22〕周:指周初的文王、武王等人。论道:议论治国之道。一说"道"指道德。莫差:没有差错。汪瑗说以上二句是"互文","非谓禹汤能祇敬而不能论道,文武能论道而不能祇敬也"。可参考。

以上二句说:商汤、夏禹严肃而又虔敬,周王讲求治道而没有差错。

〔23〕举贤:选拔贤人。授能:把职务交给有才能的人。

〔24〕循:遵循。绳墨:比喻法度。颇:偏颇。

〔25〕阿(ē婀):偏袒,袒护。

〔26〕民德:清代钱澄之之说:"民德是民之有德,足利赖万民者。虽帝王,自天视之,亦民而已。"(《屈诂》)又清代夏大霖说:"民德之民指君,对天言,故以人民概称也。"(《屈骚心印》)焉:于此,于是。错:通"措",设置、安排。辅:辅助。明代张凤翼说:"二语即皇天无私,惟德是辅。"(《文选纂注》)

以上二句说:皇天对人没有偏私,看谁有德就给以辅助。

〔27〕哲：名词，智慧的人。茂行：盛德之行。汪瑗说："圣哲以人而言，茂行以德而言。"

〔28〕苟得：乃能，才能够。用：即"为我用"，享有的意思。下土：国土，天下。相对"皇天"而言，所以称为"下土"。

以上二句说：只有圣人哲人以其盛德之行，才能够享有天下。

〔29〕瞻：向前看。顾：向后看。"瞻前而顾后"，宋代钱杲之说："前谓古也，后谓今也。"（《离骚集传》）张凤翼说："前后，禹、桀以下兴亡之迹也。"

〔30〕相（xiàng 向）：与"观"同义。汪瑗说："相者，视之审也；观者，视之周也。曰瞻顾，曰相观，详言之也。"计：指立身处世的计划、打算。极：终。"计极"，指立身处世的最终亦即最根本的打算，其具体内容在下二句说明。

〔31〕服：与"用"义同。这里是指行事而言。按：此二句即申明上句"民之计极"意，"民"即"人"，是泛指。清代吴世尚说："言我前瞻往古，后顾今兹，再四思维，其所以为民之至计，决未有非义非善而可用可行者。此固无论其为君、为臣，而其理皆莫之或易者也。"（《楚辞疏》）

以上四句意思是：前前后后看看历史上的种种事情，从中观察做人应有什么根本打算，结论是，哪有不义的事可以做，哪有不善的事可以行？

〔32〕阽（diàn 电）：临近边缘的意思。"阽余身"，等于说"余身阽"，即自身临近危险。危死：几乎要死亡。

〔33〕初：指初志。

以上二句说：我已临近危险，几乎要死亡。但回顾我当初的心志，却还是不后悔。

〔34〕凿（zuò 作）：器物上的孔眼，是安插榫（sǔn 损）头的。正：动词，削正。枘（ruì 锐）：榫头。"量凿正枘"，比喻投合时势。王逸说："臣

不度君贤愚,竭其忠信,则被罪过而身殆也。"可以参考。

以上二句说:不度量凿眼而削正想要安放的榫头,这本是前代贤人被剁成肉酱的原因。按:向"重华"所陈之词到此为止。

〔35〕 曾:通"层",作副词用,有重累连续之意。一说"曾"通"增",愈加。一说"曾"为语助词,无义。歔欷(xū xī 须西):哭泣时的抽噎。明代赵南星说:"歔,出气也。欷与唏同,哀而不泣也。歔欷,悲泣气咽而抽息也。"(《离骚经订注》)郁邑:忧愁烦闷。

〔36〕 时:时世。当:值,遇上。"不当",生不逢时的意思。

以上二句意思是:我连连抽噎,愁烦不已,哀怜自己生不逢时。

〔37〕 茹蕙:柔软的蕙草。

〔38〕 沾:浸湿。浪浪(láng 郎):流不止的样子。

以上二句说:拿着柔软的蕙草揩抹眼泪,眼泪却滚滚而下沾湿了衣襟。

跪敷衽以陈辞兮[1],耿吾既得此中正[2]。驷玉虬以乘鹥兮[3],溘埃风余上征[4]。朝发轫于苍梧兮[5],夕余至乎县圃[6]。欲少留此灵琐兮[7],日忽忽其将暮[8]。吾令羲和弭节兮[9],望崦嵫而勿迫[10]。路曼曼其修远兮[11],吾将上下而求索[12]。饮余马于咸池兮[13],总余辔乎扶桑[14]。折若木以拂日兮[15],聊逍遥以相羊[16]。前望舒使先驱兮[17],后飞廉使奔属[18]。鸾皇为余先戒兮[19],雷师告余以未具[20]。吾令凤鸟飞腾兮[21],继之以日夜[22]。飘风屯其相离兮[23],帅云霓而来御[24]。纷总总其离合兮[25],斑陆离其上下[26]。吾令帝阍开关兮[27],倚阊阖而望予[28]。时暧暧其将罢兮[29],结幽兰而延伫[30]。世溷浊而不分兮〔31〕,好蔽美而嫉妒〔32〕。

〔1〕敷:铺放。衽(rèn 认):衣襟。此处"衽"当指长袍前襟的下幅,跪时铺之地。又晚清王树枏据《礼记》郑注说:"衽,卧席也。"(《离骚注》)可备参考。

〔2〕耿:明亮的样子。此处是状语提前。中正:指正道。明代汪瑗说:"己既陈毕而舜无答词,其意若将深有以许之矣,故以既得此中正自信也。"(《楚辞集解》)又清代吴世尚说:"言我往就重华,稽首陈词,良久良久,而重华隐隐之中果若有以明示我者,而使吾遂得此中正之道以行也。"(《楚辞疏》)说皆可参考。

以上二句说:铺下衣襟跪着诉说了以上一番话,我心明眼亮地感到已经得到了正道。

〔3〕驷(sì 四):古代指驾一辆车所用的四匹马,这里用作动词,意思是把四虬驾在一起。虬(qiú 求):传说中的一种龙。"玉虬",带有玉饰的虬;一说指虬色白如玉。鹥(yī 衣):凤凰一类的鸟。"乘鹥",以鹥为车而乘之。

〔4〕溘(kè 克):忽然。埃风:夹着尘埃的大风。清代徐焕龙说:"风起则尘生,故曰埃风。"(《屈辞洗髓》)

以上二句说:驾起玉虬乘着凤车,忽起一阵大风,我就上行于天。

〔5〕轫(rèn 刃):停车时抵住车轮的木块。"发轫",起动车辆,启程。苍梧:山名,即九疑山,在今湖南省宁远县东南。传说虞舜死于苍梧之野,葬在九疑山。上文屈原想象向虞舜陈词,所以这里说从苍梧出发。按:此句以下至"吾将上下而求索"句,是叙述一天的行程。

〔6〕县圃:亦作"悬圃"、"玄圃",神话中地名,传说在昆仑山的中层。洪兴祖《楚辞补注》曾博引诸书所记昆仑、县圃:"《山海经》云:'槐江之山,上多琅玕金玉。其阳多丹粟,阴多金银,实惟帝之平圃。南望昆

仑,其光熊熊,其气魂魂。西望大泽,后稷所潜。'平圃即县圃也。《穆天子传》云:'春山之泽,清水出泉,温和无风,飞鸟百兽之所饮食,先王之所谓县圃。'……《淮南子》曰:'昆仑之丘,或上倍之,是谓凉风之山,登之而不死;或上倍之,是谓县圃之山,登之乃灵,能使风雨;或上倍之,乃维上天,登之乃神,是谓太帝之居。'"由此可见,昆仑、县圃等都是神话传说中的仙山灵境,《楚辞》各篇所用皆同。

〔7〕琐(suǒ 索):门上所雕的连锁花纹,此处代表县圃之门。因县圃为神之所居,所以其门又敬称为"灵琐"。

〔8〕忽忽:疾行貌。

以上二句说:想在这神府门前稍稍停留一下,可是太阳很快下落,已将近黄昏。

〔9〕羲(xī 西)和:神话中为太阳驾车的人。弭(mǐ 米):停止。节:指车行的节度。"弭节",停车的意思。一说"弭节"是减速的意思,亦可通。

〔10〕崦嵫(yān zī 淹兹):神话中山名,太阳由此而入。迫:迫近。

以上二句说:我命令羲和把太阳的车子停下来,望着崦嵫山却不要靠近它。

〔11〕曼曼:通"漫漫",路程很长的样子。修:长。

〔12〕以上二句说:路程漫漫又长又远,我还要到上下四方去寻求。

〔13〕饮(yìn 印):给牲畜水喝。咸池:神话中的天池,是太阳洗浴之处。按:此句以下至本段末,是叙述又一天周游求索的情况。

〔14〕总:总揽,总握。汪瑗说:"总揽六辔于手以控乎马,自扶桑而启行耳。"清代王夫之说:"总握六辔,驱车行也。"(《楚辞通释》)一说"总"为束结丝缕之义,"总余辔",犹言束结其辔,如丝发之聚束(见姜亮夫《屈原赋校注》)。可备参考。辔(pèi 佩):缰绳。扶桑:神话中长在东方日出处的大树。

〔15〕若木:神话中长在西方日入处的大树。拂:逆。"拂日",即逆之而使不得西坠之意。"折若木以拂日"的用意与上一天傍晚命令羲和弭节、"望崦嵫而勿迫"相同,两天之内都是傍晚到了西方而仍无所获,所以希望太阳不要下落,以便继续求索。

〔16〕聊:姑且。逍遥:优游自得的样子。相羊:通"徜徉(cháng yáng 常羊)",徘徊。

以上二句说:折一枝若木阻挡太阳下落,让我姑且在这里优游徘徊。

〔17〕望舒:神话中为月亮驾车的人。清代鲁笔说:"月御前驱,令其万里光明不暗。"(《楚辞达》)

〔18〕飞廉:神话中的风神。传说飞廉是鹿身,头如雀,有角,豹文蛇尾。鲁笔说:"风伯随属,令其一路清洁无尘。"清代胡文英说:"前望舒,所以启其明;后飞廉,所以致其远。"(《屈骚指掌》)属(zhǔ 主):接连,这里是跟随的意思。

以上二句说:我命令望舒在前面为先驱,又让飞廉追随在后边。

〔19〕鸾(luán 峦):传说中凤一类的神鸟。皇:通"凰",雌凤。一说"鸾皇,灵鸟",以"鸾皇"为一鸟,不分读,亦通。先戒:在前边清道警卫。汪瑗说:"戒谓戒严其道,先戒犹先驱也。"

〔20〕雷师:雷神。未具:行装尚未齐备。汪瑗说:"具,备也,指车驾而言。告以未具,正言其将具而尚未具,非不备之谓也。下章飘风帅云霓而来迎,则具之谓矣。此章悉言风月雷鸟,以见其欲往之亟也。"

以上二句意思是:神鸟鸾皇为我警卫开道,正要出发,雷师却告诉我车驾尚未齐备。

〔21〕凤鸟:传说中的神鸟。《山海经·南山经》:丹穴之山"有鸟焉,其状如鸡,五彩而文,名曰凤皇。首文曰德,翼文曰义,背文曰礼,膺文曰仁,腹文曰信。是鸟也,饮食自然,自歌自舞,见则天下安宁"。此处"凤鸟"当是指凤车,与上文"乘鹥"相应。

〔22〕"继之以日夜",是诗人命令凤鸟准备夜以继日不停求索。下文"叩阍"之后说"时暧暧其将罢",正与上文"折若木以拂日"相续,可知从"饮马咸池"至"叩阍不纳"皆在一天之内,也就是整个"周游求索"的第二层次。至下文"朝吾将济于白水",方为第三日的开端。前人注中有将"第三日"划分于"继之以日夜"前后各句,此种划分不准确。

〔23〕飘风:旋风。屯:聚。离:通"丽",附丽,附拢。

〔24〕帅:通"率",动词。汪瑗说:"帅,统而率之也。盖飘风起而云霓为所驱逐,若有以帅之者,虽为寓言,亦自有意。"霓(ní 尼):副虹。"云霓",泛指云霞。御:通"迓(yà 讶)",迎接。按:"飘风"二句言车驾行于太空,旋风聚于周围如附丽然,且云随风动,亦若来相迎者,此皆着力渲染此行之声势。

以上二句说:旋风结聚着向我的车驾附拢,它率领云霞来迎接我们。

〔25〕纷总总:纷然杂聚的样子。离合:忽散忽聚,流动变化。

〔26〕斑陆离:三字状语,各种色彩参差交织的样子。上下:忽高忽低,飘浮不定。按:"纷总总"二句当是承上"云霓"而言,形容其五色缤纷,聚散飘浮之状。又汪瑗说:"二句总指上三章扈卫之形色而言。纷然而总总,斑然而陆离,以见其盛也;或离或合,或上或下,又奔走急速之所使然,而不暇于整齐严肃故也。"又清代王邦采说:"上文若望舒,若飞廉,若鸾皇,若雷师,若凤鸟,若飘风,若云霓,所谓纷总总而斑陆离者也。"(《离骚汇订》)这都是以"纷总总"二句为指整个行列仪从而言,亦可参考。

〔27〕阍(hūn 昏):守门人。"帝阍",天帝的守门人。

〔28〕阊阖(chāng hé 昌合):神话中的天门。宋代洪兴祖说:"《说文》云:'阊,天门也。阖,门扇也。楚人名门曰阊阖。'《文选》注云:'阊阖,天门也,王者因以为门。'屈原亦以阊阖喻君门也。"望予:意思是守门人漠然望我,并不开关。王逸说:"将上诉天帝,使阍人开关,又倚天门

望而距我,使我不得入也。"(《楚辞章句》)朱熹说:"令帝阍开门,将入见帝,更陈己志,而阍不肯开,反倚其门望而拒我,使我不得入,盖求大君而不遇之比也。"(《楚辞集注》)按:"叩阍"求见上帝,是"周游求索"中一项重要内容,意在比喻被疏之后渴望重见楚君以倾忠悃;然而终于受阻,陈志无门。

以上二句说:我叫上帝的守门人把门打开,他却靠着天门冷冷地看我。

〔29〕时:时光。暧暧(ài 爱):日光昏暗的样子,是黄昏景象。罢:完结。指一天将要完结。汪瑗说:"罢,休也。读如欲罢不能之罢。"清代陈本礼说:"前云将暮,此云将罢,皆隐恨日愈昏而时不可待之意。"(《屈辞精义》)

〔30〕结:编结。"结幽兰",比喻怀抱幽芳。因此时见帝显然已经无望,只得取佩带之幽兰,理而结之,而延伫于天门之外。幽兰:兰草,因多生于幽僻之处,所以称为"幽兰"。

以上二句说:时光已是黄昏,一天将要完了,我编结着幽兰,在天门前久久徘徊。

〔31〕溷(hùn 混)浊:混乱污浊。不分:分不清善恶和美丑。

〔32〕好(hào 浩):喜欢。蔽:遮蔽。美:指优秀的人。清代钱澄之说:"天上地下,总成一溷浊之世,无分于上清而下浊也,盖无不以蔽美嫉妒存心者也。"(《屈诂》)其说最简明。

朝吾将济于白水兮[1],登阆风而绁马[2]。忽反顾以流涕兮,哀高丘之无女[3]。溘吾游此春宫兮[4],折琼枝以继佩[5]。及荣华之未落兮[6],相下女之可诒[7]。吾令丰隆乘云兮[8],求宓妃之所在[9]。解佩纕以结言兮[10],吾令蹇修以为理[11]。纷总总其离合兮[12],忽纬繣其难迁[13]。夕归次于穷石兮[14]，朝濯发乎洧盘[15]。保厥美以骄傲兮[16]，日康娱以淫游[17]。虽信美而无礼兮[18]，来违弃而改求[19]。览相观于四极兮[20]，周流乎天余乃下[21]。望瑶台之偃蹇兮[22]，见有娀之佚女[23]。吾令鸩为媒兮[24]，鸩告余以不好。雄鸠之鸣逝兮[25]，余犹恶其佻巧[26]。心犹豫而狐疑兮，欲自适而不可[27]。凤皇既受诒兮[28]，恐高辛之先我[29]。欲远集而无所止兮[30]，聊浮游以逍遥[31]。及少康之未家兮[32]，留有虞之二姚[33]。理弱而媒拙兮[34]，恐导言之不固[35]。世溷浊而嫉贤兮，好蔽美而称恶[36]。闺中既以邃远兮[37]，哲王又不寤[38]。怀朕情而不发兮，余焉能忍与此终古[39]！

〔1〕白水：神话中与仙山昆仑相联系的水名。按：此句以下至本段末，是叙述又一天周游求索的情况。

〔2〕阆(làng浪)风：神话中地名，在昆仑山上。按：屈原想象"周游求索"，在空间上是以昆仑山为中心的，所以上文"叩阍"之行，先说"夕余至乎县圃"；此句以下想象"求女"过程，又从"登阆风"为其开端。缧(xiè泄)：系。

以上二句说：早上我渡过白水，登上阆风后把马系住。

〔3〕哀高丘之无女："求女"以喻"求贤君"之说，创自宋代朱熹，在后世很有影响；但它不大合乎事理，所以近代研究者多数也不采纳。《离骚》第一大段表明，屈原想在楚国实现"美政"，有两个主要手段，一是依靠楚王的支持，二是培养一批志同道合的人，但结果都归于失败。《离骚》第二大段主要是用幻想形式进一步表现前一大段的内容，所以"叩阍未通"是比喻对楚王的绝望，而"求女不合"则是比喻寻求志同道合的

人又归于失败。此句"哀高丘之无女",正是悲叹满朝无与己同心之人,而接下去连说三次"求女",则是比喻更为广泛的寻求。又屈原所描述的"周游求索"全过程,都是用幻想形式,其所历空间背景均出于古代神话;所以此处说"高丘",不应突然转为楚之一山,旧说凡以为实指楚地者,皆误。"高丘"当是承接上文,指"阆风"或泛指整个昆仑,而所比喻的则是楚王朝。清代鲁笔说:"高丘明指阆风,暗指楚国",最为确切。

〔4〕春宫:神话中东方的仙宫。王逸说:"春宫,东方青帝舍也。"(《楚辞章句》)

〔5〕琼枝:神话中玉树的枝。

以上二句说:忽然我又来游这东方的仙宫,折下玉树的枝来补充我的佩饰。

〔6〕荣、华:都是花。《尔雅·释草》:"木谓之华,草谓之荣。"这里是指玉树枝上的花。

〔7〕下女:指下文宓妃等人,因相对于高丘神女而言,所以说"下女"。按:屈原因"高丘无女",故改而欲求"下女",以启下文求宓妃、有娀、二姚各节。诒(yí 宜):通"贻",赠给。

以上二句说:趁着玉树枝上的花朵尚未凋落,认一个下界的美女以便赠给她。

〔8〕丰隆:神话中的云神。

〔9〕宓(fú 伏)妃:神话中的神女,据说是古帝伏羲氏之女。

〔10〕纕(xiāng 香):与"佩"同义,佩饰。结言:订约。又近人朱季海认为"结言"非泛指订约,而是专指婚配中的"纳征问名"之礼,其说不为无据,可供参考(详见朱季海《楚辞解故》)。

〔11〕蹇修:人名。根据屈辞文例,此处蹇修当是一个假设的人物;而这一人物之所以被名为蹇修,则汪瑗、戴震二说均可通。汪瑗说:"蹇修,博謇好修之人,设为此名耳。盖媒妁之别名也。夫为媒理者,必须轻

捷嬛媚之人,今以蹇修为理,所以不能遇也。"清代戴震说:"蹇修,媒之美称,蹇蹇而修治,不阿曲也。"(《屈原赋注》)又近人闻一多说:"案《路史·后纪》注一引《文选》五臣本'蹇'作'謇',最是。謇,吃也。上云'解佩纕以结言',下云'令謇修以为理',盖谓令謇吃之人为媒,结言而往求彼美,必难胜任,亦后文理弱媒拙,导言不固之意也。求宓妃则謇修不良于言,求有娀则鸩鸠皆谗佞难任,求二姚又理弱媒拙。三求女而三无成,总坐无良媒故尔。合观三事,义可互推。"(《楚辞校补》)此说最能阐发原文的寓言意味,实较诸旧说为长。理:使者,媒人。

以上二句说:我解下饰物拿去订约,让蹇修给我当媒人。

〔12〕纷总总其离合兮:指双方说合的过程复杂多变。

〔13〕纬繣(wěi huà 伟化):乖戾,态度别扭的意思。难迁:难以改变,指宓妃的态度。

以上二句意思是:说合过程中情况复杂多变,突然宓妃又闹别扭,再也难以说动。

〔14〕次:止宿。穷石:神话中地名。

〔15〕濯:洗。洧(wěi 伟)盘:神话中水名,传说出自崦嵫之山。

以上二句说:宓妃晚上住在穷石,早晨又到洧盘洗发梳妆。

〔16〕保:恃,仗着。厥(jué 决):其,指宓妃。

〔17〕淫游:游乐过度。

以上二句说:宓妃仗着她的美貌而骄傲,天天寻欢作乐,游玩过度。

〔18〕无礼:清代刘梦鹏说:"无礼,谓骄傲淫游,放于礼法也。"(《屈子章句》)

〔19〕来:招呼从者之词。违弃:抛开。改求:另作追求。

以上二句说:她虽然确实美丽然而不讲礼法,来吧,让我们抛开她另作追求。

〔20〕览、相(xiàng 向)、观:都是看的意思。汪瑗说:"览,视之速

也;相,视之审也;观,视之遍也。"清代钱澄之说:"览,远视;观,平视;相,谛视也。"(《屈诂》)清代王夫之说:"览也,相也,观也,重叠言者,明旁求之不止也。"(《楚辞通释》)可以参考。四极:指天空中四方的尽头。

〔21〕周流:周游。

〔22〕瑶台:玉台。洪兴祖说:"《说文》云:'瑶,玉之美者。'"(《楚辞补注》)偃(yǎn演)蹇:高耸的样子。

〔23〕有娀(sōng松):传说中的古国名。佚女:美女。这里是指神话中所说的有娀氏美女简狄,后来成为帝喾(高辛氏)之妃,生子契,是商朝的始祖。又王夫之释"佚"为"游",清代徐焕龙释"佚女"为"佚群之女",亦可参考。

以上二句说:远望那玉台高高耸立,看见了正在台上的美女简狄。

〔24〕鸩(zhèn阵):传说中的一种毒鸟。此处以鸩为媒,是因为它有毒而喻其谗恶之性。

〔25〕鸠:鸟名。

〔26〕恶(wù务):憎厌。佻(tiāo挑阴平)巧:轻佻而机巧。

以上四句说:我让鸩鸟去做媒,它却恶毒地说对方不好;雄鸠叫唤着飞去说合,我又嫌它太轻佻。

〔27〕适:往。

〔28〕凤皇:通"凤凰"。诒:通"贻",致送,这里用作名词,指礼物。"受诒",意思是凤皇已接下了送给简狄的聘礼,而前去说媒。

〔29〕恐高辛之先我:上文言鸩、鸠不宜为媒,以至于想要"自适",显然是并无恰当媒理可遣,所以接言高辛已遣凤皇,意思是说即使再派出恰当的媒人,恐怕也为时已晚。高辛之事早已在前,所以凤皇受诒着一"既"字,"凤皇"二句均属高辛。旧注中认为凤皇是受屈原之诒而将欲前往者,于文义不合。

以上二句意思是:凤皇已带了聘婚的礼物前去做媒,恐怕高辛是抢在我的前面了。

〔30〕集:本指鸟栖于树,这里与"止"同义,停留。

〔31〕浮游:游荡。

按:以上二句是诗人自言因求有娀之女不得,一时又无可他求,所以说想远去时又无处可去,姑且游荡而逍遥,此正与上求宓妃不得而以"览相观"二句为过渡之文例相同。

〔32〕少康:传说是夏朝的中兴之主,夏后相之子。家:这里用作动词,成家的意思。

〔33〕有虞:传说是虞舜后裔的部落国家,相传故址在今河南省虞城县西南。二姚:有虞国君的两个女儿。据古籍记载,舜母名握登,生舜于姚墟,因姓姚氏。有虞为虞舜之后,所以是姚姓。关于少康得有虞之助以复国之事,见于《左传》,其大致经过是:有穷国的后羿篡夺夏王朝,夏后相出奔;后羿复为其臣寒浞所杀;寒浞与羿妻生浇、豷二子。后来浇攻灭斟灌、斟鄩二部落,杀了逃到那里的夏后相。相之妻后缗逃归有仍部落,生下遗腹子少康。浇派人追捕少康,少康逃奔有虞,有虞国君把两个女儿嫁给他,并让他居于纶地。少康因此得以收集夏众,终于消灭了浇、豷,复兴夏朝。其事亦见《天问》。

以上二句说:趁着少康没有成家,还留着有虞国的二姚可以往求。

〔34〕理、媒:都指媒人。王逸说:"弱,劣也。拙,钝也。"

〔35〕导言:指媒人传达说合之辞。固:牢靠。

以上二句说:媒人无能而笨拙,恐怕说合不牢靠。

〔36〕称:举。"称恶",抬举恶人或称道恶行的意思。以上二句是"求女"各节的小结,与上"叩阍"章以"世溷浊"二句作结例同。

〔37〕闺中:这里指上文所求之女的居处。邃(suì岁):深远。

〔38〕哲王:明智的君王。寤:通"悟",醒悟。朱熹说:"闺中深远,盖言宓妃之属不可求也;哲王不寤,盖言上帝不能察司阍壅蔽之罪也。"

40

清代李光地也说:"群女深藏,是闺中邃远也;帝阁不开,是哲王不寤也。"(《离骚经注》)这都是以"闺中"二句分承"求女"、"叩阊"二事而为之作结,比较符合文义。

〔39〕终古:永远。

以上二句说:我怀着忠贞之情而无可抒发,我怎能忍受这种情况直到最终。

从"女嬃之婵媛"至此是全篇的第二大段。作者假设有一个老大姐式的人物对他殷切劝诫,他听了不服气,就幻想去向古帝虞舜陈诉。当他认为已得到公正的评判之后,便满怀信心周游太空,上求天帝,下索佚女,以探寻改变处境、实现理想的途径,然而这一切仍归于失败。这是以想象的形式进一步表现他在现实中的追求和遭遇,从而也进一步抒发了他的情怀。

索藑茅以筳篿兮〔1〕,命灵氛为余占之〔2〕。曰:"两美其必合兮〔3〕,孰信修而慕之〔4〕?思九州之博大兮〔5〕,岂唯是其有女〔6〕?"曰:"勉远逝而无狐疑兮〔7〕,孰求美而释女〔8〕?何所独无芳草兮〔9〕,尔何怀乎故宇〔10〕?世幽昧以眩曜兮〔11〕,孰云察余之善恶〔12〕?民好恶其不同兮,惟此党人其独异〔13〕。户服艾以盈要兮〔14〕,谓幽兰其不可佩〔15〕。览察草木其犹未得兮,岂珵美之能当〔16〕?苏粪壤以充帏兮〔17〕,谓申椒其不芳〔18〕。"

〔1〕索:求取。藑(qióng 穷)茅:一种可用于占卜的茅草。以:与。筳(tíng 亭)、篿(zhuān 专):都是名词,都指占卜所用的竹板。屈原言求卜只是想象之词,所以这里同时提到楚人常用的"茅卜"、"竹卜"两种占

卜法。明代汪瑗说:"既取藑茅而占之,又取筳篿而占之,再三反复,欲其审也。"(《楚辞集解》)可以参考。

〔2〕灵氛:传说中的上古神巫。"灵",巫;"氛",巫者之名。巫氛及下文中的巫咸都是传说中的上古神巫,所以屈原想象请他们占卜、降神。灵氛、巫咸之为寓言人名,正与女媭、蹇修等例相似。占(zhān 沾):占卜,算卦。

〔3〕曰:主语是屈原,以下四句是屈原问卜之词。两美:承上"求女"而言,意为"两贤相遭,志同者其道自合"(参用清代朱冀《离骚辩》语)。其:表示肯定语气的句中助词。

〔4〕信修:真正美好。慕:追求。之:代词,指"两美必合"这种事情。

以上二句说:美好的双方必能结合,就看谁是不是真正美好而且追求这种结合。

〔5〕九州:古代中国分为九州,此处犹言"天下"。

〔6〕是:此,此地,指楚国;一说指上文已经求索过的宓妃、简狄、二姚等人所在之地,亦可通。(上文追求宓妃等人是比喻在楚国寻求志同道合的人,所以两种说法其实是一致的;但下文灵氛答词中有"尔何怀乎故宇"一语,所以这里的"是"的直接意义应指楚国。)女:承上"求女"而言,仍指宓妃、简狄、二姚一类的美女,比喻志同道合的人。

以上二句说:我想天下是很大的,难道唯独此地才有美女?

〔7〕曰:主语是灵氛。此下至本段末是灵氛的答词。勉:尽力,努力。

〔8〕释:放。女:通"汝",你,灵氛用以称屈原。

以上二句说:你尽力往远方去,不要疑惑不决,谁寻求美好的人而会把你放过?

〔9〕芳草:比喻将往追求的美女。

〔10〕尔:同上"汝",亦灵氛称屈原之词。故宇:旧居。

清代鲁笔解释"勉远逝"以下四句说:"上二句答'两美'二句,下二句答'思九州'二句。"(《楚辞达》)此说甚确。

〔11〕世:指楚国的世俗。幽昧:昏暗。眩曜(xuàn yào绚药):本指日光强烈,引申为目光迷乱,辨物不明的意思。

〔12〕云:语助词。余:这里是"咱们"的意思,是灵氛站在屈原一边说话的语气;与前文"女媭"所谓"孰云察余之中情"句用法相同。

以上二句说:楚国的世道昏暗迷乱,谁来详察咱们这种人是好是坏?

〔13〕党人:指朋比为奸之人。"民好恶"二句,朱熹说:"言人性固有不同,而党人为尤甚也。"(《楚辞集注》)

以上二句说:人们的爱憎本来就不同,而那些结党营私的人则尤其特别。

〔14〕户:家家户户的意思,承上"党人"而言。服:佩带。艾:即艾草,在作者心目中这是一种恶草。要:通"腰"。

〔15〕佩:佩带。

以上二句意思是:那些结党营私的人都不辨香臭善恶,他们把艾草佩满腰间,反而说幽兰不可佩带。

〔16〕珵(chéng成):美玉。当(dàng荡):恰当,合宜。在"览察"二句中,上下句分言"得"、"当",实为互文;又"览察"见于上句,其义亦贯于下。

以上二句意思是:览察草木犹未得当,则览察美玉又岂能得当?

〔17〕苏:取。粪壤:粪土。充:塞满。帏(wéi违):指古人身上佩带的香袋。

〔18〕芳:香。按:灵氛之言至此为止。

以上二句说:(那些人)拿粪土来塞满荷包,却反而说申椒不香。

43

欲从灵氛之吉占兮，心犹豫而狐疑[1]。巫咸将夕降兮[2]，怀椒糈而要之[3]。百神翳其备降兮[4]，九疑缤其并迎[5]。皇剡剡其扬灵兮[6]，告余以吉故[7]。曰："勉升降以上下兮[8]，求榘矱之所同[9]。汤禹严而求合兮[10]，挚咎繇而能调[11]。苟中情其好修兮，又何必用夫行媒[12]？说操筑于傅岩兮[13]，武丁用而不疑[14]。吕望之鼓刀兮[15]，遭周文而得举[16]。宁戚之讴歌兮[17]，齐桓闻以该辅[18]。及年岁之未晏兮[19]，时亦犹其未央[20]。恐鹈鴂之先鸣兮[21]，使夫百草为之不芳[22]。"

〔1〕此处说"犹豫"、"狐疑"主要表示远逝求合之慎重，也是行文的过渡。

〔2〕巫咸：传说中的上古神巫。此处所说"巫咸降神"完全是出于想象。降：指降神，类似于后世的"跳神"。清代王夫之说："楚俗尚鬼，巫或降神，神附于巫而传语焉。"(《楚辞通释》)"夕降"，指在晚间降神。

〔3〕怀：怀藏，怀带的意思。椒：花椒，用以浸酒敬神。清代朱冀说："椒谓椒酒也。崔寔《月令》：'过腊一日谓之小岁，拜贺君亲，进椒酒。'又荆楚俗，正月元日，以盘进椒酒饮，谓之椒盘。大夫怀椒以代椒酒，且寓不离芳香之意也。"(《离骚辩》)可以参考。糈(xǔ 许)：精米，祭神所用。要(yāo 腰)：拦截，这里是迎候的意思。

以上二句说：巫咸将在晚间降神，我带着花椒精米前去迎候。

〔4〕百神：指巫咸所降之神。明代汪瑗说："百神谓天之群神；百者，概言其数之盛也。"(《楚辞集解》)翳(yì 义)：遮蔽，这里用作副词，形容诸神下降时的情况。王夫之说："翳，蔽空而下也。"备：齐，都。

〔5〕九疑：山名，在今湖南省宁远县东南。这里指九疑山之神。按：

上文想象"上下求索"既由九疑山出发,则"叩阊"、"求女"失败之后,当仍落脚于九疑山。所以灵氛占卜、巫咸降神二事亦均被想象为在彼处进行;而当天神下降之际,九疑山神作为地主并起而迎。缤:盛多的样子。其:句中助词。迎:可能是"迓"字之误,"迓"与下文"故"古音为韵。

以上二句说:天上诸神蔽空齐下,九疑山神纷纷相迎。

〔6〕皇剡剡(yǎn眼):大放光芒的样子。此处是屈辞中常见的前置三字状语,"皇"字不得释为主语。扬灵:显示神灵。

〔7〕吉故:吉利的故事,指下文所述君臣遇合的事例。清代龚景瀚说:"故者,已然之迹也,下文傅说、吕望等是也。吉故,前事之吉者也。"(《离骚笺》)

以上二句说:诸神大放光芒显示神灵,告诉我君臣遇合的吉利故事。

〔8〕曰:主语是巫咸。以下至本段末,都是巫咸代表天神所说。

〔9〕榘:同"矩",画方形的仪器。矱(huò 或):尺度。"榘矱",比喻准则。

以上二句说:努力到上下四方去寻求吧,寻求那些和你遵循同样准则的人。

〔10〕严:严肃认真的意思。

〔11〕挚(zhì 至):伊尹之名,相传是商汤的贤相。咎繇(gāo yáo 羔摇):即皋陶(yáo 摇),传说中夏禹的贤臣。调:协调,和谐。

以上二句说:商汤、夏禹认真寻求志同道合的人,得到伊尹、咎繇而君臣协调。

〔12〕用:因,借助。行媒:王逸说:"行媒,喻左右之臣也。言诚能中心常好善,则精感神明,贤君自举用之,不必须左右荐达也。"(《楚辞章句》)

以上二句意思是:只要衷心爱好优美的品质,那就自然会有理想的结合,又何必借助媒人往来说合?

〔13〕说(yuè月):指傅说,相传是殷高宗的贤相。王逸说:"傅说抱道怀德,而遭遇刑罚,操筑作于傅岩。武丁思想贤者,梦得圣人,以其形象求之,因得傅说,登以为公,道用大兴,为殷高宗也。"操:持。筑:打土墙用的捣土棒。傅岩:地名,在今山西省平陆县东。

〔14〕武丁:殷高宗名。

以上二句说:傅说拿着捣土棒在傅岩打墙,武丁毫不犹疑地用他为相。

〔15〕吕望:即姜太公。王逸说:"吕,太公之氏姓也。……或言吕望太公,姜姓也,未遇之时,鼓刀屠于朝歌也。言太公避纣,居东海之滨,闻文王作兴,盍往归之。至于朝歌,道穷困,自鼓刀而屠,遂西钓于渭滨。文王梦得圣人,于是出猎而遇之,遂载以归,用以为师,言吾先公望子久矣,因号为太公望。或言周文王梦天帝立令狐之津,太公立其后。帝曰:昌,赐汝名师。文王再拜,太公亦再拜。太公梦亦如此。文王出田,见识所梦,载与俱归,以为太师也。"鼓:鸣。"鼓刀",摆弄屠刀发出响声。相传姜太公曾在殷都朝歌当过屠夫,宰牛为生。

〔16〕周文:周文王,名姬昌。

以上二句说:吕望摆弄过屠刀,遇着周文王就得到举用。

〔17〕宁戚:王逸说:"宁戚,卫人,……修德不用,退而商贾,宿齐东门外。桓公夜出,宁戚方饭牛,叩角而商歌,桓公闻之,知其贤,举用为客卿。"讴歌:指宁戚敲着牛角唱歌。商歌者,谓为商声而歌;一说指商旅之歌。

〔18〕齐桓:齐桓公,春秋前期齐国国君,曾称霸于诸侯。该辅:王逸说:"该,备也。……备辅佐也。"

以上二句意思是:宁戚唱歌表示怀才不遇,齐桓公听到了就以他为辅佐之臣。

〔19〕晏:迟,晚。

〔20〕央:尽。一说"央,中也。未央,谓其时未过中,尚可有为"(见宋钱杲之《离骚集传》)。

〔21〕鹈鴂(tí jué 提决):鸟名,即子规,杜鹃,鸣于春末夏初,正是落花时节。

〔22〕按:巫咸之辞,至此句为止。

以上四句意思是:要趁着年岁还不迟,时光还未尽,努力寻求遇合,有所作为;不要等到年老力衰,时机已过,如同鹈鴂一叫花草不再芳香那样,便再也来不及了。

何琼佩之偃蹇兮[1],众薆然而蔽之[2]。惟此党人之不谅兮[3],恐嫉妒而折之[4]。时缤纷其变易兮[5],又何可以淹留[6]。兰芷变而不芳兮,荃蕙化而为茅[7]。何昔日之芳草兮,今直为此萧艾也[8]!岂其有他故兮,莫好修之害也[9]。余以兰为可恃兮[10],羌无实而容长[11];委厥美以从俗兮[12],苟得列乎众芳[13]。椒专佞以慢慆兮[14],樧又欲充夫佩帏[15]。既干进而务入兮[16],又何芳之能祇[17]?固时俗之流从兮,又孰能无变化[18]?览椒兰其若兹兮[19],又况揭车与江离[20]?惟兹佩之可贵兮[21],委厥美而历兹[22]。芳菲菲而难亏兮[23],芬至今犹未沫[24]。和调度以自娱兮[25],聊浮游而求女[26]。及余饰之方壮兮[27],周流观乎上下[28]。

〔1〕琼佩:佩玉,比喻美德。清代蒋骥说:"琼佩,根'折琼枝以继佩'而言。"(《山带阁注楚辞》)偃蹇:本义是高貌,这里是高卓的意思。

〔2〕薆(ài 爱):遮掩。"薆然",是状语,被遮暗的样子。

47

以上二句说:我的佩玉是多么高洁,人们却把它遮蔽得暗淡无光。

〔3〕谅:信实。"不谅",不讲信义。又明代汪瑗说:"不谅,谓不信己琼佩之美也。"(《楚辞集解》)可供参考。

〔4〕折:摧折,摧残。之:它,指佩玉。

以上二句说:这帮结党营私的人是不讲什么信义的,恐怕会出于嫉妒来摧残它。

〔5〕缤纷:这里是形容时世纷乱。

〔6〕淹留:久留。

〔7〕茅:这里是代表恶草。王逸说:"言兰芷之草变易其体,而不复香;荃蕙化而为菅茅,失其本性也。以言君子更为小人,忠信更为佞伪也。"(《楚辞章句》)

〔8〕直:汪瑗说:"直者,变易太甚之意。"又说:"二句怪而叹之词。"萧:指秋天变老的白蒿。"萧艾",这里都指恶草。

以上四句说:兰和芷变得不香了,荃和蕙化成了茅草;怎么从前的香草,现在简直成了萧艾之类的恶草!

〔9〕以上二句说:这难道还有别的缘故?都是不爱惜优美品质所造成的祸害啊!

〔10〕兰:宋钱杲之说:"兰喻所收贤才也。"(《离骚集传》)清代钱澄之说:"原所最贵者兰也,故纫以为佩,树芳自兰始,责备亦兰为先。"(《屈诂》)恃:赖,依靠。

〔11〕容:指外表。长:《广雅》:"长,善也。"这里是好或优秀的意思。宋朱熹说:"容长,谓徒有外好耳。"(《楚辞集注》)

以上二句说:我以为兰草总可靠,谁知它并无实质而虚有其表。

〔12〕委:弃。

〔13〕苟:苟且。众芳:这里是比喻被世俗所称誉的人。又汪瑗说:"苟,聊且将就之意。众芳谓诸在位者,指缙绅之徒而言,非谓真美君子

也。"亦通。

以上二句说：兰草竟抛弃它的美质而追随世俗，以苟且求得被列为"芳草"。

〔14〕专：专横。佞（nìng 泞）：谄媚。一说"专"修饰"佞"，"专佞"是一味谄媚的意思，可以参考。慢、慆（tāo 滔）：都是傲慢的意思。

〔15〕椒（shā 杀）：指木本植物食茱萸所结的子，一名樘（dǎng 党）子，味辛辣。佩帏（wéi 维）：用作佩饰的香袋。

以上二句说：花椒变得专横谄媚又傲慢，樘子又钻进人们佩带的香袋。

〔16〕干、务：都是追求的意思。"干进"、"务入"都指为权势利禄而钻营。汪瑗说："干者求之遍也，务者事之专也；将入曰进，既进曰入。'干进务入'，互文而重言之也。"

〔17〕祗（zhī 支）：敬、尊重。朱熹说："但知求进，而务入于君，则又何能复敬守其芬芳之节乎？"

以上二句说：它们既然一心钻营向上爬，又怎能尊重自己原有的品格？

〔18〕以上二句说：世俗的风气本来就是大家随波逐流，又有谁能够不起变化？

〔19〕若兹：如此。按：此处兰椒之属与前文"滋兰九畹"、"树蕙百亩"、"畦留夷与揭车"、"杂杜衡与芳芷"等句相呼应，皆泛喻屈原之所栽培，终于成为随俗变节之人。

〔20〕以上二句说：看看椒和兰尚且变得如此，又何况次一等的揭车与江离。

〔21〕兹佩：此佩，指作者自己的佩饰，比喻自身的品德。

〔22〕委：这里是被人鄙弃的意思。历兹：至此。清代王远说："言固然习俗移人，贤者不免，大芳如此，小芳可知；当此时而不变者，惟兹玉

佩而已,以自比也。历兹,言经历千磨百炼,而至于此,犹言剩得此不变之一人也。"(《楚辞评注》)

以上二句说:惟有我的佩饰始终是可贵的,但它的美质却被人鄙弃而至于此。

〔23〕亏:亏损。

〔24〕沬(mèi媚):通"昧",暗淡。

〔25〕和:动词,调节而使之和谐的意思。调(diào吊):指佩玉所发的音响。度:指步伐的节奏。钱澄之说:"调度,指玉音之璆然,有调有度也。古者佩玉,进则抑之,退则扬之,然后玉声锵鸣。和者,鸣之中节也。自娱,谓自适其志,言足自乐也。浮游求女,随其所遇,不似向者之汲汲于所求也。"可参考。

〔26〕"聊浮游"句:王逸说:"且徐徐浮游,以求同志也。"

以上二句说:让我调整玉音和步伐的节奏以自欢娱,且到处飘游而求美女。

〔27〕方壮:指佩饰言,而佩饰方壮亦以喻年事。

〔28〕上下:汪瑗说:"此上下即前'吾将上下而求索','勉升降以上下'之上下也。"又清代王萌说:"自'何琼佩'至此,原自念而答巫咸之词。"(《楚辞评注》)此说甚确。

以上二句说:趁着我的佩饰正在盛美之际,我要周游观访于上下四方。

灵氛既告余以吉占兮,历吉日乎吾将行[1]。折琼枝以为羞兮[2],精琼靡以为粻[3]。为余驾飞龙兮,杂瑶象以为车[4]。何离心之可同兮[5],吾将远逝以自疏[6]。邅吾道夫昆仑兮[7],路修远以周流[8]。扬云霓之晻蔼兮[9],鸣玉鸾之啾啾[10]。朝发轫于天津兮[11],夕余至乎西极[12]。凤皇翼其承旂兮[13],高翱翔之翼翼[14]。忽吾行此流沙兮[15],遵赤水而容与[16]。麾蛟龙使梁津兮[17],诏西皇使涉予[18]。路修远以多艰兮[19],腾众车使径待[20]。路不周以左转兮[21],指西海以为期[22]。屯余车其千乘兮[23],齐玉轪而并驰[24]。驾八龙之婉婉兮[25],载云旗之委蛇[26]。抑志而弭节兮[27],神高驰之邈邈[28]。奏九歌而舞韶兮[29],聊假日以媮乐[30]。陟升皇之赫戏兮[31],忽临睨夫旧乡[32]。仆夫悲余马怀兮[33],蜷局顾而不行[34]。乱曰[35]:已矣哉[36]!国无人莫我知兮[37],又何怀乎故都[38]?既莫足与为美政兮[39],吾将从彭咸之所居[40]。

〔1〕历:选。宋代朱熹说:"历,遍数而实选也。"(《楚辞集注》)以上二句说:灵氛既已告诉我吉利的卜辞,选个好日子我将要远行。

〔2〕羞:肉干,泛指美味。

〔3〕精:动词,舂之使精的意思。一说"精"是精选的意思,亦可通。琼麋(mí迷):玉屑。粻(zhāng 章):粮食。

以上二句说:折下玉树的枝叶来做菜肴,精舂玉屑作为干粮。

〔4〕杂:动词,兼用的意思。瑶:美玉。象:指象牙。清代王夫之说:"驾飞龙而乘象玉之辂,所以自旌高贵而殊于俗也。"(《楚辞通释》)又清代王远说:"上言琼枝琼麋,非复人间之粮;此言飞龙瑶车,非复人间之车。亦犹前步兰皋、止椒丘之意也。"(《楚辞评注》)按:此节所言饮食车驾之异,与前"叩阍"、"求女"诸节铺陈排场用意相同。

以上二句说:给我把飞龙驾上套,杂用美玉和象牙镶成车辆。

〔5〕离心:这里当是兼指楚君臣上下而言。朱熹说:"离心,谓上下无与己同心者也。"

〔6〕自疏:朱熹说:"自疏,则祸害不能相及矣。"

以上二句说:彼此不同心怎么能合到一起,我将远去,主动离开他们。

〔7〕邅(zhān沾):楚方言,转弯、转道。昆仑:神话中一座上通于天的仙山。

〔8〕周流:周游。

以上二句说:在昆仑山我又转了路,前途遥远继续周游。

〔9〕扬:扬起。云霓:云霞。朱熹说:"云霓,盖以为旌旗也。"晻蔼(yǎn ǎi眼矮):因云霞蔽日而光线变暗。王逸说:"晻蔼,犹蓊郁,荫貌也。"(《楚辞章句》)唐李周翰说:"晻蔼,旌旗蔽日貌。"(《文选五臣注》)

〔10〕鸣:发出响声。玉鸾:玉铃,指挂在"飞龙"和"瑶车"上的铃铛。明代汪瑗说:"鸾者,乃车上之铃,以玉雕成,象鸾鸟之形象耳。或曰,此指旌旗上之铃耳,谓旌旗扬则玉鸾鸣,与上句相唤。《尔雅》曰'有铃曰旂',则旌旗之上亦有铃也。"(《楚辞集解》)啾啾(jiū纠):象声词,指铃声。

以上二句说:扬起云旗,蔽日成荫;玉铃响动,啾啾有声。

〔11〕天津:天河的渡口,在箕宿与斗宿之间。

〔12〕西极:西方的尽头。宋代钱杲之说:"西极,天之西也。"(《离骚集传》)又清代刘梦鹏说:"西极,西方之极。《淮南子》曰:'西方之极,自昆仑绝流沙。'"(《屈子章句》)

以上二句说:早晨从天河渡口发车启程,晚上我到了西方的尽头。

〔13〕翼:状语,翅翼开张的样子。旂:同"旗",指云旗,即上文所说的"云霓"。

〔14〕翼翼:闲暇自得的样子。一说为整齐有节之状,亦通。

以上二句意思是:凤凰展翅承接着云旗,它们高高飞翔而闲暇自得。

〔15〕流沙:是想象中的西方极险之地。《招魂》说:"西方之害,流

沙千里。"《山海经·海内西经》说:"流沙出钟山,西行又南行昆仑之虚,西南入海黑水之山。"即神话中所说流沙。

〔16〕赤水:神话中与昆仑山有关的神水,传说是帝之神泉。容与:徘徊,缓行。清代朱冀说:"盖言流沙赤水,阻我前途,且停车以商济渡之策,不妨从容筹划,务合计出万全,如下二句云云耳。"(《离骚辩》)

以上二句说:忽然我行经这流沙险地,只得沿着赤水徘徊不前。

〔17〕麾(huī灰):指挥。梁:桥,这里是动词,等于说"架桥"。津:渡口。

〔18〕诏:告,令。西皇:指神话中的古帝少皞(hào浩)氏,是西方之神。涉:渡过。汪瑗说:"二句亦参错文法,本谓诏西皇麾蛟龙以梁津,使渡已也。"又清代王邦采说:"二语是一串,非两项也。诏西皇乃倒字法耳。言流沙阻路,欲涉无由,蛟龙神物,但以手麾之,已为梁于津之上,奉西皇之诏,使之前来涉予矣。"(《离骚汇订》)二说可供参考。按:二句分承上文流沙赤水,是并列之词。

以上二句说:我指挥蛟龙,使它们作为桥梁架在流沙渡口,又命令西方之帝引我渡过赤水。

〔19〕多艰:清代钱澄之说:"谓流沙之陷,赤水之险也。"(《屈诂》)

〔20〕腾:飞腾,腾空。径:直,直接。待:通"侍",一本即作"侍"。侍卫的意思。

以上二句说:路途遥远又多艰险,腾起众车使它们直接侍卫我所乘的车。

〔21〕不周:神话中山名。王逸说:"不周,山名,在昆仑西北。"(《楚辞章句》)宋代洪兴祖说:"《山海经》'西北海之外,大荒之隅,有山而不合,名曰不周。'注云:'此山形有缺,不周匝,因名之。西北不周风自此出也。'《淮南子》云:'西北方不周之山,曰幽都之门。'又曰:昆仑之山,'北门开,以纳不周之风。'"(《楚辞补注》)

53

〔22〕西海:神话中西方的海。期:约会,这里指约会之地,即目的地。

以上二句说:路过不周山又向左转,指定西海为聚集的目的地。

〔23〕屯:聚集。乘(shèng 圣):古代车的量词,四匹马驾一车叫"一乘"。这里"千乘"是说许多辆车。

〔24〕軑(dài 代):指车轴之端露于毂(轴承)外,为防磨损而以金属所作的帽盖。"玉軑",即以玉为轴端的帽盖,言其坚而且贵。"齐玉軑",将车辆排列整齐,并毂而驰。

以上二句说:把我的许多车辆排列起来,对齐了轴头并列前进。

〔25〕蜿蜿(wān 弯):蜿蜒,这里指龙身曲伸前行的样子。

〔26〕云旗:朱熹说:"云旗,以云为旗也。"清代徐焕龙说:"云从龙,龙驾则云旗载矣。"(《屈辞洗髓》)委蛇(wēi yí 危宜):又写作"逶迤"、"倭迟"、"威夷"、"委移"、"逶迤"、"逶蛇"等,写法多变,虽字异而义同,前人在实际运用中,亦兼顾文义而各有引申,这里是指卷曲而延伸的样子。

以上二句说:驱驾八龙蜿蜒前进,车上所载的云旗随风卷伸。

〔27〕抑志:控制自己的心情,定下心来。

〔28〕邈邈(miǎo 秒):遥远的样子。

以上二句说:定下心来,并使车辆停止前进,这时我的思绪飞得很远很远。

〔29〕韶(sháo 勺):即《九韶》,传说是虞舜时的乐舞;一说与《九歌》同为夏初乐舞。

〔30〕假:借。日:这里指时光。媮(yú 余):通"愉",与"乐"同义。

以上二句说:演奏《九歌》又舞起《九韶》,且借这点时光娱乐一下。

〔31〕陟(zhì 至)、升:都是上升的意思。钱澄之说:"陟升同义,言上而益上也。"皇:指天。赫戏:光明的样子。"戏"通"曦"。朱冀说:"赫

54

者,言其赫赫然也。曦,日之光明也。"

〔32〕睨(nì 逆):旁视。清代刘梦鹏说:"睨,邪目视之也;不忍正视,故邪睨。"

以上二句说:上升到天空,在大放光明的境界中,忽然居高临下瞥见了故乡。

〔33〕怀:怀恋。清代王远说:"仆悲马怀,亦深于言悲矣。"清徐焕龙说:"人是旧乡之人,马亦旧乡之马,临睨其处,马尚怀思,而况于人乎?"

〔34〕蜷(quán 全)局:拳曲不伸,指马匹不肯前行。钱澄之说:"蜷局,马蜎缩不行也。"徐焕龙说:"蜷局,以身蹲曲也。"

以上二句说:我的仆从悲伤,马也怀恋,弓起身子,顿住马蹄,再三回顾,不肯往前。

〔35〕乱:本意是指乐舞之末众乐交奏,众声齐唱,而舞者亦纵情肆意,失其序列。孔子说:"《关雎》之乱,洋洋乎盈耳。"(《论语·泰伯》)可知乐章结尾的繁华情状。古时诗为乐歌,其末章之"乱",仅指所配乐舞而言,与诗句文义并无关系。至于其后出现的大篇辞赋,则显然已不能入乐,只具"倡"、"乱"等形式,仍是乐歌遗意;楚辞起源于乐歌,所以不少篇有"乱辞",从诗的结构来看,它是全篇的结语,在文义上有时起到总括全篇的作用。

〔36〕已矣哉:叹词,犹言"罢了"。王逸说:"已矣,绝望之词。"洪兴祖说:"《论语》曰:'已矣乎,吾未见好德如好色者也。'孔安国曰:'已矣,发端叹词。'"

〔37〕莫我知:犹言"不知我",为否定句宾语提前句式。

〔38〕故都:指楚国的郢都。一说"故都"即故国。

以上二句说:楚国没有贤人,不了解我,我又何必怀恋故都?

〔39〕美政:屈原理想中的美好政治。钱澄之说:"美政,原所造之

宪令,其生平学术尽在于此。原疏而宪令废矣,所最痛心者此也。"

〔40〕吾将从彭咸之所居:按:"彭咸"已见前"愿依彭咸之遗则"句注,因其究为何人不能确考,所以此处"从彭咸之所居"之义亦难确说。要之,屈原投水殉国事决无疑义,无论彭咸之生平如何,均无碍于对屈原最终结局的认识。明代汪瑗认为屈原是圣人之徒,必不肯自沉于水;又辩彭咸即彭祖,屈原言"从彭咸所居",可见终于离去楚国,西涉遁隐。汪氏此说绝不可信。但前人或因屈原水死,反推彭咸亦必水死,此则实无所据。又现代研究成果几乎一致表明,《离骚》作于怀王朝被谗见疏之后,其时离顷襄王朝屈原自沉甚远;又屈辞中另外六次提及"彭咸",均无水死之意,所以此处"从彭咸之所居"亦未必指立志自沉。未详其义,固当阙疑。

从"索藑茅以筳篿"至此是全篇的第三大段。作者假设请灵氛占卜、巫咸降神,以求得启示,决定行止。经过思考,作者认为应该听从他们的劝告,去国远逝。他在想象中经历了漫长而险阻的道路,正要驰往最终目的地时,却在光明的太空中看见了自己的故乡,于是再也不忍往前走了。全篇最后的"乱"辞表述了因"美政"理想不能实现而与楚国政治现实决裂的心情。

九歌

《九歌》是楚国祭祀中用的乐神之歌。其初当出于巫者,但今本《九歌》在语言风格上和屈原的辞作颇为相似,而且其中有不少词句也见于屈原的其他作品,可见它确曾由屈原加工修改。至于加工修改的时间,旧说多认为是屈原遭到放逐之后;但是从《九歌》本身所表达的思想感情来看,并无已被放逐的痕迹,且以被放逐者的身份修改歌词,也难以为巫师所接受。因此,《九歌》当是屈原在楚怀王朝任职三闾大夫,掌管宗族事务时加工修改的。

《九歌》是乐歌的名称,其名来源甚古,相传是夏代的乐曲。至于楚人把他们的祭歌称为《九歌》,或许是因为这些祭歌和传说中的《九歌》一样,采用了载歌载舞的形式。一说楚国的《九歌》只是借用了夏时《九歌》的名称,二者在内容和形式上都没有什么联系,这也可供参考。

关于《九歌》的演唱形式,古今研究者做了种种解释。现在能够肯定的只有一点,即男女巫师在演唱中起着主要的作用。但《九歌》十一篇的演唱形式是不完全相同的,其中最后一篇《礼魂》,是前十祀全部完成之后,最终演唱的送神之曲,是通过群巫的集体歌舞来表演的。《礼魂》之外的十篇,大致有两种演唱形式:祭祀天神的五篇,即《东皇太一》、《云中君》、《大司命》、《少司命》和《东君》的演唱形式都有饰为天神的主巫与代表世人的群巫共同参与。但在《东皇太一》中,主巫只出现于祭坛,并不演唱;其他四篇则为主巫与群巫轮流对唱。祭祀地祇的四篇,即《湘君》、《湘夫人》、《河伯》、《山鬼》;祭祀人鬼的一篇《国殇》,演唱的形式都是主巫的独唱独舞,没有群巫的歌舞穿插其间。

《九歌》共十一篇,旧时注《楚辞》者,因拘泥于九的数目,或合并《山鬼》、《国殇》、《礼魂》为一篇;或合并《湘君》、《湘夫人》为一篇;《大司命》、《少司命》为一篇,以求符合九之数。其实《九歌》只是一种歌舞形式的名称,并非确指九篇,各种合并篇数的说法,都是不可信的。以下十一篇的排列次序,仍依照王逸《楚辞章句》。

东皇太一

《东皇太一》是祭祀最高天神用的乐歌。太一之名在先秦的一些典籍中不是天神的名称,而是一个抽象的哲学概念,或指形成天地万物的元气,或指老庄思想中所谓"道"的概念。太一以天神的面目出现并享受人间的祭祀,最早见于《九歌》。因此,祭祀太一可能是楚国所特有的风俗。其后,汉承楚制,奉为常祠。《史记·封禅书》说:"天神贵者太一,太一佐曰五帝。古者天子以春秋祭太一东南郊,用太牢七日,为坛开八通之鬼道。"这是汉代祭祀太一的记载。本篇"太一"为何冠以"东皇",其故不可确考。据《文选》五臣注说:"太一,星名,天之尊神,祠在楚东,以配东帝,故云东皇。"说虽可通,但并无根据。有的研究者认为,东皇即篇中所谓上皇,是尊之之词,非仅指方位言。又有研究者认为,本篇是《九歌》的迎神曲,非专祀天神太一,其题为"东皇太一"者,是汉人所加。

从本篇所表述的祭祀形式看,当是主巫饰为东皇太一,在受祭过程中略有动作而不歌唱,以示威严、高贵。群巫则载歌载舞,以富丽堂皇的言词来描绘整个仪式,表现了对东皇太一的虔敬与祝颂。

吉日兮辰良[1],穆将愉兮上皇[2]。抚长剑兮玉珥[3],璆锵鸣兮琳琅[4]。

〔1〕辰:时辰。"辰良",即良辰,因协韵而倒置。
〔2〕穆:恭敬地,这里是状语提前。将:将要,即将。愉:娱乐,动词。上皇:即东皇太一。
以上二句说:在这良辰吉日,即将恭敬地娱乐东皇太一。
〔3〕抚:持。玉珥(ěr尔):剑鼻,即剑柄上端象两耳的突出部分。
〔4〕璆锵(qiú qiāng求腔):玉石相击的声音。琳琅:美玉名。指佩玉,亦即发出鸣声之玉。
以上二句说:手持长剑带着玉石的装饰,身上的佩玉发出动听的声音。按此二句是群巫对装扮成东皇太一的主巫形象的描写,表示东皇太一已经临坛受祭。

瑶席兮玉瑱[1],盍将把兮琼芳[2]。蕙肴蒸兮兰藉[3],奠桂酒兮椒浆[4]。扬枹兮拊鼓[5],疏缓节兮安歌[6],陈竽瑟兮浩倡[7]。

〔1〕瑶:美玉。席:神位的坐席。明代汪瑗说:"瑶席者,美词也。或曰以瑶而饰之也。"(《楚辞集解》)清代王夫之说:"瑶席,席华美如瑶也。"(《楚辞通释》)一说"瑶"当作"蘨",香草名。"蘨席",指用蘨草编织的坐席。说亦可参考。瑱:同"镇",用以压席的玉。
〔2〕盍:语气词。将:持,拿着。把:持。"将把",是同义词连用,都是"持"的意思。清代林云铭说:"将把,奉持也。"(《楚辞灯》)琼:美玉,

59

这里作形容词,形容芳花似玉。宋代朱熹说:"琼芳,草枝,可贵如玉,巫所持以舞者也。"(《楚辞集注》)

以上二句意思是:华美如玉的坐席上,摆了镇席的玉,群巫手持美玉一般的花枝翩翩起舞。

〔3〕蕙:香草,和兰草同类,亦名薰草、零陵香、佩兰。肴:通殽,带骨的肉。"蕙肴",指用蕙草包裹的祭肉。朱熹说:"此言以蕙裹肴而进之。"蒸:通烝,进献。一说此处当是肴蒸连文,即肴烝。古时饮宴,把肉切成大块,盛于俎中,叫"肴烝"。藉(jiè介):以物衬垫。"兰藉",指用兰草垫底。

〔4〕奠:祭献。桂:香木名,即木犀,亦称桂花、岩桂、丹桂、九里香。椒:香木名,即花椒。《诗经·陈风·东门之枌》:"贻我握椒。"《毛传》:"椒,芬香也。"陆玑《毛诗草木鸟兽虫鱼疏》:"椒树似茱萸,有针刺,茎叶坚而滑泽。蜀人作茶,吴人作茗,皆合煮其叶以为香。"浆:淡酒。"桂酒"、"椒浆",指加了香料的酒。宋洪兴祖说:"桂酒,切桂置酒中也。椒浆,以椒置浆中也。"(《楚辞补注》)按:蕙、兰、桂、椒都是芳香的植物,用之以表明祭品的芳洁。

以上二句说:献上用蕙草包裹、用兰草垫衬的芳洁的肉食,又献上芬芳扑鼻的桂酒和椒浆。

〔5〕扬:举。枹(fú扶):同桴,鼓槌。拊(fǔ府):敲击。

〔6〕疏:稀疏,这里是错落有致的意思。节:节奏。"疏缓节",是说使缓慢的节拍疏落有致。安:汪瑗说:"安者,谓歌声之妙出于自然,而无勉强生涩之患者也。""安歌",形容歌声从容而安详。

〔7〕陈:陈列。竽:古乐器,形似笙而略大。瑟:弦乐器,形似古琴。浩:大。倡:同唱。"浩唱",指大声歌唱。王夫之说:"浩,音之盛也。倡与唱通。歌合竽瑟而盛也。"说可参考。

以上三句描绘了歌舞进程中各种乐器的配合和节奏、歌声的变化。

灵偃蹇兮姣服[1]，芳菲菲兮满堂[2]。五音纷兮繁会[3]，君欣欣兮乐康[4]。

〔1〕灵：巫者。按：《九歌》中的"灵"或"灵保"都专指装扮成受祭神鬼的主巫。他或她虽是巫者，但因假托神鬼附体而具有神鬼的身份。这里的"灵"就代表了东皇太一的形象。宋洪兴祖说："古者巫以降神，灵偃蹇兮姣服，言神降而托于巫也。"（《楚辞补注》）又朱熹说："灵，谓神降于巫之身者也。……古者巫以降神，神降而托于巫，则见其貌之美而服之好，盖身则巫而心则神也。"（《楚辞集注》）又近人王国维《宋元戏曲考》说："《楚辞》之灵，殆以巫而兼尸之用者也。其词谓巫曰灵，谓神亦曰灵，盖群巫之中，必有像神之衣服形貌动作者，而视为神之所凭依，故谓之曰灵或谓之灵保。"说皆甚确。偃蹇（yǎn jiǎn 演简）：高貌。这里是形容东皇太一的样子崇高尊严。姣（jiāo 交）：美好。"姣服"，华美的服饰。

〔2〕菲菲：香气充盛的样子。

以上二句是群巫对饰为东皇太一的主巫的颂词，意思是：代表东皇太一的主巫，神态尊严，服饰华美，他发出浓郁的香气，充满厅堂。

〔3〕五音：古代音乐的五个音阶之名，即宫、商、角、徵、羽，这里泛指音乐。繁会：错杂交合。"五音繁会"，形容各种乐声齐奏交响的状况。

〔4〕君：指东皇太一。欣欣：愉快的样子。乐：欢乐。康：安宁。

以上四句表达了代表世人的群巫对东皇太一的赞颂和祝愿。朱熹说："此言备乐以乐神，而愿神之喜乐安宁也。"

云中君

《云中君》是祭祀云神用的乐歌。洪兴祖说："云神，丰隆也，一曰屏翳。"(《楚辞补注》)《史记·封禅书》和《汉书·郊祀志》都有关于祭祀云神的记载，是楚国祭祀云神旧典的延续。清戴震《屈原赋注》说："《周官·大宗伯》以槱燎祀风师、雨师，而不及云师，殆战国时有增入祀典者，故屈原得举其事赋之。汉《郊祀志》晋巫祠五帝、东君、云中君之属，是汉初犹承旧俗，其后不入秩祀。唐天宝五载始祀雷师，至明乃复增云师之祀。"叙述了古代祭祀云神的始末变化。有的研究者认为，本篇所祭不是云神，而是云梦泽之神，即水神。清徐文靖《管城硕记》说："按《左传》定四年，楚子涉睢济江入于云中。杜注'云梦泽中'。是云中，一楚之巨薮也。"其后，主此说者亦复不少。此说虽扣题中"云中"二字，但非确诂。近年湖北江陵天星观一号墓（战国）出土的有关楚国祭祀的竹简，有"云君"二字，其间无"中"字，显然楚国所祭祀的是云神，而非云梦泽之水神。还有的研究者认为云中君指月神，此说亦不可信。篇中有"与日月兮齐光"，既是月神，则不应有此语。又有的研究者认为，云中君指电神，说古人以为电由云生，所以称电神为云中君。此说纯为揣测之词，益不可信。

本篇所描写的云神，是一位来去迅疾，翱游广宇，光齐日月，威及四海的尊严之神。这一形象是通过装扮成云中君的主巫的独唱词和群巫所唱的颂神之词表现出来的，两种唱词都是根据云的自然特点来进行想象、夸张、增饰和美化，以完成对云神的刻画和赞颂。

浴兰汤兮沐芳[1]，华采衣兮若英[2]。灵连蜷兮既留[3]，烂昭昭兮未央[4]。

[1] 以下一段是群巫合唱的迎神曲。浴：洗身体为浴。兰汤：水中加了兰草泡成的香汤。"汤"，热水。沐：洗发为沐。芳：泛指香草。"沐芳"，以香草之汤沐浴。按：古人在祭祀之前，先要斋戒沐浴，以示对神灵

的恭敬。这里是群巫描述主巫(灵)在祭祀之前,沐浴更衣准备迎神附体的情况。

〔2〕华采衣:色彩华美的衣服。若:如。英:花朵。

〔3〕灵:指饰为云中君的主巫。连蜷(quán 全):舒卷回环的样子。这是形容饰为云中君的主巫出现于祭坛的舞姿,因为他已有云神附体,所以舞姿取象于神的动态。既留:这是群巫歌唱云中君通过对主巫的依托,已经降临祭坛。此句与下节"蹇将"句呼应,分别从群巫与主巫双方歌唱云中君的降临。

〔4〕烂昭昭:光彩明亮的样子。这是指云神临坛,带来一片光彩。未央:无穷无尽。

以上二句说:云中君带着舒卷回环的舞姿留在祭坛之上,他的光彩无穷无尽。

蹇将憺兮寿宫〔1〕**,与日月兮齐光**〔2〕**。龙驾兮帝服**〔3〕**,聊翱游兮周章**〔4〕**。**

〔1〕以下一段是饰为云中君的主巫的独唱。蹇(jiǎn 简):发语词。憺(dàn 旦):安乐。寿宫:指供神祭神的场所。王逸说:"寿宫,供神之处也。祠祀皆欲得寿,故名寿宫。言云神既至于寿宫,欲享酒食,憺然安乐,无有去意也。"(《楚辞章句》)按:此句与前"灵连蜷"句相呼应,前为群巫描述云神已到祭坛,此为主巫代表云神自述将在此处安享祭礼。

〔2〕与日月兮齐光:这一句也是主巫代表云神所作的自述。王逸说:"言云神丰隆,爵位尊高,乃与日月同光明也。夫云兴而日月昏,云藏而日月明,故言齐光也。"按:王逸的解释虽误以此句为他人对云神的赞颂,却有助于说明云神为什么自诩"与日月兮齐光",可资参考。又这一句与前"烂昭昭兮未央"句相呼应。

以上二句是云神自称将在祭祀场所安享一番,并在祭坛上焕发着像日月一样的光辉。

　　〔3〕龙驾:以龙驾车。朱熹说:"龙驾,以龙引车也。"(《楚辞集注》)帝服:王逸说:"衣青黄五采之色,与五帝同服也。"

　　〔4〕聊:姑且。翱游:翱翔周游。周章:形容云神来去匆匆的样子。按:下节即言云神既降之后很快离去,与此句呼应。

　　以上二句是云神自称驾着龙车,穿着五帝之服,四处翱游,行迹匆匆。

灵皇皇兮既降〔1〕,猋远举兮云中〔2〕。览冀州兮有余〔3〕,横四海兮焉穷〔4〕。思夫君兮太息〔5〕,极劳心兮忡忡〔6〕。

　　〔1〕以下一段是群巫所唱的送神曲。灵:指饰为云神的主巫。皇皇:同"煌煌",光明灿烂的样子。明代汪瑗说:"皇皇,言云神来下,煌煌而光明之盛也。"(《楚辞集解》)又王逸说:"皇皇,美貌。言云神来下,其貌皇皇而美,有光明也。"(《楚辞章句》)

　　〔2〕猋(biāo 标):本义是群犬奔走的样子,引申为迅速离去的样子。远举:犹言高飞。

　　以上二句说:光明灿烂的云神降临之后,又迅速高飞回到云间。

　　〔3〕览:望。冀州:古九州之一,这里指中国。清代王远《楚辞评注》说:"按《路史》,中国总谓之冀州。览冀州,犹言览中国也。"又清代张云璈《选学胶言》说:"《日知录》云,古之天子常居冀州,后人因之,遂以冀州为中国之号。屈子所谓远举云中,岂仅见冀州而已哉,犹云览中国而有余耳。"以上二说是。冀州是《禹贡》九州之首,古帝王之都多在冀州,后人因以冀州为中国之代称。"览冀州兮有余",是说云神高在云

中,可览见者不限于中国。

〔4〕横四海:横行四海。王逸说:"言云神出入奄忽,须臾之间,横行四海,安有穷极也。"焉:哪里。穷:极,止境。

以上二句赞颂云中君居高望远,横游四海而无止境。同时也意味着云神已远离祭坛,复归天上,照常运行。

〔5〕思:思念,思慕。夫:指示代词,彼。"夫君",指云神,是对云神尊敬而亲切的称呼。太息:叹息。

〔6〕劳心:忧心。忡忡(chōng 冲):忧虑不安的样子。"劳心忡忡",犹言忧心忡忡。

以上二句是表示云神离去之后,群巫(代表参与祭祀的人)对他的思念,同时表示结束送神之意。

湘君

湘君、湘夫人是楚人心目中的湘水配偶神,他们的形象既是古代人民在想象中把湘水加以人格化的结果,也同古帝虞舜的神话有密切的关系。传说虞舜巡视南方,死于苍梧之野,葬在九嶷山。他的两个妻子娥皇、女英起先没有随行,后来追到洞庭、湘水地区,得悉虞舜已死,便南望痛哭,投水以殉。由于虞舜在楚人中享有很高的威望,他的归宿之地苍梧、九嶷又是湘水的发源地,娥皇、女英的传说又恰恰以洞庭、湘水为背景,所以楚人就很自然地把这些神话人物同关于湘水的想象结合起来,从而产生了以虞舜夫妇为主人公的优美动人的湘水配偶神的形象。

《湘君》、《湘夫人》的中心内容是描写这一对配偶神对纯贞爱情的追求和对美好生活的向往。《湘君》篇表现了湘夫人对湘君的一片炽热真挚的感情,其演唱形式是饰为湘夫人的女巫的独唱。一说《湘君》

是巫者饰为湘君之神,所歌者为思慕湘夫人之词,此说恐非。篇中的歌者称其所思恋的人为"君",且其想象对方行止多有男性特征,而描述己方情事则有女性特征,可证《湘君》是饰为湘夫人的女巫的唱词。至于《湘夫人》篇,歌者称其所思恋的人为"帝子",为"佳人"。传说舜的二妃是帝尧之女,"帝子"即指湘夫人,"佳人"亦宜为女性之称,可见《湘夫人》乃是饰为湘君的男巫的唱词。

君不行兮夷犹[1],蹇谁留兮中洲[2]?美要眇兮宜修[3],沛吾乘兮桂舟[4]。令沅湘兮无波[5],使江水兮安流[6]。望夫君兮未来[7],吹参差兮谁思[8]。

〔1〕君:指湘君。湘君是男性湘水神。不行:指湘君不来赴约。一说"不行"指"不即行",意思是不立刻启程,亦可参考。夷犹:犹豫不决。

〔2〕蹇:楚方言,发语词。又清代刘梦鹏《屈子章句》说:"蹇,不行貌。"谁留:为谁而留。明代郭正域《文选批评》说:"言不知其为谁而淹留于彼也。"此说是。又清代夏大霖《屈骚心印》说:"有谁留君,而阻滞于中洲乎?"亦可参考。洲:水中陆地。"中洲",犹言洲上。

以上二句说:湘君犹犹豫豫不动身前来赴约,他是为了谁而留在洲上?

〔3〕要眇(yāo miǎo 夭秒):美好的样子。又清代方廷珪《文选集成》说:"要眇,犹窈窕。"清代吴世尚《楚辞疏》说:"要眇,犹言幽闲贞静也。"二说亦可参考。宜修:修饰打扮适宜得体,恰到好处。

〔4〕沛:水流迅急的样子,这里形容船行之速。桂舟:用桂木造的船。《文选》五臣注说:"舟用桂者,取香洁之异也。"

以上二句说:我容貌美丽而又打扮适宜,乘着桂舟疾速而行,去赴湘君的约会。

〔5〕沅、湘:沅水、湘水,都是今湖南省境内流入洞庭湖的大河。

〔6〕江:长江。又明代汪瑗《楚辞集解》说:"江即指上沅、湘也。"亦通。安流:平稳流动。又清代王夫之说:"沅湘二水在江水上流,沅、湘不涨,则江水不溢而亦安流。"(《楚辞通释》)可参考。

〔7〕夫(fú 扶):指示代词,彼。"夫君",指湘君。一说"夫君"即作"丈夫"解,亦通。

〔8〕参差(cēn cī 岑阴平疵):古乐器,亦作篸篸,由长短不齐的竹管编排而成,类似于笙或排箫。相传"参差"是虞舜所造。又明代周拱辰《离骚拾细》说:"参差虽箫属,亦取不齐之义。我之思湘君,未能必湘君之顾我也。"认为这里用"参差"不仅仅是指乐器,而且有所取义,表达了湘夫人思念湘君的心理活动。可备参考。谁思:思念谁,意谓思念湘君。周拱辰说:"谁思与谁留句相应。曰谁留,恐湘君自有眷注之人,而勿必属意于我也;曰谁思,言湘君虽未来,我则舍湘君无思耳。"此说分析湘夫人对湘君的忠贞之情,可以参看。

以上二句说:盼望那湘君他却没有来,我吹着参差思念的是谁?

驾飞龙兮北征〔1〕,遭吾道兮洞庭〔2〕。薜荔柏兮蕙绸〔3〕,荪桡兮兰旌〔4〕。望涔阳兮极浦〔5〕,横大江兮扬灵〔6〕。扬灵兮未极〔7〕,女婵媛兮为余太息〔8〕。横流涕兮潺湲〔9〕,隐思君兮陫侧〔10〕。

〔1〕飞龙:龙船,即上文所说的桂舟,因做成龙形,或由龙驾驶,故称飞龙。北征:北行。清代戴震《屈原赋注》说:"自沅湘以望涔阳,故曰北征。"按:此句是指湘夫人因在约会地点久等湘君不至,于是就乘船北行,迎上前去。

〔2〕遭(zhān 沾):楚方言,转道,改变方向。王逸说:"遭,转也,楚

67

人名转曰邅。"(《楚辞章句》)洞庭:湖名,在湖南省北部,长江南岸。按:湘水在洞庭湖东南岸入湖,其延长线即洞庭湖最东部的水域。这里联系下文,可知湘夫人入湖以后是转道向西北,横渡洞庭,然后再进入长江。

以上二句是湘夫人自言从湘水出发北行,一直到洞庭湖也没有遇到湘君,于是就在洞庭湖中转道。

〔3〕薜荔(bì lì 必力):常绿藤本植物,亦称木莲。柏:词义不可确考。闻一多认为是"帕"字之误。"帕"与"帛"古通,帛是旗类之属。"薜荔帛",即以薜荔为旗。详见闻一多《楚辞校补》。又一说认为"薜荔柏"是指用薜荔装饰船舱四壁,亦可参考。蕙:香草名,与兰草同类,亦名熏香、零陵香、佩兰。绸:缠绕。"蕙绸",以蕙草缠绕船舱。又清代王夫之说:"绸,旗杠缠也。"认为"蕙绸"是用蕙草缠绕旗杆。又一说认为"绸"是"裯"的借字,即帐子;"蕙绸",指用蕙草做的帐子。二说均供参考。

〔4〕荪(sūn 孙):香草名,即溪荪,俗名石菖蒲。桡(ráo 饶):曲木,这里指旗杆上的曲柄。"荪桡",以荪草为曲柄,或曲柄上挂着荪草。兰:香草名,兰草,或曰泽兰。旌:古代旗的一种,即杆头上以旄牛尾为装饰的旗。这里指旗杆顶上的装饰。"兰旌",以兰草为旗杆头上的装饰。

以上二句是湘夫人自言其所乘之舟的仪仗、装饰盛美芳洁。

〔5〕涔(cén 岑)阳:地名。涔阳浦,在今湖南省涔水北岸,澧县附近,地处洞庭湖西北岸与长江之间。一说涔阳即湖南的澧州,现在的澧县。亦可参考。浦:水滨,水滩。"极浦",犹言远滩。

〔6〕横:横渡。一说"横"是充满的意思,"横大江"指神光充满大江。亦可参考。大江:长江。一说指沅水、湘水。扬灵:指湘夫人显神,发出灵光。朱熹说:"扬灵者,扬其光灵。"(《楚辞集注》)

以上二句是湘夫人自言由东南到西北横渡了洞庭湖,又经过涔阳浦进入长江,在那里显神发光。

〔7〕极：已、终止。朱熹说："未极，未得所止也。"按："扬灵兮未极"，是指湘夫人为了寻找呼唤湘君，不停地显神发出灵光，但湘君仍然没有来。

〔8〕女：指湘夫人的侍女。婵媛（chán yuán 蝉元）：楚方言，又作"啴咺"，喘息的样子。余：湘夫人自指。太息：叹息。

以上二句是湘夫人自言远道奔波，一直来到大江之中，而仍然没能与湘君相遇，所以连身边的侍女也为此叹息。

〔9〕横流涕：指涕泪交集。明代汪瑗说："横流涕，谓流涕涌溢而出也。"（《楚辞集解》）潺湲（chán yuán 蝉元）：水徐徐流动的样子，这里形容流泪不止。

〔10〕隐：忧愁、痛苦。君：指湘君。悱恻：悲伤的样子。又汪瑗说："悱恻，如《诗》辗转反侧之意，言思之切也。"清代徐焕龙说："悱恻，神魂颠倒貌。"（《屈辞洗髓》）二说可参考。

以上二句说：涕泪横流再也止不住，痛苦地思念湘君心中多么悲伤。

桂棹兮兰枻[1]，斲冰兮积雪[2]。采薜荔兮水中，搴芙蓉兮木末[3]。心不同兮媒劳[4]，恩不甚兮轻绝[5]。石濑兮浅浅[6]，飞龙兮翩翩[7]。交不忠兮怨长[8]，期不信兮告余以不闲[9]。

〔1〕棹（zhào 兆）：划船的用具，长桨。"桂棹"，用桂木做的长桨。又清代王夫之说："棹，篙也。"（《楚辞通释》）认为指撑船的竿。枻（yì义）：划船的用具，短桨。"兰枻"，用木兰做的短桨。又王逸说："枻，船旁板也。"（《楚辞章句》）认为"枻"指船舷。又一说"枻"指舵，均录以备考。

〔2〕斲（zhuó 琢）：砍凿。"斲冰积雪"，意为在积雪中凿冰行船。又

王逸说:"斫斫冰冻,纷然如积雪。"认为斫冰积雪是指凿开的冰屑纷然如积雪。明代汪瑗认为是指凿开冰和积雪。二说可参考。按:下篇《湘夫人》言"袅袅兮秋风,洞庭波兮木叶下",说明湘君、湘夫人约会非在冰冻积雪之时。此处言"斫冰积雪"是比喻而非实写。

以上二句意思是:用桂树、木兰做成的桨,要想在冰雪中开路行船,是极其困难的。比喻会见湘君非常之难。

〔3〕搴(qiān 千):楚方言,摘取。芙蓉:荷花的别名。木末:树梢。

以上二句意思是:薜荔生长在陆地,荷花生长在水中;到水中去采薜荔,从树梢上摘荷花,是不可能的。比喻想会见湘君而不可能。

〔4〕媒:媒人。"媒劳",王逸说:"言婚姻所好心意不同,则媒人疲劳而无功也。"

〔5〕恩不甚:指恩爱不深。轻绝:轻易地弃绝。

以上二句是湘夫人自言与湘君的交往过程,意思是:我俩彼此不同心,媒人就劳而无功;因为你恩爱之情不深,所以轻易地抛弃了我。

〔6〕濑(lài 赖):沙石上的急流。"石濑",《文选·魏都赋》李善注:"石濑,湍也。水激石间,则怒成湍。"又明代汪瑗说:"石濑者,谓滩上多石也。"(《楚辞集解》)亦通。浅浅(jiān 尖):水流疾速的样子。又汪瑗说:"浅浅,水浅流疾貌。"亦通。

〔7〕飞龙:指湘夫人所乘之龙船。翩翩:轻疾的样子。又汪瑗说:"翩翩,用力难进貌。濑乃水浅之处,而又多石,则难进可知矣。以飞龙翼舟,且翩翩用力而难进,则石滩之险又可知矣。"认为"翩翩"是形容用力而行进困难的样子;全句的意思是指道路的艰辛,亦可参考。

以上二句是湘夫人自言驾龙船飞快地穿过急流,继续寻找湘君。

〔8〕交:结交,交往。怨长:长久怨恨。清代钱澄之《屈诂》说:"交不忠,则处处皆招怨之端,故怨长。"亦通。

〔9〕期:动词,约会。"期不信",约会而不守信用。

以上二句说:结交而不忠诚,使人怨恨不已;约会而不守信用,却对我说没有空闲。这是湘夫人对这次失望的约会而发的怨词。

朝骋骛兮江皋[1],夕弭节兮北渚[2]。鸟次兮屋上[3],水周兮堂下[4]。捐余玦兮江中[5],遗余佩兮醴浦[6]。采芳洲兮杜若[7],将以遗兮下女[8]。时不可兮再得[9],聊逍遥兮容与[10]。

〔1〕朝(zhāo招):早晨。骋骛(chěng wù 逞务):《说文解字》说:"骋,直驰也。""骛,乱驰也。""骋骛",泛指奔驰,这里仍指行船而言。皋(gāo 高):弯曲的水泽之地。"江皋",指江边的水泽之地。按"江皋"与下句"北渚"相对为文,"北渚"指水中陆地,是一天行程的终点;"江皋"亦当指江边某个固定的水泽之地,是一天行程的起点。"骋骛江皋",是说急切地从江皋行驶出发。一说"骋骛兮江皋"是指急忙驰过江流和曲水,亦通。

〔2〕弭(mǐ米):停止。节:旌节。《周礼·地官》:"道路用旌节。""旌节",指古代官员出使在道路上所用的仪仗信节。因为"节"用于道路,所以"弭节"合成一词,指行路时停留、停止或放慢速度等意思。这里"弭节"指停船。渚(zhǔ主):水中陆地。"北渚",联系下篇《湘夫人》看,疑指靠近洞庭湖北岸的小洲,是湘夫人途中的歇息之地。

以上二句说:早晨我从江皋急驰而行,傍晚把船停在洞庭湖的北渚。

〔3〕次:止宿,停留。这里指鸟栖息。

〔4〕周:环绕,这里指水环绕而流。

以上二句通过湘夫人目中所见北渚歇宿处的凄凉景色,表述其寂寞惆怅的心情。

〔5〕捐:抛弃。玦(jué决):环形而有缺口的佩玉。一说"玦"是男

子带在右手拇指上的扳指。

〔6〕遗：丢弃。佩：佩玉。醴：醴水，又作"澧水"，是今湖南省境内流入洞庭湖的大河。"醴浦"，澧水之滨。

以上二句的意思，游国恩《楚辞论文集》说："玦与佩，男子之事也；袂与褋，女子之事也。《湘君》之词既为湘夫人语气，何以不曰捐袂遗褋？《湘夫人》之词既为湘君语气，何以不曰捐玦遗佩，而必颠倒言之？曰：玦也，佩也，男子之所赠也；袂也，褋也，女子之所赠也。夫彼此既心不同而轻绝矣，故各弃其前此相诒之物，以示诀绝之意。"按：此说是。据此，则以上二句是写湘夫人因失望气愤而抛弃了湘君赠给她的佩饰。

〔7〕芳洲：生长着芳草的水中陆地。杜若：香草名，又名杜衡、杜莲、山姜，味辛香。宋代谢翱《楚辞芳草谱》说："杜若之为物，令人不忘；搴采而赠之，以明其不相忘也。"

〔8〕遗（wèi卫）：赠与、致送。下女：指湘君的侍女。"遗下女"，实际上是托侍女而赠与湘君。

以上二句写湘夫人虽丢弃了湘君赠给她的佩饰，但她对湘君仍然一往情深，所以又采了芳草，将要去送给湘君的侍女，想通过她传达自己的心意。

〔9〕时：指相会的时机、机会。

〔10〕聊：姑且。逍遥：优游自得的样子。容与：安逸闲暇的样子。这里指无可奈何地徘徊、漫步。

以上二句说：相会的时机不可再得，我姑且逍遥漫步以排遣愁思。清代林云铭《楚辞灯》说："此时怨亦无益，思亦无益，且自排遣目前，正是无聊之极也。"其说体味此句的思想情感近是，可参考。

湘夫人

帝子降兮北渚〔1〕，目眇眇兮愁予〔2〕。袅袅兮秋风〔3〕，洞庭波兮木叶下[4]。登白薠兮骋望[5]，与佳期兮夕张[6]。鸟萃兮蘋中[7]，罾何为兮木上[8]。沅有茝兮醴有兰[9]，思公子兮未敢言[10]。荒忽兮远望[11]，观流水兮潺湲[12]。

〔1〕本篇是男巫饰为湘君所唱的恋慕湘夫人之词。帝子：指湘夫人，神话中传说她是古帝唐尧之女，古代女儿亦可称子，故称"帝子"。王逸说："帝子，谓尧女也。言尧之二女娥皇、女英，随舜不反，没于湘水之渚，因为湘夫人。"(《楚辞章句》) 降：降临。北渚：此句的"北渚"与《湘君》篇"夕弭节兮北渚"相呼应，指同一处地方。

〔2〕目：这里用作动词，视。眇眇(miǎo 秒)：远望而不可见的样子。予：我，湘君自称。"愁予"，使我愁。

以上二句意思是：湘夫人降临北渚，远远望她却望不见，使我愁闷不已。

〔3〕袅袅(niǎo 鸟)：微风吹拂的样子。

〔4〕洞庭：洞庭湖，在今湖南省北部。波：这里作动词，指微波泛动。木叶：树叶，这里特指秋天的枯黄树叶。

以上二句写湘君所望见的只是洞庭湖的一派萧瑟秋景，用以衬托他此时的悲凉愁苦心情。

〔5〕登：王逸本无"登"字，应据洪兴祖《楚辞补注》所引一本补。白薠(fán 凡)：即薠草，秋季生长，形状像莎草而较大。"登白薠"，指站在长着薠草的地方。骋望：放眼远望。清代胡绍煐《文选笺证》说："骋望，谓极望。《小雅·节南山》：'蹙蹙靡所骋'。《传》：骋，极也。"

〔6〕与：介词，和、同。佳：佳人，指湘夫人。期：这里作动词，约会。"与佳期"，即与佳人约会。张：张罗、陈设。"夕张"，意思是为黄昏时的会面而尽心准备。

以上二句意思是：湘君站在薠草地上极目远望，盼着湘夫人的到来，因为已经与她约了日期,并为黄昏时的会面做了准备。

〔7〕萃(cuì 脆):聚集。按:当从洪兴祖所引一本作"何萃"。蘋(pín 频):一种水草,叶浮于水面,根连结水底,柄端四片小叶成田字形,也称"田字草"或"四叶菜"。

〔8〕罾(zēng 增):一种用竹竿或木棍做支架的方形鱼网。木:树。

以上二句说:鸟为什么聚在水草中?鱼网为什么挂在树梢上?这是比喻湘夫人终于没有来,种种准备都是白费,表现了湘君极度失望的心情。王逸说:"夫鸟当集木巅而言草上,罾当在水中而言木上,以喻所愿不得,失其所也。"又清代徐焕龙说:"蘋不栖鸟,鸟何萃兮蘋中?缘木无鱼,罾何为兮木上?以比己之夕张,如以蘋徼鸟,设罾于木,虽期而佳岂能来?"(《屈辞洗髓》)二人之说皆近是。

〔9〕沅(yuán 元):沅水,是湖南省境内流入洞庭湖的大河。按:"沅茝"和"澧兰"都是用香草比喻湘夫人。王逸说:"言沅水之中有盛茂之茝,澧水之内有芬芳之兰,异于众草,以兴湘夫人美好亦异于众人也。"又清代钱澄之《屈诂》说:"不敢言思公子,思其地之兰茝而已。"说皆可参考。

〔10〕公子:指湘夫人。按:古代君主、诸侯之女也可称公子。明代李陈玉《楚辞笺注》说:"古者呼君女为女公子。称帝子,尊之也;称公子,亲之也。"

〔11〕荒忽:通"恍惚",渺茫隐约,不能看清的样子。

〔12〕潺湲(chán yuán 蝉元):水流不断的样子。

以上二句意思是:远远望去一片渺渺茫茫,不见湘夫人来临,但只见流水潺湲,更添寂寞与惆怅。

麋何食兮庭中[1]?蛟何为兮水裔[2]?朝驰余马兮江皋[3],夕济兮西澨[4]。闻佳人兮召予[5],将腾驾兮偕逝[6]。筑室兮水中,葺之兮荷盖[7]。荪壁兮紫坛[8],播芳椒兮成堂[9]。桂栋兮兰橑[10],辛夷楣兮药房[11]。网薜荔兮为帷[12],擗蕙櫋兮既张[13]。白玉兮为镇[14],疏石兰兮为芳[15]。芷葺兮荷屋[16],缭之兮杜衡[17]。合百草兮实庭[18],建芳馨兮庑门[19]。九嶷缤兮并迎[20],灵之来兮如云[21]。

〔1〕麋(mí迷):一种鹿类动物,又名驼鹿或犴。庭:庭院。

〔2〕蛟:传说中的一种龙,据说常居深渊,能发洪水。裔:衣服的边缘,这里指水边。

以上二句说:深山中的麋鹿为何到庭院来觅食?深渊中的蛟龙为何来到水边?这二句是比喻用力不当,必定徒劳无功。这二句又是全段的总括,以下即具体追述已经做了哪些徒劳无功的努力。

〔3〕皋:水泽,一说是水边高地。

〔4〕济:渡。澨(shì是):水边。又明代汪瑗引一说曰:"帝子在北渚,而己在西澨,此其所以不相值而相违,彼此思慕之情不容已也。"(《楚辞集解》)此说认为湘君、湘夫人没能相会,是因为所至之处所不同,一在北渚、一在西澨的缘故。可以参考。

〔5〕佳人:指湘夫人。

〔6〕腾驾:飞快地驾驶车辆。偕逝:同往。指与湘夫人一同去过美好的生活。又汪瑗说:"言与召己之使者俱往也。"认为"偕逝"指与前来召唤的使者同往,亦可参考。

以上四句说:我清晨骑马驰过江皋,傍晚又渡过西边的水岸,因为我听说湘夫人正在召唤我,我要和她一道驾车远去,建立美好的生活。按:下面一段是对想象中美好生活的具体设计。

〔7〕葺(qì气):原指以茅草盖屋,这里泛指覆盖房屋。荷盖:荷叶。

"葺之兮荷盖",即以荷叶覆盖房屋,亦即以荷叶为屋顶之意。

以上二句说:我们要在水中建造一座房子,上面用荷叶盖顶。

〔8〕荪(sūn 孙):一种香草,即溪荪,俗名石菖蒲,亦名荃。"荪壁",指以荪草装饰屋壁。紫:指紫贝,一种珍贵的贝类。宋代洪兴祖说:"紫,紫贝也。《相贝经》曰,赤电黑云谓之紫贝。郭璞曰,今之紫贝以紫为质,黑为文点。陆机云,紫贝其白质如玉,紫点为文。《本草》云,贝类极多,而紫贝尤为世所贵重。"(《楚辞补注》)一说"紫"不是紫贝,而是紫草,其根可以染紫。又一说指紫泥,用以筑坛。二说亦可参考。坛:庭院。《淮南子·说林训》注:"楚人谓中庭为坛。""紫坛",用紫贝装饰的庭院。

〔9〕播:散布。椒:花椒,落叶灌木,是一种芳香性的植物。成:通"盛",引申为盛满之意。"成堂",满堂。一本"成"作"盈",训为盈满,意与"成"同。

〔10〕栋:房梁。"桂栋",以桂木为房梁。橑(lǎo 老):屋椽。"兰橑",用木兰作椽子。

〔11〕辛夷:木兰一类的花树,又名木笔、迎春。明代李时珍《本草纲目》说:"夷者,荑也。其苞初生如荑而味辛也。"又说:"辛夷花初出枝头,苞长半寸而尖锐,俨如笔头重重。有青黄茸毛顺铺,长半分许,及开则似莲花而小如盏,紫苞红焰,作莲及兰花香。亦有白色者,人呼为玉兰。"楣(méi 眉):门框上的横梁。"辛夷楣",用辛夷木作门楣。药:白芷。洪兴祖说:"《本草》:白芷,楚人谓之药。《博雅》曰:芷,其叶谓之药。""药房",用白芷装饰卧房。

〔12〕网:这里作动词,编结。帷:帷帐。

〔13〕擗(pǐ 痞):剖开,掰开。榭(mián 眠):屋檐板。"擗蕙榭",指把蕙草掰开,铺成屋檐板。既张:指屋檐板已经铺好。

以上二句说:用薜荔编结成帷帐,铺好了蕙草做成的屋檐板。

〔14〕镇:镇席,压住坐席之物。

〔15〕疏:这里作动词,指分布。石兰:兰草的一种,即山兰。芳:这里作名词,指散发着芳香气的室内陈设。

〔16〕芷:白芷。葺:覆盖。荷屋:荷叶做的屋顶。清代蒋骥说:"谓前荷盖之屋复葺以芷。"(《山带阁注楚辞》)此说是。

〔17〕缭:缠绕。杜衡:香草,叶似葵而有香,亦名杜葵,俗名马蹄香。

以上二句说:用白芷覆盖在荷叶做的屋顶上,又在房子四周缠绕上杜衡。

〔18〕合:汇集。百草:各种香草。汪瑗说:"百草,泛指芳草而言,上所言者,亦在其中矣。"实:这里作动词,充满、布满。庭:庭院。

〔19〕建:设置、建立。馨:香,特指散布很远的香气。庑(wǔ 五):厅堂四周的廊屋。这里"庑门"是对整个建筑的概括。又洪兴祖说:"谓庑与门也。"亦通。

以上二句说:汇集各种香草布满整个院子,我们建成的门庭香气四溢。

〔20〕九嶷:九嶷山,在今湖南省宁远县东南。但这里的"九嶷"是指九嶷山的诸神。按:传说舜葬在九嶷山,但又是楚人心目中的湘水之神,所以这里想象当湘君布置好新居将与湘夫人会面时,九嶷山的诸神都来奉迎祝贺。缤:纷纷然,这里指神灵众多的样子。并迎:指诸神一起前来奉迎湘夫人。

〔21〕灵:指九嶷山的诸神,因来者众多,所以说"如云"。

以上十六句是湘君追述他怎样向往和湘夫人共同生活,然而因为两人最终未能会面,所以一切设想都落空了。

捐余袂兮江中[1],遗余褋兮醴浦[2]。搴汀洲兮杜若[3],将以遗兮远者[4]。时不可兮骤得[5],聊逍遥兮容与[6]。

〔1〕捐:抛弃。袂(mèi妹):衣袖。这里大概是以衣袖代指上衣。一说"袂"是指有衬里的外衣。又一说认为"袂"当作"袟",指妇女所佩带的一种小囊。二说可以参考。

〔2〕遗:丢弃。褋(dié碟):单衣。《方言》:"禅衣,江、淮、南楚之间谓之褋,关之东西谓之禅衣。"醴浦:即澧浦,澧水之滨。

以上二句写湘君因失望气愤而一再丢弃湘夫人的赠物。(参阅《湘君》篇"捐玦"、"遗佩"注。)

〔3〕搴(qiān千):楚方言,摘取。汀洲:水中沙土积成的小平地。杜若:香草,亦名山姜。

〔4〕遗(wèi位):赠与、致送。远者:指湘夫人。又宋代朱熹说:"远者亦谓夫人之侍女,以其远去而名之也。"(《楚辞集注》)可以参考。

以上二句说:在水中小洲上摘取香草杜若,将把它送给远方的人。

〔5〕时:指会面的时机、机会。骤:屡次。一说"骤得"指突然得到,亦可参考。

〔6〕聊:姑且。逍遥:优游自得的样子。容与:安逸闲暇的样子。这里指无可奈何地徘徊、漫步。

以上二句说:会面的时机不能屡屡得到,我姑且在汀洲上漫步散心,以排遣愁思。

大司命

大司命是古人心目中掌管人类生死寿夭的神灵。按照旧说,本篇的大司命与下篇的少司命都是天上的星宿。但也有研究者认为,司命不是天上的星宿,而是楚俗所特祀之神。说司命非宿,似有可参;但认为是楚俗所特祀之神则恐非确论,因为齐人也有司命之祀,并非楚俗独有。

关于大司命和少司命的关系,有人认为是正职与副职的同僚关系;也有人认为是父子关系,这些说法都不足信。《楚辞》《九歌·大司命》和《少司命》是流传至今的有关这两个神的最重要而详尽的材料,其中分明刻画了两个不同的形象。他们都掌管人类的命运,但具体职事却不同。其所以分为大小,正是因其职事的区别。王夫之说:"大司命统人之生死,而少司命则司人子嗣之有无,以其所司者婴稚,故曰少。大则统摄之辞也。"(《楚辞通释》)这个说法较为近是。旧说大都认为大司命是男性之神,这与篇中大司命的崇高严肃的形象相符,是较为可信的一种说法。本篇即是饰为大司命的主巫与代表世人的群巫的对唱。

广开兮天门[1],纷吾乘兮玄云[2]。令飘风兮先驱[3],使冻雨兮洒尘[4]。君回翔兮以下[5],逾空桑兮从女[6]。纷总总兮九州[7],何寿夭兮在予[8]。

〔1〕以下八句是饰为大司命的主巫的独唱。广开:大开。天门:天上之门。宋代洪兴祖说:"汉《乐歌》云:'天门开,訣荡荡。'《淮南子》注云:'天门,上帝所居紫微宫门也。'"(《楚辞补注》)

〔2〕纷:纷纷然,繁盛的样子。吾:大司命自指。乘(chéng 成):动词,驾。玄:指高空的深青色。《易·坤·文言》:"夫玄黄者,天地之杂也,天玄而地黄。""玄云",犹言青云。明代汪瑗说:"司命本天神,故曰乘玄云。"(《楚辞集解》)一说"玄"为带赤的黑色,"玄云"即黑云。"乘玄云",指大司命乘驾玄云而降。又清代刘梦鹏《屈子章句》说:"吾乘,犹《诗》所谓我车、我马、我旆之类,指司命车乘而言。"清代胡文英《屈骚

指掌》说:"纷纷然驾吾乘,若玄云之多以迎神。"二说认为"乘"是名词(读 shèng 圣),指车乘;"玄云",形容车乘之多,亦可参考。

以上二句说:天门大开,我驾着玄云纷然而降。

〔3〕令:命令。飘风:旋风。《尔雅·释天》:"回风为飘。"注:"旋风也。"先驱:前导。

〔4〕冻(dōng 冬)雨:暴雨。《尔雅·释天》:"暴雨谓之冻。"郭璞注:"今江东人呼夏月暴雨为冻雨。"又王逸说:"暴雨为冻雨。言司命爵位尊高,出则风伯、雨师先驱为轼路也。"(《楚辞章句》)洒:用水喷洒。"洒尘",洒扫尘土。

〔5〕君:指大司命。"君回翔兮以下",是饰为大司命的主巫声称神已降附己身,临坛受祭。回翔:徐缓地翱翔盘旋。王逸说:"回,运也。言司命行有节度,虽乘风雨,然徐回运而来下也。"洪兴祖说:"回翔,犹翱翔也。"下:指降临。

〔6〕逾:超越、越过。空桑:神话中山名。女(rǔ 汝):同汝。复数,指代表世人的群巫。

以上二句意思是:大司命翱翔回旋从天而降,越过空桑来到人间,与世人相处在一起。

〔7〕纷总总:众多的样子。这里形容世上生灵的众多。九州:指整个天下。按:关于九州,古代有两种说法,一是指古代中国设置的九个行政区划,即冀、豫、雍、扬、兖、徐、梁、青、荆九州,见《尚书·禹贡》。一是指大九州。古代称中国为赤县神州,与此等同的州共有九个,称大九州。《淮南子·墬形训》说:"何谓九州,东南神州曰农土,正南次州曰沃土,西南戎州曰滔土,正西弇州曰并土,正中冀州曰中土,西北台州曰肥土,正北济州曰成土,东北薄州曰隐土,正东阳州曰申土。"即所谓大九州。大司命是主管人类生命之神,其权力范围不仅止于中国,所以此处"九州"应指整个天下。

〔8〕寿:长寿。夭:早死。"寿夭",泛指人的生死。予:我,大司命自称。按:王逸解释"何寿夭兮在予"句说:"言普天之下,九州之民诚甚众多,其寿考夭折,皆自施行所致,天诛加之,不在于我也。"认为此句是说,人的生死是由他们自己的行为决定的,不是我大司命所能掌握的。据此,则这句实际上是大司命的自谦之词,较为近是。又洪兴祖说:"此言九州之大,生民之众,或寿或夭,何以皆在于我,以我为司命故也。"认为此句是大司命以反诘语气表明自己具有掌管人类生死的权力。亦可参考。

高飞兮安翔〔1〕,乘清气兮御阴阳〔2〕。吾与君兮斋速〔3〕,导帝之兮九坑〔4〕。

〔1〕以下四句是群巫的唱词。安翔:从容地翱翔。
〔2〕清气:太空中的清明之气,即天地间的正气。御:驾驭,亦即控制、把握的意思。阴阳:中国古代的哲学概念,指阴气、阳气。古人认为阴阳二气的参合变化可以生成天地万物。但因大司命是主管人类生死之神,所以这里的阴阳当指人类的命运变化。王逸说:"阴主杀,阳主生,言司命常乘天清明之气,御持万民死生之命也。"(《楚辞章句》)

以上二句说:大司命从容翱翔,他乘着清气,驾驭阴阳。这是群巫对大司命的赞颂,同时也是形容主巫在现场的舞姿。
〔3〕吾:群巫自指。君:指大司命。斋速:当从一本作"齐速",指群巫与饰为大司命的主巫在合舞中步调节奏完全一致。
〔4〕导:引导。帝:指大司命。清代胡文英《屈骚指掌》说:"帝以主宰言,亦谓神也。"认为从主宰人类生灵的角度说,大司命可称为帝。可通。之:动词,到,往。九坑(gāng冈):按:"九坑"之义不可详考,旧注多认为是九州之山冈或天下九州。如王逸说:"导迎天帝出入九州之山。"

洪兴祖说:"《淮南》曰,天地之间九州八极,土有九山,山有九塞。何谓九山?会稽、泰山、王屋、首山、太华、岐山、太行、羊肠、孟门也。"(《楚辞补注》)明代汪瑗说:"九坑,犹言九垓,谓九州也。"(《楚辞集解》)清王夫之说:"九坑,地也。"(《楚辞通释》)以上这些说法虽不同,但义可相通,都认为九坑是九州大地。大司命是主管人类生死之神,说他遍历九州大地,考察人类之众是可通的。

以上二句意思是:我们同大司命在一起,引导他遍察九州大地。这两句也是对主巫、群巫在现场合舞的形容。

灵衣兮披披[1],玉佩兮陆离[2]。壹阴兮壹阳[3],众莫知兮余所为[4]。折疏麻兮瑶华[5],将以遗兮离居[6]。老冉冉兮既极[7],不浸近兮愈疏[8]。

〔1〕以下八句是饰为大司命的主巫的独唱。灵衣:当从《太平御览》及《北堂书抄》所引改为"云衣"。"云衣",指大司命所穿的衣服,以云纹为饰,或以云为衣,均可通。按:《九歌》中只有群巫称主巫为"灵",没有主巫自称为"灵"者。这里是饰为大司命的主巫独唱,不能自称其衣为"灵衣"。又闻一多《楚辞校补》说:"灵当为云,字之误也。……云衣与玉佩对文。《东君》曰'青云衣兮白霓裳',亦言云衣。《九叹·远逝》曰'云衣之披披',则全袭此文。"此说是。披披:指衣服翩然飘动的样子。又王逸说:"披披,长貌。"(《楚辞章句》)明汪瑗说:"披披,美好貌。"(《楚辞集解》)二说亦可参考。

〔2〕陆离:指身上的佩玉因摇动而光彩闪烁的样子。

以上二句是大司命自言其装束,意思是:我身上的云衣翩翩飘动,佩带的美玉光彩闪耀。

〔3〕壹阴兮壹阳:与前"乘清气兮御阴阳"相应,前为群巫称赞大司

命驾驭阴阳,此为大司命自言掌握着人类生死寿夭的变化。朱熹说:"一阴一阳,言其变化循环无有穷已也。"(《楚辞集注》)又清代林云铭《楚辞灯》说:"九州中或生或死,皆司命所御之阴阳二气为之。"二说所释之义可参考。

〔4〕众:汪瑗说:"众,指九州总总之人民也。"余:我,大司命自指。

以上二句说:我掌握着人类阴阳生死的变化,但普天下的民众却不知我的作为。

〔5〕疏麻:一说即胡麻。又一说即升麻。闻一多《九歌解诂》说:"《本草》'升麻产于溪涧阴地,以蜀中出者为胜。茎高二三尺,夏开白花,根紫黑色,多须,可入药'。升麻白花与瑶华白色正合。葛立方《韵语阳秋》卷十六'瑶华谓麻之华白也'。是其证。疏麻花白色,似玉,故谓之瑶华。……骆宾王《思家诗》'离恨折疏麻'。盖疏麻是隐语,借草名中的疏字以暗示行将分散之意。"此说认为赠疏麻有暗示离别之意,可以参考。瑶:美玉。"瑶华",疏麻的花,因其色白如玉,故称"瑶华"。宋代洪兴祖说:"谢灵运诗云'折麻心莫展',又云'瑶华未敢折'。说者云,瑶华,麻花也,其色白,故比于瑶。此花香,服食可致长寿,故以为美,将以赠远。"(《楚辞补注》)按:大司命主管人的寿命,以疏麻之花赠人,是表示人将长寿的吉兆。清代王夫之说:"神折瑶华以遗人,所以延其寿命。"(《楚辞通释》)此说是。

〔6〕遗(wèi 位):赠送。离居:指离别远居之人。因大司命即将离去,此后将与在场的人天凡路隔,所以称后者为离居。

以上二句意思是:我摘采了神麻之花,送给将要离别的人们,愿他们都健康长寿。

〔7〕冉冉:渐渐。极:至。"既极",已经到了。明代汪瑗说:"既极者,深叹其衰老之词也。"

〔8〕浸(qīn 亲):王逸注:"浸,稍也。""浸近",稍稍接近,亦即亲

83

近。疏:疏远。

以上二句是大司命将要离开时的感慨,意思是:世人都将衰老,若不与之亲近,就会愈来愈疏远。表现了大司命依依惜别的心情。

乘龙兮辚辚[1]**,高驰兮冲天。结桂枝兮延伫**[2]**,羌愈思兮愁人**[3]**。愁人兮奈何,愿若今兮无亏**[4]**。固人命兮有当**[5]**,孰离合兮可为**[6]**?**

〔1〕以下八句是群巫所唱的送神曲。乘龙:指乘龙车。辚辚:车行的声音。

以上二句是群巫想象大司命已乘龙车冲天而去。

〔2〕结:采结,指采摘而结成一束。"结桂枝",指怀抱一束桂枝。延伫(zhù 住):久立而遥望。

〔3〕羌:楚方言,发语词。

以上二句说:我们怀抱桂枝久立而遥望,愈是思念愈是使人忧愁。

〔4〕若今:像今日一样。指从今以后都能像今日一样。无亏:指对司命之神尽礼无亏。一说"无亏"指身体健康无损,与上段"老冉冉"句相呼应,意思是但愿今后能像现在一样健康无损,常有时机与司命之神相会。又明代汪瑗说:"无亏,谓无离别之叹与衰老之情也。"(《楚辞集解》)二说亦可参考。

以上二句意思是:愁思也没有用,但愿今后常有时机祭祀司命之神,也能像今日一样尽礼无亏。

〔5〕固:本来。人命:人的生死寿夭之命。一说指人的命运,亦通。有当:犹言有定。明汪瑗说:"有当,言有一定之数也。"一说"当"字当作"常","有常"亦指有一定之数。又清蒋骥说:"当,主也。人命至大而神主之,其尊甚矣。"(《山带阁注楚辞》)认为"有当"指"有主",即人命由

神主之。二说皆备参考。

〔6〕孰:谁。离合:指司命之神与人的离别和会合。为:做,这里是掌握、控制的意思。

以上二句意思是:人的命运本有一定,与司命之神的离别和亲近不是人的力量所能掌握的。表现了神去而无法挽留的无可奈何的心情。

少司命

少司命是主管人类子嗣和儿童命运的神。这个说法最早见于南宋罗愿的《尔雅翼》。其说曰:"少司命,主人子孙者也。"此后,清代的王夫之等人又进而敷畅其说。从本篇内容看,可以肯定这个说法是正确的。另有学者认为,少司命是主管男女爱情之神,如清代的蒋骥;还有以少司命为主管灾祥之神的,如清人戴震,这些说法都是对《少司命》内容的误解。

关于少司命神的性别以及本篇的演唱形式,历来有多种解释。或曰男性,或曰女性;或认为是饰为少司命的男巫与女性群巫的对唱;或认为是饰为少司命的女巫与男性巫者的对唱。这都是起因于对篇中词句的不同理解而造成的。从本篇所描述的形象与情事看,少司命当是一位既温柔善良又勇敢坚强的美丽的女神。与她对唱的则是代表人间女性的一群女巫。因为少司命的职责是掌管人类子嗣和儿童的命运,所以很自然地要和女性发生亲密的关系。这是人和神的友谊关系,而非人和神的恋爱关系。

秋兰兮麋芜[1],罗生兮堂下[2]。绿叶兮素华[3],芳菲菲兮袭予[4]。夫人自有兮美子[5],荪何以兮愁苦[6]?

〔1〕以下六句是群巫所唱的迎神曲。秋兰：香草，即兰草或泽兰。明代汪瑗《楚辞集解》说："兰芳于秋者曰秋兰。"麋芜：通"蘼（mí 迷）芜"，香草，即芎䓖（xiōng qióng 凶穷）；茎叶细嫩时叫蘼芜，结根长成后叫芎䓖。四五月间生苗，叶作丛而茎细，其叶倍香，"或莳于园庭，则芬香满径，七八月开白花。"（洪兴祖《楚辞补注》引《本草》）据宋罗愿《尔雅翼》："兰有国香，人服媚之，古以为生子之祥。而蘼芜之根主妇人无子，故少司命引之。"由此可见，秋兰、蘼芜两种芳草都与生儿育女及少司命的职责有关，因而群巫用以布置祭堂。

〔2〕罗：分布、排列。"罗生"，罗列而生。堂：祭堂。

〔3〕素华：纯净洁白的花。

〔4〕菲菲：香气浓郁的样子。袭：侵，指香气侵入人的嗅觉。予：我，群巫自指。

以上四句意思是：在祭神之堂布满了秋兰和蘼芜，清雅素洁，香气袭人，准备迎接少司命的到来。

〔5〕夫（fú 扶）：发语词。"夫人"，指人们。王逸说："夫人，谓万民也。"（《楚辞章句》）洪兴祖说："夫人，犹言凡人也。"（《楚辞补注》）美子：美好的子女。

〔6〕荪（sūn 孙）：香草，即溪荪，俗名石菖蒲。这里借指少司命，是群巫对少司命的尊称。

以上二句说：人们各自都有了美好的子女，您何必还要操心发愁？这是群巫以女性代表的身份，请求少司命不必为人们的子嗣而愁苦，安心前来接受祭祀。

秋兰兮青青[1]，绿叶兮紫茎[2]。满堂兮美人[3]，忽独与余兮目成[4]。入不言兮出不辞[5]，乘回风兮载云旗[6]。悲莫悲兮生别离[7]，乐莫乐兮新相知[8]。

〔1〕以下八句是饰为少司命的主巫的独唱。青青:是"菁菁"的假借,茂盛的样子。宋洪兴祖说:"诗云'绿竹青青'。青青,茂盛也。音菁。"(《楚辞补注》)

〔2〕紫茎:紫色的花茎。

以上二句是少司命目中所见的祭堂布置的情景,与首段前四句群巫所唱祭堂布置的状况相呼应,表明少司命已经来到现场。

〔3〕美人:指群巫。她们代表了人世的女性。

〔4〕忽:很快的样子。余:我,少司命自指。目成:通过眉目传情来结成友谊。明代汪瑗说:"目成,谓以目而通其情好之私也。"(《楚辞集解》)明周拱辰《离骚草木史》说:"目成,凝睇貌,亦心许貌。眼光注射,形未亲而神亲也。"二说可参考。又一说据《广雅·释诂》:"成,重也。"认为"目成"犹言"目重",指目光重合。"忽独与余兮目成",是说众人很快地都把目光专注于我。此说备参考。

以上二句说:满堂的美人,很快都与我眉目传情,结成友谊。按:以上二句是理解全诗的关键,旧说多歧,大都是误读这二句而产生的。前人普遍认为,本篇涉及男女情爱(或言神与人相爱,或言神与巫相爱),因而竟使得"目成"一词成为男女之间眉目传情的专称。其实,这里的"目成"不是指男女之间的情爱,而是表达了女神与女性之间的友情;歌唱此二句的是少司命,而非群巫。

〔5〕入:指少司命来到祭祀场所。出:离开。

〔6〕回风:旋风。"乘回风",乘驾回风。云旗:以云为旗。

以上二句意思是:我(少司命)乘着旋风,插载着云旗,匆匆而来,匆匆而去,出入祭堂也没有说话。

〔7〕生:副词,生生地。又一说认为"生别离"指生人之间的别离,亦通。一说"生"指生熟之生,言未及相熟则别离,亦可参考。

〔8〕以上二句是少司命对这次降临人世的总结和感慨,其中有欢乐也有悲伤。欢乐的是新近结交了那么多人间的知己;悲伤的是相知不久又要与她们生生地别离。这不仅十分准确地概括了当时神与群巫交往的实况,而且抒发了少司命热爱人类的一片深情。

荷衣兮蕙带[1],倏而来兮忽而逝[2]。夕宿兮帝郊[3],君谁须兮云之际[4]?

〔1〕以下四句是群巫合唱的问词。荷衣:以荷叶为衣。蕙带:以蕙草为衣带。按:这是群巫所见的少司命身上的装束。王逸说:"言司命被服香净。"(《楚辞章句》)

〔2〕倏(shū叔)、忽:都是忽然、迅速的意思。逝:去。这句说少司命忽然而来,忽然而去,与上"入不言"等句相呼应。汪瑗说:"倏而来者,即入不言也。忽而逝者,即出不辞也。"(《楚辞集解》)可参考。

以上二句说:少司命披着荷衣,飘着蕙带,忽然而来,忽然而去。

〔3〕帝:指天帝。"帝郊",天国的郊野。

〔4〕君:指少司命。须:等待。

以上二句说:少司命晚上宿于天国的郊野,您在云端里等待谁呢?按:这二句是群巫对少司命表示关切的问辞。但有些注家因囿于男女情爱的成见,就把这二句解释成为少司命的恋人表示嫉妒和悲伤之词。这类说法是对文意的曲解。

与女游兮九河,冲风至兮水扬波[1]。与女沐兮咸池[2],晞女发兮阳之阿[3]。望美人兮未来[4],临风恍兮浩歌[5]。

〔1〕以上二句王逸《楚辞章句》无注;洪兴祖认为是《河伯》篇的词句窜入本篇,当删。

〔2〕以下四句是饰为少司命的主巫独唱的答词。女:通"汝",这里当释为"你们",指群巫。沐:洗头发。咸池:神话中的天池。

〔3〕晞(xī西):晾干。阿(ē鹅阴平):弯曲之处,这里指山湾。"阳之阿",向阳的山湾。一说指"曲阿",是神话中地名,太阳早晨经过的地方。此说亦通。

以上二句是少司命对群巫的问词"君谁须兮云之际"的回答,意思是:我等待的就是你们,要和你们一起在咸池洗头,并和你们在向阳的山湾上晾发。按:此二句写女神与女性之间的情事最为明显。

〔4〕美人:即上文所说的"满堂美人",指代表人类女性的群巫。

〔5〕临:面对。恍:恍惚,心神不定的样子。浩歌:大声歌唱。

以上二句紧接上文,意思是:然而你们终于没有来,我心神不定,当风高歌,聊解愁闷。

孔盖兮翠旌[1],登九天兮抚彗星[2]。竦长剑兮拥幼艾[3],荪独宜兮为民正[4]。

〔1〕以下四句是群巫合唱的颂神曲,结束祭祀仪式。孔盖:以孔雀羽毛做的车盖。翠:指翡翠鸟。洪兴祖引颜师古说:"鸟赤羽者曰翡,青羽者曰翠。"(《楚辞补注》)旌:旌旗。"翠旌",以翡翠鸟的羽毛为旌旗的装饰。这句是形容少司命所乘车子的华美。

〔2〕九天:古代传说天有九重,这里指天空高处。抚:持。彗星:绕着太阳运行的一种星体,分彗核和彗尾两部分。彗尾形如扫帚,故俗称扫帚星,又名孛星、长星、搀枪等。古代传说天上有彗星是用来扫除污秽的。这句是说,少司命登上高空,手持扫帚,准备为人类扫除邪恶与灾

祸。一说彗星是危害人类的灾星。"抚彗星",是说少司命降服凶秽。如清代蒋骥说:"抚,按止之也。彗星,妖星,以喻凶秽。"(《山带阁注楚辞》)亦可参考。

以上二句是群巫描述少司命乘着装饰华丽的车子,登上九天用扫帚星扫除凶秽。

〔3〕竦(sǒng耸):肃立,这里是笔直地拿着的意思,等于说"挺着"。拥:抱。一说"拥"是护卫之意,如清王夫之说:"拥,卫也。幼艾,婴儿也。竦长剑以护婴儿,使人宜子,所为司人之生命也。"(《楚辞通释》)亦可参考。幼艾:指儿童。按"幼艾"一词也是能否正确理解全篇的关键。旧注中因误解"幼艾"一词而错释全篇的也有不少。有释"幼艾"为少长的,因而认为少司命同大司命一样也掌管整个人类的命运。有认为"幼艾"是指年少美貌的女子的,是少司命的配偶,因而误以少司命为男性之神。

〔4〕荪:指少司命,这是群巫对少司命的尊称。宜:适合,适宜。正:长。"为民正",即为民之长,指作人民的主宰。又王逸说:"宜为万民之平正也。"(《楚辞章句》)认为"为民正"指为民判定曲直。亦可参考。

以上二句是群巫对少司命的颂词,意思是:那手持长剑怀抱儿童的少司命,只有她才适合为民作主。

东君

本篇是祭祀日神的乐歌。日神称为东君,大概是楚国特有的称谓。先秦时期,中原地区祭祀日神一般是直称祭日。但据汉代郑玄说,日神有时也称为君。《礼记·祭义》曰:"祭日于东,祭月于西。日出于东,月出于西。"祭日于东,日又称君,这大概是日神称为东君的来由。汉代祭祀日神,沿用了东君的称呼。

本篇依王逸《楚辞章句》的顺序是排列在《少司命》之后。清代刘梦鹏《屈子章句》认为,本篇与《东皇太一》大旨略同,当排在《东皇太一》之后、《云中君》之前,次列第二。闻一多在刘氏的基础上进一步考证,证据充分,二人的此种看法,可能更符合《九歌》原本的排列顺序。王逸所列顺序虽未必确,但相沿既久,故今仍从其旧。

关于本篇的演唱形式,旧说或认为是人间主祭者的独唱;或认为是饰为东君的主巫的独唱。按《九歌》祭祀天神的乐歌,都是代表天神的主巫与代表世人的群巫共同出现在祭祀现场,而且除《东皇太一》之外,其他各篇都由主巫与群巫轮番作歌,这是这一组乐歌在体制上的共同特点,本篇亦不例外。

暾将出兮东方[1],照吾槛兮扶桑[2]。抚余马兮安驱[3],夜皎皎兮既明[4]。驾龙辀兮乘雷[5],载云旗兮委蛇[6]。长太息兮将上[7],心低徊兮顾怀[8]。羌声色兮娱人[9],观者憺兮忘归[10]。

〔1〕以下十句是饰为东君的主巫独唱的临坛曲。暾(tūn吞):初升的太阳。一说指太阳初升时温暖明盛的样子。此处"暾"用作名词,指太阳。

〔2〕吾:东君自称。槛(jiàn见):栏杆。扶桑:神话中生长在东方太阳升起之处的大树。这里是诗人把扶桑想象为东君所居宫殿的栏杆,因此,王逸说:"日以扶桑为舍槛,故曰照吾槛兮扶桑也。"(《楚辞章句》)

〔3〕抚:轻拍。这里指轻轻赶马的动作。余:东君自称。马:为太阳神驾车之马。安驱:安稳地驱驰。"抚余马兮安驱",比喻太阳缓缓升起。

〔4〕皎皎(jiǎo狡):明亮的样子。

以上二句意思是:太阳神自述其缓缓登程,夜色逐渐退去,露出了明亮的曙光。

〔5〕辀(zhōu周):车辕。《方言》:"辕,楚、卫之间谓之辀。"这里即指车。"龙辀",指龙形的车。又朱熹《楚辞集注》认为,"龙辀"指以龙为车辕,亦可参考。乘雷:比喻车轮前进发出的巨响如雷鸣。清代王邦采《九歌笺略》说:"乘雷,日轮发动如雷。"

〔6〕云旗:指太阳初升时霞光灿烂,就像龙车上插载了旌旗。清代陈本礼《屈辞精义》说:"此时日轮将上,已见霞光灿烂,如旌旗闪闪于海上矣。"委蛇(wēi yí威宜):卷曲而延伸的样子。

以上二句意思是:乘驾的龙车发出雷鸣般的巨响,云霞做成的旌旗舒卷飘荡。

〔7〕太息:叹息。

〔8〕低徊:流连徘徊,依依不舍的样子。顾怀:回顾怀恋,舍不得离开。

以上二句意思是:太阳神向天空上升,似因眷恋故居而行进迟缓。按:这是对太阳冉冉上升的拟人化描写。王逸说:"言日将去扶桑,上而升天,则徘徊太息,顾念其居也。"清代王夫之《楚辞通释》说:"日出委蛇之容,乍升乍降,摇曳再三,若有太息低徊顾怀之状。"又王邦采说:"海隅日出,少吐复吞,间以潮声,如闻太息,欲上不止,如有所低徊而顾怀者数四,然后一跃,如火毯之悬。"以上诸说都有助于理解此二句的意思。

〔9〕羌:楚方言,发语词。声色:指祭神的场面载歌载舞,色彩缤纷。娱人:使人欢乐。

〔10〕观者:指观看祭神场面的众人。憺(dàn淡):安乐。

以上二句是东君所见的祭祀现场:迎神的群巫载歌载舞,色彩缤纷;观众憺然安乐于其中,久而忘归。这表明东君已经来到祭祀现场,临坛受祭,并对这里的一切表示满意。

缎瑟兮交鼓[1],箫钟兮瑶虡[2],鸣篪兮吹竽[3],思灵保兮贤姱[4]。翾飞兮翠曾[5],展诗兮会舞[6],应律兮合节[7],灵之来兮蔽日[8]。

　　[1]以下八句是群巫的合唱。缎(gēng 耕):王逸说:"缎,急张弦也。"(《楚辞章句》)指乐器的弦绷得很紧。弦紧则音色高亢清亮,气氛热烈。瑟(sè 色):古弹拨乐器,通常有二十五弦。交鼓:相对着击鼓。
　　[2]箫:"捎(xiāo 消)"的假借字,敲击。清王念孙《读书杂志·余篇下》说:"读箫为捎者是也。《广雅》曰:捎,击也。《玉篇》音所育切;《广韵》又音萧。捎与箫、萧,古字通也。"按此说是。"捎钟",即击钟。瑶:"摇"的假借字。王念孙说:"瑶读为摇,摇动也。《招魂》曰,铿钟摇捎。王注曰,铿,撞也。摇,动也。《文选》张铣注曰,言击钟则摇动其虡也。义与此同。作瑶者,僭字耳。"此说是。虡(jù 巨):悬挂钟磬等乐器的木架。"捎钟摇虡",是说用力敲钟,使悬挂钟的木架都摇动起来了。
　　[3]鸣:吹奏。篪(chí 池):古代的一种管乐器,像笛,以竹制作,有八孔,横吹。竽:古代簧管乐器,像笙,有三十六簧。
　　[4]灵保:巫者。这里指饰为东君的主巫。姱(kuā 夸):美好。"贤姱",善良而美好。
　　以上四句描写迎神场面的盛大和群巫对饰为东君的主巫的赞美。
　　[5]翾(xuān 宣):《说文》:"翾,小飞也。"这里指轻轻飞舞的样子。翠:指翡翠鸟。曾:翻(zēng 增)的假借字,展翅飞翔。"翠曾",像翠鸟一样展翅飞翔。
　　[6]展诗:指放声歌唱。清代刘梦鹏《屈子章句》说:"展诗,歌也。"又明代汪瑗《楚辞集解》说:"诗,言其声。"二说可参考。会舞:合舞。

93

以上二句意思是：衣饰华丽的群巫像翠鸟展翅飞翔，翩翩起舞，放声歌唱。

〔7〕应律：指歌声与音律相应，非常和谐。合节：应合舞蹈的节拍。清代王萌《楚辞评注》说："应律言音，合节言舞，总上作乐之盛。"

〔8〕灵：神。这里指东君和随从他的诸神。蔽日：把阳光都遮住了，形容神数量众多。清代钱澄之《屈诂》说："百灵之随日行者，亦群然毕集。日已上而来者多，故蔽日也。"可以参考。

以上二句写东君和随从他的诸神，在一片歌舞声中降临到祭祀现场。

青云衣兮白霓裳〔1〕，举长矢兮射天狼〔2〕。操余弧兮反沦降〔3〕，援北斗兮酌桂浆〔4〕。撰余辔兮高驼翔〔5〕，杳冥冥兮以东行〔6〕。

〔1〕以下六句是饰为东君的主巫的独唱。青云衣：以青云为上衣。霓：副虹。"白霓裳"，以白霓为下装。又王逸说："日出东方入西方，故用其方色以为饰也。"按：古代五行说认为，东方色青，南方色赤，西方色白，北方色黑，中央色黄。王逸说，这里的青云、白霓是因日出东方落于西方，因而以这两个方向的色彩为衣饰，用以象征日神的运行。可以参考。

〔2〕矢：箭。这里的"矢"和下文的"弧"，是把天上的弧矢星想象为东君所用的弓箭。一说"矢"是日光。如清代王邦采《楚辞笺略》说："日光如矢，无远不射，是长矢也。"可备一说。天狼：天狼星。古人认为天狼星是制造灾祸的恶星。王逸说："天狼，星名，以喻贪残。""射天狼"，是想象东君射落天狼星，为人类剪除妖害。

以上二句说：我身穿青云衣白霓裳，举起长箭射向凶残的天狼。

〔3〕操:持。弧(hú 胡):木弓。按:"弧"也是星名,与上文"矢"属同一星座,称弧矢星,一名天弓,由九颗星组成弓箭形。《晋书·天文志》:"弧九星,在狼东南,天弓也。主备盗贼。"清代朱骏声《说文通训定声》说:"弧矢九星,在天狼一巨星之左,形似张弓发矢,故以为名。"反:回身,返回。沦降:指太阳向西方降落。

〔4〕援:持,拿着。北斗:星名,由七颗星组成,形状像古代舀酒用的酒器。这里是把北斗想象为东君饮酒的酒器。桂浆:桂花酒。

以上二句意思是:东君射掉天狼后,拿着弓箭回身向西方降落,又手持北斗,痛饮桂花酒。

〔5〕撰(zhuàn 馔):持,拿。辔(pèi 佩):马缰绳。驼:同"驰"。翔:飞翔。

〔6〕杳(yǎo 咬)冥冥:深沉而昏暗的样子,这里是形容夜空。东行:向东运行。古人认为太阳是绕大地运行的,所以这里想象太阳西降之后,在大地背面向东运行,然后再从东方升起。

以上二句说:我握着马缰绳高飞驰骋,在昏暗的夜空中驰向东方。

河伯

本篇是祭祀黄河之神的乐歌。古代关于河伯的传说很多,如《庄子·大宗师》以及《山海经》、《韩非子》、《史记》、《淮南子》等书中都有一些记载。洪兴祖《楚辞补注》和顾炎武《日知录》对河伯的传说考证颇详,可资参看。又近代的一些研究者认为,河伯之名起源于战国,战国以前虽有大河之祀,但不称河伯,只称河神。这个说法亦可参考。楚国祭祀黄河之神,由来已久,在《左传》中就有记载。也有人认为本篇河伯非指黄河之神,而是泛指楚国水域之神,亦可备参考。关于本篇的演唱形式,旧说亦多有分歧。从内容看,全篇是饰为河伯的男巫的独唱;饰为其恋人的女巫虽也在祭堂出现,但并不歌唱。

与女游兮九河[1],冲风起兮横波[2]。乘水车兮荷盖[3],驾两龙兮骖螭[4]。登昆仑兮四望[5],心飞扬兮浩荡[6]。日将暮兮怅忘归[7],惟极浦兮寤怀[8]。

〔1〕女(rǔ汝):通"汝",指河伯所恋的女子。九河:指黄河的九个支流,相传是夏禹治河时所开。九河之名见于《尔雅》,即徒骇、太史、马颊、覆鬴、胡苏、简、絜、钩磐、鬲津。这里九河泛指黄河水域。

〔2〕冲风:王逸注为隧风,即急风。又《文选》六臣注说:"冲风,暴风也。"横波:波涛汹涌。

以上二句意思是:河伯想象着与他的恋人一起,在狂风巨浪中畅游九河。

〔3〕水车:在水上行走的车。因河伯是水神,所以把他所乘之车想象为能在水上行驶。一说水车指舟;又一说"水车"指以水为车,亦可参考。荷盖:以荷叶为车盖。

〔4〕骖(cān餐):边马。按:先秦时车为单辕,驾马多为偶数,有两马、四马、六马之别。车辕两旁的两匹马称为"服";服马外的两匹马称为"骖"。"骖",这里用作动词,指以螭为骖。螭(chī吃):传说中的一种无角之龙。

以上二句仍然是河伯想象与恋人在一起,驾着龙,乘水车游玩。

〔5〕昆仑:山名,是黄河的发源地之一。这里是河伯想象与其恋人溯黄河之源而登上昆仑之巅。清代钱澄之《屈诂》说:"昆仑,河所出也,登之四望,而飞扬浩荡,《庄子》所谓河伯欣然自喜,以天下之美为尽在己是也。"可参考。

〔6〕浩荡:形容心神开阔的样子。

以上二句说:登上昆仑之巅瞭望四方,顿觉心胸开阔,神志飞扬。

〔7〕怅:失意,懊恼。按:这一段是写河伯等待着与恋人相会,他想象着与恋人在一起游玩,在不知不觉中日落西山,但是却没有等来他的恋人,所以他心中怅然若失,忘记了归去。

〔8〕惟:思,思念。浦:水滨,水滩。"极浦",指远处的水滨。按:"极浦"当是指河伯与恋人幽会的地方。因为没有见到恋人,心中怅然,不由得思念与恋人在一起的情景。寤怀:即感怀,触动心中的思念之情。一说"寤怀"当作"顾怀"。闻一多说:"案寤怀无义,寤疑当为顾,声之误也。《东君》曰'心低徊兮顾怀',扬雄《反骚》曰'览四荒而顾怀兮',魏文帝《燕歌行》曰'留连顾怀不能存',是顾怀为古之恒语。顾,念也。怀亦念也。'惟极浦兮顾怀',犹言惟远浦之人是念也。"可以参考。

鱼鳞屋兮龙堂[1],紫贝阙兮朱宫[2],灵何为兮水中[3]?乘白鼋兮逐文鱼[4],与女游兮河之渚[5],流澌纷兮将来下[6]。

〔1〕鱼鳞屋:用鱼鳞装饰的房屋。龙堂:王逸说:"堂画蛟龙之文。"(《楚辞章句》)指在殿堂的墙壁上绘蛟龙以为装饰。又朱熹说:"龙堂,以龙鳞为堂也。"(《楚辞集注》)指用龙鳞装饰殿堂。亦通。

〔2〕紫贝:一种珍贵的贝类。洪兴祖说:"《相贝经》曰,赤电黑云谓之紫贝。郭璞曰,今之紫贝以紫为质,黑为文点。陆机云,紫贝其白质如玉,紫点为文。《本草》云,贝类极多,而紫贝尤为世所贵重。"(《楚辞补注》)阙:宫门立双柱者称为阙,这里泛指宫门。"紫贝阙",指以紫贝装饰宫门。朱宫:王逸说:"朱丹其宫。"即以朱红色涂饰其宫。

以上二句是指河伯寻找他的恋人,来到了她居住的地方,这里是鱼鳞的房屋绘龙的堂;紫贝的门阙朱红的宫。

〔3〕灵:河伯对其恋人的称谓。河伯的恋人与河伯地位相当,所以河伯称她为"灵"。何为:干什么。这句的意思是,河伯找到了他的恋人,所以问她:你在这里做什么?

〔4〕鼋(yuán元):大鳖。文鱼:一种有花纹的鱼。"逐文鱼",指文鱼追逐从游。一说指尾随文鱼。

〔5〕女:同"汝",指河伯的恋人。渚:水中小洲。

〔6〕流澌(sī斯):当作"流澌",指解冻时流动的冰。一说"流澌"即指流水,亦可参考。

以上三句是写河伯找到了他的恋人,于是两人在一起游玩。意思是说:我们乘上白鼋,旁边有文鱼追逐从游;我和你一起到那河中的小洲,去观看溶解的冰块纷然来下。

子交手兮东行〔1〕**,送美人兮南浦**〔2〕**。波滔滔兮来迎**〔3〕**,鱼隣隣兮媵予**〔4〕**。**

〔1〕子:你的敬称。这里是河伯称其恋人。交手:以手相交,意思是执手告别。朱熹说:"交手者,古人将别则相执手,以见不忍相远之意。晋宋间犹如此也。"

〔2〕美人:指河伯的恋人。南浦:河伯送别其恋人的地方。

以上二句意思是:你拉着我的手依依惜别将要东行,我送你到南浦与你告别。

〔3〕滔滔:水流滚滚的样子。

〔4〕隣隣:通"鳞鳞",像鱼鳞一样比次排列的样子,用以形容送行者之多。媵(yìng映):送行,相送。予:我,河伯自指。

以上二句意思是:滔滔的河水来迎接我,鱼儿也列队为我送行。按:河伯送走了恋人之后,自己也离开并回入河中,所以前面二句是写河伯送别了恋人,此二句是指河伯自己离开时的情景。

山鬼

本篇是祭祀山神的乐歌。旧注或认为是祭祀山中的鬼怪,如洪兴祖说:"《庄子》曰,山有夔。《淮南》曰,山出枭阳。楚人所祀,岂此类乎?"朱熹说:"《国语》曰,木石之怪夔、魍魉,岂谓此邪?"本篇所描写的山鬼,是一位美丽多情的女性,与人们想象中的枭夔魍魉的狰狞可怖的形象截然不同。山鬼就是山神,明代汪瑗说:"谓之山鬼者何也?《论语》,季路问事鬼神。子曰,未能事人,焉能事鬼。盖鬼神可以通称也。此题曰山鬼,犹言山神、山灵耳,奚必枭夔魍魉魑魅之怪异而后谓之鬼哉?"本篇祭祀的山神,很可能类似于《湘君》、《湘夫人》等篇,是某座名山的某个具体神灵,但因材料不足,难以确考。清人顾成天认为,本篇所祭应是巫山神女,并引楚襄王游云梦,梦巫山神女事以证之(见《四库全书总目提要》楚辞类存目《楚辞九歌解》)。郭沫若也主张此说,并引《山鬼》"采三秀兮於山间"以证之,认为於山即巫山(见《屈原赋今译》)。流传至今的有关巫山神女的传说,据一些研究者考证,确与本篇内容有一定程度的联系(参见马茂元《楚辞选》)。因此,这一说法是有参考价值的。

关于本篇的演唱形式,有些研究者认为,是饰为山神的女巫和迎神的男巫的对唱。从本篇的内容看,当是饰为山神的女巫的独唱。篇中没有迎神、降神的描写,而是以自述的形式,刻画了一位美丽善良、坚贞纯洁,在幽暗的山林里过着孤寂的生活,却对真诚的爱情和美好的生活有强烈追求的女神形象。

若有人兮山之阿[1],被薜荔兮带女罗[2]。既含睇兮又宜笑[3],子慕予兮善窈窕[4]。乘赤豹兮从文狸[5],辛夷车兮结桂旗[6]。被石兰兮带杜衡[7],折芳馨兮遗所思[8]。余处幽篁兮终不见天[9],路险难兮独后来[10]。

〔1〕若:仿佛。"若"字用以形容山间女神那种飘忽不定、若隐若现的形态。又王逸说:"言山鬼仿佛若人,见于山之阿。"(《楚辞章句》)意思是因山鬼非人,故曰"若有人",也可参考。人:山鬼自指。阿(ē婀):弯曲之处。"山之阿",山丘弯曲处。

〔2〕被:同"披"。薜荔(bì lì必力):常绿灌木,蔓生,亦名木莲。女罗:同"女萝",即松萝,是一种地衣类植物,常由树梢悬垂。

以上二句说:好像有个人,站在山弯里,披着薜荔衫,女萝作衣带。

〔3〕睇(dì弟):斜视,流盼。"含睇",美目含情流盼。宜笑:指口齿极美,笑起来好看。

〔4〕子:这里是山鬼对其恋人的美称。慕:爱慕。予:山鬼自指。善窈窕:善于做娇美的姿态。

以上二句说:我美目流盼笑颜迷人,你爱慕的就是我这娇姿美容。

〔5〕乘:驾。赤豹:红毛黑花豹。"乘赤豹",让赤豹驾车。一说乘赤豹是骑着赤豹。从:随行,这里是使动用法。文狸:有花纹的野猫。"从文狸",让文狸当随从。

〔6〕辛夷:木兰一类的花树,又名木笔,迎春。"辛夷车",以辛夷香木为车。结:系,扎。桂旗:用桂花枝做的旌旗。

〔7〕石兰:兰草的一种,亦称山兰。杜衡:香草,叶似葵而有香味,亦名杜葵,俗名马蹄香。按:"被石兰兮带杜衡"与"被薜荔兮带女罗"句式相同,仍当指山鬼的装束。

〔8〕芳馨:芳香的花草。遗(wèi卫):赠送。所思:指山鬼的恋人。

以上四句说:乘着赤豹拉的车,让文狸在旁做随从;我又穿上石兰衫,系上杜衡作衣带,折一枝芳香的花草送给我的恋人。

〔9〕余:山鬼自称。处:居处。幽:昏暗、阴暗。篁(huáng皇):竹林。

〔10〕后来:迟到,来晚了。

以上二句说:我住在幽深的竹林里总也见不到天光,又因为山路崎岖,艰险难行,所以来迟了。按:这是山鬼去赴约会,却没有见到其恋人,心里认为可能因自己迟到恋人已经离去,故曰"独后来"。一说认为"独后来"是指山鬼的恋人没有去赴约会,山鬼在久等中说出的自我宽慰和揣测之词。如明代陈第《屈宋古音义》说:"所处既深,其路阻险,悦己者之来得无后乎?"亦可参考。

表独立兮山之上^{〔1〕},云容容兮而在下^{〔2〕}。杳冥冥兮羌昼晦^{〔3〕},东风飘兮神灵雨^{〔4〕}。留灵修兮憺忘归^{〔5〕},岁既晏兮孰华予^{〔6〕}?采三秀兮于山间^{〔7〕},石磊磊兮葛蔓蔓^{〔8〕}。怨公子兮怅忘归^{〔9〕},君思我兮不得闲^{〔10〕}。

〔1〕表:突出的样子。

〔2〕容容:云浮动的样子。

〔3〕杳冥冥:深沉而阴暗的样子。羌(qiāng枪):楚方言,发语词。一说是"却"义。昼晦:白天也昏暗不明。

〔4〕飘:风刮得很大的意思。神灵:指雨神。雨:这里作动词,降雨。

以上四句写山鬼因其恋人没有来赴约,心情异常沉重。她登高远望,只见云海翻涌,风吹雨打,天昏地暗,她久久独立于山巅,盼望她所思念的人到来。

以上几句对景色的描写,更衬托出山鬼此时失望和悲伤的心情。

〔5〕灵修:指山鬼的恋人。"留灵修",意思是希望恋人能留在这里。憺(dàn旦):安心地、安于。

〔6〕岁:年岁。晏(yàn艳):迟、晚。"岁既晏",指年岁已大,青春已逝。华:同"花",这里作动词,使动用法;"花予",使我重新开花,意思是使我变得年轻美丽。

以上二句意思是:我希望能让恋人安心地留在这里而忘记归去,但我年岁已大,不再为人所爱,留不住我的恋人了,谁能使我再变得年轻美丽?

〔7〕三秀:指灵芝草。"秀"是植物开花的意思。灵芝一年开三次花,故称"三秀"。于山:郭沫若《屈原赋今译》说:"于山即巫山。凡《楚辞》兮字每具有于字作用,如于山非巫山,则于字为累赘。"按:此说可能近是,于与巫古音同,假借为"巫"字。巫山,是楚国境内的名山,在今重庆市巫山县的长江两岸。楚国民间有不少关于巫山神女的神话传说。

〔8〕磊磊:乱石堆积的样子。葛:植物名,藤本蔓生,茎中纤维可织成葛布。蔓蔓:葛藤蔓延缭绕的样子。

以上二句写山鬼在众石乱藤中寻采灵芝,仍想赠给恋人。明代汪瑗说:"采三秀于山间,亦折芳馨以遗所思之意也。"(《楚辞集解》)此说是。

〔9〕公子:指山鬼的恋人。怅:惆怅。

〔10〕君:指山鬼的恋人。不得闲:不得空闲。这句是说公子虽然思念我,但因没有空闲,不能前来。一说"不得闲"指思念之情无时而闲,即无时无刻不在思念。汪瑗说:"不得闲者,思之无时而已也。……公子之思我也,亦必无时而闲矣。"又一说认为,"不得闲"是指山鬼而言,如清代王夫之《楚辞通释》说:"既已归山,则后虽思我,而我且不得闲,无由再见也。"亦可参考。

以上二句是写山鬼因其恋人没有来赴约,心中怨恨不已,无限惆怅,忘记了归家;但她仍然一往情深地思忖,并不是恋人不想念她,只是因为不得空闲,所以来不了。这既是体贴恋人而为之开脱,又是自我安慰以抚解怅怨之情。

山中人兮芳杜若[1],饮石泉兮荫松柏[2]。君思我兮然疑作[3]。雷填填兮雨冥冥[4],猿啾啾兮又夜鸣[5]。风飒飒兮木萧萧[6],思公子兮徒离忧[7]。

〔1〕山中人:山鬼自称。杜若:一种香草,亦名山姜。"芳杜若",像杜若那样芳香。

〔2〕石泉:山石间的泉水。荫:庇护,遮蔽。"荫松柏",以松柏为庇身之地,指居住之所。按:"饮石泉"、"荫松柏",是山鬼自比其品质高洁。清代方廷珪《文选集成》说:"饮石泉喻其清,荫松柏喻其贞。"

以上二句说:我这山中人像杜若那样芳洁,喝的是石中流出的清泉水,居住在孤松傲柏的树荫下。

〔3〕君:指山鬼恋人。然:诚然,真是这样。疑:怀疑。"然疑作",指疑信交加,半信半疑。这句意思是:我一会儿觉得公子真的在思念着我;一会儿又觉得很可怀疑,两种念头在心中交替出现,表达了山鬼对于"君思我"的疑虑心情。

〔4〕填填:雷声。冥冥:昏暗的样子。形容阴雨濛濛。

〔5〕啾啾(jiū 纠):指猿的叫声。又:当从一本作"狖(yòu 右)",黑色长尾猿。这里泛指猿狖一类的动物。

〔6〕飒飒:风声。萧萧:指风吹树木的声音。一说"萧萧"形容风吹树叶落。亦通。

〔7〕徒:徒然,白白地。离:通"罹(lí 厘)",遭受。

以上四句,前三句写景,后一句言情。四句情景交融,意思是:在雷雨交加的昏暗之夜,只能听到猿狖的悲鸣和萧瑟的风声。孤寂悲凉中终于明白,思念恋人不过是白白地遭受烦恼的折磨。

国殇

  本篇是祭祀为国捐躯的英雄的乐歌。"国殇(shāng 伤)"是指死于国事的人。关于本篇的具体祭祀对象,一般都认为是战士,但从本篇内容看,所祭的应是一位主将。如篇中"凌余阵兮躐余行,左骖殪兮右刃伤。霾两轮兮絷四马,援玉枹兮击鸣鼓"四句,很显然是歌颂一位主将在危急关头,仍然指挥若定,顽强奋战的英雄形象。但本篇是以主将为中心而描写了整个战场激战的情景,其中也包括了对广大战士不怕牺牲的英勇精神的赞颂。祭祀"国殇"当是楚国所特有的旧典,所祭的是楚国历史上在战争中为国捐躯的将领。关于本篇的演唱形式,旧说所论不多。从内容来看,应是饰为受祭将领的主巫的独唱。

操吴戈兮被犀甲[1],车错毂兮短兵接[2]。旌蔽日兮敌若云[3],矢交坠兮士争先[4]。凌余阵兮躐余行[5],左骖殪兮右刃伤[6]。霾两轮兮絷四马[7],援玉枹兮击鸣鼓[8]。天时坠兮威灵怒[9],严杀尽兮弃原野[10]。

  〔1〕操:持。戈:古代所用的长兵器,顶端是青铜制的横刃,作战时可击可勾。"吴戈",吴地所制之戈。相传"吴戈"质量最好。被:同"披"。犀(xī 西)甲:犀牛皮制成的贵重铠甲。古代以牛皮制成的铠甲亦往往统称为"犀甲"。

  〔2〕车:战车。错:交错。毂(gǔ 古):车轮中心安插车轴的部分,其

作用相当于现在的轴承。古代车轴穿过两轮车毂后,在两端都露出轴头,所以当双方激烈交战而战车十分接近时,会发生车毂交错的现象。短兵:短兵器,指刀剑之类的兵器,用以攻击。一说"短兵"指戈矛一类的兵器,是相对于弓矢之类长射程的兵器而言。接:交。因双方战车紧靠在一起,所以改用短兵器交战。这说明战斗十分激烈。

〔3〕旌(jīng 晶):这里指用羽毛装饰杆头的旗。蔽日:形容战场上旌旗极多,似可遮天蔽日。若云:形容敌人数量众多。王逸说:"敌多人众,来若云也。"(《楚辞章句》)

〔4〕矢:箭。"矢交坠",两军对射,流矢交相坠落。又明代汪瑗《楚辞集解》说:"矢交坠,谓敌人众多,而矢交坠以射我军也,非谓两军对射,流矢相交而坠也。我军非不射也,盖言敌人之盛,锋锐难当,而我三军之士犹奋怒争先,而不畏怯以退也。"亦可参考。士:将士。

以上四句是饰为楚将的主巫通过唱词描述了整个战场的激战情况。

〔5〕凌:侵犯。阵:交战时布成的队形。躐(liè 列):践踏。行(háng 航):行列。这句是说敌人进攻之势异常猛烈,冲击践踏了我方的阵势和队列。

〔6〕骖(cān 餐):边马。按:先秦时车为单辕,驾马多为偶数。有驾两马、四马、六马之别。车辕两旁的两匹马称为"服";服马外的两匹马称为"骖"。"左骖",左边的骖马。殪(yì 义):死。右:右边的骖马。"右刃伤",指右骖马为兵器所伤。又汪瑗说:"曰骖曰刃,互文也,言左右骖骓皆为敌人兵刃所伤而死也。"亦可参考。

〔7〕霾(mái 埋):同"埋",这里指两轮陷入泥中。絷(zhí 直):捆住,绊住。"絷四马",指驾车的四匹马全被弄乱了的缰绳和套索捆住,不能行动。

〔8〕援:持,拿着。枹(fú 扶):鼓槌。"玉枹",对鼓槌的美称。一说是用玉装饰的鼓槌。清代王夫之《楚辞通释》说:"或大将以玉嵌枹。"鸣

鼓:声音响亮的鼓。按:此句"玉枹"与"鸣鼓"对文,"玉"用以修饰"枹","鸣",则用以修饰"鼓"。一说"击鸣鼓"指敲响了战鼓。亦通。又按:古代作战,以鼓进,以金退,击鼓是为了鼓舞士气,使之更猛烈地进攻。

以上四句是饰为楚将的主巫由描述战场全貌转而"特写"身边的战况。在敌人强大的攻势下,自己的战车轮子深陷在泥里,战马非死即伤,且被乱绳绊住不能行动;但在危难之时,主将气势更盛,仍然援枹击鼓,指挥战斗。

〔9〕坠:坠落。"天时坠",意思是天时对我军不利,使我军遭到失败。灵:指阵亡将士的魂灵。"威灵怒",意思是阵亡将士的威武灵魂仍然愤怒不屈。王夫之说:"威灵怒,死而怒气不散也。"一说"天时坠"之"坠"通"怼(duì队)",怨恨的意思;"威灵"指神灵。"天怼神怒"是说天为之怨,神为之怒,形容战斗之烈。

〔10〕严杀尽:意思是这场战争严酷地杀死了全部战士。弃原野:指战士的尸骨都弃于荒野。

出不入兮往不反[1],平原忽兮路超远[2]。带长剑兮挟秦弓[3],首身离兮心不惩[4]。诚既勇兮又以武[5],终刚强兮不可凌[6]。身既死兮神以灵[7],魂魄毅兮为鬼雄[8]。

〔1〕反:同"返"。
〔2〕忽:荒忽渺茫的样子,形容平原辽阔。一说"忽"指风尘迷漫,看不清楚的样子。超:远。

以上二句意思是:英雄一去不复返,原野茫茫路遥远,奔向前方去作战。

〔3〕挟(xié协):夹在胳膊下。秦弓:秦地制造的弓,指好弓。洪兴

祖说:"《汉书·地理志》云,秦地迫近戎狄,以射猎为先。又秦有南山檀柘,可为弓干。"(《楚辞补注》)

〔4〕惩:戒惧。又朱熹说:"惩,创艾也。虽死而心不悔也。"(《楚辞集注》)亦通。

以上二句说:带着长剑挟着良弓,虽然身首异处也无所戒惧。

〔5〕诚:诚然,确实。勇:指勇敢精神。武:指武力高强。汪瑗说:"勇,言其气也。武,言其艺也。"

〔6〕终:始终。凌:侵犯。

以上二句说:我们的英雄确实是既勇敢又高强,始终是刚强而不可侵犯的。

〔7〕神:指英雄死后成神。以:而。灵:灵验、灵异。旧时称鬼神能对现实有"感受"和"反应"的叫"灵"。"神以灵",指英雄死后成神而威灵显赫。汪瑗说:"神以灵,言国殇之死而其神魂必能威灵而不泯灭也。"一说"神以灵"意指精神不死。亦通。

〔8〕魂魄毅:指英雄死后魂魄依然刚毅坚强。一本作"子魂魄"。鬼雄:鬼中之雄杰。

以上二句说:英雄已经战死,而死后为神亦将威灵显赫;魂魄武毅刚强,做鬼也是鬼中雄杰。

礼魂

《礼魂》是《九歌》的最后一篇。关于本篇的性质,旧说分歧很多。本篇开始即言"成礼",显为祭祀典礼的结束之辞。又前十篇都有具体的祭祀对象,而且都能从内容上看出来。本篇不但没有具体祭祀对象,而且篇幅甚短,内容泛泛。因此,说《礼魂》是送神之曲,较为近是。但本篇的演唱形式,未必如明代汪瑗所说,"每篇歌后,当续以此歌",大概是全部祭歌表演完毕,最后由群巫合唱《礼魂》之曲,结束整个仪式。

成礼兮会鼓[1],传芭兮代舞[2],姱女倡兮容与[3]。春兰兮秋菊[4],长无绝兮终古[5]。

〔1〕成礼:指完成祭礼。一说是成其礼敬之义。备考。会鼓:鼓声齐作。清代王萌《楚辞评注》说:"会鼓,会合鼓音也。"

〔2〕芭(bā 巴):通"葩(pā 啪)",花。清人戴震《屈原赋注》说:"芭,华也。凡华之初秀曰芭,已发则曰华。"一说"芭"指香草。"传芭",指群巫持花而舞,彼此传递。代:更替。"代舞",轮番更替而舞。

以上二句意思是:祭礼将成,鼓乐齐鸣,手持香花,轮番起舞。

〔3〕姱(kuā 夸)女:美好的女子,这里指女巫。倡:通"唱",指歌唱。又"倡"或"唱"亦含首倡之意,即领唱。容与:徐缓从容的样子。王逸说:"谓使童稚好女先倡而舞,则进退容与而有节度也。"(《楚辞章句》)按:如王说,则"姱女"是指领唱领舞的女巫,"容与"则指群巫伴唱随舞甚有节度。

〔4〕春兰、秋菊:祭祀所用的香花。王逸说:"春祠以兰,秋祠以菊。"洪兴祖说:"春兰、秋菊,各一时之秀也。"(《楚辞补注》)又清代屈復《楚辞新注》说:"春兰、秋菊,举物以见四时之变迁也。"此说亦近是。这里用春兰秋菊两个季节的芳物,有概括时间变迁之意。

〔5〕长:长远。无绝:不断。终古:永久的意思。

以上二句意思是:以春兰秋菊为供奉,愿神灵来享,千秋万岁永不断绝。

天问

本篇是屈原所作。关于本篇的创作背景,王逸认为是屈原在流放中看到楚国先王之庙和公卿祠堂,里面画着"天地山川神灵,琦玮谲诡,及古圣贤怪物行事",于是就边提出疑问,边写在壁上。这个说法大概是推测之词,因资料缺乏,无法确考。但从本篇所表现的思想情绪来看,说它是屈原被放逐之后所作,则较为可信。又篇中说:"薄暮雷电,归何忧?伏匿穴处,爰何云?"此亦当是被放逐之后的情状。一说本篇作于楚怀王时期,是屈原早期的作品。这与本篇的思想情绪不相合。

"天问"二字的解释,古今也多有不同。王逸认为"天问"就是"问天",因"天尊不可问,故曰天问"。清人戴震认为,"天问"是对天地间变化莫测之事的问难。近人或认为,"天问"就是"关于天的问题"。比照诸说,似戴震的说法较为近是。从本篇内容看,《天问》的"天"字有广阔的含义,包括自然界,也包括社会历史,相当于现在所说的"客观世界"。因此,所谓"天问",大概就是"关于客观世界的问难"的意思。

《天问》全篇以提问的方式构成,共提出一百七十多个问题。提问涉及的范围极广,包括天地的形成和结构,有关自然和社会的许多神话传说,还有一部分历史事实。作者通过提问表现了一种强烈的愿望,即按照事物的本来面貌去求得对自然界和社会历史的真实了解;为此他敢于对奴隶社会中形成的哲学、政治、伦理、道德等各种传统观念提出深刻的怀疑以至尖锐的批判,特别是对"天命论"的怀疑和批判。这种朴素唯物主义倾向,是同他在政治上的革新主张和斗争精神有联系的。

《天问》在艺术上具有鲜明的特色。全文"参差历落,圆转活脱",以宏伟奔放的气势表现了深沉的思考和活跃的想象。它的语言风格比屈原的其他诗作更多地吸取了先秦散文的特点,但仍保持着诗歌语言的特殊结构和节奏,用韵也相当整齐严格。

本篇所包含的大量神话传说和一部分历史事实,是很有价值的资料。

曰:遂古之初[1],谁传道之[2]?上下未形,何由考之[3]?冥昭瞢暗,谁能极之[4]?冯翼惟象,何以识之[5]?明明暗暗,惟时何为[6]?阴阳三合,何本何化[7]?圜则九重,孰营度之[8]?惟兹何功,孰初作之[9]?斡维焉系?天极焉加[10]?八柱何当?东南何亏[11]?九天之际,安放安属[12]?隅隈多有,谁知其数[13]?天何所沓?十二焉分[14]?日月安属?列星安陈[15]?出自汤谷,次于蒙汜[16];自明及晦,所行几里[17]?夜光何德,死则又育[18]?厥利维何,而顾菟在腹[19]?女歧无合,夫焉取九子[20]?伯强何处?惠气安在[21]?何阖而晦?何开而明[22]?角宿未旦,曜灵安藏[23]?

[1] 曰:发问辞,即"问曰"之意。遂:与"邃"通,远。遂古,即远古。又王逸说:"遂,往也。"(《楚辞章句》)亦通。初:开始,开端。

[2] 传道:传说。洪兴祖说:"道,犹言也;传道,世世所传说往古之事也。"(《楚辞补注》)

以上二句说:远古开端时的情形,谁把它传说下来?

〔3〕上下:指天地。形:这里作动词,形成。一说形作名词,指形状。亦可参考。何由考之:清代屈復说:"由,自;考,稽也。何自稽考而知其混沌之初乎?"(《楚辞新注》)

以上二句说:天地还没有形成之时,后世用什么办法考察它?

〔4〕冥:幽暗,昏暗,指夜。昭:明,指昼。瞢(méng 萌):《说文》:"目不明也。"这里是指模糊不明。"瞢暗",指宇宙在昼夜未分之时,一片晦暗模糊的样子。朱熹说:"瞢暗,言昼夜未分也。"(《楚辞集注》)清人林云铭说:"瞢暗,昏明相杂之貌。"(《楚辞灯》)可以参考。极:穷极,尽;这里是了解、看透的意思。又清人高秋月解释这一句说:"此未形将形之时,谁能测其所极乎?"(《楚辞约注》)说亦近是,可参考。

以上二句说:宇宙间昼夜未分之时,一片混沌暗昧,谁能把它看透?

〔5〕冯:读作凭,满。翼:盛。冯翼,元气充盛的样子。又洪兴祖引《淮南子》注说:"冯翼,无形之貌。"朱熹说:"冯翼,氤氲浮动之貌。"清人戴震说:"冯翼二字,古人多连举。《屈原赋》之冯翼惟象,《淮南鸿烈》之冯冯翼翼,皆指气化充满盛作,然后有形与物。"(《毛郑诗考证》)以上诸说皆可相通。古人认为天地未分之前,宇宙间充塞着一种元气,处于混沌状态。后来"轻清者上为天,重浊者下为地",才形成天地万物。氤氲,即指元气,说见《广雅·释训》。惟:同"唯",仅是,只有。象:现象,景象。"惟象",指只有一派混沌景象。明代汪仲弘《天问补注》说:"《易》曰,象者,像也。见乃谓之象。隐见有无之间,惟像者,仅有其象也。"清代王邦采说:"惟象,有象无形也。"(《天问笺略》)古人认为象与形是两个不同的概念,《老子》说:"大象无形。"《淮南子·精神篇》说:"古未有天地之时,惟象无形。"大概"象"指天地未分之前,宇宙充满元气,没有任何物质形体的现象;"形"则指天地既分之后,有形状可见的物质实体。

以上二句说:元气充塞宇宙,只有一派混沌景象,如何加以认识?

〔6〕明明暗暗:或明或暗。一说"明明暗暗"指昼夜的交替,如洪兴祖说:"此言日月相推,昼夜相代。"清人蒋骥说:"明明,明而又明。暗暗,暗而又暗,犹言昼夜相代也。"(《山带阁注楚辞》)亦可参考。惟:发语词。时:是。何为:为何。

以上二句说:宇宙中或明或暗,没有一定,为什么会如此?

〔7〕阴阳:本义是向日而明者为阳,背日而暗者为阴。这里是指古代的哲学概念。古代哲学思想家用阴阳代表各种事物矛盾运动的两个对立的范畴,如寒暑、晦朔、往来、动静等等,并以阴阳的交错变化,说明事物的运动发展。三合:指阴、阳和天(大自然)的统一。按:古代关于"三合"的说法很多。王逸认为是天、地、人的结合。唐代柳宗元《天对》认为是阴、阳、天的结合。柳说较合文义。本:本体,本原。化:变化,化生。

以上二句意思是:阴阳和天(大自然)结合在一起,究竟是先有阴阳的变化然后才有天呢,还是先有天而后才有阴阳的变化?

〔8〕圜:同"圆",指天体。则:虚词,同"而","圜则九重"即"圜而九重"。九重:九层,古代传说天有九重。按:旧注中记载九重之天的传说很多,如蒋骥说:"方密之《通雅》云,《太玄经》,九天曰中天、羡天、从天、更天、晬天、廓天、咸天、沈天、成天。此虚立九名耳。吴草庐始谓天体实九层。至利山人入中国而畅言之,自地而上为月天、水天、金天、日天、火天、木天、土天、恒星天,至第一层为宗动天。九层坚实相包,如葱头也。"清代丁晏《楚辞天问笺》引江永说:"日、月、五星、恒星各居一重,并太虚之天为九重。"此类关于九重之天的传说还有很多,不备引。又朱熹认为,九是阳数之极,并非实有九重,说亦可通。营:经营、筹谋。一说"营"在这里是环绕、周匝之义,所谓"孰营度之",是问谁环绕而度量之。说亦可通。度:测量、规划。

以上二句说:天有九层,是谁把它筹划成这样?

〔9〕兹:此,指上文"营度"而言。功:工作、功业。"惟兹何功",极言营度天体所费事工之浩繁。孰:谁。

以上二句说:这是何等巨大的功业,是谁开始来作它的?

〔10〕斡(guǎn管):旋转。这里作"维"的定语。维:王逸说:"维,纲也。"指制约天体运转的枢纽。焉:哪里。系:联结。天极:天的顶端。朱熹说:"天极,谓南北极,天之枢纽,常不动处,譬则车之轴也。"加:安放。

以上二句意思是:天空不停地旋转,旋转的枢纽在哪里联结?天的顶端又往哪里安放?

〔11〕八柱:古代关于八柱的传说有二:一指大地之上有八根大柱支撑天空。如王逸说:"天有八山为柱。"一指大地之下,支撑地面的八根大柱。洪兴祖引《河图括地象》说:"地下有八柱,柱广十万里,有三千六百轴,互相牵制,名山大川,孔穴相通。"这里的八柱,疑是综合地面上和地面下的八柱而言。当:在,值。亏:低陷。古人认为地面是不平的,西北高,东南低。

以上二句意思是:支撑天空和地面的八根大柱在什么地方?地面既有八柱支撑,为何东南方塌了一片?

〔12〕九天:即上文所谓"圜则九重",指九层天。际:间,指九天相接之间。安:怎样。放:放置。属(zhǔ主):连接。

以上二句是问九层天空之间的关系,它们是怎样放置在一起,又怎样彼此连接。

〔13〕隅(yú于):角落。隈(wēi危):山或水的弯曲之处。这里泛指地上的弯曲之处。

以上二句说:地上有许多角落和弯曲之处,谁知道它们的数目?

〔14〕沓:合。按:古人或认为天像一个覆盖的盆合在地上。如《尚

113

书·尧典》疏说:"虞喜云,周髀之术,以为天似覆盆,盖以斗极为中,中高而四边下,日月旁行绕之。"王逸认为"天何所沓"是指"天与地会合何所",也是取盖天之说。一说"沓"是"踏"的假借字,本当作"蹋",指践履。"天何所沓",是说天足所践履之地,当在何处。此与王逸之说结论相近。十二:我国古代天文学中以十二记数的有岁星纪年、斗柄建月、十二辰会、十二分野等。这里的"十二"所指不详。王逸、朱熹等人认为是指十二辰,即日月在黄道上的十二个会合点。又清人徐文靖说:"此问天地相接之际,何所沓合?而十二分野,又焉所分?"(《管城硕记》)认为是指十二分野。按:我国古代天文学把十二星辰的位置和地上州、国的位置相对应,就地上而言,称为十二分野。《周礼·春官·保章氏》郑玄注:"星纪,吴越也。玄枵,齐也。娵訾,卫也。降娄,鲁也。大梁,赵也。实沈,晋也。鹑首,秦也。鹑火,周也。鹑尾,楚也。寿星,郑也。大火,宋也。析木,燕也。"是十二分野之目。又一说这里的"十二"是兼岁星纪年、斗柄建月、十二辰会、十二分野四者而言。以上诸说都可参考,而四者兼问的说法,似乎最为恰当。因这四者都以十二数,而互相之间又都有一定的联系。焉分:怎样划分。

以上二句意思是:天空的边沿是在哪里和地面接合的?十二辰会、十二分野等是怎样划分的?

〔15〕属:系属,附着。陈:陈列。清代陈本礼说:"安属者,日月之出入诸道,纵横相维,而系之于何所乎?安陈者,悬于空际,万古在天,何以运行而不紊乎?"(《屈辞精义》)解释较清楚,可以参考。

以上二句说:太阳、月亮怎样附着于天空?众星又怎样陈列?

〔16〕汤(yáng 羊)谷:神话中地名,相传是太阳升起的地方。又作旸谷、阳谷。次:止息。蒙汜(sì 似):神话中地名,相传是太阳落下的地方。蒙汜,又称为昧谷、太蒙、蒙谷。

〔17〕晦:暗,指夜晚。

以上四句说:太阳早上从汤谷升起,晚上落于蒙汜,从天亮到天黑,行走了多少里?

〔18〕夜光:指月亮。《广雅》:"夜光谓之月。"德:德性、德能。清王夫之说:"德,谓秉以为性者。"(《楚辞通释》)清代马其昶说:"何德,问其何等体性也。"(《屈赋微》)二说是。则:即、随即。一说"则"训"而",王逸说:"言月何德于天,死而复生也。"又一说"则"训"乃",戴震说:"疑月何德,而死乃复育。"说皆可通。育:生。古人认为月亮的圆缺变化是因为它能自为生死,所以说死则又育。

以上二句说:月亮具有什么德性,为什么逐渐死去随即又逐渐复生。

〔19〕厥:其,它的。维:为,是。一说"维"是语中助词,无义。顾:照顾,引申为畜养,抚育。又林云铭说:"顾,眷恋之意,言何所利于兔,而藏之腹乎?"亦通。菟:同"兔"。古代神话,传说月中有兔。

以上二句意思是:月亮贪图什么好处,而把兔子养在腹中?

〔20〕女歧:神话中的神女。本为星名,即尾星,其星有九,又称九子星。九子星又演变为九子母的神话故事,进而又演变为女歧的神话。合:婚配。

以上二句说:女歧没有结婚,怎么会有九个儿子。

〔21〕伯强:当是星名,指箕星。古人认为箕星主风,又由箕星而演变为风神的神话故事。伯强即风神之名,一名禺强。此处伯强与上句女歧都是借星辰演变的神话而对星辰发问。处:居处。惠气:惠风,和风。

以上二句说:伯强居住在哪里?惠风又在什么地方?

〔22〕何:为什么。下句"何"字同。阖(hé合):关闭。古人认为天有门户,开则明,为昼;闭则晦,为夜。这两句是以天门的开闭对昼夜的交替发问,意思是:为什么天门关闭就是黑夜,天门敞开就是白昼?一说两个"何"字都指处所、地方而言。王逸说:"言天何所阖闭而晦冥,何所开发而明晓乎?"说亦可通。

〔23〕角宿：二十八星宿之一，即角星，共有两颗，是苍龙星座（角、亢、氐、房、心、尾、箕七星的总称）之首。古人认为苍龙星是东方的星座。这里用"角宿"借指东方。旦：明，天亮。曜（yào 药）灵：指太阳。

以上二句说：东方未明之时，太阳藏在哪里？

不任汩鸿，师何以尚之[1]？佥曰何忧，何不课而行之[2]？鸱龟曳衔，鲧何听焉[3]？顺欲成功，帝何刑焉[4]？永遏在羽山，夫何三年不施[5]？伯禹腹鲧，夫何以变化[6]？纂就前绪，遂成考功[7]。何续初继业，而厥谋不同[8]？洪泉极深，何以窴之[9]？地方九则，何以坟之[10]？应龙何画，河海何历[11]？鲧何所营，禹何所成[12]？康回冯怒，地何故以东南倾[13]？

〔1〕不任：力不胜任。汩（gǔ 古）：治理。鸿：通"洪"，洪水。"不任汩鸿"，王逸说："言鲧才不任治鸿水。"（《楚辞章句》）师：众人。尚：上，推举。之：指鲧，神话中人物，是夏禹的父亲。

以上二句说：鲧不能胜任治理洪水之事，众人为什么推举他？

〔2〕佥（qiān 千）：皆，全，指众人。课：试。行：进行。一说"行"作"用（任用）"解，亦可通。按《史记·夏本纪》："当尧之时，鸿水滔天，浩浩怀山襄陵，下民其忧。尧求能治水者，群臣四岳皆曰鲧可。尧曰：'鲧为人负命毁族，不可。'四岳曰：'等之未有贤于鲧者，愿帝试之。'于是尧听四岳，用鲧治水。九年而水不息，功用不成。"此事亦见《尚书·尧典》。《天问》此处所问，即鲧治水之事。

以上二句意思是：众人都对尧说，何必担忧，为什么不让鲧试一试治水之事？

〔3〕鸱(chī吃)龟:神话中的龟。《山海经·南山经》和《中山经》都载有神话中鸟头鳖尾、叫声如鸱的"旋龟",或即此类。曳:牵引,拖拉。衔:衔接。按:"鸱龟曳衔"事不见于其他古书,根据一些间接的材料推测,"鸱龟曳衔"是指鲧治水时,见鸱龟拖尾相衔接而过,在地上留下痕迹,鲧依此而筑堤防水。听:听从,采纳。洪兴祖说:"听,从也。此言鲧违帝命而不听,何为听鸱龟之曳衔也?"(《楚辞补注》)一说"听"当读为"圣"。姜亮夫说:"听读为圣,……'鸱龟曳衔,鲧何圣焉'者,倒句也。言鲧有何圣德,而鸱龟之属,或曳或衔以佐之治水。"(《屈原赋校注》)说亦可参。

以上二句意思是:鲧为什么采纳鸱龟曳尾相衔之迹而筑堤障水。

〔4〕欲:愿望,意志。"顺欲",指顺应众人的意愿。帝:王逸认为是指帝尧,朱熹认为是指帝舜,两种说法都见于先秦古籍的记载。这里取帝尧之说。

以上二句意思是:鲧也想顺应众人的意愿把水治好,帝尧为什么加刑于他?

〔5〕永:长久。遏(è厄):止,拘禁。羽山:神话中地名,相传在山东省烟台市蓬莱区东南,是尧放逐鲧的地方。三年:犹言多年。古语中常用三或九来泛指多数。施:舍,释放。一说"施"指杀戮,"三年不施",指多年拘禁在羽山而不施以刑罚。可参考。

以上二句说:鲧被长期囚禁在羽山,为什么过了多年仍不释放?

〔6〕伯禹:即夏禹,相传是夏朝第一位君主。《史记·夏本纪》《正义》引《帝王世纪》说:"禹受封为夏伯。"故称伯禹。腹:原作"愎(bì必)",据洪兴祖《楚辞补注》所引一本及朱熹《楚辞集注》改。神话传说禹是鲧死后,从鲧的腹中变出来的。变化:指禹从鲧腹中变出之事。"何以变化",即对此事发问。

以上二句意思是:禹从鲧的腹中变出,何以会有这样的变化?

117

〔7〕纂：继续。就：完成。绪：事业。"前绪"，指鲧治水的事业。考：父死称考。《礼记·曲礼》："生曰父，死曰考。"这里指鲧。"考功"，也指鲧治水的事业。

以上二句意思是：禹继续完成鲧的事业，终于得到了成功。

〔8〕续初继业：即继续初业，指禹继续从事鲧未完成的治水事业。厥：其，他们的。"厥谋不同"，指鲧和禹治水的方法不同。传说鲧治水采取筑堤障水的方法，禹采取疏导的方法，因此说"厥谋不同"。又一说据《淮南子》、《山海经》等所记载的神话认为，鲧和禹的治水方法没有什么不同，但他们所得的结果却不相同。可参考。

以上二句说：为什么禹继承他父亲开创的事业，而其方法却不一样？

〔9〕洪泉：洪水之源。填：填塞。按：此二句是问禹治水时，填塞洪水之源一事。洪兴祖说："《淮南》曰：'凡鸿水渊薮，自三百仞以上，二亿三万三千五百五十里，有九渊，禹乃以息土填洪水，以为名山。'注云：'息土不耗减，掘之益多，故以填洪水也。'"

以上二句说：洪水的源泉极深，禹是怎样把它填塞的？

〔10〕方：比。九则：九等。传说禹治水后把天下土地分为上、中、下九等。坟：通"分"，分别。王逸说："坟，分也。谓九州之地，凡有九品，禹何以能分别之乎？"

以上二句说：禹把土地区分为九等，他是怎样分别的？

〔11〕按：此二句原作"河海应龙，何尽何历？"据洪兴祖《楚辞补注》所引一本及朱熹《楚辞集注》改。应龙：神话中一种有翅翼的龙。画：划。指古神话应龙画地事。王逸说："或曰禹治洪水时，有神龙以尾画地，导水所注当决者，因而治之也。"又清王夫之说："相传禹治水，有神龙以尾画地成川，禹因而疏之，导河入海。"（《楚辞通释》）历：经过。这里是流过的意思。

以上二句意思是：应龙怎样以尾划地？疏通的江河经过哪些地方而

流入大海?

〔12〕营:经营。成:完成,成就。

以上二句意思是:在治水的过程中,哪些是鲧所经营?哪些是禹所完成?

〔13〕康回:据说是神话人物共工的名字。共工与颛顼(zhuān xū专须)争为帝,怒而触不周山,使天柱折断地维绝,因此东南地区塌下一片。冯:通"凭",满,盛。按:"康回冯怒,地何故以东南倾"二句,置于鲧、禹治水一段之末,文义似不连贯。因此,有人疑此二句为错简,将其移至问上古神话一段之中。也有人就上下文义做了种种解释,兹不赘述。

九州安错?川谷何洿[1]?东流不溢,孰知其故[2]?东西南北,其修孰多[3]?南北顺椭,其衍几何[4]?昆仑县圃,其尻安在[5]?增城九重,其高几里[6]?四方之门,其谁从焉[7]?西北辟启,何气通焉[8]?日安不到?烛龙何照[9]?羲和之未扬,若华何光[10]?何所冬暖?何所夏寒[11]?焉有石林?何兽能言[12]?焉有虬龙,负熊以游[13]?雄虺九首,倏忽焉在[14]?何所不死?长人何守[15]?靡萍九衢,枲华安居[16]?一蛇吞象,厥大何如[17]?黑水玄趾,三危安在?延年不死,寿何所止[18]?鲮鱼何所?鬿堆焉处[19]?羿焉彃日?乌焉解羽[20]?

〔1〕九州:传说禹平治洪水后,把中国分为九州。《尚书·禹贡》所载九州是:冀州、兖州、青州、徐州、扬州、荆州、豫州、梁州、雍州。错:通"措",设置。川谷:河流及山间水道。洿(wū乌):挖掘。

以上二句意思是：九州是怎样设置的？川谷是如何挖成的？

〔2〕东流：指江河东流入海。溢：满溢。孰：谁。

以上二句说：江河东流入海而不满溢，谁知道它的缘故？

〔3〕东西南北：指大地的东西和南北的距离。修：长。

以上二句说：地的东西距离和南北距离，哪一个的长度更多？

〔4〕橢(tuǒ妥)：狭长。古人认为四海之内的陆地，东西较长而南北较短。《吕氏春秋·有始览》说："凡四海之内，东西二万八千里，南北二万六千里。"高诱注："子午为经，卯酉为纬，四海之内，纬长经短。""南北顺橢"，是说顺着南北方向看，地形扁狭。一说橢即椭圆，如清戴震《屈原赋注》说："圆长曰橢。"亦通。衍：余。

以上二句意思是：顺着南北方向看，地形扁狭，那么东西距离究竟比南北距离长多少？

〔5〕昆仑：指神话中的昆仑山，据说是一座上通于天的仙山，西王母居于其上，有醴泉、瑶池等仙境。县圃：神话中地名，在昆仑山的中层。尻：同"居"，"其尻安在"，是问县圃的处所在哪里。

〔6〕增城：神话中地名，传说在昆仑山的最高处。九重(chóng虫)：九层。

以上二句说：昆仑山上的增城有九层，它的高度有多少里？

〔7〕四方之门：指昆仑山上四面八方之门，传说各种风由此出入，以调节寒暑。从：由，出入。

以上二句说：昆仑山的四方之门，谁从那里出出进进？

〔8〕辟：开。启：开启。"西北辟启"，指打开昆仑山西北方的大门。气：指风。《左传》昭公元年："天有六气，曰阴、阳、风、雨、晦、明也。"《庄子·逍遥游》："大块噫气，其名为风。"按：传说打开昆仑山西北方的门，不周山的风可以从此出入。

以上二句说：打开昆仑山西北方的大门，是什么风在那里流通？

120

〔9〕烛龙:按:关于烛龙大概有三种传说:一、指居于西北方的神。其神人面蛇身,睁眼为昼,闭眼为夜。二、指龙衔烛而照。清蒋骥说:"《洞冥记》东方朔游北极钟火山,日月不照,有青龙衔烛,照山四极。"(《山带阁注楚辞》)三、以烛龙为日之名。以上三种传说中,第一、第二两种较符合问意。第三种以烛龙为日,而上句已说"日安不到",则语见重复,不可取。

以上二句说:太阳哪有照不到的地方?烛龙所照又在什么地方?又清代徐焕龙说:"问日轮安有不到,烛龙何用照为?"(《屈辞洗髓》)意思是:太阳哪有照不到的地方?又哪里用得着烛龙来照呢?亦通。

〔10〕羲和:神话中为太阳神驾车的人。在这里即指太阳。扬:升起。一说"扬"当读为"旸",指日出。若华:若木之花。若木是生长在西方太阳入地处的大树。传说太阳落山以后,若木的花就发出光辉以代日照大地。

以上二句说:太阳没有升起的时候,若华之花为什么能发光?

〔11〕所:处所、地方。按:《山海经》、《十洲记》等典籍中,载有神话中所谓冬暖夏寒之处。

以上二句说:什么地方冬天温暖?什么地方夏天寒冷?

〔12〕焉:哪里。石林:历代注家说法很多。明代周拱辰《离骚草木史》引《拾遗记》说:"须弥山第六层,有五色玉树,荫翳五百里。玉树,石色如玉也。"清代毛奇龄说:"《海外纪》云:'石林山在东海之东,深洞五百里。'又《蜀地志》:'蜀山有石笋如林,亦名石林。'"(《天问补注》)其他说法不一一引述。按:此句所问石林,当是神话中的异物。当年或有文献记载,但其说久佚,不可确考。引述前人说法一二,仅供参考。何兽能言:此句所谓能言之兽亦属神话中异物,旧文无考。

以上二句说:哪里有石头的树林?什么野兽能够说话?

〔13〕虬(qiú 求)龙:神话中的一种龙。王逸说:"有角曰龙,无角曰

虺。"洪兴祖说:"虺见《骚经》,熊形,类大豕,而性轻捷,好攀援上高木,见人则颠倒自投地而下。"(《楚辞补注》)负:背,驮着。按:有关虺龙负熊的神话,今已不可确考。

以上二句说:哪里有虺龙,驮着熊出游?

〔14〕雄虺(huǐ悔):大毒蛇。倏(shū书)忽:速度极快的样子。这里用如动词,指极快地往来。

以上二句说:大毒蛇有九个头,在哪里飞快地往来?

〔15〕何所不死:什么地方有不死之国。古代有很多关于不死之国、不死之民的神话,所以屈原有此一问。长人:传说中的巨人。"长人何守",是问传说中的巨人居于何处。一说,"守"训"持",并认为以上二句所问的是同一事,意思是:不死之国在什么地方,那里的巨人持有什么方法而能如此?亦通。

〔16〕靡:这里作形容词,指分散蔓延的样子。萍:水中浮萍。"靡萍",枝叶蔓延的浮萍。九衢(qú渠):清代丘仰文说:"九衢,言其枝叶交错互出,如九衢之歧出也。"(《楚辞韵解》)衢,本义是四通八达的道路,这里用以形容靡萍分枝之多。枲(xǐ喜):麻。"枲华",即麻花。按:此句前后所问数句都是神话中的事物,此句中的靡萍和枲华也当是神话中的异物。清代王邦采说:"萍无枝,枲无华,二物何以独异?"(《天问笺略》)言原文所问正是二物奇异之处。安居:何在。

以上二句说:那分枝蔓延的浮萍,还有那枲麻之花,都生长在什么地方?

〔17〕一蛇吞象:按:蛇吞象事,见于《山海经·海内南经》:"巴蛇食象,三岁而出其骨,君子服之,无心腹之疾。其为蛇青黄赤黑。一曰黑蛇青首。"厥:代词,其,指蛇。

以上二句说:传说有蛇能吞掉大象,那么它又有多大?

〔18〕黑水:神话中水名,传说在西方,发源于昆仑山。玄趾:神话中

地名,相传在黑水之北,因黑水而得名,那里的人因涉黑水而被染足,故称玄趾。三危:神话中山名,传说在西方黑水之南。按:神话中传说黑水、三危等地的物产可以延年益寿,人食之可以长生不死。如《广博物志》:"黑河之藻,可以千岁;三危之露,可以轻举。"《淮南子·时则》:"三危之国,石城金室,饮气之民,不死之野。"《吕氏春秋·本味》:"水之美者,三危之露。""饭之美者,玄山之禾"等等,都是有关黑水、三危之地物产的传说。此二句以及"延年不死,寿何所止"二句,就是屈原对从古流传的这些传说致问。

以上四句意思是:黑水、玄趾、三危等地究竟在什么地方?那里的人长生不死,他们的寿命到何时为止?

〔19〕鲮(líng 玲)鱼:即陵鱼,神话中一种人面鱼身、有手有足的怪鱼。鬿(qí 其)堆:即鬿雀,神话中一种能够吃人的怪鸟。《山海经·东山经》:"北号之山……有鸟焉,其状如鸡而白首,鼠足而虎爪,其名曰鬿雀,亦食人。"

以上二句说:鲮鱼在什么地方?鬿雀又在哪里居处?

〔20〕羿(yì 义):神话中人名。传说尧时十个太阳并出,草木焦枯。尧命羿射落了九个。《山海经·海外东经》:"汤谷上有扶桑,十日所浴,在黑齿北,居水中,有大木,九日居下枝,一日居上枝。"郭璞注:"庄周云,昔者十日并出,草木焦枯。《淮南子》亦云,尧乃令羿射十日,中其九日,日中乌尽死。《离骚》所谓羿焉毕日,乌焉落羽者也。"焉:怎样,如何。下"焉"字同此。一说"乌焉解羽"之焉,是表方位的疑问代词,等于说哪里。亦可参考。骅(bì 必):射。乌:指神话中所说太阳中的三足乌。解羽:翅羽散落。

以上二句说:羿怎样射太阳?太阳中的乌鸦怎样翅羽散落?

按:从篇首至此,是《天问》的前半部分,主要是对自然界和神话传说中的各种神奇怪异之事发问。

禹之力献功,降省下土方[1];焉得彼涂山女,而通之于台桑[2]?闵妃匹合,厥身是继[3];胡维嗜欲同味,而快朝饱[4]?启代益作后,卒然离蠥[5],何启惟忧,而能拘是达[6]?皆归射鞠,而无害厥躬[7]?何后益作革,而禹播降[8]?启棘宾商,九辩九歌[9]。何勤子屠母,而死分竟地[10]?帝降夷羿,革孽夏民[11]。胡射夫河伯,而妻彼雒嫔[12]?冯珧利决,封豨是射[13];何献蒸肉之膏,而后帝不若[14]?浞娶纯狐,眩妻爰谋[15];何羿之射革,而交吞揆之[16]?

〔1〕力:精力,力量。功:事功,指治理洪水。"献功",指献身于治水之事。降:下来,指奉命治水,由朝至野。清代林云铭说:"下朝治水,省度下土四方之宜。"(《楚辞灯》)省:省察、察看。下土方:原作"下土四方",据朱熹《楚辞集注》改。"下土方",指天下各地。

〔2〕涂山:古地名,相传是夏禹娶涂山氏之女的地方。古代关于涂山的地理位置有很多说法。禹娶涂山氏之女属神话传说,因此涂山之确切位置无法详考。通:通婚,婚配。之:代词,指涂山氏之女。台桑:不详。旧注一说指地名,一说指桑间野地。

以上四句说:禹的全部精力献于治水之事,他要下来察看天下四方;为何一得到那个涂山的女子,就和她结合于台桑?

〔3〕闵:怜悯,引申为怜惜、喜爱的意思。妃:配偶。这里指涂山氏之女。"闵妃",即喜爱自己配偶之意。匹合:婚配。厥:代词,此。"厥身",此身,指自身。继:嗣续,继承。

以上二句意思是:禹喜爱涂山氏女而与她结合,是为了自身后继有人。

〔4〕胡:为什么。维:语助词。嗜欲同味:原作"嗜不同味"。洪兴祖《楚辞补注》、朱熹《楚辞集注》皆引一本作"嗜欲同味"。又王逸《楚辞章句》注此句说:"何特与众人同嗜欲,苟欲饱快一朝之情乎?"是王逸本作"嗜欲同味"。故此句当作"嗜欲同味"。"嗜",嗜好,爱好。快:满足。朝(zhāo 招)饱:一朝饱食,比喻一时的欢乐。

以上二句意思是:为什么禹的爱好欲望与众人相同,却仅仅满足于一时的欢乐?按:传说禹为了治水,结婚四天就离开了家。《吕氏春秋》说:"禹娶涂山氏女,不以私害公,自辛至甲四日,复往治水,故江、淮之俗,以辛、壬、癸、甲为嫁娶日也。"历来注家大都据此解释"嗜欲同味"二句。又郭沫若认为禹和涂山氏女是野合成婚,所以他对"通之于台桑"的解释是"在台桑和她通淫";对"而快朝饱"的解释是"只图一时的安逸"(详见《屈原赋今译》)。此说可能更符合古代神话的原貌,可以参考。

〔5〕启:人名。传说中夏禹之子。代:替代。益:人名,传说是夏禹之臣,曾被禹选定继承帝位。后:君主。此句是说启取代益做君主。卒(cù 醋)然:突然。卒通"猝"。离:通"罹",遭受。孽:灾祸。根据多种古籍的记载,禹曾传位于益,启谋夺帝位,被益拘禁,后来逃脱,杀益得位。

以上二句说:启想取代益而做君主,却忽然遭到灾祸。

〔6〕惟:是"罹"的借字,遭受。拘:囚禁。达:逃脱。"能拘是达",指启从囚禁中逃脱。一说"拘是达"是倒文以取韵,指"达是拘",亦可参考。

以上二句说:为什么启遭到忧患,而又能从拘禁中解脱?

〔7〕归:还,送交。射:射器,指弓箭。箙插(jú 菊):疑是"箙"字之误。箙,是用竹木或兽皮等物做成的盛箭器具,这里泛指武器。厥:代

125

词,指启。躬:身体,本身。"厥躬",即指启而言。

以上二句意思是:在启和益作战时,益的部下都向启交出武器,而对启无所伤害。

〔8〕作:通"祚",指国祚,王位。革:变更,革除。播:通"蕃"。降:通"隆"。"播降",繁盛昌隆。

以上二句意思是:同是由禅让而得帝位,为什么益被革除,禹却繁昌?

〔9〕棘:急。宾:古代五礼(吉、凶、军、宾、嘉)之一,是诸侯朝见天子之礼。这里用作动词,朝见。商:是"帝"字之误。帝,指天帝。九辩、九歌:乐曲名,古代神话说这是夏启从天上得来的。

以上二句说:启急急忙忙去朝见天帝,结果取来了《九辩》《九歌》两种乐曲。

〔10〕此二句是转而追问启的出生经过。古代神话说,启出生时,其母涂山氏化为石。《汉书·武帝纪》颜师古注引《淮南子》:"禹治鸿水,通轘辕山,化为熊。谓涂山氏曰:'欲饷,闻鼓声乃来。'禹跳石,误中鼓。涂山氏往,见禹方作熊,惭而去,至嵩高山下化为石。方生启,禹曰:'归我子。'石破北方而启生。""勤子屠母",大概是就这个神话发问的。勤子:指启母殷勤地保全了儿子。清戴震说:"一说勤子,勤劳生子也。谓启母化石之事,石破北方而启生。"(《屈原赋注》)屠母:杀母,指涂山氏因生启而杀身。死:通"尸"。"死分竟地",指启母尸骨分裂,散弃于地。

以上二句意思是:为什么殷勤地保全了儿子的母亲却遭到杀身之祸,尸骨分裂,尽弃于地?

〔11〕帝:天帝。降:降生。羿:按:古代关于羿的传说有二:一是尧时射落太阳的羿;一是指夏代有穷国的君主。这里的羿是指有穷国君。有穷国属东夷族,故称夷羿。革:改变。孽:祸害。"革孽",改变夏朝的统治,祸害夏朝的人民。传说羿曾起兵推翻了夏启之子太康的统治,故

说"革孽夏民"。

以上二句说:天帝降下夷羿,改变夏王朝的统治,为害于夏朝的百姓。

〔12〕河伯:黄河之神。王逸说:"《传》曰,河伯化为白龙,游于水旁,羿见射之,眇其左目。河伯上诉天帝,曰:'为我杀羿。'天帝曰:'尔何故见射?'河伯曰:'我时化为白龙出游。'天帝曰:'使汝深守神灵,羿何从得犯?汝今为虫兽,当为人所射,固其宜也。羿何罪欤?'"(《楚辞章句》)王逸之说不知出自何处,大概古代有此类神话传说,因此屈原以为问,王逸又引以为证。妻:动词,娶妻。雒:同"洛",指洛水,即今洛河。嫔(pín 贫):古代妇人的美称。"洛嫔",指洛水女神。按:古代传说洛水女神即宓妃。宓妃是伏羲之女,溺死于洛水,遂为洛水女神。一说雒嫔指河伯之妻。

以上二句说:羿为什么要射河伯,又娶洛水女神为妻?

〔13〕冯:通"凭",满,指把弓拉满。珧(yáo 遥):蚌类,古代用以装饰弓的两头。这里即指弓。利:用,这里的意思是麻利地运用。决:射箭用具,即扳指,用玉石骨角等物做成,拉弓时套在右手的大拇指上,用以钩弦。封:大。豨(xī 希):猪。《方言》:"猪,南楚谓之豨。""封豨",即大猪,这里泛指大的野兽。

以上二句意思是:羿沉湎于田猎,挽弓放箭,专射那些大的野兽。

〔14〕蒸:通"烝",冬祭。《尔雅·释天》:"冬祭曰烝。""蒸肉",祭祀用的肉。膏:肥美的肉。后帝:天帝。若:顺。

以上二句说:为什么羿所献的祭肉那么肥美,而天帝还是不顺心?

〔15〕浞(zhuó 茁):人名,即寒浞,相传是羿的相,后杀羿而自立为君。纯狐:纯狐氏女。是羿的妻室,寒浞与她合谋杀羿,并娶她为妻。眩(xuàn 绚):惑乱,这里是形容词,作定语。眩妻,即惑妇,指羿妻是专门惑乱人的妇人。爰:于是。

以上二句说：浞想娶纯狐氏，羿的那个专门惑乱人的妻子于是就出谋划策。

〔16〕射革：指羿射艺高超而强力过人，能射穿多层皮革。交：合，并力。吞：吞灭。按：传说羿为家众所烹食，所以这里的"交吞"有双关意义。揆(kuí奎)：揆度，谋算。"交吞揆之"，指众人合力谋算吞灭羿。

以上二句意思是：羿的力量可以射穿皮甲，为什么人们竟敢把他当作吞灭的对象来算计他？

阻穷西征，岩何越焉〔1〕？化为黄熊，巫何活焉〔2〕？咸播秬黍，莆雚是营〔3〕。何由并投，而鲧疾修盈〔4〕？白蜺婴茀，胡为此堂〔5〕？安得夫良药，不能固臧〔6〕？天式从横，阳离爰死〔7〕。大鸟何鸣，夫焉丧厥体〔8〕？蓱号起雨，何以兴之〔9〕？撰体协胁，鹿何膺之〔10〕？鳌戴山抃，何以安之〔11〕？释舟陵行，何以迁之〔12〕？惟浇在户，何求于嫂〔13〕？何少康逐犬，而颠陨厥首〔14〕？女歧缝裳，而馆同爰止〔15〕。何颠易厥首，而亲以逢殆〔16〕？汤谋易旅，何以厚之〔17〕？覆舟斟寻，何道取之〔18〕？

〔1〕阻：艰难险阻。穷：尽，止，这里指无路可走。征：行。岩：高峻的山岭。

〔2〕化为黄熊：古代神话说鲧死后变为黄熊，进入羽山的深渊。巫：古代称能以舞降神的人，这里指古代神话传说中的神医。按：以上四句是关于鲧的神话传说。大概是鲧变为黄熊之后，曾向西方行进，历尽艰难困苦，越过崇山峻岭，到神巫众多的地方求救。这种传说虽不直接见于其他古籍，但此处所问比较明确；《天问》本身是保存古神话的重要典

籍,凡所问述,必有渊源。唐兰《天问阻穷西征新解》,在分析了各种材料之后说:"'阻穷西征,岩何越焉?化为黄熊,巫何活焉?'似是一事。古代神话殆谓鲧尸剖而生禹,其尸体遂化为黄熊而西征,被阻于穷山,卒越岩而南,求活于诸巫也。古代神话今多阙亡,故《天问》之文多不可解;然若此类,则尚可以意逆之也。"(详见《古史辨》第七册下)此说除"被阻于穷山"一语尚可商榷之外,其他说解都是正确的。

以上四句意思是:鲧从羽山向西行进,道路艰险难通,他是怎样越过崇山峻岭的?他已经变成了黄熊,西方的神巫又如何把他救活?

〔3〕咸:全、都。播:播种。秬(jù巨)黍:黑黍,这里泛指粮食。莆:通"蒲",一种水生植物,嫩时可食。萑:通"萑(huán环)",芦类植物,嫩时即芦笋,可食。营:谋求,寻求。一说"营,除也"(见王夫之《楚辞通释》)。"莆萑是营"即清除水草的意思,亦可通。又一说"营"是营作、耕种的意思,"莆萑是营"指在莆萑之地耕种黑黍,使长满水草的地方变为良田。说亦可参考。

以上二句意思是:鲧教受灾的人民都种黑黍,又教他们在水草中寻求嫩蒲和芦笋救饥。

〔4〕并:通"屏",屏弃。投:抛弃。并投,即屏弃。疾:病,引申为罪过。修:长久。盈:满,多。

以上二句意思是:鲧作了那么多好事,为什么还要被屏弃放逐,受的罪那么长久又那么多?

〔5〕蜺:同"霓",副虹。婴:缠绕。茀(fú扶):云气。堂:指崔文子的厅堂。古代神话说崔文子从王子乔学仙,王子乔化为云气缭绕的白虹,给崔文子送来仙药。崔文子感到惊怪,以戈击虹,仙药掉落于地,低头看时,竟是王子乔的尸体。崔文子把尸体放于室中,盖以破筐,过了一会儿,王子乔的尸体变作大鸟,鸣叫起来,崔文子启筐视之,大鸟飞去。

以上二句说:云气缭绕的白虹,到崔文子堂上来干什么?

〔6〕臧:通"藏",保藏。

以上二句说:为什么王子乔得来仙药,却又不能牢固地保藏?

〔7〕天式:天道,自然的法则。从:通"纵"。纵横,指阴阳二气的运动、消长。阳:阳气。爰:于是。

以上二句意思是:天的法则是阴阳二气不断运动消长,只要阳气消失,于是人就死亡。

〔8〕厥:代词,其。体:指王子乔未变大鸟时本来的躯体。

以上二句意思是:王子乔死了怎么变成大鸟,还能鸣叫?他是怎样丧失了本来的躯体?

〔9〕蓱号(píng háo 平豪):神话中的雨师。兴:发动。

以上二句说:蓱号能兴雨,他是怎样发动的?

〔10〕撰(zhuàn 篆):具,具备。"撰体",具于体,身体上具有。协:合。胁:从腋下到肋骨尽处的部分。"协胁",意思是长着两个上身。鹿:大概是指古代神话中的风伯,即飞廉。因上文说到雨师,所以连类及之而问风伯。古代神话中关于风伯的形体传说各异,有说是鹿身雀头,蛇尾豹文;有说是鸟身鹿头;《天问》此处又说飞廉是有两个上身的怪物。传说虽异,但其形体都与鹿有关。膺(yīng 英):承受。

以上二句意思是:神鹿的躯体有两个上身,它是怎样承受了这样的体魄?

〔11〕鳌(áo 翱):传说中海里的大鳌。戴:背负,负荷。抃(biàn 变):拍手,这里指巨鳌四肢的游动。王逸《楚辞章句》引《列仙传》说:"有巨灵之鳌,背负蓬莱之山而抃舞,戏沧海之中。"有关"鳌戴山抃"的神话又见于《列子·汤问》:"勃海之东,不知几亿万里,有大壑焉,实惟无底之谷。其下无底,名曰归墟。八纮九野之水,天汉之流,莫不注之,而无增无减焉。其中有五山焉,一曰岱舆,二曰员峤,三曰方壶,四曰瀛洲,五曰蓬莱。其山高下周旋三万里,其顶平处九千里。山之中间相去

七万里,以为邻居焉。其上台观皆金玉,其上禽兽皆纯缟,珠玕之树皆丛生,华实皆有滋味,食之皆不老不死。所居之人,皆仙圣之种,一日一夕飞相往来者,不可数焉。而五山之根,无所连著,常随潮波上下往还,不得暂峙焉。仙圣毒之,诉之于帝。帝恐流于西极,失群圣之居,乃命禺强使巨鳌十五举首而戴之,迭为三番,六万岁一交焉,五山始峙。"安:安稳。

以上二句说:巨鳌背负着山而四足游动,怎能使神山安稳?

〔12〕释:放弃。"释舟",指弃船不用。陵:大土山。"陵行",指在陆地行走。迁:搬走。神话中说,龙伯国的巨人没走几步就来到了五座神山的处所,一下子钓了六只巨鳌,一起背回国。

以上二句意思是:龙伯国的巨人不用船而在陆地行走,他怎么就能把大洋中的六只巨鳌钓走呢?

〔13〕浇(ào 傲):通"奡",人名。相传是夏代寒浞之子,为人凶残多力,曾杀死夏后相,后又被夏后相之子少康所杀。户:门,这里指居室。嫂:浇的嫂子。王逸说:"言浇无义,淫佚其嫂。往至其户,佯有所求,因与行淫乱也。"

以上二句说:浇到他嫂子那儿去,对她有什么要求?

〔14〕少康:传说中夏朝的中兴之主,夏后相之子。逐犬:驱使猎狗。这里指打猎。一说逐犬指追随着狗的踪迹,以便行刺畋猎的浇。亦可参考。颠陨(yǔn 允):坠落,这里指砍掉。厥:其。"厥首",浇的脑袋。

以上二句说:为什么少康出去打猎,却能砍掉浇的脑袋?

〔15〕女歧:这里指浇嫂。馆:屋舍。"馆同",即同馆。爰:语中助词。止:居住,宿止。

以上二句说:女歧为浇缝衣裳,俩人同屋而居。

〔16〕易:换。这里指砍错了。厥首:指女歧之首。据古代传说,少康派汝艾杀浇,浇与女歧私通,两人同居一室,汝艾夜袭浇,却错砍了女歧的头。少康后来又借打猎之机杀了浇。亲:亲身,指浇。逢:遭逢、遭

遇。殆：危险。"亲以逢殆"，指浇亲身遭遇危险。

以上二句意思是：为什么错砍了女歧的头以后，浇仍然不警惕，而终于亲身遭殃？

按："惟浇在户"至"亲以逢殆"一段，寻绎其事理，当是杀女歧在前而浇逢殆在后。少康派人到女歧住处袭杀浇，却错砍了女歧，后田猎逐犬终于杀了浇。明代周拱辰说："沈约《竹书注》，少康使汝艾谋浇。初浞娶纯狐氏，有子早死，有妇曰女歧，寡居；浇强圉，往至其户，佯有所求。女歧为之缝裳，同舍止宿。汝艾夜使人袭断其首，乃女歧也。浇既多力，又善害人，艾乃畋猎放犬逐兽，因喉浇颠陨，乃斩浇以归。两段文气倒而意实融贯。"（《离骚草木史》）此说近是。可作为这一段文义的说明。

〔17〕汤：当从朱熹《楚辞集注》作"康"。这里指少康。谋：谋划。易：整顿、治理。旅：众，指少康的部下。厚：这里是壮大的意思。

以上二句说：少康想办法整顿他的部下，他是怎样使之壮大的？

〔18〕覆舟：翻船。这里指浇灭斟寻，杀夏后相事。斟寻：古国名，是夏的同姓诸侯国，其地在今河南巩县西南。相传夏后相失国以后，投靠同姓诸侯国斟寻、斟灌。浇起兵攻灭二斟，并杀死夏后相。道：方法。取：收取、收集。"何道取之"，指少康收集余众，恢复夏朝事。据《左传》记载，夏后相被杀，其妻后缗逃归娘家有仍国，生少康。少康长大后，由于浇的追逼，又逃奔有虞国。后来在有虞国帮助下，少康重新收集斟灌、斟寻两国之众，灭了浇，恢复了夏朝。

以上二句意思是：斟寻已像大水中翻掉的船一样灭亡了，少康是怎样收集余众中兴复国的？

桀伐蒙山，何所得焉[1]？妹嬉何肆，汤何殛焉[2]？舜闵在家，父何以鳏[3]？尧不姚告，二女何亲[4]？厥萌在初，何所亿焉[5]？璜台十成，谁所极焉[6]？登立为帝，孰道尚之[7]？

女娲有体,孰制匠之[8]?舜服厥弟,终然为害[9];何肆犬体,而厥身不危败[10]?吴获迄古,南岳是止[11];孰期去斯,得两男子[12]?缘鹄饰玉,后帝是飨[13]。何承谋夏桀,终以灭丧[14]?帝乃降观,下逢伊挚[15]。何条放致罚,而黎服大说[16]?

〔1〕桀:夏朝最后一个君主,相传是个暴君。蒙山:古国名。一说为地名。据《竹书纪年》载,桀伐岷山(即蒙山)时,得到了琬、琰二女,于是抛弃其元妃妺嬉于洛。何所得焉:得到了什么。

〔2〕妺嬉:有施氏之女,夏桀的元妃。失宠以后,与商汤的主要谋臣伊尹勾结,终于灭夏。肆:放纵,指过分的行为。何肆,有什么过分的行为。汤:商朝的开国君主,传说中古代圣王之一。殛(jí 及):惩罚。商汤灭夏后,把桀和妺嬉一起放逐到南巢。

以上二句说:妺嬉有什么过分的行为?汤为什么要惩罚她?

〔3〕舜:虞舜,传说中的古帝王,名重华,继唐尧之后而为君主。闵:忧虑。家:家室,妻子。父:指舜父瞽叟。传说舜母死后,瞽叟续娶,生下儿子象。瞽叟爱后妻之子,常欲杀舜,舜避逃,及有小过,则遭受责罚与苦难。鳏(guān 关):男子年长而无妻曰鳏。传说舜三十岁瞽叟尚未为其娶妻,所以称鳏。

以上二句意思是:舜所忧虑的是没有妻室,其父瞽叟为什么让他鳏居?

〔4〕尧:唐尧,名放勋,号陶唐,传说中的古帝王。姚:虞舜的姓。《史记索隐》引皇甫谧说:"舜母名握登,生舜于姚墟,因姓姚氏也。"这里指舜的父母。"尧不姚告",指尧把两个女儿嫁给舜而没有告诉舜的父母。据《孟子》说,尧之所以把女儿嫁给舜而不告诉舜的父母,是因为他

"亦知告焉则不得妻也"。二女:尧的两个女儿,名娥皇、女英。亲:亲近,这里指尧把女儿嫁给舜。清代蒋骥说:"问尧未告瞽叟,何遂以二女妻舜乎?"(《山带阁注楚辞》)

以上二句意思是:尧不告诉舜的父母,怎么让两个女儿与舜结亲?

〔5〕厥:其,这里泛指事物。萌:萌芽。亿:通"臆",揣度,预料。王逸说:"言贤者预见施行萌芽之端,而知其存亡善恶所终,非虚亿也。言纣作象箸,而箕子叹,预知象箸必有玉杯,玉杯必盛熊蹯豹胎。如此,必崇广宫室。纣果作玉台十重,糟丘酒池,以至于亡也。"(《楚辞章句》)此说近是。

以上二句说:事物的萌芽在最初出现时,谁能预料它会怎样?

〔6〕璜(huáng 皇):美玉。"璜台",玉台。指商纣建造的玉台。成:层。极:尽,这里指预料到最终的结果,与"何所亿焉"相应。

以上二句意思是:玉台十层的建造,是谁料到它最终的结果?

〔7〕登立:指帝王登位,"立"通"位"。"登立为帝",指女娲登位为帝。孰:什么。道:道理,原则。尚:上,这里是推举、尊崇的意思。

以上二句说:女娲登位做帝王,是根据什么原则推举的?

〔8〕女娲(wā 蛙):神话中的上古女帝,传说是伏羲之妹(一说是伏羲之妻),姓风氏。关于女娲的神话故事流传下来的有二:一是说天地开辟之初,女娲抟黄土造人类,把人分为富贵与贫贱两种;一是女娲补天的神话。传说往古之时,四极废,九州裂,天塌地陷,水火交攻,恶禽猛兽横行天下。于是女娲炼五色石修补苍天,断鳌足以立四极,杀黑龙以济冀州,积芦灰以止淫水。体:形体。神话中说女娲是人面蛇身,形体奇特。一说女娲是牛头蛇身。匠:动词,造。"制匠",制造。

以上二句意思是:女娲制作了人,而她那奇特的形体又是谁制作的呢?

〔9〕服:委曲顺从。弟:指舜弟象。按:传说象是舜的同父异母兄

弟,与父母合谋欲杀舜,舜仍然孝敬父母,慈爱兄弟。

以上二句说:舜委曲顺从他的弟弟象,可是象终究还是要害舜。

〔10〕肆:放纵,肆无忌惮。犬体:当从洪兴祖《楚辞补注》所引一本作"犬豕",即把舜弟象比为猪与狗。厥身:指象本身。不危败:指象一再谋害舜,并无改悔之意,但其自身却安然如故,终不遭受危亡。一说"不危败"是指象谋害舜,而舜并不诛之,反而加封象为有庳国君之事(详见《孟子·万章》上)。亦通。又王逸说:"言象无道,肆其犬豕之心,烧廪填井,欲以杀舜,然终不能危败舜身也。"认为"厥身不危败"是指舜身而言,亦可参考。

以上二句意思是:为什么象放纵其猪狗心肠,而他本身却不危亡?

〔11〕吴:古代诸侯国名。辖地范围即今江苏省及浙江省的一部分。获:得,得以。迄古:终古,指吴国长久存在。南岳:泛指吴国所辖的山水。一说认为南岳是指吴地的衡山(详见蒋骥《山带阁注楚辞》)。可以参考。止:处,居。这里引申为立国之意。"南岳是止",即在南岳立国。

〔12〕孰:谁。期:预期,预想。又明汪仲弘说:"孰期,犹云不意也。"亦通。去:洪兴祖《楚辞补注》、朱熹《楚辞集注》皆引一本作"夫",当从一本作"夫"。"夫斯",复合指示代词,犹言"这个"或"这种情况"(指上文"吴获迄古,南岳是止")。两男子:指太伯、仲雍。即吴国初创时期的两个君主。《史记·吴太伯世家》载:"吴太伯,太伯弟仲雍,皆周太王之子,而王季历之兄也。季历贤,而有圣子昌,太王欲立季历以及昌,于是太伯、仲雍二人乃奔荆蛮,文身断发,示不可用,以避季历。季历果立,是为王季,而昌为文王。太伯之奔荆蛮,自号句吴。荆蛮义之,从而归之千余家,立为吴太伯。太伯卒,无子,弟仲雍立,是为吴仲雍。"按:"吴获迄古"以下四句,古今的解释颇多歧义。清代毛奇龄的解释较为明白。他说:"言吴之得以终古者,以泰伯、仲雍采药南岳,故得来荆蛮,而以荆蛮为句吴耳。至今得有句吴者,维彼两人以南岳是止也。"(《天

问补注》)其说有助于理解原文。

以上四句意思是:吴国得以长久存在,立国于江南地区,谁能预先想到会有这种情况?这主要是因为得到了太伯、仲雍这两个男子的缘故。

〔13〕缘:装饰。鹄(hú 胡):天鹅。"缘鹄饰玉",指装饰着天鹅花纹并附有玉饰的鼎。蒋骥说:"鹄玉,皆鼎俎之饰也。"一说"缘鹄饰玉"是指两种祭祀用的器具,亦可参考。后帝:指商汤。飨(xiǎng 响):享用、享受。按:传说伊尹曾借助烹调接近商汤,得到重用,成为商汤灭夏的谋主。《史记·殷本纪》说:"伊尹名阿衡。阿衡欲干汤而无由,乃为有莘氏媵臣,负鼎俎,以滋味说汤,致于王道。"以上二句就是问伊尹说商汤的故事。一说后帝指天帝,飨是祭祀;二句是指夏王朝用缘鹄饰玉祭天,天帝欣然飨用祭品,从而保佑夏朝国祚绵远长久。说亦可参考。

以上二句意思是:伊尹用刻着天鹅花纹并有玉饰的鼎,做出美味佳肴,请商汤享用。

〔14〕承:接受。谋:计谋、图谋。"承谋夏桀",指伊尹曾接受商汤之命,假意入朝事桀,图谋灭夏。

以上二句说:伊尹是如何接受了图谋夏桀之命,终于使夏朝灭亡的?

〔15〕帝:指商汤。降观:指出巡,访察民情。伊挚:即伊尹。挚,伊尹之名。

〔16〕条:古地名,即鸣条,传说商汤在这里打败了夏桀。放:放逐。致罚:给予刑罚。黎:黎民,民众。服:九服,即各方诸侯。按:古代天子所居京城以外之地按远近分成九等,称为九服。说:通"悦",喜悦。

以上二句说:商汤在鸣条放逐夏桀,给他以惩罚,为什么民众和各方诸侯都大为喜悦?

简狄在台,喾何宜[1]?玄鸟致贻,女何喜[2]?该秉季德,厥父是臧[3];胡终弊于有扈,牧夫牛羊[4]?干协时舞,何以怀之[5]？平胁曼肤，何以肥之[6]？有扈牧竖，云何而逢[7]？击床先出，其命何从[8]？恒秉季德，焉得夫朴牛[9]？何往营班禄，不但还来[10]？昏微遵迹，有狄不宁[11]。何繁鸟萃棘，负子肆情[12]？眩弟并淫，危害厥兄，何变化以作诈，后嗣而逢长[13]？成汤东巡，有莘爰极[14]；何乞彼小臣，而吉妃是得[15]？水滨之木，得彼小子[16]；夫何恶之，媵有莘之妇[17]？汤出重泉，夫何罪尤[18]？不胜心伐帝，夫谁使挑之[19]？

〔1〕简狄：神话中有娀国的美女，后来成为帝喾的次妃，生子契，是商朝的始祖。《史记·殷本纪》载："殷契，母曰简狄，有娀氏之女，为帝喾次妃，三人行浴，见玄鸟堕其卵，简狄取吞之，因孕生契。"台：神话中说，有娀国建造高台，让简狄和她的妹妹居住在上面。喾（kù库）：帝喾，古代神话中的五帝之一。据《史记·五帝本纪》，帝喾是黄帝之曾孙，号高辛。宜：合适、适宜，这里作动词，意思是帝喾认为简狄适宜做他的妻子。一说"宜"是喜爱的意思。亦通。

以上二句说：简狄住在高台上，帝喾为什么认为同她成家很合适？

〔2〕玄鸟：即凤凰。《离骚》："凤凰既受诒兮，恐高辛之先我"，与此句意思同，可相印证。一说玄鸟指燕子，如王逸说："玄鸟，燕也。言简狄侍帝喾于台上，有飞燕堕遗其卵，喜而吞之，因生契也。"亦可参考。贻（yí宜）：赠送，这里作名词，指聘礼。一说"玄鸟致贻"是说玄鸟遗卵，简狄吞之孕而生契。《史记·殷本纪》及王逸《楚辞章句》即主此说。这是古代神话中的另一种说法，亦可用以解释此句。女：指简狄。喜：洪兴祖《楚辞补注》、朱熹《楚辞集注》皆引一本作"嘉"。当从一本作"嘉"。"宜"与"嘉"为韵，同属歌部；"喜"上古属之部，与"宜"字韵不合。嘉，

这里是高兴、喜爱的意思。又清人戴震说:"嘉,谓嘉祥而有子。"(《屈原赋音义》)亦通。

以上二句说:凤凰给简狄送聘礼,简狄为什么高兴?

〔3〕该:通"亥",即王亥,殷人远祖,夏时为诸侯。秉:通"禀",承受,继承。季:人名,王亥的父亲,即冥。传说他做过夏朝的司空,勤于官事,死于水中。《礼记·祭法》曰:"冥勤其官而水死。"臧(zāng 赃):善,这里作动词。是:复指代词。"厥父是臧",即以其父为善的意思。

〔4〕胡:疑问词,为什么。弊:通"毙",死。有扈:当作有易。有易是传说中的古国。相传王亥赶着牛羊游牧于有易,并寄居在那里,后因淫乱,被有易之君绵臣所杀。按:"胡终"二句是倒文。

以上四句意思是:王亥继承了其父季的品德,并以之为榜样,为什么到有易去放牧牛羊,终因淫乱而死于那个地方?

〔5〕干:盾牌。协:干一类的兵器。按:干舞是古代的一种乐舞,手持干戚一类的兵器而舞。"干协时舞",即干协是舞。是,这里作复指代词,指干协。怀:恋。之:代词,指王亥。

以上二句意思是:王亥手持盾牌起舞,为什么有人怀恋他?

〔6〕平胁:指两肋处丰满平滑。曼肤:肌肤润泽。"平胁曼肤",指有易之女生得容貌美丽,肌肤丰盈。又刘永济《屈赋通笺》说,"平胁"当作"爰胁",引申为舒展缓绰之义,以况妇绰约宛转之容,与曼泽轻细之况肤相称。可备参考。肥:通"妃",匹,配。

以上二句意思是:有易之女健美而漂亮,王亥是怎样和她相合的?

〔7〕有扈:当作"有易"。牧竖:牧奴,疑指有易的牧人。逢:逢遇,碰到。疑指有易的牧人碰见了王亥和有易之女的淫乱之事。

以上二句意思是:王亥正干着淫乱之事,有易的牧人是如何碰上的?

〔8〕击床:疑指有易的牧人砍床杀死王亥。先出:疑指有易的牧人首先动手。命:命令。

以上二句意思是:有易牧人砍床杀亥先已动手,他从谁那里接受了命令?按:一说"击床"指有易之君绵臣杀王亥之事;"先出"指王亥在被杀之前先已走脱;"其命何从",是问王亥从哪里逃出,保全了性命。此说亦可参考。

〔9〕恒:王恒,王亥之弟。朴牛:仆牛,即服牛,驾车服役之牛。

以上二句说:王恒也继承了其父王季之德,他怎样得到王亥的那些服牛?

〔10〕营:经营。班禄:不详。闻一多《天问疏证》疑禄读为菉,班菉为地名,似较可信。殷卜辞中常有以某菉为地名者,如有北菉、白菉等等地名。班禄大概也是地名。又,"何往营班禄,不但还来"二句疑为倒装,其问意当是"何不但还来,而往营班禄?"意思是:为什么王恒不但重返有易得到了王亥的服牛,而且还要经营班禄之地?按:由于材料缺乏,以上说法也只是推测。

〔11〕昏微:指王亥之子上甲微。传说他继任殷侯之后,就借助河伯国之师攻灭有易,杀其君绵臣。刘盼遂说:"微,谓殷先祖上甲微。微一名昏,兼名之,故曰昏微焉。殷人命名多取义于十二辰,或十日,然亦有取义于时者。自契以下,若昭明,若昌,若冥,皆含朝暮晦明之意。上甲名微,殆亦取于晨光曦微,而又取于日入三商之昏以为字欤?"(《天问校笺》)此说解释上甲微称昏微之故,可以参考。遵迹:遵循先人轨迹。有狄:即有易。狄通易。不宁:不得安宁。

以上二句意思是:上甲微决心遵循先人的道路,向有易报仇,使有易不得安宁。

〔12〕按:此二句与前"昏微遵迹"二句合为一问,当也是记上甲微之事,但因史料不足,不能确指为何事。一些注家根据上下文义做了推测性的解释,结论相去甚远。姜亮夫认为是指上甲微晚年荒于淫乱之事。林庚认为是指上甲微假河伯之师以伐有易之事。"繁鸟萃棘"是指

战场上勇士丛集,耀武扬威。"棘",丛生木;"负子",指上甲微。"肆情",纵兵逞豪情。指上甲微伐有易获大胜(详见《天问论笺》)。姜、林二说可参考。

〔13〕按:以上四句不详。旧说多认为是指舜和其弟象之事,不可信。王国维说,由"该秉季德"至此十二韵二十四句,是"述王亥、王恒、上甲微三世之事"。此说总体看比较正确。下列注释仅供参考。眩弟:惑乱人的弟弟。"眩弟并淫",疑指上甲微诸弟作乱争夺王位事。姜亮夫认为,上甲微晚年淫乱,可能他的弟弟也有淫嫂杀兄等事。可以参考。作诈:实行欺诈。后嗣:指上甲微弟弟的后代。逢:大。这里是兴盛的意思。"逢长",兴盛而长久。又清蒋骥引《公羊传》鲁公子庆父、公子牙之事说:"言二子眩惑其嫂,并为淫乱,既谋弑兄,又杀其兄之二子,何变诈多端若此,而犹得延其后乎?"(《山带阁注楚辞》)这是因史有鲁公子庆父、公子牙通于庄公夫人之事,与《天问》中此问相类而立说,可以参考。

以上四句意思是:上甲微的诸弟争位作乱危害其兄,为什么他们变诈多端而后嗣却兴盛而久长?

〔14〕成汤:商汤。有莘(shēn申):古国名。亦作有优、有辛、有娄。其地在今河南省开封县境。爰:于是,乃。极:至。

以上二句说:成汤巡行东部,于是来到了有莘。

〔15〕小臣:指伊尹。"乞彼小臣",是指汤向有莘氏讨要伊尹事。《吕氏春秋·本味》篇载:"汤闻伊尹,使人请之有莘氏,有莘氏不可。伊尹亦欲归汤,汤于是请取妇为婚,有莘氏喜,以伊尹媵女。"吉:吉利。"吉妃",带来幸运的配偶。清代陈本礼说:"尹由有莘氏得,故妃曰吉妃。"(《屈辞精义》)一说吉妃指有莘氏女是贤德的配偶。亦通。

以上二句说:为什么汤向有莘氏求讨小臣伊尹,而得到了带来幸运的妃子?

〔16〕水滨之木:指生长于水边的空心桑树。传说伊尹的母亲居住

在伊水边,她怀孕时,梦见有神女对她说:你如果看到石臼出水就向东走,不要回头。第二天果然看到石臼出水,她向东走了十里,忍不住回头一看,家园已是一片汪洋,她也变成了空桑树。大水退去之后,有莘氏女子来采桑,在桑树中发现了一个婴儿,她把婴儿献给了君王,君王命厨人养活这个孩子,他的名字叫伊尹。小子:小孩儿,指伊尹。

以上二句说:在水边的空桑树中,采桑女子得到了那个孩子。

〔17〕恶(wù务):厌恶。"恶之",指有莘国君因伊尹是出自空桑树中而厌恶他。媵(yìng映):陪嫁的奴婢。这里作动词,意思是当作奴隶陪嫁。有莘之妇:指有莘国君的女儿。

以上二句意思是:有莘国君为什么厌恶伊尹,让他作为奴隶去当女儿的陪嫁?

〔18〕重泉:传说夏桀曾把商汤囚禁在夏台监狱,此处的"重泉"疑是夏台狱中的水牢之类。按:旧说重泉是地名,而古重泉之地在陕西。如果此处重泉注为地名,亦当指夏台之重泉,与陕西之重泉名同而地异。罪尤:罪过。

以上二句意思是:汤从重泉释放出来,他究竟有什么罪过而被监禁?

〔19〕不胜心:情不自禁,不能克制的意思。帝:指夏桀。挑:挑动。旧说"谁使挑之"句,指伊尹挑动商汤攻伐夏桀。

以上二句是对伊尹挑动商汤的传说提出疑问,意思是:汤无法克制仇恨的心情,所以讨伐夏桀,哪里要什么人来挑动他?又一说挑动商汤的是夏桀。宋代杨万里《天问天对解》说:"众怒桀之囚汤而割夏,实夏癸挑之以致仇尔。"亦可参考。

会朝争盟,何践吾期[1]?苍鸟群飞,孰使萃之[2]?到击纣躬,叔旦不嘉[3];何亲揆发,足周之命以咨嗟[4]?授殷天下,其位安施[5]?反成乃亡,其罪伊何[6]?争遣伐器,何以行之[7]？并驱击翼,何以将之[8]？昭后成游,南土爰底[9]；厥利惟何,逢彼白雉[10]？穆王巧梅,夫何为周流[11]？环理天下,夫何索求[12]？妖夫曳衒,何号于市[13]？周幽谁诛,焉得夫褒姒[14]？天命反侧,何罚何佑[15]？齐桓九会,卒然身杀[16]。彼王纣之躬,孰使乱惑[17]？何恶辅弼,谗谄是服[18]？比干何逆,而抑沈之[19]？雷开阿顺,而赐封之[20]？何圣人之一德,卒其异方[21]？梅伯受醢,箕子详狂[22]？

〔1〕会:会合。朝(zhāo招):日,指甲子日。一说"朝"训晨,指甲子日早晨,亦通。传说周武王起兵伐纣,在甲子日的早晨,八百诸侯都来会师于殷都朝歌附近的牧野。一说朝读如朝见之朝(cháo潮),会朝是倒文,即朝会。供参考。盟:发誓。古代作战前主将要在阵地上举行誓师仪式。"争盟",明代李陈玉说:"争盟者,四方诸侯盟师恐后也。"(《楚辞笺注》)指各路诸侯争先恐后地参加伐纣的盟誓。一说"争盟"即"清明",是屈原引《诗经·大雅·大明》篇"会朝清明"句以为问。即在清明时合兵。可参考。践:履行。吾:指周,以周的口气说话。期:约定的日期。"何践吾期",指各路诸侯履行周武王约定的会盟日期,毫不爽约,如期而至。一说"何践吾期",是屈原惊讶诸侯不期而会,因以为问。姜亮夫说:"此言武王伐纣,不期而会者千国,何能如是？故以为问也。"(《屈原赋校注》)可以参考。又一说,传说武王将伐纣,纣派遣胶鬲去看一看武王的军队。胶鬲问道:打算在哪一天抵达殷？武王回答说:甲子那一天到。胶鬲回去以后报告了纣。出发的时候天上下起了大雨,道路难行。武王率领军队昼夜赶路。有人劝谏武王说,雨太大了,士兵们很辛苦,是不是休息一下再走。武王回答说,我已经告诉胶鬲甲子那一天

到殷,他现在已经报告纣了。如果我不能在甲子日到达,纣必然要杀了胶鬲,我之所以不敢休息,是想救贤者的命,使他免于被杀。于是武王在甲子日的早晨到达殷,诛杀了纣,没有失期。据此,认为"践吾期"是指周武王和胶鬲相约的故事。供参考。

以上二句意思是:诸侯们在甲子日会合,争相誓师,他们为什么能准时履行周武王的期约?

〔2〕苍鸟:指鹰,比喻周武王的将士勇猛如鹰。萃:聚集。

以上二句说:勇猛的将士如群鹰飞翔搏击,谁使他们聚集到一起?

〔3〕到:洪兴祖《楚辞补注》引一本作"列";朱熹《楚辞集注》作"列"。按当作"列"。"列"当读作"厉",是猛烈的意思。躬:身体。"列击纣躬",据《史记·周本纪》载,周武王破殷,纣登鹿台自焚而死,武王至纣死所,先在车上亲自射了三箭,然后下车用轻剑击刺纣的尸体,再用黄钺斩纣头,悬挂于太白旗上。叔旦:即周公姬旦,他是周武王之弟,故称叔旦。嘉:赞许。叔旦不嘉之事,因缺乏历史材料,不详其确指。从此句文义看,大概是周公对周武王亲自砍纣头的举动表示不赞许。又一说认为,"叔旦不嘉"指周公不赞成伐纣,亦可备一说。

以上二句说:武王猛烈击斩纣之尸,周公旦是不赞成的。

〔4〕亲:亲自。揆(kuí 奎):度量,引申为谋划的意思。发:指周武王姬发。"亲揆发",是说周公亲自为周武王出谋划策。足:当从朱熹《楚辞集注》本作"定"。命:天命。"定周之命",指定周人所受之天命,意思是奠定了周朝的天下。一说仍当作"足","足周之命",是说完成了周人所受天命。亦通。咨嗟(zī jiē 滋皆):叹息。即所谓"叔旦不嘉"。

以上二句意思是:为什么周公亲自为武王出谋划策,而奠定了周朝的天下却又叹息?

〔5〕授殷天下:指上帝把天下授给了殷王朝。位:王位。施:给予。"安施",指上帝根据什么原则把王位给人。一说"施"是移易的意思;二

句是说,天既授殷以天下,为什么天子之位又易为他人。可备参考。

以上二句意思是:上帝授殷以天下,其王位是根据什么原则给予的?

〔6〕反:朱熹《楚辞集注》引一本作"及"。按:当从一本作"及",到,等到。乃:副词,却。伊:语中助词,无义。"伊何",是什么。

以上二句说:殷王朝建立起来了,上帝却又使它灭亡,殷王朝的罪过究竟是什么?

〔7〕争遣:争着派遣。伐器:攻伐之器,指武装力量。一说"伐器"当作"戎器",可参考。行:行事。

〔8〕并驱:并驾齐驱。击翼:指周军的两翼。因周朝的军队发动两翼进行夹击,所以称为"击翼"。一说击翼,指进攻殷军的左右翼。说亦可通。将:统兵,督率。

以上四句说:各路诸侯争着派遣武装力量,他们为什么要这样行事?周朝的军队并驾齐驱,两翼夹击,又怎样部署统率?按:明代周拱辰说:"两言何以,似隐语,言以仁伐不仁,何用许多阴谋权诡,为后世疑乎?"(《离骚草木史》)此说可参考。周朝统治者宣扬灭纣是出于"天命",是"以至仁伐至不仁",所以殷商的军队不战而自溃。以上四句是对此表示怀疑,指出既然如此,何必要用这么大的军事力量去攻战?

〔9〕昭后:周昭王,名姬瑕,西周第四代君王。成:完成,实现。"成游",实现了此次出游。南土:南方,指楚国。爰:于是。底:至。据《左传》等古籍记载,周昭王德衰,百姓恨之。他南巡楚地,将渡汉水。船人把用胶粘起来的船献给他。船行至中流,船上的胶融化了,船开始解体,昭王淹死在汉水中。一说《左传》等古籍所述之事与此二句所问不是同一件事,此二句问的是南游求雉之事,当在昭王南征死于汉水之前。

以上二句说:昭王实现了他的巡游,于是来到了南方楚国。

〔10〕厥:其。逢:迎,迎取。白雉(zhì至):白色的野鸡。古人认为白雉是难得的珍禽,视得白雉为祥瑞。按:传说周成王时,诸侯越裳氏曾

144

向周朝献白雉。后世多据此传说来解释"逢彼白雉"二句。也有人认为越裳氏献白雉是周成王时事,与昭王无关,而昭王时另有迎取白雉之事。清人毛奇龄据《竹书纪年》,说昭王晚年时,楚人恭敬地对昭王说,要向他进献白雉。昭王信以为真去南方巡游以迎取白雉,于是遇害。从《天问》文义看,毛奇龄的说法较为近是,但他所引《竹书纪年》之说,不见于所能考见的《竹书纪年》遗文,其说仅供参考。

以上二句说:究竟有什么利益,要去迎取那白雉?

〔11〕穆王:周穆王,名姬满,西周第五代君王,周昭王之子。巧:这里作动词,指精于某种事情。梅:通"枚",马鞭。"巧枚",指精于策马驾车之术。周流:周游。传说周穆王曾乘坐由八匹骏马拉的车子,以善御著称的造父为他驾车,周游天下。

以上二句意思是:周穆王精于策马之术驾车行驶,他为什么要周游天下?

〔12〕环:周游。理:通"履"。"环履",即周游、周行的意思。《穆天子传》郭璞注引《竹书纪年》:"西征还里天下,亿有九万里。""还里"即"环理"。一说"理"同"里","环里",指周行天下计其道里。亦可参考。

以上二句说:穆王周游天下,他寻求的是什么?

〔13〕妖夫:妖人。曳(yè 页):拉,牵引,这里是携带的意思。衒(xuàn 眩):炫耀,指炫耀所卖的货物。"曳衒",指负物衒卖。号:呼喊,指叫卖。

〔14〕周幽:周幽王,西周末代君主。诛:讨伐。焉:怎样。一说"焉"字作连词,乃。亦通。褒姒(bāo sì 包四):周幽王的王后,褒国人,姓姒氏,故称褒姒。据《史记·周本纪》,夏后氏衰微时,有二神龙自称是褒国的先君而止于夏宫。神龙留下龙漦(sī 思)离去,这龙漦(龙的涎沫)被装在一个匣子里收藏起来。经过了夏、殷直至周代,匣子传了下来却从未有人敢打开它。周厉王末年,匣子被打开了,龙漦流到宫里无法

清除。厉王便让一些妇女裸体而群呼,龙漦就化为蜥蜴进入后宫。后宫的一个换过牙的童妾与蜥蜴相遇。这个小女孩儿长到该出嫁的年龄时开始怀孕,没有丈夫却生下孩子,她就把这个婴儿扔掉了。周宣王时,有童谣说:"山桑木作的弓,箕木作箭袋,周因此而亡。"宣王听到之后,看到有夫妇二人正在叫卖这种弓和箭袋,就派人去抓他们并要杀头。夫妇二人慌忙逃走,在路上看到了那个被遗弃的婴儿,孩子不停地啼哭,夫妇俩可怜这个孩子就把她抱起来。他们逃到了褒国。后来孩子长大了,名叫褒姒。褒国为了赎罪把褒姒送给周王。周幽王在后宫见到了褒姒以后就对她极为宠爱,最后竟废了皇后及太子,立褒姒为皇后,以褒姒的儿子伯服为太子。

以上四句所问就是这段故事。意思是:妖人携带猰(yǎn 掩)弧箕服(山桑木作的弓,箕木作的箭袋。猰,山桑。弧,弓。箕,木名。服,通"箙",古代用来盛箭的器具。)沿街叫卖,他为什么这样呼喊?周幽王起兵讨伐了谁?他怎样得到了褒姒?又一说认为"周幽谁诛"一句是问周幽王被谁所诛,亦可参考。

〔15〕反侧:反复无常。佑:通"祐",保佑。

以上二句说:天命反复无常,它究竟惩罚什么?保佑什么?

〔16〕齐桓:齐桓公,春秋时齐国国君,姓姜名小白。他在位期间,国力强盛,曾称霸诸侯,是春秋五霸之一。九会:指齐桓公九次召集诸侯会盟。一说"九"与"纠"通,"九会"即"纠会",指纠集会盟。可以参考。卒然:终然,终于。身杀:据《管子·小称》说:齐相管仲死后,齐桓公任用堂巫、易牙、竖刁、开方四个恶人。一年以后四子作乱,把桓公围困在一室中不得出。有一妇人钻洞而入,才得以见到桓公。桓公问道,我饿了想吃东西,渴了想喝水,却都得不到,这是怎么回事?妇人回答说,易牙、竖刁、堂巫、公子开方四人瓜分齐国,道路不通已有十天了。公子开方率领归附他的人马去攻占卫,你将得不到吃的东西。桓公叹息道,圣

人真是有远见啊,死去的人无知倒也罢了,若有知,我还有什么脸面与仲父相见于地下呢?于是用覆盖车子的布裹住头,气绝而亡。死了十一日,尸体所生的虫爬出门外,人们才知道桓公已经死了。齐桓公是被恶人围困,饥渴忧愤而死,所以说"身杀"。

以上二句意思是:齐桓公曾取得九合诸侯一匡天下的丰功伟业,然而最后却被人害死。

〔17〕王纣:商纣王。孰使乱惑:谁使他(指商纣王)昏乱迷惑。朱熹说:"惑纣者,内则妲己,外则飞廉、恶来之徒也。"(《楚辞集注》)按:妲己,商纣王的宠妃,姓己名妲,有苏氏之女,周武王灭商,被杀。飞廉、恶来,商纣王的宠臣。又《史记·殷本纪》说:"而用费中为政。费中善谀,好利,殷人弗亲。纣又用恶来。恶来善毁谗,诸侯以此益疏。"此则外惑商纣者。

〔18〕恶(wù勿):厌恶。辅弼:辅佐,这里作名词,指能辅佐朝政的贤臣。谗:说别人的坏话,这里用作名词,指专说别人坏话的人。谄(chǎn产):巴结,奉承。这里作名词,指善于巴结、奉承的人。服:用。

以上二句说:商纣王为什么厌恶忠心辅佐他的贤臣,而专门任用那些爱进谗言和善于谄媚的小人?

〔19〕比干:商纣王的叔父,殷代贤臣。传说他因劝谏纣王而被挖心。《史记·殷本纪》:"纣愈淫乱不止。……比干曰,为人臣者,不得不以死争。乃强谏纣。纣怒曰,吾闻圣人心有七窍。剖比干,观其心。"逆:抵触。这里指比干强行劝谏纣王的举动。抑沈:压制埋没。"沈"同"沉"。清代刘梦鹏说:"抑沈,使不得伸其谏也。"(《屈子章句》)可以参考。

〔20〕雷开:商纣王的佞臣,善于阿谀奉承。顺:顺从。"阿顺",当从洪兴祖《楚辞补注》所引一本、朱熹《楚辞集注》作"何顺"。赐封:赏赐财富,封为诸侯。

〔21〕圣人:指纣王的贤臣,即下文的梅伯、箕子。一:同一,相同。"一德",指一致的美德。卒:终。异方:不同的表现方式。按:这是指下文梅伯受醢、箕子佯狂而言。

以上二句说:为什么圣人们具有一致的美德,而最终却有不同的表现方式?

〔22〕梅伯:纣王时的诸侯。醢(hǎi 海):菹(zū 租)醢,古代的一种酷刑,把人杀死后剁成肉酱。王逸说:"言梅伯忠直而数谏纣,纣怒,菹醢其身。"(《楚辞章句》)箕子:纣王的叔父,殷贤臣。详:通"佯",假装。"详狂",假装疯癫。《史记·宋微子世家》:"纣为淫泆,箕子谏,不听。人或曰,可以去矣。箕子曰,为人臣谏不听而去,是彰君之恶而自说于民,吾不忍为也。乃被发详狂而为奴。"

稷维元子,帝何竺之〔1〕?投之于冰上,鸟何燠之〔2〕?何冯弓挟矢,殊能将之〔3〕?既惊帝切激,何逢长之〔4〕?伯昌号衰,秉鞭作牧〔5〕。何令彻彼岐社,命有殷国〔6〕?迁藏就岐,何能依〔7〕?殷有惑妇,何所讥〔8〕?受赐兹醢,西伯上告〔9〕;何亲就上帝罚,殷之命以不救〔10〕?师望在肆,昌何识〔11〕?鼓刀扬声,后何喜〔12〕?武发杀殷,何所悒〔13〕?载尸集战,何所急〔14〕?

〔1〕稷(jì 计):后稷,一名弃。传说是周人的始祖。《史记·周本纪》载:"周后稷,名弃。其母有邰氏女,曰姜嫄。姜嫄为帝喾元妃。姜嫄出野,见巨人迹,心忻然说,欲践之,践之而身动如孕者。居期而生子,以为不祥,弃之隘巷,马牛过者皆避不践;徙置之林中,适会山林多人,迁之;而弃渠中冰上,飞鸟以其翼覆荐之。姜嫄以为神,遂收养长之。初欲

弃之,因名曰弃。弃为儿时,屹如巨人之志。其游戏,好种树麻、菽,麻、菽美。及为成人,遂好耕农,相地之宜,宜谷者稼穑焉,民皆法则之。帝尧闻之,举弃为农师,天下得其利,有功。帝舜曰:'弃,黎民始饥,尔后稷播时百谷。'封弃于邰,号曰后稷,别姓姬氏。"元子:长子。又清代钱澄之说:"元子,因姜嫄为帝喾元妃而言,非喾首生子也。"(《屈诂》)认为元子指元妃之子,非谓长子。备参考。帝:帝喾。竺(zhú竹):通"毒",憎恶。清人蒋骥说:"言稷为元子,帝当爱之,何为而毒苦之耶?"(《山带阁注楚辞》)

以上二句说:后稷是帝喾的长子,帝喾为什么那样憎恶他?

〔2〕燠(yù玉):暖,这里是动词。"燠之",即《史记·周本纪》"弃渠中冰上,飞鸟以其翼覆荐之。"

以上二句意思是:把后稷扔到冰上,鸟为什么要用翅膀覆盖以温暖他?

〔3〕冯:通"凭",恃,倚仗。挟:夹持。殊能:特殊才能。将:将帅,这里作动词,是充当将帅的意思。传说稷在尧时曾为司马,统帅军事,故有此问。一说后稷虽以播殖稼穑著称,但也必须善于将兵,才能使周族强大。说亦可参考。

以上二句说:为什么后稷还能凭弓持箭,以特殊的才能充当将帅?

〔4〕帝:指帝喾。切激:深切激烈。逢:通"丰"。"逢长",指兴盛而长久,与前"何变化以作诈,后嗣而逢长"之"逢长"义同。

以上二句意思是:后稷出生既然使帝喾受惊如此深切激烈,为什么帝喾还使后稷兴盛长久?

〔5〕伯昌:姬昌,即周文王,因周文王曾被殷王朝封为雍州伯,亦称西伯,故曰伯昌。号:发号施令。"号衰",号令于殷王朝衰败之世。秉:执掌。鞭:比喻权柄。牧:治民之官,这里指诸侯之长。殷王朝末年,世道衰微,不少诸侯背叛纣王归附西伯,西伯权力日盛,成为诸侯之长。

《史记·殷本纪》:"西伯归,乃阴修德行善,诸侯多叛纣而往归西伯,西伯滋大,纣由是稍失权重。"

以上二句说:西伯姬昌号令于殷末衰微之世,执掌威权,成为诸侯之长。

〔6〕彻:毁坏。岐:古地名,在今陕西省岐山县东北,相传周朝先祖古公亶父曾由豳地迁至此处建国。社:古代指土地神,又指祭祀土地神的地方。社立于国都,是国家政权的象征。"彻彼岐社",指周的势力逐步强大,至周文王时,迁都于丰(今陕西长安西南、沣河以西),所以毁弃原来的岐社,而立社于丰。命:天命。

以上二句说:为什么天命使周毁弃岐社,扩大势力,最后占有殷国?

〔7〕迁:迁徙。藏:财产。就:近,到。"迁藏就岐",指传说中西伯姬昌有德,人们纷纷带着财产来到岐周,依附于西伯之事。

〔8〕惑妇:惑乱人的女人。指纣王的宠姬妲己。讥:谏,劝戒。一说"讥"指诸侯们的怨言与背叛。亦通。

以上二句说:殷纣王有专门惑乱人的女人在身旁,还有什么可劝谏的?

〔9〕受:纣王的名字。兹:此。"赐兹醢",指把梅伯等人受了醢刑的肉赐给诸侯。《吕氏春秋·行论》篇说:"昔者纣为无道。杀梅伯而醢之,杀鬼侯而脯之,以礼诸侯于庙。"又《史记·殷本纪》《正义》引《帝王世纪》:"文王之长子曰伯邑考质于殷,为纣御,纣烹为羹,赐文王,曰'圣人当不食其子羹'。文王食之。纣曰'谁谓西伯圣者?食其子羹尚不知也'。"明代黄文焕说:"受赐兹醢者,纣烹伯夷考,以羹赐文王也。"(《楚辞听直》)上告:向天帝控告。

〔10〕亲就上帝罚:指纣亲身受到上帝的惩罚。

以上二句说:为什么纣受到上帝的惩罚,殷王朝的命运终究不可挽救?

〔11〕师望：即姜太公吕尚，本姓姜，从其封姓，故曰吕尚。因西伯初遇姜太公时说："吾太公望子久矣。"所以又称太公望；后被周文王、武王立为"师（官名）"，故称"师望"。肆：店铺。传说姜太公入周之前曾在殷都朝歌的屠肆中宰牛。《史记·索隐》引谯周说："吕望尝屠牛于朝歌，卖饮于孟津。"昌：姬昌，即周文王。识：知，了解。

以上二句说：姜太公在屠肆宰牛，周文王何以了解他的才能？

〔12〕鼓：鸣。"鼓刀扬声"，指摆弄屠刀而张扬其声。又清王夫之说："扬声，古者屠刀柄首有铃。"（《楚辞通释》）又清代王闿运说："扬声，谓以屠名也。"（《楚辞释》）认为"扬声"指姜太公因屠牛而扬名，均备参考。

以上二句说：姜太公操刀屠牛而张扬其声，周文王听了为什么高兴？

〔13〕武发：周武王姬发。杀殷：指武王破殷后，斩纣首悬于太白旗之事，即前所谓"到击纣躬"。悒（yì义）：忧郁，这里是愤恨的意思。清代王远说："言武王斩纣之首，悬之太白，何所忿恨而不能解乎？"（《楚辞评注》）

〔14〕尸：木主，灵牌。《史记·周本纪》："（武王）东观兵，至于盟津。为文王木主，载以车，中军。武王自称太子发，言奉文王以伐，不敢自专。"即所谓"载尸"。一说"载尸"指武王伐纣，以车载文王之尸体于军。如朱熹说："武王载文王之柩于军中以会战。"（《楚辞集注》）可以参考。集战：会战。

以上二句说：周武王载着文王的灵牌去会战，他为什么要这样急？

伯林雉经，维其何故？何感天抑地，夫谁畏惧[1]？皇天集命，惟何戒之[2]？受礼天下，又使至代之[3]。初汤臣挚，后兹承辅[4]；何卒官汤，尊食宗绪[5]？勋阖梦生，少离散亡[6]；何壮武厉，能流厥严[7]？彭铿斟雉，帝何飨[8]？受寿永多,夫何久长[9]?中央共牧,后何怒[10]?蜂蛾微命,力何固[11]?惊女采薇,鹿何祐[12]?北至回水,萃何喜[13]?兄有噬犬,弟何欲?易之以百两,卒无禄[14]。

〔1〕"伯林雉经"以下四句不详,古今注家也有多种解释。一说指春秋时晋献公的太子申生事。晋献公的宠妃骊姬想立自己的亲生儿子奚齐为太子,设计陷害申生,申生被迫自缢。伯:长;林:君。伯林,指晋献公的太子申生。雉经:缢死。四句意思是:申生上吊自杀,是什么原因?为什么他的死能感动天地,而又有谁对此感到畏惧?又郭沫若认为,这是指纣王事。纣王是自缢而死,并非自焚死。鹿台所在必为林园,园中多松柏,疑伯林本作柏林。他翻译这四句是:"纣王和他的妃嫔为何要吊死?以衣蒙面,怕见天地?"以上二说可备参考。

〔2〕集:成,完成,实现。"集命",实现天命,即授予天下的意思。惟:发语词。戒:告诫。之:代词,指受天命而为君的人。

以上二句说:上天在实现其天命时,是怎样告诫那些受命为君之人的?

〔3〕礼:通"理",治理。"受礼天下",即受命治理天下。又洪兴祖说:"受礼天下,言受王者之礼于天下也。"亦通。至:到,来。

以上二句说:上天既然让某姓君王接受天命治理天下,为什么又派别人来代替他?

〔4〕汤:商汤。臣:动词,以某人为臣。"臣挚",以伊尹为臣,伊尹名挚。兹:此,指伊尹。承:承当,担任。辅:辅佐之臣。"承辅",指商汤让伊尹到夏桀那里去当官。传说伊尹曾五次在汤手下,又五次在桀手下。又王逸说:"言汤初举伊尹,以为凡臣耳;后知其贤,乃以备辅翼承疑,用其谋也。"(《楚辞章句》)认为"承辅"是指汤任伊尹为相,承用其谋。说可参考。

以上二句说：起初商汤以伊尹为臣，后来又让他去担任夏桀的辅臣。

〔5〕卒：终于。官汤：官于汤。"何卒官汤"，指伊尹终于又回到商朝复为汤臣。又一说认为"官汤"是伊尹使汤王天下。亦可参考。食：指享受祭祀。宗绪：宗族，这里指祖宗。"食宗绪"，指配享于先祖之庙。据说伊尹死后，他的神位被供入商朝的宗庙，陪同商汤享受祭祀。《吕氏春秋·慎大览》："祖伊尹，世世享商。"《帝王世纪》："沃丁八年，伊尹卒，年百有馀岁。大雾三日。沃丁葬以天子之礼，祀以太牢，亲自临丧三年，以报大德。"此即所谓"尊食宗绪"。

以上二句意思是：为什么伊尹终于回到商汤手下做官，商王朝尊敬他让他和商朝先祖在一起享受祭祀？

〔6〕勋：功业。这里作形容词。阖：阖庐，春秋后期吴国国君，在位时国力较强盛，任用伍子胥为将与楚国交战，曾一度攻破郢都。"勋阖"，有功勋的阖庐。梦：寿梦，吴国国君，阖庐的祖父。生：通"姓"，孙子。离：通"罹"，遭受。散亡：指吴王阖庐为公子时被排挤在朝廷之外时的情景。吴王寿梦有四个儿子：诸樊、余祭、余昧、季札。寿梦死后，长子诸樊即位，后来诸樊传位给余祭，余祭传位给余昧。余昧应传位给季札，但季札不愿为君，于是余昧把王位传给了自己的儿子僚。阖庐是诸樊的长子，应继诸樊之后而为君。诸樊为了实现寿梦传位给季札的遗愿，就传位给二弟余祭，想通过兄死弟及的方式，最后由季札继承王位。阖庐认为既然季札不愿为君，理应由他继承王位，所以后来派勇士专诸刺杀了吴王僚，自己当了吴王（事见《吴越春秋》及《史记·吴太伯世家》）。这里的"散亡"当指阖庐在余昧和僚在位时受到排挤的情景。

〔7〕壮：壮年。清钱澄之说："少与壮对。"（《屈诂》）武厉：雄武猛厉。流：流传。厥：代词，其，指阖庐。严：当作"庄"，避汉明帝讳改。"庄"，在这里是威武的意思，指阖庐有威名。清马其昶说："《周书·谥法》屡称杀伐曰庄。阖庐曾破楚，几灭其国，武功足称。"（《屈赋微》）

以上四句意思是：功业显赫的阖庐是寿梦之孙，他年轻时遭到排挤，远离吴国朝廷，为什么壮年以后雄武猛厉，能够传下他的威名？

〔8〕彭铿：即彭祖。古代传说中长寿的人，本名篯（jiān 艰）铿，受封于彭城，寿八百岁，世称彭祖。《列仙传》说："彭祖历夏至殷末八百馀岁。"斟（zhēn 针）：用勺子舀取，这里是指把食物盛在食器中献上。"斟雉"，传说彭祖善烹调，曾向唐尧进献雉羹，故称"斟雉"。帝：指唐尧。一说帝指天帝。飨：享用。

以上二句意思是：彭祖献上雉羹，唐尧为什么乐于享用？

〔9〕永：长。

以上二句说：彭祖获得很长的寿命，他何以能活得那么长久？

〔10〕以上二句不详。清代马其昶认为是指西周厉王因国人作乱逃奔彘地后，"共和"行政之事。关于"共和"，典籍记载有两种说法，一说周厉王暴虐，国人反抗，厉王逃往彘地，周公、召公二相执政，号曰"共和"（此说详见《国语·周语》上及《史记·周本纪》）。一说周厉王奔彘之后，共（gōng 工）国诸侯和摄行天子之事。周厉王死在彘地后，周王朝因长期大旱进行占卜，说是厉王作祟，于是周公、召公立厉王的太子靖为宣王，共伯和回归共国（此说见《竹书纪年》及《庄子·让王》等书）。马其昶认为以上两种说法都是诸侯共同治理周王朝，因此说"中央共牧"。"中央"，指周王朝；"牧"，治理。"后何怒"，指周厉王死后作祟事。"后"，即周厉王。马氏之说见《屈赋微》，其说可参考。一说此句"共"即指共伯，"中央共牧"，指共伯摄行天子事。亦可参考。

〔11〕以上二句疑指周厉王被百姓逐出朝廷，逃奔彘地之事。"蛾"，当作"蚁"。"蜂蚁"，比喻百姓；"力何固"，说明百姓力量的强大。

〔12〕薇（wēi 威）：指野菜，即巢菜，又叫野豌豆。"惊女采薇"，应读为"采薇惊女"。相传伯夷、叔齐兄弟二人因为不赞成周武王灭殷，义不食周粟，避于首阳山，采薇而食。后来有一个女子讥笑他们说薇菜也是

周朝的草木,他们就弃而不食。采薇惊女,意思是采薇为食而受惊于女子之言。鹿:神鹿。传说上天曾派白鹿来给伯夷、叔齐喝奶。他们后来还是饿死了。祐:保祐,指"神力"的帮助。"鹿何祐",神鹿为什么要帮助伯夷、叔齐?

〔13〕回水:首阳山下之水,即河曲之水。"北至回水",指伯夷、叔齐二人向北来到河曲之中的首阳山。萃:止。

以上二句说:伯夷、叔齐向北来到河曲之中的首阳山,他们为什么乐于留在山里?

〔14〕以上四句不详。旧说认为,兄,指秦景公,春秋中期秦国国君。噬(shì 市)犬,咬人的狗,猛犬;弟,指秦景公之弟铖(qián 钱),后来逃亡到晋国。易,换;两,通"辆";无禄,失去禄位。

以上四句的意思是:秦景公有猛犬,他的弟弟铖为什么想要?用一百辆车去换也没换到,终于还丢了爵禄逃亡在外。按:秦景公之弟铖逃亡晋国事见《左传》昭公元年。换犬之事仅见于东汉王逸《楚辞章句》,不知其何据。以上旧说仅供参考。

薄暮雷电,归何忧[1]?厥严不奉,帝何求[2]?伏匿穴处,爰何云[3]?荆勋作师,夫何长[4]?悟过改更,我又何言[5]?吴光争国,久余是胜[6]。何环穿自闾社丘陵,爰出子文[7]?吾告堵敖以不长,何试上自予,忠名弥彰[8]?

〔1〕按:从"薄暮雷电"以下至篇末,古今注家大致有两种不同的注释倾向:一说这段是屈原在结束《天问》时的感慨;一说仍然是对历史事实的发问。二说相较,前者近是;但其中也有一些关于楚国历史的发问。不少注家认为这段的原文有错简讹脱,但因无法确切考订,所以仍然保持原样。所作的注释和所引诸说也仅供参考。薄暮:傍晚。

以上二句说：时近傍晚，雷鸣电闪，不如归去，何必在此忧愁？

〔2〕厥严：指楚国的威严。奉：持，保持。"厥严不奉"，指楚国的威严不能保持。一说严指君主，"厥严不奉"，指不能事奉君主。帝：指上帝，上天。"帝何求"，是倒文以押韵，即"何求于帝"之意。

以上二句说：楚国的威严已无法保持，我对上天还能有什么要求？

〔3〕匿（nì逆）：隐藏。穴处：住在山洞里。爰：于是，对此。

以上二句意思是：遭到放逐而隐伏在山洞里的人，对于国事还有什么可说的？

〔4〕荆：指楚国。勋：功业。"荆勋"，指楚国功业显赫。作：振作，振兴。师：军队，武力。"作师"，振兴武力。一说"作师"指兴兵打仗。清代毛奇龄说："作师犹兴师，即《史记》怀王怒，大兴师伐秦；秦击之，大破楚师于丹浙。怀王复悉发国中兵，深入击秦，战于蓝田是也。"(《天问补注》）长(zhǎng掌)：意思是为各国诸侯之长。楚怀王前期国力强盛，有志图强，曾任抗秦同盟国的首领，即所谓六国"纵约长"。

以上二句意思是：功业显赫的楚国曾经振兴武力，它当初怎样成为各国之长？

〔5〕悟：悔悟，觉悟。"悟过"，指觉悟所犯的过错。改更：改过更新。

以上二句说：国君如果能觉悟所犯的过错，改变做法，我又何必再说什么呢？按：林庚认为此二句是指楚昭王而言："昭王是平王的儿子，平王无道，而昭王却是贤君；平王信任费无忌，杀伍奢、伍尚，把楚国弄得一团糟，几乎为吴所灭；而昭王即位之后便杀费无忌以谢国人，在国破之余，终于恢复了楚国。所以孔子感叹地说：'楚昭王通大道矣，其不失国，宜哉！'昭王当时的处境虽然很狼狈，但都是平王留下的后果，不是昭王的过错，昭王能够惩前毖后更改这个局面，已经很难得了。所以说悟过改更我又何言。"(《天问论笺》）此说可以参考。

〔6〕吴光:吴国公子姬光,即阖庐。争国:指阖庐谋杀吴王僚,争夺君位事。久:长期。余:我们,指楚国。阖庐曾多次战胜楚国,所以说"久余是胜"。清代徐文靖说:"阖闾立三年,伐楚拔舒。四年伐楚,取六与潜。六年大破楚军,取居巢。九年,与唐蔡伐楚,吴王之弟夫概击楚将子常,吴乘胜而前,五战至郢。所谓吴光争国,久余是胜也。"(《管城硕记》)

〔7〕按:当从洪兴祖《楚辞补注》所引一本及朱熹《楚辞集注》所引一本作"何环间穿社,以及丘陵,是淫是荡,爰出子文"。环:绕,绕行。穿:穿过。间(lú 驴):乡里。社:里社,古代地方基层行政单位。《左传》昭公二十五年注:"二十五家为社。"闾、社,这里都泛指村落。"环闾穿社,以及丘陵",指男女幽会的经过和地点。出:生出。子文:春秋前期的楚国贤相,名鬬穀(gòu 构)於(wū 乌)菟(tú 涂),字子文,辅佐楚成王。据说子文是鄖(yún 云)国之女和楚国宗室鬬伯比的私生子。

以上二句意思是:为什么淫乱私通,却能生出贤相子文?

〔8〕告:语。堵敖:名熊艰,春秋前期楚国国君,后被其弟楚成王熊恽(yùn 运)所杀。试:通"弑"。上:指堵敖。清人王闿运说:"试上,弑君也。"(《楚辞释》)自予:指楚成王熊恽杀死堵敖,把王位给了自己。弥彰:更加显著。"忠名弥彰",据《史记·楚世家》,楚成王杀死堵敖继位之后,布德施惠,结旧好于各诸侯国,又向周王朝进贡,表示敬意,受到了周天子的赏赐,博取了好名声。

以上三句意思是:我说堵敖统治不长久,是因为他兄弟的篡弑;为什么楚成王杀了君上自己即位,而忠名却很显著?

按:自"禹之力献功"至此是全篇的后半部分,主要是对有关社会历史的神话、传说和史事提出疑问。

九章

　　《九章》是屈原的一组作品的总称，一共有九篇。这九篇作品，依照王逸《楚辞章句》的排列次序是：《惜诵》、《涉江》、《哀郢》、《抽思》、《怀沙》、《思美人》、《惜往日》、《橘颂》、《悲回风》。九篇里，除《橘颂》、《悲回风》两篇风格特异，其余的七篇，记录并且反映了屈原一生中某些时期的经历、遭遇及当时的思想活动，是研究屈原生平及其思想的重要材料，受到历代屈原研究者的重视。但是，《九章》所能提供于后人的，毕竟只是屈原生平经历的一些片断，而不是屈原一生遭际的全部。《九章》中的叙事、抒情，在许多情况下对背景、地点、时间都不作明确的交待，这是因为，《九章》毕竟是文学作品，而不是屈原生平的实录。同时，有关屈原生平的历史材料残缺、含混，这就使得《九章》以及屈原生平的研究有很大困难。因此，这必然会使历代的楚辞研究者在一些问题上争论不休，有些问题经过历代学者的努力探索已经有了大体合理的结论；有些问题至今还聚讼纷纭，莫衷一是。在《九章》研究中存在的问题比较多，概括起来主要的问题有两个：一、《九章》作于何时；二、屈原流放的次数、地点及流放江南所走的路线。

　　《九章》作于何时？这个问题与屈原流放的情况是密切相连的。东汉王逸的《楚辞章句》是今天所能见到的最早完整地收录了屈原作品的书。王逸之前，西汉时期的刘向编集了《楚辞》十六卷，这应当是王逸《楚辞章句》成书的基础。王逸所作《九章序》对后世的《九章》研究产生了很大的影响。王逸认为，《九章》是屈原在顷襄王时被放于江南期间所作。这种看法并不完全对。细察《九章》各篇内容,《九章》是屈原在不同时期、不同地点的作品。其中有些篇章,分明是作于楚怀王时期,并不属顷襄王时;各篇的写作地点也是有南有北,绝不仅限于江南一域。因此,明代汪瑗说《九章》"亦后人收拾屈子之文得此九篇,故总题之曰九章,非必屈子所命所编者也",这一看法是很有道理的。

自汉代王逸以来,学者们对屈原流放情况的了解是笼统、模糊的。流行的说法是:屈原在怀王时只是被疏,未曾遭到放逐;到了顷襄王时屈原被流放,地点是江南地区。到了清代,林云铭首先认为屈原曾两次被流放,第一次是在楚怀王时期,放逐地点是汉北(在今湖北省襄樊市至郧县一带)。《抽思》一篇就是屈原在汉北时所作。屈原在汉北的时间不是很长,后来又被召回郢都。顷襄王时屈原第二次被放逐,地点是江南地区。按屈原在楚怀王时期确曾被迫离开郢都到了汉北,这在《抽思》篇中说得很清楚。但这一次是被疏谪居还是被放逐,仍不能确定。继林云铭之后,清人蒋骥对《九章》中提到的屈原流放所经之地进行了考证,对屈原流放江南所走的路线做了探索,认为屈原是先由郢都出发,沿长江东下,经今武汉地区,再向东至陵阳(今安徽省南部青阳县附近有陵阳镇,在大江之南、青弋江之北)。屈原从郢都出发,一路向东直到陵阳,这条路线在《哀郢》中有叙述。屈原在陵阳九年,又以陵阳为起点,沿长江向西,重新到达今武汉地区,然后折向西南,穿越洞庭湖,进入沅水继续向西,直到辰阳和溆浦(今湖南省辰溪、溆浦一带)。《涉江》篇叙述了这一段行程。不久,屈原又由溆浦出发,再入沅水东行,又穿过洞庭湖,到达湘水附近,最后在长沙东北的汨罗江投水自尽。这一段路线在《怀沙》篇中有所反映。蒋骥这一考证的结论比较合理,它使得传统说法中只知屈原流放江南沅湘一带却不知其详的状况得到了改变；使屈原流放江南所经之地、所行路线在屈原的作品中得到了印证。蒋骥所作的探索虽然不能说就是最后的定论，但是他的看法却使屈原流放江南的路线问题以及某些篇章中的一些疑点得到了比较合理的解释，其主要观点至今仍被不少学者接受并采用。

另外，《九章》还存在一些尚无定论的问题，如《哀郢》作于何时；《怀沙》是否屈原绝命辞；《惜往日》、《悲回风》等篇是否屈原所作，等等，这些问题的争论尚未取得统一的意见。

我们以王逸《楚辞章句》为依据，将《九章》中的九篇作品悉数收入，并依照《楚辞章句》的次序排列。对于各篇写作年代、写作背景以及有关问题的说明，则在各篇的题解中提及。

惜诵

《惜诵》是《九章》的第一篇。前人对《惜诵》的分歧主要有两点：一是"惜诵"二字是什么意思；二是《惜诵》作于何时。"惜诵"二字的意思，自古及今，众说纷纭。王逸解作"贪论"；朱熹释为"爱惜其言"。戴震的说法较为可取，他说："诵者，言前事之称。惜诵，悼惜而诵言之也。"（《屈原赋注》）就是说，以悲伤、痛惜的心情叙述往事。

《惜诵》作于何时？前人的看法深受王逸的影响。王逸认为《九章》作于楚顷襄王时期屈原被放江南之时，因而作为《九章》之一的《惜诵》，也是在这一时期所作。王逸以后，宋代的洪兴祖、朱熹都持此种看法。明代的汪瑗不因袭前人，他从《惜诵》的实际内容出发，认为此篇"极陈己事君不贰之忠，公尔忘私，国尔忘家"，本应"见知于君，见容于众"，但却反遭罪谤，"使侧身而无所，欲去而不能"。因此他判断此篇作于"谗人交构、楚王造怒之际",此时"尚未遭放逐"。从全文的内容来看,《惜诵》并未涉及放逐以后的事情。篇中所表达的是屈原被谗去职后,政治理想遭到破灭时的愤懑心情。篇中说:"欲儃佪以干傺兮,恐重患而离尤;欲高飞而远集兮,君罔谓汝何之?""干傺"即要求留止,表现了留在朝廷继续事君的愿望。如果屈原此时已被放逐,是不可能在"要求留止"和"高飞远集"之间徘徊的。因此,本篇写作的具体年代虽然无法确指,但应当是在楚怀王时期屈原被谗见疏之时,与《离骚》的写作时间接近,应当写于《离骚》之前,因为《离骚》所蕴含的思想感情比之《惜诵》要深刻广阔得多。

惜诵以致愍兮[1],发愤以杼情[2]。所作忠而言之兮[3],指苍天以为正[4]。令五帝以枑中兮[5],戒六神与向服[6]。俾山川以备御兮[7],命咎繇使听直[8]。竭忠诚以事君兮[9],反离群而赘肬[10]。忘儇媚以背众兮[11],待明君其知之[12]。言与行其可迹兮[13],情与貌其不变[14]。故相臣莫若君兮[15],所以证之不远[16]。吾谊先君而后身兮[17],羌众人之所仇[18]。专惟君而无他兮[19],又众兆之所雠[20]。壹心而不豫兮[21],羌不可保也[22]。疾亲君而无他兮[23],有招祸之道也[24]。

〔1〕惜:哀伤,痛惜。清代蒋骥说:"惜,痛也。"(《山带阁注楚辞》)诵:陈述。清代戴震说:"诵者,言前事之称。"(《屈原赋注》)"惜诵",指以哀伤的心情陈述事情。戴震说:"惜诵,悼惜而诵言之也。"清代马其昶说:"惜诵,犹痛陈也。"(《屈赋微》)又游国恩说:"按《吕氏春秋·长利》篇云:'为天下惜死。'高诱注:'惜,爱也。'《广雅释诂》也训'惜'为

'爱'。又按《说文》:'诵,讽也。'《国语·楚语》云:'宴居有工师之诵。'韦昭注:'诵,谓箴谏也。''惜诵'就是好谏的意思。"(《楚辞概论》)此说亦通。致:表达,传达。一说"致"是招致的意思。亦通。愍(mǐn 敏):忧伤,忧患。

〔2〕发:舒发,发泄。愤:指郁积的怨愤之气。杼:朱熹《楚辞集注》作"抒"。按当作"抒"。发泄,表达,与"发"同义。

以上二句说:我哀痛地陈述以表达我的忧伤,发泄我怨愤的心情。

〔3〕所:假若。戴震说:"凡誓辞率曰所者,反质之以白情实。"近人闻一多说:"所、傥对转,古本同语。古誓词多以所为傥。《论语·雍也》篇:'予所否者,天厌之,天厌之!'《国语·越语》:'所不掩子之恶,扬子之善者,使其身无终没于越国!'《左传》僖二十四年:'所不与舅氏同心者,有如白水。'所皆当读为傥。此曰'所非忠而言之',亦谓傥所言之不实也。"(《九章解诂》)以上二说是。作:洪兴祖《楚辞补注》引一本作"非";朱熹《楚辞集注》作"非",按当作"非"。

〔4〕苍天:青天。朱熹说:"苍,天之色也。"正:通"证",证明,作证。清代王夫之说:"证己之得失也。"(《楚辞通释》)又蒋骥说:"正,谓平其是非也。"可参考。

以上二句说:假如我所说的话不忠诚老实,苍天可以为我作证。

〔5〕五帝:古代传说中的五方神。东汉王逸说:"东方为太皞,南方为炎帝,西方为少昊,北方为颛顼,中央为黄帝。"(《楚辞章句》)析(xī西):同"析","析"与"折"古本同字。"析中",即折中。朱熹说:"折中,谓事理有不同者,执其两端而折其中,若《史记》所谓'六艺折中于夫子'是也。"明代汪瑗说:"如以物从两头而屈折之于中间,长短均平也。"(《楚辞集解》)蒋骥说:"折中,辨析事理而取其中道也。"诸说是。折中即判断、评判之意。

〔6〕戒:命令,告诫。六神:古代祭祀的六种神,亦即六宗,指四时、

寒暑、日、月、星、水旱。一说是指星、辰、风伯、雨师、司中、司命。一说天宗三,日、月、星辰;地宗三,太山、河、海。一说指天地四时。可以参考。与:同"以"。向:对。服:事。"向服",对质事理正确与否。

以上二句说:命令五帝为我评判是非;告诫六神替我明断事理。

〔7〕俾:使。山川:指山川之神。以:而。备:备位。御:侍。"备御",备列而侍,意思是参与评判。

〔8〕咎繇(gāo yáo 高摇):即皋陶(yáo 摇),相传是舜之臣,掌管刑狱之事,执法严明,公正无私。听直:听取陈述,判断是非曲直。

以上二句说:使山川之神参与评判,命咎繇听断是非曲直。

〔9〕竭:汪瑗说:"极尽无余之词。"

〔10〕离群:汪瑗说:"离群,为党人所摈弃也。"王夫之说:"离群,为众所不容也。"赘肬(zhuì yóu 坠尤):肉瘤。清代钱澄之说:"赘肬者,举朝多此一物也。"(《屈诂》)蒋骥说:"如赘肉之无所用而为人所憎也。"

以上二句说:竭尽我的忠诚为君王效劳,反而不被众人所容,成为多余无用的人。

〔11〕儇(xuān 宣):轻佻巧慧。媚(mèi 妹):谄媚,巴结。"忘儇媚",不会巴结、讨好。王夫之说:"戆直而不能同于众人之巧媚也。"背:违背,背离。"背众",与众人相背离,不合群。钱澄之说:"众所以得君者,以儇媚为要术,而己独忘之,是背众也,所以离群者为此。"

〔12〕待明君其知之:王逸说:"须贤明之君,则知己之忠也。"明代黄文焕说:"既已离群背众,盖惟待君而已,抑吾之待知,岂有难知哉!"(《楚辞听直》)可以参考。

以上二句说:我不懂得巴结、讨好而与众人相背离,我只期待着贤明的君王能够了解我。

〔13〕迹:脚印,引申为考核,推究。《汉书功臣表》注:"循实而考之曰迹。""可迹",可考,可察。王逸说:"言与行合,诚可循迹。"汪瑗说:

"言,出诸口者也;行,措诸身者也。可迹,言言行皆有踪迹,明白可据而考也。"可以参考。

〔14〕情与貌其不变:王逸说:"情貌相副,内外若一,终不变易也。"汪瑗说:"情,蓄于内者也。貌,形于外者也。不变,言情貌表里如一而始终不变也。"说皆正确。又清代夏大霖认为,自此二句始是申述"待明君其知之"句,可以参考。

以上二句说:我的言语、行为历历可查;我心里想的与表露于外貌的如出一辙。我始终表里如一,情貌相副。

〔15〕故:所以,因此。相(xiàng向):视,观察。

〔16〕证:验证,证实。王逸说:"言相视臣下忠之与佞,在君知之明也。……君相臣动作应对,察言观行则知其善恶,所证验之迹,近取诸身而不远也。"朱熹说:"言人臣之言行既可踪迹,内情外貌又难变匿,而人君日以其身亲与之接,宜其最能察夫忠邪之辨。盖其所以验之,不在于远也。《左传》曰:'知子莫若父,知臣莫若君',此之谓也。"闻一多说:"人君之于其臣也,观其行,可以验其言;察其貌,可以得其情,故曰证之不远。"诸说可以参考。

以上二句是为"言与行"二句作结,意思是说:所以观察、了解臣下,再没有比得上君王的了,君王要想验证臣下的忠邪、善恶,是无须远求的。

〔17〕谊:同"义"。这里指做人行事的道理、准则。洪兴祖说:"人臣之义,当先君而后己。"即以先君后身为义。

〔18〕羌:楚方言,发语词。仇:怨恨。戴震说:"仇为怨。"

以上二句说:我以先君后己为做人的准则,却招来了众人的怨恨。

〔19〕惟:思,想。一说是"独"、"只"的意思,与"专"同义,亦通。"专惟君而无他",汪瑗说:"专于事君而无他意,公尔忘私也。"

〔20〕众兆:许多人,言人数之多。王逸说:"兆,众也,百万为兆。"

雠(chóu愁):仇敌。朱熹说:"雠,谓怨之当报者。"戴震说:"仇雠连举,则仇为怨,雠为敌。""专惟君"二句,汪瑗说:"先君后身,犹有身也;至于专惟君而无他,则不有其身矣。兆又众于人矣;雠又甚于仇矣。"清代王远说:"先君后身,众之所厌恶;专惟君而不知有身,则举国之人视为私怨,而思报之矣。"(《楚辞评注》)清代徐焕龙说:"先君后身以事言;专惟无他以心言。易人曰兆,则无人不与之仇;进仇为雠,则此仇在所必报矣。"(《屈辞洗髓》)诸说可以参考。

以上二句说:我一心一意为君王着想而没有其他念头,却又成为更多的人的仇敌。

〔21〕壹心:专一。豫:犹豫。"不豫",朱熹说:"言果决不犹豫也。"汪瑗说:"言壹心果决,不待犹豫也,与上专惟君而无他之语同,而旨益加明矣。"

〔22〕不可保:朱熹说:"言君若不察,则必为众人所害也。"又王远说:"不可保者,不能保君心之信。"可以参考。

以上二句说:一心一意、毫不犹豫地为君王着想,却不能保住自己不被众人所害。

〔23〕疾:急切。明汪瑗说:"疾,犹力也,有汲汲不遑之意。"又说:"疾亲君而无他,与壹心而不豫之语同,而词益加切矣。"

〔24〕有招祸之道也:汪瑗说:"力于亲君而无私交,固有招祸之理也。曰不可保,犹为缓词;曰招祸,则明言之矣。……此并上章,盖言其忠愈盛,而其祸愈深,词旨虽同,而有浅深轻重之异。"汪说是。

以上二句说:我急切地与君王亲近只是为了君王,没有任何其他的想法,但这却成了我招灾惹祸的途径。

思君其莫我忠兮[1],忽忘身之贱贫[2]。事君而不贰兮[3],迷不知宠之门[4]。忠何罪以遇罚兮[5],亦非余心之所志[6]。行不群以巅越兮[7],又众兆之所咍[8]。纷逢尤以离谤兮[9],謇不可释[10]。情沉抑而不达兮[11],又蔽而莫之白[12]。心郁邑余侘傺兮[13],又莫察余之中情[14]。固烦言不可结诒兮[15],愿陈志而无路[16]。退静默而莫余知兮[17],进号呼又莫吾闻[18]。申侘傺之烦惑兮[19],中闷瞀之忳忳[20]。

〔1〕思君:明代汪瑗说:"思君,谓念念不忘乎君也。"(《楚辞集解》)莫:无。"莫我忠",清代王萌说:"莫我忠,莫有忠如我也。"(《楚辞评注》)

〔2〕忽:忽略,不经意。"忽忘",清代王远说:"忽忘,不自觉也。"(附见王萌《楚辞评注》)"忽忘身之贱贫",清代钱澄之说:"贱贫之身,言岂足动君听,行岂足为国家重轻乎?而忽忘身为之,诚有不自觉者也。"(《屈诂》)清代林云铭说:"身在贱贫中,而又进言,盖思之极,忠之至,故不惮位卑而言高也。"(《楚辞灯》)清代蒋骥说:"贱贫,指前己被疏而失禄位言。"(《山带阁注楚辞》)诸说有助于理解文义,可以参考。

以上二句说:没有人像我这样对君王念念不忘,甚至忘记了自己贫贱的身份。

〔3〕贰:同"二"。"不贰",专心一意。

〔4〕迷:迷惑。宠:得宠,宠倖。"宠之门",指求取宠倖的门径、方法。清代王萌说:"宠之门,谓谄佞之事也。"

以上二句说:我效忠君王从无二心,对于别人由何途径得到了宠倖,我迷惑不解。

〔5〕罚:处罚,惩办。汪瑗说:"罚,凡君加以怨怒之意皆是,不必放逐贬谪而后谓之罚也。"

〔6〕志:志向,希望。汪瑗说:"志者,心之所之。"清代王邦采说:"非余所志,谓志不及料。"(《离骚汇订》)又清代俞樾说:"志即知也。《礼记·缁衣》篇:'为上可望而知也,为下可述而志也。'郑注曰:'志,犹知也。'是其义也。屈子之意,盖言得宠得罪,皆非己之所知耳。以为忠而遇罚,非宿志所望,则转浅矣。"(《读楚辞》)俞说可参考。

以上二句说:忠诚有何罪过,以至于遭受惩罚,这也不是我心里所希望的。

〔7〕行不群:行为、举止与众不同,不合于俗。汪瑗说:"言行之高洁,不同于众,如上言离群背众亦是。"巅越:陨落,坠落。

〔8〕咍(hāi咳):嗤笑,讥笑。王逸说:"楚人谓相啁笑曰咍。"

以上二句说:只因行为不合群而栽了跟头,又成为众人讥笑的对象。

〔9〕纷:盛多的样子。这里用作状语,修饰"逢尤"与"离谤",指"逢尤"、"离谤"之盛。宋代洪兴祖说:"纷,众貌,言尤谤之多也。"(《楚辞补注》)尤:责怪,归咎。"逢尤",遭受指责。以:与。离:遭。谤:诽谤,非议。

〔10〕謇(jiǎn简):楚方言,发语词。释:解释,申辩。

以上二句说:我遭到那么多的指责与毁谤,却不能解释清楚。

〔11〕情:指本心。沉:沉没。抑:压抑。不达:指不能上达于君。王逸说:"言己怀忠贞之情,沉没胸臆,不得白达。"洪兴祖说:"人君不知其用心也。"

〔12〕蔽:壅蔽,蒙蔽。莫:没有谁。之:去。白:表白,明辩。"莫之白",王逸说:"左右壅蔽,无肯白达己心也。"清代徐焕龙说:"众共蔽之,莫为之白。"(《屈辞洗髓》)

以上二句说:我真实的想法沉压在心中无法上达于君王,众人又壅蔽君王的耳目,没有人肯去为我辩白、说明。

〔13〕郁邑:忧愁苦闷。侘傺(chà chì诧斥):怅然失意的样子。

167

〔14〕察:洞悉,了解。

以上二句说:我愁苦郁闷怅然若失,又没有人能够了解我的本心。

〔15〕固:本来。烦言:言词繁琐,冗长。徐焕龙说:"万语千言难尽。"结:系,扎,捆束。朱熹说:"疑古者以言寄意于人,必以物结而致之,如结绳之为也。"(《楚辞集注》)可以参考。诒(yí 宜):通"贻",赠与,给与。"结诒",捆扎起来赠给别人。王邦采说:"结而诒者,结束以诒人也。"

〔16〕陈:陈述。"愿陈志而无路",王逸说:"欲见君陈己志,又无道路也。"(《楚辞章句》)钱澄之说:"而党人蔽之,其路无由。"

以上二句说:本来繁冗的语言是不可能束结起来送达君王的,我只想当面向君王陈述我的心里话,却又无路可通。

〔17〕退静默:汪瑗说:"静默自守即为退。""静默,谓安居而无言也。"

〔18〕进:汪瑗说:"号呼自鸣即为进。"号呼:汪瑗说:"号呼,谓鸣其冤情于君也。""退静默"二句,清代夏大霖说:"退而静默不言,却便受冤抑而无知者;进而号呼自明,君门万里,却莫余闻。"(《屈骚心印》)可以参考。

以上二句说:我若退而静默不语,便没有人能够了解我;我若进而号呼鸣冤,又没有人肯听我诉说。

〔19〕申:重复,一再地。这里作状语,修饰"侘傺",意思是"反复地"。烦惑:苦闷,烦恼。

〔20〕中:指内心。闷瞀(mào 冒):苦闷烦乱。忳忳(tún 豚):忧伤烦闷的样子。

以上二句说:我一再地失意,心烦意乱,心中苦闷又忧伤。

昔余梦登天兮[1],魂中道而无杭[2]。吾使厉神占之兮[3],

曰:有志极而无旁[4]。终危独以离异兮[5],曰:君可思而不可恃[6]。故众口其铄金兮[7],初若是而逢殆[8]。惩于羹者而吹齑兮[9],何不变此志也[10]。欲释阶而登天兮[11],犹有曩之态也[12]。众骇遽以离心兮[13],又何以为此伴也[14]。同极而异路兮[15],又何以为此援也[16]。晋申生之孝子兮[17],父信谗而不好[18]。行婞直而不豫兮[19],鲧功用而不就[20]。吾闻作忠以造怨兮[21],忽谓之过言[22]。九折臂而成医兮[23],吾至今而知其信然[24]。

〔1〕昔:从前,过去。一说"昔"即夜晚,亦通。

〔2〕杭:通"航",这里作名词,指渡船。

以上二句说:从前我梦见我的魂魄升天,在半路上没有渡船,无法通行。

〔3〕厉神:东汉王逸说:"盖殇鬼也。《左传》曰:'晋侯梦大厉,搏膺而踊也'。"(《楚辞章句》)联系上下文,此处的"厉神"当如明代汪瑗所说,是指能占卜的巫祝。古人以为巫祝可与鬼神相通,鬼神可以借巫祝之体说话,所以诗人使之占梦的厉神当是巫者,如《离骚》中灵氛、巫咸。至于为何要请厉神占梦,旧注中没有明确的解释。汪瑗说:"盖厉神殇魂也。殇鬼精气未灭,能服生人,以发泄其灵。巫祝多服之,以神其术,故可称巫祝为厉神,犹《离骚》称灵氛也。盖氛者,天地间之游气,而厉气者,天地间之殇魂也。曰灵曰神者,亦欲美其名耳。"(《楚辞集解》)汪说可供参考。占(zhān沾):占卜,以预测吉凶。

〔4〕曰:此句是巫者以厉神的身份、口气,告诉诗人占卜的结果。按:此句以下至"鲧功用而不就",是巫者对诗人所说的话。极:终极,顶点。"志极",志向高远。旁:辅佐,辅翼。

〔5〕终:最终,到底。危:危险。一说危亦独,亦可通。独:孤独。汪瑗说:"独,无与为伴也。"离异:汪瑗说:"离心异路也。"

〔6〕曰:清代蒋骥说:"再言曰者,叮咛告诫之词。"(《山带阁注楚辞》)又近人闻一多说:"曰字下仍厉神之语。此一人之语再用曰字,更端别起例。"(《九章解诂》)恃:依赖,倚仗。

以上四句说:我请求厉神为我占卜此梦的吉凶,厉神说,志向太高就没有人能够帮助你了,你终将孤独而与众人离心异路。君王是只可思念而不可依赖的。

〔7〕铄(shuò硕):销熔。"众口铄金",众人之言可以熔化金子,比喻谗言对人毁损之烈。

〔8〕初:最初,当初。若是:如此,指"恃君"。殆:危险。

以上二句意思是:之所以会有今日众口毁谤的局面,是因为你一开始就依赖君王,因而会遭遇危险。

〔9〕惩:惩罚,警戒。羹:以五味调和的浓汤,亦指煮成浓液状的食物。汪瑗说:"羹,热物也。""古人糁米而和菜肉以为之者也。"齑(jī齑):亦作"韲"、"齏"、"䪢"。指切成碎末的酱菜或醃菜。相对于热羹,"齑"是冷菜。

〔10〕志:志向,意愿。

以上二句意思是:被热羹烫过的人心存戒惧,遇到冷菜时也要吹一吹,害怕再次被烫;你既然已经吃过苦头,为什么还不吸取教训,改变你从前的志向?

〔11〕释:舍弃,放置。阶:阶梯。

〔12〕曩(nǎng攮):从前,往昔。态:状态,情态。"曩之态",从前的状态。这里是指不改变自己的志向,保持原来的样子。

"欲释阶而登天"二句,汪瑗说:"二句参错倒文耳。言不知惩羹吹齑之戒,不变此志而犹存曩态,如此而欲得君行道,岂不犹欲登天而释去其阶梯乎？释阶登天，必无之理也。不变此志，犹有曩态，而欲得君行道，必无之事也。"按汪说是。此二句承接上二句，意思是：你如果不吸取教训，不改变自己的志向，仍然如过去那样，就好比舍弃阶梯却想登上天，是不能达到目的的。

〔13〕众：清代王远说："众指平日同事，不指谗人，《离骚》所谓昔日之芳草也。"(《楚辞评注》)可以参考。骇：惊诧。清代钱澄之说："始而仇，中而咍，继而骇，骇其终不肯变也。"(《屈诂》) 遽：畏惧，惶恐。"骇遽"，王远说："恐祸相及也。"清代徐焕龙说："众人见我犹曩之态，无不惊骇皇遽，离心于我，相与引避。"(《屈辞洗髓》)离心：清代刘梦鹏说："志趣不合，各一心也。"(《屈子章句》)

〔14〕伴：伴侣，同伴。

〔15〕极：最终的目标。清戴震说："行所至曰极。""同极而异路"，朱熹说："与众人同事一君，而其志不同。"(《楚辞集注》)闻一多说："彼与我虽同欲事君，而性有忠佞之别，故不得不异道而殊趋也。"

〔16〕援：援助，救助，依靠。又郭在贻说，"伴援"即攀援，有投靠、求援之义。本篇将"伴援"分用之为"此伴也"、"此援也"，属叠义连语分用之例(详见其《训诂丛稿》)。说亦可通。

以上四句说：众人对你的行为惊骇惶恐，和你不是一条心，又怎能成为你的同伴？你与众人同以事君为最终目的，但志趣殊异，又怎能得到援助？

〔17〕申生：春秋时期晋献公太子，以孝见称。献公宠妃骊姬欲立其子奚齐为嗣君，乃于献公前进谗陷害申生。献公听信了谗言，申生终被逼自杀。

〔18〕好(hào浩)：爱，喜欢。

以上二句说：晋国的申生是个孝子，他的父亲却听信了谗言而不喜欢他。

171

〔19〕婞(xìng幸)直：刚愎，倔强。不豫：果断，没有迟缓的余地。

〔20〕鲧(gǔn滚)：传说是禹的父亲。尧命鲧治水，九年而不成，舜殛之于羽山。功：劳绩，事工。用：因。就：成功，成就。按：巫者对诗人的劝说至此句结束。

以上二句说：行事刚愎倔强，没有回旋的余地，鲧就因为这个原因，没能成就业绩。

〔21〕作：作为，行事。造：创制，造就。一说造犹招也，亦通。怨：怨恨。"作忠造怨"，是说所作所为都是为君王尽忠，却造成了令人怨恨的结果。明代陈第说："忠而获怨，是作忠即造怨也。"(《屈宋古音义》)

〔22〕忽：忽略，不经意。闻一多说："轻忽闻之，以为不实。"过言：言过其实，夸大其词。

以上二句说：从前我听说，忠心事君竟造成了别人的怨恨，我漫不经心地以为是过甚其词。

〔23〕九折臂：臂断折九次。九非实数，以九言之，示其次数之多。"九折臂而成医"，意思是说由于多次遭受折臂之痛，积累了丰富的医疗知识，因而成为医生。《左传》云"三折肱为良医"，与此同义。

〔24〕信然：确实如此。

以上二句意思是：多次遭受断臂之痛就能成为医生。我历经磨难之后，至今才明白，所谓作忠造怨的说法是正确的。

矰弋机而在上兮[1]，罻罗张而在下[2]。设张辟以娱君兮[3]，愿侧身而无所[4]。欲儃佪以干傺兮[5]，恐重患而离尤[6]。欲高飞而远集兮[7]，君罔谓汝何之[8]？欲横奔而失路兮[9]，坚志而不忍[10]。背膺牉以交痛兮[11]，心郁结而纡轸[12]。梼木兰以矫蕙兮[13]，凿申椒以为粮[14]。播江离与滋菊兮[15],愿春日以为糗芳[16]。恐情质之不信兮[17],故重著以自明[18]。矫兹媚以私处兮[19],愿曾思而远身[20]。

〔1〕 矰弋(zēng yì 增义):系有丝绳用以射鸟的短矢。机:弩机,弓上发箭的机关。这里用作动词,是待发的意思,与下文"张"相对。朱熹说:"机,张机以待发也。"(《楚辞集注》)说极是。

〔2〕 罻(wèi 尉):小网。清代桂馥说:"罻是罗之别名,盖其细密者也。《王制》:'鸠化为鹰,然后设罻罗。'注云:'罻,小网也。'"(《说文解字义证》)罗:捕鸟的网。张:设网,布置。

〔3〕 张:弧张,捕捉猛兽的网。一说弧指木工、机弩之类;张即网罗,是两种东西。可参考。辟:机辟,捕捉鸟兽的工具。娱:欢乐,喜悦。

〔4〕 侧身:因忧惧而无法安身,引申为躲藏。所:处所。

以上四句说:上有待机而发的短矢,下有布设妥当的罗网。他们设置这罗网、机关以取悦于君王,我想躲避却没有安身之处。

〔5〕 儃(chán 蝉)佪:徘徊的样子。干(gān 甘):求取。傺(chì 斥):停止,逗留。王逸说:"傺,住也。"(《楚辞章句》)清戴震说:"傺,《方言》云:逗也。"(《屈原赋注》)

〔6〕 重(chóng 虫)患:再次遭受灾祸。一说"重"音仲,是增益、加重之意,亦通。离尤:遭受责难。

以上二句说:我徘徊不定,想求得留在朝廷事奉君王,又害怕再次遭受灾祸与责难。

〔7〕 集:栖止,停留。朱熹说:"集,鸟飞而下止也,谓远遁也。"明代汪瑗说:"高飞远集,谓人之高举远遁,犹鸟之高飞于此,而远集于彼也。"(《楚辞集解》)

〔8〕 罔(wǎng 往):无,即得无,表示揣测、疑问,意思是"莫非","能

不"、"该不会"。戴震说:"罔谓,犹言得无谓也。"之:往。"君罔谓汝何之",汪瑗说:"言己欲去君而不仕,则又恐君得无谓汝欲远去我,果将何所往乎?欲留则有祸,欲去又不能,此所谓进退维谷者也。"清代王邦采说:"承上侧身无所而言。欲僵佪楚地既恐祸之叠加,欲远适异乡,能无怒而相诘?"(《离骚汇订》)可以参考。

以上二句说:我想像鸟儿一样飞得高高的,止息于远方,君王该不会对我说,你要去哪里?

〔9〕横奔:乱跑,不循正道。失路:走错路,指不依循正确的道路。

〔10〕坚志而不忍:当从洪兴祖《楚辞补注》引一本作"盖志坚而不忍"。各句皆以六字为一句,此句亦不应为五字。坚:坚固,坚定。忍:容忍。

以上二句说:想要妄行违道,从众变志,却因为有坚定的志向而不能容忍这样做。

〔11〕背:脊背。膺:前胸。牉(pàn 盼):从中间分裂,剖开。交痛:并痛,俱痛。

〔12〕郁结:忧烦蕴积。汪瑗说:"郁如草之屯而不舒也;结如绳之束而不解也。"纡(yū 迂):萦回,屈曲。轸(zhěn 枕):痛。"纡轸",痛苦萦绕于心而不去。按:"背膺牉以交痛"二句,承接上文中"三欲"而言,"三欲"皆不可为,则"背膺牉以交痛","心郁结而纡轸"。

以上二句说:我就像被剖开了脊背与前胸那样痛苦,心中忧烦蕴积,隐痛萦回而不去。

〔13〕梼:当作"捣",亦作"搗",舂也。木兰:树名,落叶乔木。晚春时开紫花,俗称紫玉兰。又花形如莲,所以又叫木莲。矫(jiǎo 狡):通"挢",揉。蕙:香草,亦名薰草、零陵香、佩兰。

〔14〕凿(zuò 作):舂,使之精。申:重叠。椒:花椒,落叶灌木,所结的籽即称为花椒,是一种香物。"申椒",指花椒簇生累累的样子。

〔15〕播：种。江离：香草。滋：培植。

〔16〕糗（qiǔ 丘上声）：干粮。洪兴祖说："糗，干饭屑也。"近人闻一多说："《字镜》：'熟而粉碎谓之糗'，《尚书·柴誓》疏：'糗，捣熬谷也，谓熬米麦使熟又捣之以为粉。'是糗即今之炒米粉、炒面粉。"（《九章解诂》）按：这里的"糗"，指用江离与菊做成的干粮。"糗芳"，芳香的食物。清代王远说："采撷芳香，不变素守，是屈子一生本领。曰愿春日以为糗芳，似有待时之意，其不忘君之一癖也至矣。"（附见王萌《楚辞评注》）可以参考。

以上四句意思是：用捣、揉、舂的方法，把木兰、蕙草、一簇一簇的花椒做成口粮；种下江离植了菊，但愿到了春天有芳香的干粮。

〔17〕情：衷情。质：禀性，本质。信：相信，取信于人。又一说信同"伸"，申明，表白，亦通。

〔18〕重（chóng 虫）：重复，再三。著：显露，彰明。一说著，写作、撰述之意。亦通。

以上二句说：我担心自己真实的思想品性不能够取信于人，所以我反复地表明我的心迹，以使别人能够了解我。

〔19〕矫：同"挢"，举。又《说文》曰："一曰挢，擅也。"擅有专擅、专长之意，以此解"矫兹媚"，即独擅其美之意，亦可通。兹：此。媚：喜爱，指所喜爱的、美好的东西。朱熹说："媚，爱也。谓所爱之道，所守之节也。"明代周拱辰说："媚者，自媚吾之芳也。"（《离骚草木史》、《离骚拾细》）私处：独处，隐居。朱熹说："私处，犹曰自娱也。"清代钱澄之说："吾之芳洁，本以媚兹一人，既不见信，惟举兹自媚而已。以私处者，《诗》所谓媚幽独也。"（《屈诂》）清代马其昶说："留既有患，去又不忍，惟有清洁自保，媚兹幽独而已。"（《屈赋微》）

〔20〕曾：通"层"，重叠。"曾思"，深思熟虑，反复思考。远身：远离。朱熹说："远身所以避害。"清代蒋骥说："（'赠戈机'至'远身'）此

序抒情之由,而归于洁身以避患也。"(《山带阁注楚辞》)

以上二句说:举此美好的东西我将幽居独处,我要再三思考,然后远离以避祸。

涉江

《涉江》是屈原晚年被流放于楚国江南地区时所作。对于这一点,前人的看法基本一致。前人对《涉江》的不同看法,主要体现在对屈原行走的路线有不同的解释。王夫之认为:《涉江》是屈原叙述自己从汉北被迁往湘沅地区,渡江向南的情景。林云铭认为:屈原被放江南,虽说是东迁,但实际上却是由东而至南。蒋骥则说:"《涉江》、《哀郢》,皆顷襄时放于江南所作。然《哀郢》发郢而至陵阳,皆自西徂东;《涉江》从鄂渚入溆浦,乃自东北往西南,当在既放陵阳之后。""《涉江》从陵阳至溆浦也;《哀郢》从郢至陵阳也。旧解于陵阳未有确疏,因不知《哀郢》之所至与《涉江》之所从。"蒋骥所提出的屈原放逐陵阳的说法,使得《哀郢》中屈原的东迁有了目的地;《涉江》中屈原渡江而南也有了起点。《涉江》中屈原的行走路线与《哀郢》中屈原东迁的路线是相衔接的,《哀郢》在前,《涉江》在后。屈原从郢都出发,向东到达流放地陵阳,在陵阳九年以后又向西南,经鄂渚、枉陼、辰阳,到达溆浦,在今湖南省北部靠近湘西地区。屈原在《涉江》中,叙述了他自陵阳至溆浦的行程,这对于研究屈原流放江南的路线、地点具有史料价值;同时也表现了屈原虽身处僻远荒凉的流放地而与世隔绝,明知自己的结局是"愁苦终穷",但仍不变心从俗、始终"董道而不豫"的坚贞志向。

余幼好此奇服兮[1],年既老而不衰[2]。带长铗之陆离兮[3],冠切云之崔嵬[4]。被明月兮珮宝璐[5]。世溷浊而莫余知兮[6],吾方高驰而不顾[7]。驾青虬兮骖白螭[8],吾与重华游兮瑶之圃[9]。登昆仑兮食玉英[10],与天地兮同寿,与日月兮同光[11]。哀南夷之莫吾知兮[12],旦余济乎江湘[13]。

〔1〕幼:自幼,从小。好(hào浩):喜爱,喜欢。奇服:异于世人的服饰。比喻志行高洁,与众不同。清王夫之说:"喻其志行之美,即所谓修能也。"(《楚辞通释》)清胡文英说:"以奇服喻懿行。服,被服,犹云佩也。包下冠剑杂佩诸物而言。"(《屈骚指掌》)

〔2〕老:年老。清蒋骥说:"七十曰老。"(《山带阁注楚辞》)此处是泛指年老,不必拘泥于具体的年龄。衰:减弱。东汉王逸说:"衰,懈也。"(《楚辞章句》)清代方廷珪说:"衰,倦也。"(《文选集成》)"不衰",不懈怠。

以上二句说:我从小就喜爱这奇异的服饰,如今已经上了年纪,这爱好却仍然不减。

〔3〕带:佩带。明代汪瑗说:"带,谓悬之于腰也。"(《楚辞集解》)长铗(jiá颊):长剑。王逸说:"长铗,剑名也。其所握长剑,楚人名曰长铗。"又一说铗指剑把。按:铗也指剑把,但在此处是指剑。

〔4〕冠:帽子,这里作动词,是戴帽的意思。切云:指帽子很高,好像与云相齐。近人闻一多说:"谓之切云者,切,摩也。《哀时命》'冠崔嵬而切云。'注曰:'冠则崔嵬,上摩于云。'是其义。"(《九章解诂》)又朱熹说:"切云,当时高冠之名。"(《楚辞集注》)可以参考。崔嵬(wéi维):高耸的样子。

177

以上二句说:我身佩长长的剑,头上戴着高耸与云相齐的帽子。

〔5〕被:通"披"。王逸说:"在背曰被。"唐代李周翰说:"被,犹服也。"(《文选五臣注》)明月:指夜光珠。据说夜光之珠,有似月光,故曰明月。珮:通"佩",佩带。璐(lù 路):美玉。这一句是说:身披月光似的夜明珠串,佩带着珍贵的美玉。按:此句与上下文意不顺,句法不整,当有错简、缺脱无疑。

〔6〕溷(hùn 混)浊:混乱污浊。汪瑗说:"溷,不洁也。浊,不清也。"莫余知:没有人了解我。汪瑗说:"不知己所好奇服之美也。"明代林兆珂说:"言其众美具备而世莫知也。"(《楚辞述注》)

〔7〕方:正好,正当。高驰:远走高飞。顾:眷念,牵挂。"不顾",没有牵挂,没有顾虑。汪瑗说:"言己方勇往直前,径行高步,从吾所好,而不暇顾虑世俗之知不知也,岂因溷浊之世不能知我,而遂变其所守哉?其年既老而不衰之志可见矣。"清钱澄之说:"世不知己,己亦不受世知。"(《屈诂》)可以参考。

以上二句说:世道溷浊不清,没有人了解我,我正应当高飞远行,无牵无挂。

〔8〕虬(qiú 求):传说中无角的龙。骖(cān 餐):驾车时位于两旁的马。这里用作动词,意思是驾驭车两旁的白螭。螭(chī 吃):传说中龙类的动物。《说文》:"螭,若龙而黄。"一说龙子为螭;一说赤螭,雌龙也。一说无角曰螭。诸说供参考。

〔9〕重(chóng 虫)华:虞舜之名。瑶:美玉。圃:园地。"瑶之圃",指神仙居住的地方。

以上二句说:青虬为我驾辕,白螭为我拉边套,我与重华一起漫游美玉的园圃。

〔10〕昆仑:神话传说中的仙山。玉英:玉之精华。清代蒋骥说:"玉英,玉苗也。仙家采为服食。"清代刘梦鹏说:"玉英,盖琼浆之类。

食玉英,吸粹精也。"(《屈子章句》)可以参考。"登昆仑兮食玉英",朱熹说:"登昆仑,言所至之高;食玉英,言所养之洁。"朱说是。

〔11〕与天地兮同寿,与日月兮同光:明汪瑗说:"其绵绵之寿,与天地相比,炯炯之光与日月争齐者,亦惟吾道而已矣。"清刘梦鹏说:"天地比寿,言不朽;日月齐光,言有耀。"二说可参考。按此二句是承上而来。由于登上仙山,服食玉英,所以会与天地同寿,与日月齐光。

以上三句说:登上昆仑山,服食玉之精粹,我的寿命和天地一样长久,我和日月同样光耀天地。

〔12〕南夷:指南方荒凉的流放地的土著居民。古代对中原地区以外各族人民统称为"夷",这是一种蔑称。清钱澄之说:"南夷,不指郢,指江湘以南,皆夷地也。"王夫之说:"南夷,武陵西南蛮夷,今辰、沅苗种也。"清张云璈说:"盖指其所放之地而言,近于今湖南之苗疆,故曰夷。"(《选学胶言》)诸说可备参考。

〔13〕旦:早晨。济:渡过。乎:于。江:长江。湘:湘江,亦名湘水。发源于广西兴安县海阳山,流至兴安县,向东北,入湖南,至零陵与潇水汇合,至衡阳与蒸水汇合,至湘阴县芦林潭入洞庭湖。

以上二句说:悲哀的是,我要去的南夷之地没有人能够了解我;早晨我渡过长江、湘江。

乘鄂渚而反顾兮〔1〕,欸秋冬之绪风〔2〕。步余马兮山皋〔3〕,邸余车兮方林〔4〕。乘舲船余上沅兮〔5〕,齐吴榜以击汰〔6〕。船容与而不进兮〔7〕,淹回水而疑滞〔8〕。朝发枉陼兮〔9〕,夕宿辰阳〔10〕。苟余心其端直兮〔11〕,虽僻远之何伤〔12〕?

〔1〕乘:登。鄂渚(è zhǔ 厄主):地名,在今湖北武昌县境。宋代洪兴祖说:"楚子熊渠封中子红于鄂,鄂州武昌县地是也。隋以鄂渚为

名。"(《楚辞补注》)反顾:回头看。王逸说:"登鄂渚高岸,还望楚国。"(《楚辞章句》)

〔2〕欸(āi 哀):叹息。绪:残余。"绪风",余风。"秋冬之绪风",秋冬之交的余风。

以上二句说:登上鄂渚回头看,秋冬之际的余风令人叹息。

〔3〕步:漫步徐行。"步余马",使我的马漫步缓行。山皋(gāo 高):山湾。

〔4〕邸(dǐ 柢):同"抵",抵达,至。又清代俞樾说:"邸,当读为楮。《尔雅·释言》:楮,柱也。凡车止而弗驾,必有木以楮柱其轮,使之勿动,古谓之轫。《离骚》'朝发轫于苍梧兮',注曰:轫,楮轮木也。邸余车即楮余车,氐声与者声相近,故邸得通作楮。《说文·土部》坻或作渚,即其例矣。"(《读楚辞》)俞说有据可通。"邸余车",使我的车停下来。方林:不详所指。清代方廷珪说:"方林,林之四围丛聚者。"(《文选集成》)其说不知何据,可参考。按:"方林"与上句"山皋"相对,是泛指丛林、树林之类地方。明汪瑗说:"上曰步,下曰邸;上曰马,下曰车;上曰山,下曰林,参差互文耳。盖谓乘此车马,驱驰于山林之道间也。"(《楚辞集解》)汪说是。此处"方林"不必实指其地。旧注中以"方林"为实有其地者恐非是。

以上二句说:让我的马在山湾里漫步缓行;把我的车停在丛林中。

〔5〕舲(líng 玲)船:有窗的小船。沅:即沅水,亦名沅江。发源于贵州都匀县云雾山。上游为清水江,自西向东,至湖南黔阳县下始称沅水。经沅陵桃源等县,至汉寿县注入洞庭湖。"上沅",溯沅水而上。清蒋骥说:"沅水东入洞庭,而原西向,故溯而上之。"(《山带阁注楚辞》)此说是。

〔6〕齐:指同时用力。朱熹说:"齐,同时并举也。"(《楚辞集注》)吴榜:船桨。吴是地名。朱熹说:"吴谓吴国。榜,櫂也。"蒋骥说:"吴人

善为櫂,故以为名。"可以参考。又王逸说:"齐举大櫂而击水波。"其训吴为大。《方言》云:"吴,大也。"吴榜即大榜,亦通。汰(dài 代):水波。汪瑗说:"汰,水波回纹也。盖举櫂击水而生波纹,而櫂又复挠之,故曰击汰。"

以上二句说:我乘小船溯沅水而上,船桨并举,击打着水波。

〔7〕容与:徘徊不进的样子。

〔8〕淹:滞留。回水:回流。清钱澄之说:"回水,犹今所谓回流,船旋而不进也。"(《屈诂》)清徐焕龙说:"逆流击榜,故水回舟滞。"(《屈辞洗髓》)疑(níng 宁):同"凝",止的意思。滞:留,止。"疑滞",指船淹留不行。"船容与而不进兮,淹回水而疑滞",汪瑗说:"言齐榜击汰,可谓用力矣。然船犹容与而不进者,盖以淹留于回水而逆上之,故凝滞也。三句皆承上上沅二字,言之以见逆流之难耳。旧俱解作眷恋故乡之意,恐未必然。"按:汪说是,此二句承接"上沅"二句,义相贯。

以上二句说:小船滞留于湍急的回流中,徘徊而难以前行。

〔9〕朝:早晨。发:启程,出发。枉陼(zhǔ 主):即枉渚,地名。在今湖南常德县南。

〔10〕夕:夜晚。辰阳:地名。汉置县,属武陵郡。晋宋以后因之。隋改辰溪县。故址在今湖南辰溪县西。清戴震说:"自枉渚西溯沅得辰阳。《水经注》云:沅水东经辰阳县南,东合辰水,水出三山谷,东南流经其县北。旧治在辰水之阳,故即名焉。"(《屈原赋注》)可参考。

以上二句说:早晨从枉陼出发,夜晚在辰阳歇息。

〔11〕苟:假若,如果。端:直,正。直:正直。清代张诗说:"苟我心之端而不邪,直而不曲,又何伤乎?"(《屈子贯》)

〔12〕僻:荒远之地。伤:伤害,妨害。

以上二句说:如果我的心正直无邪,即使去那荒僻、遥远的地方,对于我又有什么伤害呢?

入溆浦余儃佪兮[1],迷不知吾所如[2]。深林杳以冥冥兮[3],猿狖之所居[4]。山峻高以蔽日兮[5],下幽晦以多雨[6]。霰雪纷其无垠兮[7],云霏霏而承宇[8]。哀吾生之无乐兮[9],幽独处乎山中[10]。吾不能变心而从俗兮,固将愁苦而终穷[11]。

〔1〕溆浦(xù pǔ 序普):溆水之滨。明汪瑗说:"五臣曰:溆亦浦类。盖溆浦皆水中可居者,洲渚之别名耳。"(《楚辞集解》)近人闻一多说:"《哀郢》有夏浦,谓夏水之浦。则溆浦亦谓溆水之浦,此舍舟登陆也。"(《九章解诂》)按:溆浦当是指溆水沿岸的某一处地方,是屈原自辰阳至放逐之地所经之处。又溆水,古名序水,源出湖南溆浦县东南,西北流经辰溪县南,入于沅水。儃佪(chán huí 蝉回):徘徊的样子。

〔2〕迷:迷惑。如:往。

以上二句说:进入溆水之滨我迟疑徘徊,心中迷惑,不知道我该去哪儿?

〔3〕杳(yǎo 咬):深远幽暗。冥冥:晦暗。

〔4〕猿狖(yuán yòu 元又):猿同"猿"。"狖"是一种长尾猿。"猿狖",在这里泛指猿猴。

以上二句说:密林深处晦暗幽深,这里是猿猴居住的地方。

〔5〕峻:高峭。蔽:遮挡,遮盖。

〔6〕下:指山下。幽晦:昏暗幽深。

以上二句说:陡峭高耸的山峦遮住了太阳,山下昏暗不明,雨水又多。

〔7〕霰(xiàn 现):指雨点下降时,在空中遇到冷空气,凝结而成的

雪珠。朱熹说:"雨冻如珠,将为雪者也。"(《楚辞集注》)纷:盛多的样子。垠(yín银):边际。

〔8〕霏霏(fēi飞):指云雾纷纷飞动的样子。承:承接。宇:天宇,天空。"承宇",与天宇相接。

以上二句说:霰雪纷纷而下,无边无际;云雾弥漫飞动,与天宇相接。

〔9〕乐:欢乐,愉快。

〔10〕幽独:孤独地隐居。

以上二句说:可怜我活着没有欢乐,孤零零幽居于深山之中。

〔11〕固:本来。终穷:穷困到底。

以上二句说:我不能够改变志向而追随世俗,本来就将愁苦、穷困直到死去。

接舆髡首兮〔1〕,桑扈臝行〔2〕。忠不必用兮〔3〕,贤不必以〔4〕。伍子逢殃兮〔5〕,比干菹醢〔6〕。与前世而皆然兮〔7〕,吾又何怨乎今之人〔8〕!余将董道而不豫兮〔9〕,固将重昏而终身〔10〕。

〔1〕接舆:传说是春秋时期楚国人,佯狂避世。《论语·微子》云:"楚狂接舆歌而过孔子。"《正义》曰:"接舆,楚人。姓陆名通,字接舆也。昭王时,政令无常,乃被发佯狂不仕,时人谓之楚狂也。"又杨伯峻《论语译注》引曹之升《四书摭余说》云:"《论语》所记隐士皆以其事名之。门者谓之'晨门',杖者谓之'丈人',津者谓之'沮'、'溺',接孔子之舆者谓之'接舆',非名亦非字也。"可以参考。髡(kūn昆):古代剃去头发的一种刑罚。接舆自髡其发,是为了表示他对现实的不满。

〔2〕桑扈:古代的隐士,其事不详。朱熹说:"桑扈即《庄子》所谓子桑户。或疑《论语》所谓子桑伯子亦是此人,盖夫子称其简。《家语》又

云:伯子不衣冠而处,夫子讥其欲同人道于牛马,即此裸行之证也。"(《楚辞集注》)又清代俞樾疑《庄子》之子桑户,即《汉书·古今人表》之采桑羽。按:桑扈是古代传说中人物,其事不可详考,诸说可参考。嬴(luǒ 裸):同"裸"。"嬴行",去衣赤体而行。

〔3〕必:一定,必定。

〔4〕以:用。与上句"用"字意同。

以上四句意思是:接舆自髡其发,桑扈裸体而行。忠于君王的人未必被任用;贤明的人不一定能得到重用。

〔5〕伍子:即伍子胥,名员,春秋时期楚国人。谏令吴王夫差伐越,吴王不从,并听信谗言,逼子胥自杀。逢殃:遭遇祸殃。指被逼自杀。

〔6〕比干:殷末纣王叔伯父。一说纣庶兄。纣王荒淫残暴,比干谏之,纣王怒,杀比干,剖比干之心。菹醢(zū hǎi 租海):古代酷刑,把人剁成肉酱。按:明代汪瑗说:"忠不必用,言伍子、比干也;贤不必以,言接舆、桑扈也。以忠贤二句横入四子之中,楚辞多有此体。"(《楚辞集解》)汪说是,可参考。

〔7〕与:意通"举",全,皆。近人刘永济说:"与当读为举,举,总也。"(《屈赋通笺》)此说是。又清代蒋骥说:"与,犹合也。"(《山带阁注楚辞》)亦通。"与前世",总举前世接舆、桑扈、伍子、比干诸人。

〔8〕怨:不满,怨恨。

以上二句说:总举前代之事全都如此,我又何必怨恨当今的人们呢?

〔9〕董道:守正道。豫:犹豫,狐疑。

〔10〕重(chóng 虫):重叠、重复。昏:昏暗不明。"重昏而终身",在重重的昏暗中度过一生。朱熹说:"重复暗昧,终不复见光明也。"汪瑗说:"重昏,言山中杳冥幽晦也。重昏终身,即上愁苦终穷之意。"可以参考。

以上二句说:我将守正道而不犹豫;我本来就将在那重重的昏暗中

度过我这一生。

乱曰[1]:鸾鸟凤皇[2],日以远兮[3]。燕雀乌鹊[4],巢堂坛兮[5]。露申辛夷[6],死林薄兮[7]。腥臊并御[8],芳不得薄兮[9]。阴阳易位[10],时不当兮[11]。怀信侘傺[12],忽乎吾将行兮[13]。

〔1〕乱:古代乐曲的最后一章叫做乱。朱熹说:"乱,乐之卒章也。"(《楚辞集注》)本是指乐器齐奏,众人齐唱,纵情歌舞的热烈场面,类似于现代的"尾声"。《论语·泰伯》说:"《关雎》之乱,洋洋乎盈耳哉",就是指的这种情景。古代的诗是入乐可唱的,其结尾处的乱,只是一种外在的形式,与诗的内容并没有必然的联系。后来的诗赋结尾处的"乱",是古乐歌的遗留形式,其性质与在古代乐曲中相比,已经发生了变化,一些诗赋篇末的"乱",开始具有总括全篇要旨的作用。如本篇之"乱"以及《离骚》之"乱"等,即是这种情况。可参看《离骚》"乱"注。

〔2〕鸾(luán峦):凤凰之类的神鸟。凤皇:即凤凰。是传说中的瑞鸟,雄曰凤,雌曰凰。王逸说:"鸾凤,俊鸟也。有圣君则来,无德君则去,以兴贤臣难进易退也。"(《楚辞章句》)清代刘梦鹏说:"鸾凤比君子。"(《屈子章句》)

〔3〕日以远:一天比一天地远离。朱熹说:"比也,言仁贤远去。"

〔4〕燕雀乌鹊:指燕子、麻雀、乌鸦、喜鹊等常见的凡鸟。王逸说:"燕雀乌鹊,多口妄鸣,以喻谗佞。"刘梦鹏说:"燕雀比小人。"可以参考。

〔5〕巢:鸟窝。这里用作动词,指搭窝。堂:殿堂。坛:土筑的高台。古代用于祭祀、朝会、盟誓、封拜等国家大事的场所。"燕雀乌鹊,巢堂坛兮",鸟窝搭在了殿堂、坛台等这些神圣庄重地方,比喻谗佞小人窃据了朝廷的高位。王逸说:"言楚王愚暗,不亲仁贤而近谗佞也。"其说是。

185

以上四句说:鸾鸟、凤凰一天一天地远离而去;凡庸的燕雀乌鹊却在殿堂、祭坛上筑了窝。

〔6〕露申:不详所指。旧注有多种解释。明代周拱辰说:"按《花木考》,露申即瑞香花,一名锦薰笼,一名锦被堆。"(《离骚草木史》)清代胡文英说:"露申花,今名夜来香。"(《屈骚指掌》)近人武延绪说:"按露即露字一作蕗。东方朔《七谏》'菎蕗杂乎丛蒸兮';《急就篇》'甘草一名蕗'。《唐韵》'菎,香草也'。据此露即菎蕗也。申即申椒之申也。《淮南子》:'申椒杜茝,美人之所怀服也。'注:'申椒杜茝,皆香草也。'"(《楚辞札记》)按:诸说虽有差异,但都以"露申"为香花、香草、香物;武氏以露申为二物,亦可备一说。又王逸以露作"暴露";申作"重积",以"露申"作定语修饰"辛夷",意即"重积辛夷,露而暴之,使死于林薄之中",此说恐非。辛夷:香木名。树高二三丈,叶似柿叶而狭长。花色紫,香气馥郁。初出时,花苞尖如笔头,故一名木笔。白者名玉兰,亦称望春、迎春。又武延绪说:"辛,少辛,药名。《本草》:'少辛,即细辛也。'夷,即留夷也,香草名。《离骚》'畦留夷与揭车'是也。"武氏以"露申辛夷"为四物,如上文"燕雀乌鹊"之类,可以参考。

〔7〕林:丛生的树木。《风俗通义》:"林,树木之所聚生也。"王逸说:"丛木曰林。"薄:丛生的草。《广雅·释草》:"草丛生为薄。"《淮南子·原道》:"隐于榛薄之中。"注:"深草曰薄。""林薄",指草木丛聚交错,密不可入。"死林薄",明代汪瑗说:"死,谓枯槁也。"(《楚辞集解》)清代钱澄之说:"死林薄者,恶木之荫蔽之也。"(《屈诂》)

〔8〕腥臊:指恶臭污浊的东西,与上文"露申辛夷"相对。这里用来比喻谗佞小人。御:进用。"并御",汪瑗说:"谓兼收并蓄而不舍之意。"

〔9〕芳:芳洁之物,指露申辛夷等香花香草。薄(bó 博):靠近,接近。"芳不得薄",朱熹说:"言污贱并进,而芳洁不容也。"

以上四句说:芳香的花木枯死在草木丛杂的密林里;恶臭污浊的东

西都被收用,芳洁之物却无法靠近。

〔10〕阴阳易位:指忠邪颠倒,小人得志,君子不得进用。此句承接"鸾鸟凤皇"至"芳不得薄"之意而总申之。朱熹说:"阴谓小人,阳谓君子。"明代陈第说:"喻贤臣远而佞人用,忠邪倒置,所谓阴阳易位也。"(《屈宋古音义》)可以参考。

〔11〕当:值,遇到。"时不当",不逢其时。

〔12〕信:诚实,忠信。"怀信",怀抱忠信。清胡文英说:"怀忠抱质。"其说是。侘傺(chà chì 诧斥):怅然失意的样子。"怀信侘傺",王逸说:"言己怀忠信,不合于众,故怅然住立。"

〔13〕忽:恍惚、失意的样子。吾将行:吾将远行去他方。又清徐焕龙说:"即将沉水,非谓欲往他邦。"(《屈辞洗髓》)清马其昶说:"此所谓将行者,言将去人间世而视死若归也。"(《屈赋微》)徐、马之说可备参考。

以上四句说:阴阳颠倒了位置,我未逢其时。怀抱忠信之心却失意不得志,我神思恍惚,还将远行。

哀郢

《哀郢》在《九章》中是争论较大的一篇,争论的焦点在于此篇的写作背景。明代的汪瑗最早提出《哀郢》的写作背景是顷襄王二十一年秦将白起攻破楚国都城郢都之时。这是很有价值的看法。但他根据《哀郢》中"民离散而相失兮,方仲春而东迁"句,认为屈原所谓"东迁",既不是被顷襄王所放逐,也不是随顷襄王迁于陈城,而是被攻破郢都的秦军作为罪人迁往东方。此则全出于臆测。清代的王夫之沿用汪瑗旧说,认为《哀郢》所指是顷襄王二十一年白起破郢。但他又认为篇中所写是顷襄王兵败迁陈,不是写屈原被放;又认为本篇之作更在迁陈九年之后,这却是不可信的。游国恩先生吸取了前人的研究成果,提出自己的看法。他认为屈原作《哀郢》是在离开郢都、放逐陵阳九年之后。屈原离开郢都的时间,是自顷襄王二十一年逆推九年,在顷襄王十三四年。屈原在陵阳九年之后,也就是顷襄王二十一年,在流放地听到了白起破郢的消息,于是他回忆起九年以前也就是顷襄王十三四年自己被流放、离开郢都时的情景,想象着郢都被秦所毁、人民离散的惨状,感叹自己被放离郢已经九年却仍不得归还,于是写下了《哀郢》。此说是在旧说的基础上发明己意,比前人更周密、合理;在目前还未出现更具说服力、证据更充分的说法的情况下,可以说是比较妥当的。

《哀郢》记叙了屈原离开郢都向东行走的途程,极其充分地表达了屈原对故都的眷恋与思念。他对郢都的感情,体现了他对楚国及楚国人民的深挚关心,使全诗很有抒情深度和感染力量。

皇天之不纯命兮[1],何百姓之震愆[2]。民离散而相失兮,方仲春而东迁[3]。去故乡而就远兮[4],遵江夏以流亡[5]。出国门而轸怀兮[6],甲之朝吾以行[7]。发郢都而去闾兮[8],荒忽其焉极[9]。楫齐扬以容与兮[10],哀见君而不再得[11]。望长楸而太息兮[12],涕淫淫其若霰[13]。过夏首而西浮兮[14],顾龙门而不见[15]。心婵媛而伤怀兮[16],眇不知其所蹠[17]。顺风波以从流兮[18],焉洋洋而为客[19]。凌阳侯之泛滥兮[20],忽翱翔之焉薄[21]。心絓结而不解兮[22],思蹇产而不释[23]。

〔1〕皇:大,美。"皇天",王逸说:"德美大,称皇天,以兴君也。"

(《楚辞章句》)纯:纯一,专一。朱熹说:"纯,不杂而有常也。"(《楚辞集注》)又一说纯训厚,"纯命"也即"厚命",亦通。"不纯命",天命无常。清王夫之说:"言天命之无常,不佑楚也。"(《楚辞通释》)又清林云铭说:"不言君无善政而归之天,以不便言君也。"(《楚辞灯》)可以参考。

〔2〕何:为什么。震:震动,受惊。愆(qiān 千):罪过。"震愆",震动不安,遭灾受罪。

以上二句说:伟大的天啊,天命无常,为什么要让百姓受惊遭罪?

〔3〕方:当、正值。仲春:阴历二月。东迁:按:对"东迁"的解释,是《哀郢》争论的焦点。明汪瑗说:"昔秦昭王遣将白起攻楚,遂拔郢,赦罪人而迁之于东,屈原久遭罪废,亦在行中,闵其流离,因以自伤,无所归咎,而叹恨皇天之不纯其命,不能佑我国家,相协民居,而使国亡君败,民遭此流离之苦也。"(《楚辞集解》)清王夫之说:"东迁,顷襄畏秦,弃故都而迁于陈,百姓或迁或否,兄弟婚姻,离散相失。……旧说谓东迁为原迁逐者谬,原迁沅湘乃西迁,何云东迁?且原以秋冬迫逐,南行涉江,明言之非仲春。"清蒋骥说:"东迁者,原迁江南而至陵阳,其地正在郢之东也。"(《山带阁注楚辞》)汪瑗认为屈原是作为罪人,被攻破郢都的秦人赦迁于东方,但却不知为东方何郡邑。王夫之认为,"东迁"是指顷襄王弃故都而迁于陈。蒋骥却认为,"东迁"是指屈原离开郢都去流放地陵阳,而从陵阳去江南,这正是《涉江》中所描述的路程。游国恩先生赞同蒋骥的说法,并从行走的路线这一角度驳斥了王夫之顷襄迁陈的说法。他说:"又考《哀郢》所记,始发于郢都,终至于陵阳。陵阳者,其地在今安徽东南部青阳石埭之间,居大江之南约百里,以陵阳山得名。……陈城在今河南淮阳县境,与陵阳相去千有余里,若风马牛焉。斯时襄王迁都避秦,虽初或沿江东下,取便于速奔。然其势应至江夏鄂渚附近,即折而遵陆北行,出穆陵关,经河南光蔡之地,以达于陈,较为直捷,断不应迁道陵阳。今乃逾夏浦而直东,越江南渡,以至陵阳,真所谓北辙南辕,与

逃陈之路绝不相干。是以决知此篇之为记放而非徙都之事也。"(《楚辞论文集·论屈原之放死及楚辞地理余论·哀郢辩惑》)蒋骥、游国恩的说法比较合理,故从其说。

以上二句说:百姓散失别离,正当仲春之时,我也向东迁移。

〔4〕就远:到远方去。

〔5〕遵:沿着。江:长江。夏:水名,在湖北江陵县东南。传说此水冬竭夏流,故名。据《水经注》,夏水故道从湖北沙市东南分长江水东出,流经今监利县北,折东北至沔阳县治附近入汉水。自此以下的汉水也兼称夏水,故汉口也称夏口。

以上二句说:离开故乡到很远的地方去,我沿着长江、夏水流亡。

〔6〕国门:指楚国都城的门。一说即下文的龙门,郢都的东门。轸(zhěn 枕):痛。"轸怀",指由于挂念而心痛。

〔7〕甲:甲日那一天。朝:早晨。

以上二句说:我在甲日那天早晨动身远行;出了都城的门,对故乡的牵挂使我心痛。

〔8〕发:出发,启程。郢(yǐng 影)都:楚国的都城,在今湖北省江陵西北。因其地在纪山之南,故其遗址又称纪南城。去:离开。闾(lú 驴):里门。这里指故乡郢都。

〔9〕荒忽:通"恍惚",神志不清的样子。洪兴祖《楚辞补注》引一本"荒"上有"怊"字。朱熹《楚辞集注》有"怊"字。楚辞词例,往往于连绵词上加一单字,形成三字状语,此句亦如是,当补"怊"字。怊(chāo 超),惆怅、失意的样子。又近人闻一多训"荒忽"为"远",认为"怊读为超,远也。'怊荒忽'者,连绵词上又著一同义字为限制语。"(《楚辞校补·九章》)可以参考。焉:哪里。极:尽头,终点。

以上二句说:从郢都出发离开故乡,神思恍惚,不知何处是尽头?

〔10〕楫:船桨。齐扬:同举。容与:徘徊不进的样子。清代王萌说:

"自己踟蹰,却说鼓枻容与,亦仆悲马怀之意。"(《楚辞评注》)

〔11〕君:指楚王。

以上二句说:船桨齐举,船儿却徘徊不进;我心中悲哀的是,想要再见到君王已经是不可能了。

〔12〕楸(qiū 丘):树名,即梓。落叶乔木,树干端直。夏季开白色花,内有紫斑。木材细致、耐湿,故有良材之称。"长楸",高大的楸树。朱熹说:"长楸,所谓故国之乔木,使人顾望徘徊,不忍去也。"(《楚辞集注》)又明代汪瑗说:"长楸,所谓故国之乔木,而古人多于坟墓上种之,故后世亦指坟墓为松楸。"(《楚辞集解》)朱、汪之说可参考。太息:长叹。

〔13〕涕:眼泪。淫淫:流而不止的样子。霰(xiàn 现):指空中的雨滴下降时,遇冷凝结成的小雪珠。这里用来比喻泪珠纷纷下落的样子。

以上二句说:眼望着故乡高大的楸树长叹,泪水像纷纷下落的雨雪,止不住地流。

〔14〕夏首:夏水的起点,即夏水分长江水而出之处。其故道在今湖北沙市东南。清代蒋骥说:"《水经》云,夏水出江,流于江陵县东南,是则夏首去郢绝近。"(《山带阁注楚辞》)西浮:指乘船向西漂浮。夏水起源于长江而流经郢都东南。屈原出郢都后,先由夏水西行入江,然后才顺江东下,所以这里说"西浮"。清代林云铭说:"西浮,舟行之曲处,路有西向者。"(《楚辞灯》)此说是。又王逸说:"言己从西浮而东行,过夏水之口。"(《楚辞章句》)王逸改"西浮"为"从西浮而东行",与原文义不相合,其说非。

〔15〕顾:回头看。龙门:郢都的东门。汪瑗说:"前所出国门而轸怀即出此门也。"蒋骥说:"龙门,《水经注》楚郢城东门,盖下两东门之一也。发郢而东,正应从此门出,故以不见为伤。"按:屈原是从郢都的东门即龙门出发,先由夏水向西行,然后入江,顺江东下。上文所谓"东迁",

下文所谓"今逍遥而来东"是其证。这里的"过夏首西浮","顾龙门不见",是指船过夏首正在向西行,所以屈原回头向东望,却见不到郢都东边的龙门。又洪兴祖《楚辞补注》说:"伍端休《江陵记》云,南关三门,其一名龙门,一名修门。"可备参考。

以上二句说:船过夏首向西漂浮,回过头去望郢都的龙门,却已经看不见了。

〔16〕婵媛(chán yuán 蝉元):顾念,留连。又闻一多《离骚解诂》"女嬃之婵媛兮"注曰:"婵媛即喘也。盖疾言之曰喘,缓言之则曰婵媛。……凡人于情感紧张,脉搏加急之时,无不喘息,……'女嬃之婵媛兮,申申其詈予',此怒而婵媛也。《九歌·湘君》篇'女婵媛兮为余太息',《九章·哀郢》篇'心婵媛而伤怀兮',此哀而婵媛也。《悲回风》篇'忽倾寤以婵媛',倾寤即惊而婵媛也。……特字则当以《方言》、《广雅》作啴咺者为正,本书作婵媛,一作掸援,皆假借耳。"按闻一多之说证据充分,"婵媛"训"喘息"于屈辞各句中也都可通,但在此句中,"婵媛"若作"喘息"解,则"心婵媛"似于文理不通,此句中的"婵媛"解作"顾念"、"留连"似更顺畅。明汪瑗说:"此承上章而言,己顾视龙门不可得见,则心恋怀伤,眇然不知其所蹠矣。"此说是。

〔17〕眇(miǎo秒):通"渺",辽远。蹠(zhí直):践,踏,引申为行走。"所蹠",名词性词组,指所走的路。

以上二句说:心中眷恋牵挂满怀悲伤,前途渺远,我不知道自己这是往哪儿去。

〔18〕从流:顺流而下。

〔19〕焉:于此。洋洋:漂泊无所归止。"顺风波以从流"二句,王逸说:"言己忧不知所践,则听船顺风,遂洋洋远客,而无所归也。"清王萌说:"此去不知其所践之地,顺风飘荡,将终为羁客而已。"

以上二句说:船儿顺风波随流而下,我从此成了那飘泊无所归的孤客。

〔20〕凌：乘，渡。阳侯：古代传说中的波神，这里指波浪。《淮南子·览冥训》："武王伐纣，渡于孟津，阳侯之波，逆流而击。"高诱注："阳侯，陵阳国侯也。其国近水，溺死于水，其神能为大波，有所伤害，因谓之阳侯之波也。"应劭《汉书·扬雄传》注云："阳侯，古之诸侯也。有罪自投江，其神为大波。"又清徐文靖说："陶潜《群辅录》曰：伏羲六佐，阳侯为江海。宋均曰：主江海事，阳侯主水，故后世谓阳侯为水神。"(《管城硕记》)诸说可备参考。泛滥：大水横流漫溢的样子。

〔21〕忽：忽而。翱翔：鸟回旋飞舞。这里是比喻船儿在风浪中颠簸，如鸟儿在飞。之：往，到。焉：哪里。薄（bó博）：停止。又清王夫之说："薄与泊通。"(《楚辞通释》)

以上二句说：船儿在汹涌的波浪中行进，不时起伏颠簸，像鸟儿回旋飞舞，但却不知停泊在何处。

〔22〕绋（guà挂）：悬，系。又清代王念孙说："绋亦结也。《史记·律书》曰：'秦二世结怨匈奴，绋祸于越'，是绋与结同义。绋结，双声也；蹇产，叠韵也。凡双声叠韵之字，皆上下同义。"(《读书杂志·余编》下)此说可通。"绋结"，结成了结。汪瑗说："绋结，言忧心如绳之绋结而约束不可解。"清刘梦鹏说："绋结，心绪纠也。"(《屈子章句》)

〔23〕蹇（jiǎn简）产：屈曲。汪瑗说：言忧思如山之蹇产而侷促不能开豁也。"释：放开，舍去。

以上二句说：我的心就像系成绳结一样解不开；思绪屈曲郁结而无法释然。

将运舟而下浮兮[1]，上洞庭而下江[2]。去终古之所居兮[3]，今逍遥而来东[4]。羌灵魂之欲归兮[5]，何须臾而忘反[6]。背夏浦而西思兮[7]，哀故都之日远[8]。登大坟以远望兮〔9〕,聊以舒吾忧心〔10〕。哀州土之平乐兮〔11〕,悲江介之遗风〔12〕。

〔1〕运:回转。运舟:调转船头。下浮:顺流而下。明汪瑗说:"地势以东为下,下浮,谓顺流而下浮也,即上顺风波而流从之意。前言过夏首而西浮也,今又将运舟而东浮矣。"(《楚辞集解》)清蒋骥说:"下浮,顺江而东下也。"(《山带阁注楚辞》)近人闻一多说:"上言西浮,至此又回舟东行。"(《九章解诂》)诸说是。

〔2〕洞庭:即洞庭湖,在湖南省北部,长江南岸。湘、资、沅、澧四水均汇流于此,在岳阳县城陵矶入长江。"上洞庭而下江",指屈原乘舟东下,经过洞庭湖与长江的汇合处。洞庭湖是上游,在身后;长江是下游,在前方。又蒋骥说:"洞庭入江之口,在今岳州巴陵县。上洞庭而下江,上下谓左右。礼,东向西向之席,俱以南方为上。今自荆达岳,东向而行,洞庭在其南,故以洞庭为上而江为下也。"说亦可通。

以上二句说:我将调转船头顺江东下,身后是广阔的洞庭湖,前方是无尽的长江。

〔3〕终古:远古以来。清代林云铭说:"自楚受封之初算起。"(《楚辞灯》)"终古之所居",自先祖以来世代居住的地方。这里指郢都。汪瑗说:"谓先人自古居于此土,而子孙百世不迁者也。"

〔4〕逍遥:原意是指安闲自得的样子,这里是指飘泊无定,无所归止。汪瑗说:"当解作漂摇流落之意。"清钱澄之说:"自伤于国事无与,而逍遥于此也。"(《屈诂》)

以上二句说:离开自古以来世代居住的地方,如今漂流来到了东方。

〔5〕羌:楚地方言,发语词。

〔6〕何:何曾。须臾(yú于):顷刻,片刻。反:同"返",还。指返回故都。

以上二句说:灵魂也欲归去,我何曾有一时一刻忘记要返回故乡?

〔7〕背:背离。夏浦:夏水之滨,指夏口。夏口在汉水入江之口。夏水在沔阳县治附近注入汉水,自此以下的汉水也兼称夏水,所以汉水入江之口即汉口也称夏口。"背夏浦",指船已过了夏浦,夏浦已经在背后了。清蒋骥说:"背夏浦,则过夏口而东,去郢愈远矣。"西思:屈原向东行,郢都在西,"西思"指思念郢都。汪瑗说:"渐近所迁之东方,而郢都又在于西矣,故曰背夏浦而西思者,默念深想之意,非回首顾望之谓也。"可以参考。

〔8〕日远:一天比一天离得远。清张诗说:"夏水之浦,反在吾背,而吾则渐东,郢都渐西,是以思之而哀其日远耳。"(《屈子贯》)

以上二句说:背离了夏浦思念西边的故乡,我悲伤的是,故都一天一天地离我愈来愈远了。

〔9〕坟:堤岸,高地。王逸说:"水中高者为坟。"(《楚辞章句》)

〔10〕聊:姑且。舒:抒发,散发。

以上二句说:登上高坡眺望远方的故乡,暂且排遣一下我心中的忧郁。

〔11〕哀:悲焉。又,闻一多说:"哀,爱也,恋也。《诗经·关雎序》'哀窈窕',爱窈窕也。《吕氏春秋·报史》篇'人主胡可以不务哀士!'注'哀,爱也'。《淮南子·说林》篇'各哀其所生',注'哀,爱也'"。说亦可通。州土:乡土,国土。平乐:朱熹说:"地宽博而人富饶也。"(《楚辞集注》)清徐焕龙说:"地广衍而平,人富饶而乐。"(《屈辞洗髓》)

〔12〕悲:闻一多说:"悲犹愁也。"可参考。江介:长江两岸。遗风:古代楚国遗留下来的淳朴风俗。朱熹说:"遗风,谓故家遗俗之善也。"蒋骥说:"州土平乐,江介遗风,皆先世所养育教诲以贻后人者,故对之而愀然增悲焉。"可以参考。

以上二句意思是:登上高坡远望故乡,本想暂且排遣思乡之愁,但是看到那宽广安乐的乡土,长江两岸还保留着楚国世代遗留的淳朴民风,想到楚国危机日深,自己又远离故乡去飘泊,禁不住心生悲哀。

当陵阳之焉至兮[1],淼南渡之焉如[2]。曾不知夏之为丘兮[3],孰两东门之可芜[4]。心不怡之长久兮[5],忧与愁其相接[6]。惟郢路之辽远兮[7],江与夏之不可涉[8]。忽若不信兮[9],至今九年而不复[10]。惨郁郁而不通兮[11],蹇侘傺而含慼[12]。

〔1〕当:面对着。陵阳:地名。故址在今安徽青阳县南。按:旧注中以陵阳为地名者不乏其人,但是清代蒋骥最先指出,陵阳是屈原自郢都出发的终点,是屈原东迁的目的地,也就是屈原的流放地。蒋骥认为,《哀郢》所反映的,是屈原从郢都到陵阳的行走路线,屈原在陵阳九年,又从鄂渚到辰溆,这就是《涉江》中所反映的屈原的行走路线,这两条路线是相衔接的,在时间顺序上,《哀郢》在前,《涉江》在后。又一说陵阳与上文"阳侯"同,是波浪的意思,可以参考。焉:哪里。

〔2〕淼(miǎo 秒):同"渺",水波茫无边际的样子。南渡:指南渡大江。蒋骥说:"南渡者,陵阳在大江之南也。"(《山带阁注楚辞》)

以上二句说:已经到了陵阳这么远的地方还要去哪儿?向南渡过那茫无边际的大江还要去什么地方?

〔3〕曾(zēng 增):岂,怎。"曾不知",岂不知。夏:高屋,大殿。丘:废墟。"夏之为丘",指宫殿变成了废墟。

〔4〕孰:何。两东门:指郢都的城门。朱熹说:"郢都东关有二门也。"(《楚辞集注》)可以参考。芜(wú 无):荒芜,长满乱草。按:以上二句是指郢都遭到秦军破坏的情景。明代汪瑗说:"夏之为丘,指宫殿而

言;东门之芜,指城郭而言。……秦将拔郢之时,而城郭宫殿其毁者多矣。《史记》独载烧墓夷陵者,举其重者而言也。"此说可参考。

以上二句说:岂不知宫室变成了废墟,为什么都城的东门长满了野草?

〔5〕怡:喜悦,快乐。长久:清代夏大霖说:"长久,谓经九年。"(《屈骚心印》)

〔6〕忧与愁其相接:按:"愁",朱熹《楚辞集注》作"忧"。当作"愁"。朱熹说:"忧忧相接,首尾如一,继续无已也。"汪瑗说:"言忧心如连环,不断绝也。……此句即申言心不怡之长久。"夏大霖说:"忧忧相接,谓九年如一日,无间断也。"诸说可参考。

以上二句说:我心中不快乐已经有很久了,忧与愁接续不断,绵绵不绝。

〔7〕惟:思。一说惟,发语词,亦通。郢路:返回郢都的道路。

〔8〕江:长江。夏:夏水。"江与夏之不可涉",此句与前"遵江夏以流亡"句相呼应。屈原离开郢都,渡过长江、夏水然后到陵阳;要返回郢都,也必须涉长江、过夏水。这里说"江与夏之不可涉",是指屈原再也不可能返回郢都了。明汪瑗说:"然其所以忧而不乐之意,盖悲迁流于东而郢路辽远,故都云亡,江与夏之不可复涉矣。江与夏之不可涉,谓从此再不得复涉江夏而归郢都耳。"清钱澄之说:"江与夏之不可涉,言永别此路,不复至郢也。"(《屈诂》)二说是。

以上二句说:想那返回郢都的道路是那样遥远,我再也不能够渡过长江、夏水回到故乡。

〔9〕忽:形容时间过得很快。一说忽,犹恍惚。闻一多说:"身虽去国,犹疑未去。离迷怳忽,若在梦中。"又一说忽若,忽然也。可参考。若:如,似乎。信:相信。"忽若不信",洪兴祖《楚辞补注》引一本"若"下有"去"字。朱熹《楚辞集注》有"去"字。按:当补"去"字。清钱澄之说:

197

"去,去郢也。"

〔10〕复:返,指返回郢都。"至今九年而不复",清王夫之说:"至此作赋之时,九年不复,终不可复矣。赋作于九年之后,则前云仲春甲之朝者,皆追忆迁而言之。"又一说"九"非确数,举九以言其多。可参考。

以上二句说:时间快得似乎使人不能相信,我离开郢都至今已经九年了,却仍然不得返回。

〔11〕惨郁郁:忧愁郁闷的样子。不通:堵塞不通畅。明代林兆珂说:"中心闷塞不开。"(《楚辞述注》)

〔12〕蹇侘傺(jiǎn chà chì 简诧斥):困顿失意的样子。慼(qì 气):忧愁,悲伤。

外承欢之汋约兮[1],谌荏弱而难持[2]。忠湛湛而愿进兮[3],妒被离而鄣之[4]。尧舜之抗行兮[5],瞭杳杳而薄天[6]。众谗人之嫉妒兮,被以不慈之伪名[7]。憎愠惀之修美兮[8],好夫人之忼慨[9]。众踥蹀而日进兮[10],美超远而逾迈[11]。

〔1〕外:外貌。明汪瑗说:"外,外貌也,以见中心之不然。"(《楚辞集解》)承欢:奉承迎合,博取欢心。汪瑗说:"承奉君之欢心也。"汋(zhuó 琢)约:犹绰约,美好柔媚。这里是指那些谗害忠良的小人讨好君王的媚态。

〔2〕谌(chén 臣):的确。荏(rěn 忍):软弱,懦弱。持:自持,持守。"难持",难以自立,指成不了事,不可依靠。

以上二句意思是:有些人外表讨君王的欢心,做出媚态,实际上内心软弱懦怯,根本靠不住。

〔3〕湛湛(zhàn 站):深厚,厚重。进:指愿被进用,为君王效力。

〔4〕被离:通"披离",盛多杂乱的样子,比喻"妒"之多、盛。鄣:"障"的本字,壅塞,阻碍。

以上二句说:我怀着深厚的忠诚想为君王效力,但是却被那数不清的妒嫉阻塞了通路。

〔5〕抗:高。抗行:高尚的行为。

〔6〕瞭杳杳:洪兴祖《楚辞补注》、朱熹《楚辞集注》皆引一本作"杳冥冥"。按:当作"杳冥冥"。杳(yǎo 咬)冥冥:高远的样子。薄:靠近,接近。"薄天",与天相齐。清王夫之说:"言德之高峻,极于天也。"(《楚辞通释》)

〔7〕被:通"披",引申为"加"。不慈:不爱其子。传说尧、舜传位于贤人而不传给自己的儿子,因而遭致非议,被加上了不慈的名声。伪名:指非有其事的不符实的名声。

以上四句说:尧舜的高尚行为与青天相齐,那些谗佞小人出于嫉妒,给他们加上了不慈的坏名声。

〔8〕憎:厌恶,嫌弃。愠怆(yùn lǔn 运伦上声):指满怀忠诚却不善于表达,与"忼慨"相对。明代黄文焕说:"君子气无所吐,只有蕴积难明,逊其忼慨矣。"(《楚辞听直》)王夫之说:"愠怆,诚积而不能言也。"修美:美好的品德,优秀的才能。

〔9〕好(hào 浩):喜爱。夫(fú 扶):指示代词,彼。忼慨:同"慷慨"。情绪激昂的样子。明代汪瑗说:"慷慨,激烈轩昂之意,本大丈夫之事,非不美也。但谗佞之人,外貌故为此慷慨之态,而其中实怀承欢沴约之心,而人君遂不深察而好之耳。"黄文焕说:"忼慨尤与愠怆相形。宵小安有忼慨之神气?然当其得君得时,侈口而谈天下事,无一非忼慨之情状也。"王夫之说:"慷慨,巧言无忌也。"诸说是。

〔10〕众:指那些谗佞小人,貌似慷慨之徒。蹀躞(qiè dié 妾蝶):行

走的样子。日进:汪瑗说:"进而不已也。"

〔11〕美:即修美,指贤人、君子。这里"美"与上句"众"相对。超远:遥远。逾:通"愈",更加,越。迈:远逝。

以上四句意思是:君王厌恶忠诚老实但德才优秀的人,喜欢那些表面上激昂慷慨的谗佞小人。小人们一步一步地一天比一天得势,而贤人、君子不得不越来越远地离开君王。

乱曰:曼余目以流观兮〔1〕,冀壹反之何时〔2〕?鸟飞反故乡兮〔3〕,狐死必首丘〔4〕。信非吾罪而弃逐兮〔5〕,何日夜而忘之〔6〕。

〔1〕曼:延长,展开。"曼余目",放眼远望。流观:四面观望。

〔2〕冀:希望,期待。壹反:指一还郢都。清代徐焕龙说:"曰壹反者,甚难其反之词。"(《屈辞洗髓》)

以上二句说:我放眼四面远望,期待着一返郢都,不知何时我才能归去?

〔3〕反:同"返"。

〔4〕丘:狐穴所在的土丘。"首丘",传说狐死时,头向着自己的窟穴。《礼·檀弓》上:"礼,不忘其本。古之人有言曰:狐死正丘首,仁也。"注曰:"正丘首,正首丘也。"

以上二句说:鸟儿无论飞到哪里终归要返回它的故乡;狐类不管死于何处,必定正首以朝向它的窟穴。

〔5〕信:确实。弃逐:指疏远、放逐。

〔6〕何日夜而忘之:汪瑗说:"即上何须臾而忘反之意。"

以上二句说:确实不是我有罪过但我却遭到放逐,我何曾有一日一夜忘记了郢都?

抽思

王逸关于"《九章》作于顷襄王时期屈原流放江南之时"的观点对后世影响颇大,这使得王逸以后历代注家对《抽思》写作年代的认识一直含糊不清。清代的林云铭认为,屈原曾经两次被放逐,一次是楚怀王时期,流放地区是汉北;一次是顷襄王时期,放于江南,而《抽思》一篇正是屈原被楚怀王流放汉北时所作。蒋骥也认为,《抽思》是屈原在怀王时被斥居汉北时所作。他说:"史载原至江滨,在顷襄之世,而怀王之放流,其地不详。今观此篇,曰来集汉北,又其逝郢曰南指月与列星,则汉北为所迁地无疑。黄昏为期之语与《骚经》相应,明指左徒时言,其非顷襄时作又可知矣。原于怀王,受知有素,其来汉北,或亦谪宦于斯,非顷襄弃逐江南比。"始自林云铭以及后来的蒋骥,使《抽思》的写作背景、写作地点有了明确的解释,打破了王逸以来对有关《九章》创作时间的含糊认识。从《抽思》的内容来看,屈原确实是被贬斥而离开郢都,出居汉北,林、蒋二人的说法是可信的。

本篇以"抽思"为题,是选取了篇中少歌中"抽思"(或作抽怨)一词。"抽思"的意思是抽绎其所思,也就是将自己心中万端思绪理出头绪,以吐出心中的郁闷。屈原在《抽思》中抒发了自己遭逸被逐、忠直之心不为怀王所知、政治理想不得实现的忧思与愤慨。他希望能够得到怀王的理解,热切地期盼着有一天能够回到郢都,重新被怀王所信用,以实现他的政治理想。为此他对郢都思念深切,竟至于"魂一夕而九逝",充分表达了眷顾楚国、系心怀王的深挚感情。

心郁郁之忧思兮[1],独永叹乎增伤[2]。思蹇产之不释兮〔3〕,曼遭夜之方长〔4〕。悲秋风之动容兮〔5〕,何回极之浮浮〔6〕。数惟荪之多怒兮〔7〕,伤余心之慢慢〔8〕。愿摇起而横奔兮〔9〕,览民尤以自镇〔10〕。结微情以陈词兮〔11〕,矫以遗夫美人〔12〕。

〔1〕郁郁:苦闷、忧伤。明代汪瑗说:"郁郁,郁而又郁,忧思之甚也。"(《楚辞集解》)

〔2〕永叹:长叹。增:增加,添加。

以上二句说:心中郁结着忧闷的思虑,我独自长叹,愈发加重了我的忧伤。

〔3〕蹇(jiǎn简)产:屈曲。这里指思绪郁结不畅的样子。释:放开,舍去。

〔4〕曼:通"漫",长。"曼遭夜之方长",王逸说:"忧不能眠,时难晓也。"(《楚辞章句》)清代徐焕龙说:"愁人最苦长夜,方长,苦正无期。"(《屈辞洗髓》)清代胡文英说:"忧与夜俱永而不可已矣。"(《屈骚指掌》)诸说可参考。

以上二句说:忧思纠缠心头而无法摆脱,又正遭逢那漫漫长夜,怎么也熬不到头。

〔5〕动容:朱熹说:"秋风动容,谓秋风起而草木变色也。"(《楚辞集注》)明代黄文焕说:"秋有秋之容焉,风一至而容动矣。天为变色,林为换姿矣。"(《楚辞听直》)清代王夫之说:"动容,秋风惨烈,变卉木之容也。"(《楚辞通释》)按:以上诸说以"动容"为大自然改变面貌,指秋风使草木变色。又一说"动容"是指人变色、改容。如汪瑗说:"秋风动容,谓寒气中人,使人颜容萧索而变易也。动容,犹言变色改容耳。"可以参考。

〔6〕回极:不详所指。一说指天极回旋。如闻一多说:"极,天极。

天极回旋,故曰回极。此盖泛指天宇,不专谓天体回旋之枢轴。《九叹·远游》'征九神于回极。'犹言召九神于天上也。"(《九章解诂》)说可参考。浮浮:动荡不定的样子。"悲秋风之动容"二句,清代蒋骥说:"秋风撼物而极为之浮动,暴君怒臣而心为之忧伤,所为赋其事以起兴也。"(《山带阁注楚辞》)按:蒋骥以此二句为下二句起兴,意与下句贯通,其说是。

〔7〕数(shuò硕):屡次,频频。惟:思。"数惟",屡次地想。荪(sūn孙):香草,即荃,用以比喻楚怀王。多怒:汪瑗说:"怒而无节也。"清代钱澄之说:"《史记》称,王怒而疏原,又载其击秦失利,皆以怒而败,固知王之多怒也。"(《屈诂》)说可参考。

〔8〕慢慢(yōu悠):忧愁,痛心。

以上四句意思是:悲叹那萧瑟秋风使大自然改变了容颜,为何整个天宇动荡不已?不断想那怀王的多怒,使我心中痛苦忧伤。

〔9〕摇起:疾速而起。横奔:狂奔乱跑。"摇起横奔",与《惜诵》"横奔而失路"意同,指无所顾忌地纵情发泄。胡念贻说:"改变常道,任意而行。"(《楚辞选注及考证》)此说是。

〔10〕览:观看。尤:罪过,过失。明汪瑗说:"罪自外至曰尤。楚王多怒,性暴无常,则民之获罪,有非其所自取者矣。"这里的尤可引申为遭罪、受难的意思。镇:安定,镇定。一说"镇,止也"。亦通。

以上二句意思是:我想无所顾忌地任意而行,但当我看到人们无端获罪,我便镇定下来了。

〔11〕结:积聚。微情:微末之情,即微不足道,这是谦虚的说法。又一说微,隐也。微情,指心里的话。亦通。陈:陈述,申诉。

〔12〕矫(jiǎo狡):举。遗(wèi卫):赠予。清代刘梦鹏说:"遗者,以言相致之谓。"(《屈子章句》)美人:指楚怀王。

以上二句说:结集我的微不足道的心意以向上陈述,我要把它奉献给君王。

昔君与我诚言兮[1],曰黄昏以为期[2]。羌中道而回畔兮[3],反既有此他志[4]。憍吾以其美好兮[5],览余以其修姱[6]。与余言而不信兮[7],盖为余而造怒[8]。愿承间而自察兮[9],心震悼而不敢[10]。悲夷犹而冀进兮[11],心怛伤之憺憺[12]。兹历情以陈辞兮[13],荪详聋而不闻[14]。固切人之不媚兮[15],众果以我为患[16]。

〔1〕昔:从前,往日。君:即上文的"美人",指楚怀王。诚言:诚恳地说。

〔2〕黄昏:古代举行婚礼是在黄昏的时候。期:婚期。这里是以男女之间婚姻的约定,比喻君臣之间政治上的合作。

以上二句说:过去你曾诚恳地对我说过,我们的婚礼定于黄昏时分。

〔3〕羌:楚方言,发语词。中道:半路上。回:返回。畔:通"叛",背离。"回畔",改路,改变初衷。

〔4〕既:已经。他志:其他的打算。汪瑗说:"谓生别意,而背昔日之成言也。"(《楚辞集解》)

〔5〕憍(jiāo 交):骄傲、骄矜。这里是炫耀的意思。美好:比喻才能。"憍吾以其美好",意思是向我炫耀他的才能。

〔6〕览:观看。这里是向别人显示的意思。修姱:美好。"修姱"与上文的"美好"互文。洪兴祖说:"此言怀王自矜伐也。"(《楚辞补注》)汪瑗说:"美好、修姱,喻才能也。此章言楚王自恃其才能,骄矜夸示于己,故畔成言而怒逐己也。"可以参考。

以上二句说:向我炫耀她的美貌;向我展示她的姣好。

〔7〕信:诚实,不欺。"不信",清蒋骥说:"不以诚相告也。"(《山带阁注楚辞》)

〔8〕盍(hé 合):通"盍",何故,为什么。造怒:故意找岔发火。清夏大霖说:"实非余有可怒,特以憎我,而故造其怒也。"(《屈骚心印》)

以上二句说:和我说过的话不算数,为什么找岔对我发火?

〔9〕间(jiàn 见):间隙,机会。"承间",趁空,找机会。察:明。清戴震说:"谓入自明。"(《屈原赋注》)"自察",自明,自我表白。

〔10〕震:惊。悼:恐惧,战栗。戴震说:"悼,《说文》云:惧也。陈楚谓惧曰悼。""震悼",惊悸,恐惧。不敢:清钱澄之说:"欲自辨别其罪,恐益触王怒,故震悼而不敢。"(《屈诂》)

以上二句说:我想找个机会表明我的心,又怕再次触怒你;又惊又怕,不敢前去。

〔11〕夷犹:同"夷由",迟疑不前,犹豫不决。冀进:清蒋骥说:"冀进,欲进其言也。"

〔12〕怛(dá 达)伤:悲痛,伤感。憺憺(dàn 旦):心中动荡不宁的样子。清代王远说:"憺,动也。又苏林曰:'陈留人谓恐为憺',言愿承君之间以自明,则心动且悸,徘徊欲进,则心伤且恐,终不敢言也。"(附见王萌《楚辞评注》)蒋骥说:"憺有动静二义,怛伤憺憺,宜从动解。既惧且悲,故其心振动不已也。旧训静默不言,则与下历情陈词隔矣。"(《楚辞余论》)王、蒋说是。

以上二句说:我悲叹自己迟疑不前却又希冀进言,心中伤痛而不得安宁。

〔13〕兹:此,这里。历:列举。"历情",钱澄之说:"列情以陈词。"清徐焕龙说:"历叙其情以陈词。"(《屈辞洗髓》)

〔14〕详:同"佯",假装。

以上二句说:我在这里把我的真情一一陈述,君王他却装作耳聋,不愿意听。

〔15〕固:本来。切:切直。"切人",指诚恳、老实的人。"切人之不媚",明汪瑗说:"言忠诚恳切之人,不能为阿谀诌媚之事,原自谓也。"又一说人当为言切读为刺。古切、刺音近,通用。"切言之不媚",谓讽刺之言不美,故下句云:"众果以我为患"。(见何剑熏《楚辞拾潘》)此说可参考。

〔16〕众:指那些向楚王献媚的势利小人。患:灾祸,忧患。

以上二句说:忠诚老实的人本来就不会奉承、讨好;那些势利小人果然把我当成了祸患。

初吾所陈之耿著兮[1],岂至今其庸亡[2]。何毒药之謇謇兮[3],愿荪美之可完[4]。望三五以为象兮[5],指彭咸以为仪[6]。夫何极而不至兮[7],故远闻而难亏[8]。善不由外来兮[9],名不可以虚作[10]。孰无施而有报兮[11],孰不实而有获[12]?

〔1〕耿著:明白,显著。

〔2〕庸:乃。又一说庸犹遽也,可参考。亡:通"忘",忘记。

以上二句说:当初我所陈述的道理是那样明白显著,岂能够到现在就忘记了?

〔3〕何毒药之謇謇兮:洪兴祖《楚辞补注》引一本、朱熹《楚辞集注》作"何独乐斯之謇謇兮",今从其改"毒药"为"独乐斯"。独:唯独。乐(yào耀):喜爱。斯:此。謇謇:忠贞直言的样子。

〔4〕美:美德。完:当从洪兴祖、朱熹所引一本作"光",发扬光大的意思。

以上二句说:我为什么唯独喜欢直言谏诤?我是希望君王的美德能够发扬光大。

〔5〕望:看着。明代汪瑗说:"望,仰而慕之也。"(《楚辞集解》)三五:三王五霸。三王指夏禹、商汤、周文王;五霸指春秋时期齐桓公、晋文公、秦穆公、宋襄公、楚庄王五位霸主。一说"三五"是指三皇五帝,三皇即伏羲、女娲、神农;五帝是指黄帝、颛顼、帝喾、帝尧、帝舜。可以参考。象:榜样。

〔6〕指:指以为目标。汪瑗说:"指,期而的之也。"彭咸:传说是殷代贤臣,其人其事已不可考,可参看《离骚》"彭咸"注。仪:法式,典范,与上文"象"义相同。"望三五以为象"二句,清代牟庭相说:"彭咸以自励;三五以为君规也。"(《楚辞述芳》)清马其昶说:"君臣交相勉也。"(《屈赋微》)二人说是。

以上二句说:君王要看着三王五霸做自己的榜样;臣子要指着彭咸做自己的楷模。

〔7〕极:终极,目的地。至:到达。

〔8〕闻:名声。"远闻",名声流传久远。亏:缺损,亏折。

以上二句承接"望三五"二句,意思是:只要努力,什么样的目标不可以达到?所以声名远垂于后世就不易损折。

〔9〕善:美德。

〔10〕虚作:凭空造就。"善不由外来兮"二句,洪兴祖说:"此言有实而后名从之。"清代王邦采说:"不由外来,德行所以难亏;不可虚作,声闻所以远播。"(《离骚汇订》)二说是。

〔11〕孰:谁。施:给予,付出。报:回报,报偿。

〔12〕实:果实。这里用作动词,指结果实。

以上四句意思是:人的美德不是靠外在的力量就能产生的;美好的名声不是可以凭空造出来的。有谁能够不付出却得到了回报?有谁没有结出的果实却会有收获?

少歌曰[1]:与美人抽怨兮[2],并日夜而无正[3]。愭吾以其美好兮,敖朕辞而不听[4]。倡曰:有鸟自南兮[5],来集汉北[6]。好姱佳丽兮[7],牉独处此异域[8]。既惸独而不群兮[9],又无良媒在其侧[10]。道卓远而日忘兮[11],愿自申而不得[12]。望北山而流涕兮[13],临流水而太息[14]。望孟夏之短夜兮[15],何晦明之若岁[16]。惟郢路之辽远兮[17],魂一夕而九逝[18]。曾不知路之曲直兮[19],南指月与列星[20]。愿径逝而未得兮[21],魂识路之营营[22]。何灵魂之信直兮[23],人之心不与吾心同[24]。理弱而媒不通兮[25],尚不知余之从容[26]。

〔1〕少歌:是古代乐歌的一种表现形式,从诗的结构来看,"少歌"似是诗歌的一部分结束之后的小结。洪兴祖说:"此章有少歌,有倡,有乱。少歌之不足,则又发其意而为倡;独倡而无与和也,则总理一赋之终,以为乱辞云尔。"(《楚辞补注》)明代汪瑗说:"少如字,谓小歌耳。故只四句,犹后世所谓短歌行也。"(《楚辞集解》)又近人闻一多说:"少歌,小声歌之;倡,大声歌之。"(《九章解诂》)诸说可以参考。

〔2〕美人:指楚怀王。抽怨:朱熹《楚辞集注》作"抽思",当从朱注本改作"抽思"。清代王萌说:"抽思者,心绪万端,抽而出之,以陈于君也。"(《楚辞评注》)此说是。"抽思"的意思是:把纷乱的思绪整理出头绪来,向君王陈述。

〔3〕并:兼、合。"并日夜",日夜相接,夜以继日。无正:无从评断是非。又一说"正"通"证",明陈第说:"无有证其是者。"(《屈宋古音

义》)亦通。

以上二句说:我把心中的千头万绪整理出来向美人陈述;虽然我白天接着黑夜地诉说,却没有人为我评断是非。

(4)敖(áo 熬):同"傲",傲慢,看不起别人。朕:我,屈原自指。"敖朕辞",傲慢地对待我的陈述。王逸说:"慢我之言而不采听也。"(《楚辞章句》)

〔5〕倡:同"唱"。古代乐歌的表现形式之一。从诗的结构来看,"倡"的作用是另起一段,重新发端。王逸说:"起倡发声,造新曲也。"清代陈本礼说:"倡者,更端再歌之词。"(《屈辞精义》)又汪瑗说:"倡亦如字,大也。不言歌者,承上少歌而省文耳。倡歌,犹后世之所谓长歌行也。"可以参考。鸟:屈原以鸟自喻。洪兴祖说:"孔子曰:'鸟则择木,木岂能择鸟。'子思曰:'君子犹鸟也,疑之则举矣,色斯举矣,翔而后集',故古人以自喻。"南:这里指郢都(故址在今湖北江陵西北)。

〔6〕集:鸟栖止于树上曰集。汉北:汉水之北,即今湖北省襄樊市附近地区。

以上二句说:有一只鸟自南方来,栖止于汉水的北边。

〔7〕好姱:美好。佳丽:美好。"好姱佳丽",指这只鸟的美丽。

〔8〕牉(pàn 判):原意是指一物中分为二,这里指背离,分离。异域:异乡,这里是指所迁之地汉北。

以上二句说:这只美丽的鸟,离群独处在这异乡。

〔9〕茕(qióng 穷):本意是指无兄弟,这里指孤独无依靠。不群:离群,不合群。"茕独而不群",王逸说:"行与众异,身孤特也。"

〔10〕良媒:指能向楚王说情的贤臣。在其侧:在鸟的身边。一说指在君侧,恐非。此二句是以"既……,又……"这一句型紧密相连,上句是指"鸟",下句亦当如是,不应更换主语。

以上二句说:它既孤独离群,身边又没有好媒人能为它说合。

209

〔11〕卓:同"逴(chuò 绰)",远。日忘:一天一天地被楚王遗忘。

〔12〕自申:自己申诉、辩白。

以上二句说:路途那样遥远,我一天一天地被君王遗忘,我想自己申诉却又不可能。

〔13〕北山:不详所指。疑是郢都附近的山。一说北山是指郢都北部的纪山。屈原迁于汉北,南望郢北之纪山,仍沿其旧,称之为北山。又一说北山是指汉北之山。按:下文有"南指月与列星";"狂顾南行"等句,都是面向南方思念郢都,此处"北山"若是指汉北之山似与文义不合,此说恐非。涕:眼泪。

〔14〕临:面对着。太息:长叹。

以上二句说:远望着故乡的北山流泪;面对着流水长叹。

〔15〕望:眼睁睁地看着。孟夏:初夏,即今阴历四月。前面的"曼遭夜之方长"是屈原追述刚到汉北时的情况,时值秋季。这里的"孟夏"是指次年屈原写作本篇的时候。

〔16〕晦(huì 会)明:从日暮到天明,指一个完整的夜晚。"晦明之若岁",汪瑗说:"自晦至明,如岁之永,未易晓也。"

以上二句说:眼睁睁地看着初夏短短的夜,从夜晚到天亮怎么如同一年似的那么长?

〔17〕惟:思,想。一说"惟"与"虽"通用。郢路:到郢都去的路。辽:遥远。

〔18〕一夕:一个夜晚。九:虚数,形容次数非常多。逝:往。

以上二句说:想那去郢都的路是多么遥远,睡梦中我的灵魂却在一个夜晚去了九趟。

〔19〕曾不知:不曾知道。路:到郢都去的路。

〔20〕南指月与列星:屈原在汉北,郢都在汉北的南方。这句的意思是,灵魂不认识回郢都的路,只能以南方的月亮、星星为目标,以指示返

回郢都的方向。

以上二句意思是:我的灵魂不知道返回郢都的路怎么走,是曲还是直,只能指着南方的月亮、星星辨识方向,指示道路。

〔21〕径逝:直接返回。

〔22〕识路:辨认、寻觅返回郢都的道路。明汪瑗说:"识路,犹俗言认路也。言魂营营然,南指星月而认路觅归也。"营营:往来不停的样子。

以上二句说:多么想直接返回郢都但却找不着路,我的灵魂为辨认、寻找回去的路,来来往往不停地忙。

〔23〕信直:诚实朴质。

〔24〕以上二句说:我的灵魂怎么那么死心眼儿?难道不知道别人的心和我的心并不相同?

〔25〕理:媒人。弱:能力弱,不能干。媒:这里用作动词,是"作媒"、"说合"的意思。

〔26〕从容:舒缓安逸,不慌不忙的样子。清代蒋骥说:"既历序谪居之后,魂梦常依郢都,而又若呼而怪之曰:何灵魂之信情直行,而迫欲归郢也。当此人我异心、良媒中绝,正使得归,当复何用?余从容听之久矣,魂尚未之知耶?"(《山带阁注楚辞》)按:蒋骥说是。此二句是承接前文"灵魂识路","人心不与吾心同"等句而来。梦中的灵魂迫切地要返回郢都,往来不停地寻找回去的路。但是屈原心里明白,朝廷中的势利小人嫉恨他,他没有志同道合的知己,君王又不信任他,虽然他日夜思念郢都,渴望着回去,但是即使回去了又能怎么样呢?"余之从容"一句正是表达了屈原渴望回去,又明知回不去,即使回去了又有何用的无可奈何的心情。但是灵魂却不了解这些,只知道执著地寻路,尚不知屈原已经不急于返回郢都了。所谓"从容",并不是真正的从容,正是无法可想之后暂时的排遣和解脱。

以上二句意思是:我的灵魂不知道我没有能干的媒人能为我向楚王

说合、疏通;他还不知道,我尽可以从容度日,我急着回去又有什么用?

乱曰:长濑湍流[1],溯江潭兮[2]。狂顾南行[3],聊以娱心兮[4]。轸石崴嵬[5],蹇吾愿兮[6]。超回志度[7],行隐进兮[8]。低佪夷犹[9],宿北姑兮[10]。烦冤瞀容[11],实沛徂兮[12]。愁叹苦神[13],灵遥思兮[14]。路远处幽[15],又无行媒兮[16]。道思作颂[17],聊以自救兮[18]。忧心不遂[19],斯言谁告兮[20]。

〔1〕乱:古代乐曲的最后一章叫作"乱",其表现形式是众乐齐奏,歌舞齐作,场面热烈,与乐曲没有必然的内在联系,只是一种形式。后世辞赋篇末的"乱",是古乐曲的遗留形式,有的乱辞总括全篇要旨,成为全篇的组成部分。可参看《离骚》"乱"注。濑(lài 赖):沙石滩上的急流。湍(tuān 团阴平):急流。清代桂馥说:"《华严经音义》:湍,疾濑也。浅水流于沙上曰湍。"(《说文解字义证》)

〔2〕溯:逆流而上。潭:深渊。王逸说:"楚人名渊曰潭。"(《楚辞章句》)

以上二句说:沙石滩上绵延的浅水急急流过,我溯江潭而上。

〔3〕狂顾:急切地左右顾盼。南行:清代蒋骥说:"汉水南通江夏,涉汉溯江,则达郢矣。然君不反己,则今之南行,岂真能至郢哉,特姑以快其南归之思耳。"(《山带阁注楚辞》)可以参考。

〔4〕聊:姑且。

以上二句说:我急切地左右顾盼,向南行走;虽然不能回到郢都,却可暂且慰藉我那思归之心。

〔5〕轸(zhěn 诊)石:怪石。"轸"通"纱",扭曲之意。清戴震说:

"轸,戾也。戾石者,戾烈之石。"(《屈原赋注》)戾亦曲、转之意,形容石头扭曲,奇形怪状。一说轸通"畛",田间小路。"轸石"即路上的石头。可参考。崴嵬(wēi wéi 威维):突兀不平的样子。

〔6〕蹇(jiǎn 简):艰难,不顺利。

以上二句意思是:道路上怪石突兀不平,使我返回郢都的愿望受到阻碍,不能顺利实现。

〔7〕超回志度:旧注颇多歧义。其中闻一多与郭在贻的说法比较合理。闻一多说:"超回与昭回同。志度疑当为跱躅。《文选·长笛赋》'乍跱躅以狼戾'。朱骏声谓即峙崛,是也。超回与跱躅义近,犹下文'低佪夷犹',亦二词义近也。(超低一声之转,超回盖即低佪之转。)"(《九章解诂》)郭在贻也说,"志度"是"跮踱"之假借,而"跮踱"是"跐蹰"的异文,"跐蹰"又写作"踯躅"、"踌躇"等。"超回"即"迟回"之讹。"迟回"又作低佪、僵佪,乃徘徊不定之意(详见郭在贻《楚辞解诂》)。闻一多与郭在贻的说法相同,二人之说较为可信,姑从其说。

〔8〕隐进:此句与上句意相连贯,故旧注歧义亦多。姑从闻一多之说。闻一多说:"隐,微也。所进甚微,言其行迟也。"

以上二句说:我徘徊踯躅,行走的速度很慢。

〔9〕低佪:徘徊。夷犹:迟疑不前。

〔10〕北姑:地名,具体地点不详,当在汉北一带。一说北姑是山名,可以参考。

以上二句说:我徘徊、迟疑,止宿于北姑。

〔11〕烦冤:烦躁郁闷。瞀(mào 冒):昏乱。"瞀容",朱熹说:"瞀乱之意,见于容貌也。"(《楚辞集注》)

〔12〕沛:水流迅疾的样子。徂(cú 粗阳平):往,到。"沛徂",行走得很快,就像疾流的水一样。

以上二句说:我烦躁郁闷,心神昏乱不宁,我实在想很快地到远方去。

〔13〕苦神:劳神,伤神。

〔14〕灵:灵魂。遥思:思念遥远的地方。

以上二句说:愁苦叹息使我伤心劳神,我的灵魂思念那遥远的故乡。

〔15〕幽:僻静偏远的地方。

〔16〕行媒:去向楚王说情的人。清代徐焕龙说:"路远难于自通,处幽君不及察,又无往来作合之人。"(《屈辞洗髓》)

以上二句说:在这偏僻而又远离郢都的地方,没有人为我去向君王说合。

〔17〕道:说,表达,陈述。"道思",诉说忧思。蒋骥说:"道思,述其心也。"颂:通"诵",指陈述之词。明汪瑗说:"颂,即指此篇之文也。"说是。

〔18〕救:解脱。

以上二句说:我陈述我的忧思,写下这篇文字;暂且用这个法子使我自己得到解脱。

〔19〕遂:顺利,如愿。"不遂",汪瑗说:"不遂其归郢见君之心也。"

〔20〕斯言:这些话。指本篇所言。告:诉说。

以上二句说:我忧伤的心总是不能如愿,我的这些话向谁诉说呢?

怀沙

《怀沙》是《九章》中一篇重要的作品。司马迁在《史记·屈原传》中全文收录了《怀沙》。前人对《怀沙》的争议,集中于两个问题:一、《怀沙》是否屈原绝命辞;二、"怀沙"这一名称是何含义。关于《怀沙》是否屈原绝命辞。自从司马迁在《史记》中收录《怀沙》,并有"乃作《怀沙》之赋。……遂自沉汨罗以死"之说,似乎这就成为《怀沙》是屈原绝命辞的有力的证据。自汉代至宋代朱熹之前,没有人对此提出异说。司马迁之前,东方朔有"怀砂砾以自沉"之句,与司马迁"怀石遂自沉汨罗以死"的记载相合。因此,人们认定《怀沙》是屈原绝命辞也是顺理成章之事。宋代洪兴祖说:"原所以死见于此赋,故太史公独载之。"但是,朱熹提出了不同看法。他认为《怀沙》虽有"死不可让之说,然犹未有决然之计也,是以其词虽切而犹未失其常度。"但是写作《惜往日》、《悲回风》时,屈原"身已临沅、湘之渊,而命在晷刻矣。"人在将死之际,总要把心中郁积一吐为快,屈原处于"瞀乱烦惑之际","固宜有不暇择其辞之精粗"之处。这就是朱熹认为《惜往日》、《悲回风》是屈原绝命辞的理由。清代的蒋骥也认为,屈原"怀石沉渊之意,于斯(指《怀沙》)而决",但《怀沙》并非屈原绝笔,其辞气虽为近死之音,"然纡而未郁,直而未激,犹当在《悲回风》、《惜往日》之前"。现代楚辞研究家如游国恩、姜亮夫也都从蒋骥之说,认为《怀沙》并非屈原绝命辞,只是表明其时死意已决。但是,以《史记》的收录作为根据,认为《怀沙》是屈原绝命辞的看法也并未绝迹。如著名学者闻一多、刘永济,认为屈原作《九章》,至《怀沙》便自沉,《怀沙》以下四篇,包括《惜往日》、《悲回风》,并非屈原所作。这已经不仅仅是对《怀沙》是否屈原绝命辞的争论,它还涉及到《九章》中某些篇章的真伪问题。关于《怀沙》是否屈原绝命辞的两种看法,有各自的理由和根据。但是,只因司马迁收录《怀沙》并有"遂自沉汨罗"之说,便认定只有《怀沙》才是屈原绝命辞,《怀沙》以下不得有作,这种看法未免武断。

关于"怀沙"这一名称的含义。自从东方朔有"怀砂砾以自沉"的诗句,司马迁有"遂抱石沉汨罗以死"的记载,人们便以"怀砂砾"、"抱石"来解释"怀沙"。"怀"即"抱",如朱熹说:"言怀抱沙石以自沉也。"以后,明代的李陈玉最早指出:"怀沙","当是寓怀于长沙"。明代汪瑗则说:"此云怀沙者,盖原迁至长沙,因土地之沮洳,草木之幽蔽,有感于怀而作此篇,故题之曰《怀沙》。怀者感也,沙指长沙,题《怀沙》云者,犹《哀郢》之类也。"蒋骥则从历史地理的角度对长沙进行考证。他认为沙本地名,即长沙之地、汨罗之所在。长沙是楚东南之会,去郢未远,与荒徼绝异;又是楚先祖熊绎始封之地,屈原归死先王故居,亦首丘之意,所以拳拳有怀也。蒋骥的说法对后世影响很大,并被后人所接受。游国恩同意蒋氏之说,认为"怀沙"是怀念长沙,不是怀抱沙石投江的意思。姜亮夫也说:"蒋说大致可信;而以沙为长沙,尤为特见。"但仍有沿袭汉以来之成说者。如闻一多说:"怀沙犹囊沙,囊沙赴水以自沉。"胡念贻则说:"怀有归、依等意思。怀沙意即沉江。"关于"怀沙"含义的两种不同的说法,比较起来,怀念长沙之说显然优于"怀石自沉"之说。但是,此种说法是否即屈原本意,并无材料可以证明。因此,在新的、可作结论的材料尚未发现的情况下,有关"怀沙"含义的两种不同的说法可以并存。

滔滔孟夏兮[1],草木莽莽[2]。伤怀永哀兮[3],汨徂南土[4]。眴兮杳杳[5],孔静幽默[6]。郁结纡轸兮[7],离愍而长鞠[8]。抚情效志兮[9],冤屈而自抑[10]。

〔1〕滔滔:指阳气充盛的样子。又清代王夫之说:"滔滔犹言悠悠,孟夏日长也。"(《楚辞通释》)清胡文英说:"滔滔,长也。指孟夏言,今吴楚俱有日长滔滔之谚。"(《屈骚指掌》)说亦可通。孟夏:初夏。指阴历四月。

〔2〕莽莽:茂盛的样子。

以上二句说:阳气充盛的初夏时节,草木蓬勃茂盛。

〔3〕伤怀:伤心。永:长久。"永哀",明代汪瑗说:"哀之久也。"(《楚辞集解》)

〔4〕汩(yù 玉):迅疾的样子。徂(cú 粗阳平):去,往。南土:具体所指不详。一说指江南流放地。一说南土指长沙。又清代林云铭说:"汩罗在郢之南,故曰南土。言久放伤哀,欲沉于此,乘此水大之时,由迁所而往也。"(《楚辞灯》)诸说可参考。

以上二句说:我的心长久哀伤,急匆匆走向那僻远的南方。

〔5〕眴(xuàn 眩):王逸说:"眴,视貌也。"(《楚辞章句》)杳杳(yǎo 咬):幽暗深远。

〔6〕孔:甚。静:清静。幽默:静默无声。"眴兮杳杳"二句,王逸说:"言江南山高泽深,视之冥冥,野甚清静,漠无人声。"明代黄文焕说:"无象可觌之谓幽,无声可闻之谓默。声象交废之谓孔静。目既不见,耳亦不闻,如此景况,如此心情,竟入于鬼界矣。岂复知有人世喧动之乐哉?"(《楚辞听直》)王、黄之说可以参考。

以上二句意思是:视之幽深而无所见,听之静默而无所闻。这是形容江南流放地的荒凉、远僻不见人迹。

〔7〕纡(yū 迂):屈抑。轸(zhěn 诊):通"畛",痛。"纡轸",王逸说:"纡屈而痛。"

〔8〕离:遭。慜(mǐn 敏):同"愍",痛。一说"愍,忧也。"亦通。鞠(jū 居):穷困。又清代夏大霖说:"鞠如鞠躬之鞠,不得伸也。"(《屈骚心印》)亦可通。

以上二句说:我心中郁抑而痛楚,遭受忧痛而长穷困。

〔9〕抚:抚慰,安定。效:考核、检验。"效志",王逸说:"考核心志。"

〔10〕抑:遏止,压制。

以上二句意思是:抚平我的心绪,检验一下自己的志节,我并没有过失,我所遭受的冤屈只有自己克制,自我压抑。

刓方以为圜兮[1],常度未替[2]。易初本迪兮[3],君子所鄙[4]。章画志墨兮[5],前图未改[6]。内厚质正兮[7],大人所盛[8]。巧倕不斵兮[9],孰察其拨正[10]。玄文处幽兮[11],矇瞍谓之不章[12];离娄微睇兮[13],瞽以为无明[14]。变白以为黑兮[15],倒上以为下[16]。凤皇在笯兮[17],鸡鹜翔舞[18]。同糅玉石兮[19],一概而相量[20]。夫惟党人鄙固兮[21],羌不知余之所臧[22]。

〔1〕刓(wán 完):削。圜:同"圆"。

〔2〕度:法。替:废。

以上二句意思是:欲使我变心从俗,如同削方以成圆那样不可能;常法不可废,我终守正而不易。

〔3〕易:改变。初:当初,最初。迪:道。"本迪",常道。一说为"本然之道",亦通。

〔4〕鄙:鄙薄,轻视。

以上二句说:改变当初立志奉行持守的常道,这是君子所鄙薄的行为。

〔5〕章:彰明。画:规章,规矩。志:记。墨:绳墨。

〔6〕图:法度。"前图",指前代授受相传的法度。

以上二句说:使规章彰明显著,牢记绳墨、规矩,不改易前代遗留的法度。

〔7〕内:内心,指人的本质。厚:敦厚。质:品行。正:正直。

〔8〕大人:圣人,君子。盛:赞美。

以上二句说:本性敦厚,品行正直,这正是贤人君子所赞扬的。

〔9〕倕(chuí 垂):人名,是古代传说中的巧匠。王逸说:"倕,尧巧工也。"(《楚辞章句》)明代汪瑗说:"倕,舜臣名,有巧思,善作百工之物,故曰巧倕。"(《楚辞集解》)可以参考。斫(zhuó 琢):削,砍。这里指作工。

〔10〕察:审查,了解。拨:曲,与"正"相对。清代孙诒让说:"拨谓曲柱,与正对文。《管子·宙合》篇云:'夫绳扶拨以为正。'《淮南子·本经训》亦云:'扶拨以为正'。高注云:'拨,柱也。'《修务训》云:'琴或拨剌枉挠。'注云:'拨剌,不正也。'《荀子·正论篇》云:'不能以拨弓曲矢中。'《战国策·西周策》云:'弓拨矢钩。'皆其证也。王释为'治',失之。《史记》作'揆',亦误。"(《札迻》卷十二)孙诒让之说极是。按自王逸以来,或释"拨"为"治";大多数注家则从《史记》作"揆",解作"揆度","揆正";至孙诒让始有确解。

以上二句意思是:技艺高超的巧匠倕,如果不操斧作工,有谁能了解他做的活儿是否合于绳墨?

〔11〕玄文:黑色的花纹。处幽:置于幽暗处。

〔12〕矇:同"蒙"。睁眼瞎子。《诗·大雅·灵台》:"蒙瞍奏公。"《毛传》:"有眸子而无见曰蒙。"瞍(sǒu 叟):瞎子。郑玄《笺》曰:"无眸子曰瞍。"章:彰明,显著。

〔13〕离娄:人名。王逸说:"古明目者也。"洪兴祖说:"黄帝时人,明目能见百步之外,秋毫之末。"(《楚辞补注》)睇(dì 弟):《说文》:"目小视也。""微睇",略加顾盼。清蒋骥说:"微睇,谓略加睇盼,已无不见也。"(《山带阁注楚辞》)

〔14〕瞽(gǔ 古):瞎眼的人。无明:看不见,没有视力。

以上四句说:黑色的花纹被置于幽暗之中,就连瞎子也会说不显明;

明眼的离娄略一顾盼已无所不见,目盲之人却以为他什么也看不见。

〔15〕变白以为黑:王逸说:"世以浊为清也。"明汪瑗说:"白黑,喻善恶之混淆也。"

〔16〕倒上以为下:王逸说:"俗人以愚为贤也。"汪瑗说:"上下,喻爵位之错乱也。"

〔17〕笯(nú 奴):鸟笼。南楚江沔之间方言称笼为笯。

〔18〕鹜(wù 务):鸭类。

以上二句说:凤凰被困在鸟笼里,鸡鸭却能飞舞、翱翔。

〔19〕糅(róu 柔):混杂。

〔20〕概:器具名称。古代用于量粟麦时刮平斗斛。这里是标准的意思。"一概",同一标准,没有区别。量(liáng 良):测量,衡量。"相量",一样看待,等量齐观。

以上二句说:美玉和石头混杂在一起,用同一个标准来看待,以同样的价值来衡量。

〔21〕鄙固:鄙陋、固塞。

〔22〕羌(qiāng 腔):楚方言,发语词。臧:通"藏"。清代王念孙说:"古无藏字,借臧为之。……臧,亦读为藏,谓美在其中,而人不知也。下文云,'材朴委积兮,莫知余之所有',意与此同也。"(《读书杂志·余编》下)王念孙说是。一说臧,善,亦可通。汪瑗说:"所藏,谓己之所蕴蓄者。"

以上二句说:那些党人鄙陋而固塞,怎能知道我内心固有的美好。

任重载盛兮[1],陷滞而不济[2]。怀瑾握瑜兮[3],穷不知所示[4]。邑犬之群吠兮[5],吠所怪也[6]。非俊疑杰兮[7],固庸态也[8]。文质疏内兮[9],众不知余之异采[10]。材朴委积兮[11],莫知余之所有[12]。重仁袭义兮[13],谨厚以为丰[14]。重华不可遻兮[15],孰知余之从容[16]。古固有不并兮[17],岂知其何故[18]?汤禹久远兮[19],邈而不可慕[20]。惩连改忿兮[21],抑心而自强[22]。离愍而不迁兮[23],愿志之有像[24]。进路北次兮[25],日昧昧其将暮[26]。舒忧娱哀兮[27],限之以大故[28]。

〔1〕任:承担,担当。载(zài 再):装载,负担。盛:多。"任重载盛",宋洪兴祖说:"言所任者重,所载者多也。"(《楚辞补注》)

〔2〕陷:没。滞:留。济:渡。"陷滞而不济",明代汪瑗说:"此以车马任重载盛,陷滞于泥泞而不得渡为喻也。"(《楚辞集解》)

〔3〕怀:怀藏。王逸说:"在衣为怀。"(《楚辞章句》)握:握持。王逸说:"在手为握。"瑾(jǐn 谨)、瑜:美玉。

〔4〕穷:穷困。示:给人看。"不知所示",宋朱熹说:"人皆不识,无可示者也。"(《楚辞集注》)清代钱澄之说:"世无知者,将持以示谁乎?"(《屈诂》)

以上二句意思是:我虽怀藏美玉,但我处于穷困之地,世无识我之人,我手持美玉又给谁看呢?

〔5〕邑:城镇。

〔6〕怪:惊异,怪异。"吠所怪也",王逸说:"言邑里之犬,群而吠者,怪非常之人而噪之也。以言俗人群聚毁贤智者,亦以其行度异,故群而谤之也。"这是以邑里之犬对怪异事物的吠叫,比喻谗佞之人对贤德之士的诽谤和打击。

〔7〕非:非毁,责怪。一说通"诽",诽谤。俊:才智过人。《淮南子·泰族训》:"智过万人者谓之英,千人者谓之俊,百人者谓之豪,十人者谓之杰。"这里指才智出众的人。"杰"与此同义。疑:疑忌。

〔8〕固:本来。庸:指世俗的庸人。"庸态",汪瑗说:"谓世俗之常态也。此章以邑犬群吠所怪,喻庸态非疑俊杰也。"说是。

以上二句说:非议、疑忌俊杰之士,本来就是世俗庸人的态度。

〔9〕文:华美,有文彩,这里指外表。质:本性。疏:疏阔。内:通"讷(nè)",出语迟钝。"文质疏内",姜亮夫说:"言文疏质内,文谓其外表,疏者谓其无繁缛之饰也;与讷正为对文。质,谓其本质本体;内者,谓其木讷不善言也。"(《屈原赋校注》)

〔10〕异采:与众不同的文采。"众不知余之异采",姜亮夫说:"言余外表疏而不缛,内质木讷不言,然有殊于寻常之文采,则众人之所不知也。"说是。

以上二句说:我没有华丽的外表,质朴木讷,众人不了解我那不同寻常的文采。

〔11〕材:清代段玉裁《说文解字注》说:"材谓可用也。……凡可用之具皆曰材。"朴:未加工的木材。朱熹说:"未斲之质也。"闻一多说:"未成器之材曰朴。"(《九章解诂》)委积:积聚、堆积。清蒋骥说:"积而不用也。"(《山带阁注楚辞》)"材朴委积兮,莫知余之所有",清徐焕龙说:"譬如良材未雕未琢,朴而委积于地,则遂莫知栋梁而堪巨室者,并余之所有矣。"(《屈辞洗髓》)

〔12〕所有:指内在的美德。

以上二句意思是:就像可用的良材堆积于地无人理会,我内在的才德没有人了解。

〔13〕重:重叠。袭:重叠。《淮南子·氾论训》:"此圣人所以重仁袭恩。"注云:"袭亦重累。"又王逸说:"袭,及也。"可以参考。

〔14〕谨:谨慎。厚:笃厚、深重。丰:富足,充裕。

以上二句说:我不断累积仁与义,以谨慎、笃厚的美德充实自己。

〔15〕重(chóng 虫)华:虞舜名。遌(è 遏):逢,遇。

〔16〕从容:这里指举动。

以上二句说:虞舜这样圣明的君王是不可能遇到的,有谁能了解我的举动、作为?

〔17〕并:兼、俱。"不并",明代李陈玉说:"有君无臣,有臣无君,谓之不并。"(《楚辞笺注》)此说是。

〔18〕以上二句说:自古以来本来就有明君贤臣不能并世而立的事,怎么能知道这是什么缘故?

〔19〕汤:商汤,商朝的建立者。禹:又称大禹、夏禹,因治水有功,被舜选为继承人,舜死后任部落联盟领袖。

〔20〕邈:远。慕:思念、仰慕。"汤禹久远兮,邈而不可慕",清代钱澄之说:"圣贤既不并世,若禹之于益、皋陶;汤之于伊尹,未尝不并。去古久远,此风已邈不可慕矣。"(《屈诂》)可以参考。

以上二句说:商汤、夏禹是圣明之君,然而相距久远,不能相逢,以慰我仰慕之心。

〔21〕惩:止。连:《史记》、朱熹《楚辞集注》作"违",当改作"违"。清代王念孙说:"违,恨也。言止其恨,改其忿也。恨与忿义相近。……班固《幽通赋》'违世业之可怀'。曹大家曰:'违,恨也。'《无逸》曰:'民否则厥心违怨。'《邶风·谷风》篇'中心有违'。《韩诗》曰:'违,很也。'很亦恨也。"(《读书杂志·余编》下)此说是。忿:怨恨。明代汪瑗说:"不平曰忿。"

〔22〕抑:按,抑制。自强:汪瑗说:"自勉也。……有自强不息之意。"

以上二句意思是:既然圣君贤臣不能并世而立,汤禹久远无可追攀,我只有止息心中的怨恨,按抑心绪,自我奋勉。

〔23〕愍(mǐn敏):忧患。迁:改变。

〔24〕像:法则、榜样。

223

以上二句说：我遭受忧患而不改变志向,愿我的心中有效法的榜样。

〔25〕路：道路。"进路",前进的道路。次：停留、止宿。"北次",清戴震说："方晞原云,据《涉江》篇,由沅入溆,乃至迁所,则沉罗渊当北行,故有进路北次之语。"(《屈原赋注》)可以参考。

〔26〕昧昧：昏暗。

以上二句意思是：我向北行进,日色将暮时停下来歇息。

〔27〕娱：快乐,欢娱。"娱哀",与舒忧相对。王逸说："以舒展忧思,乐已悲愁。"

〔28〕限：界限、限度。大故：指死亡。《孟子》："今也不幸,至于大故。"赵岐注："大故,谓大丧也。""限之以大故",朱熹说："于是将欲舒忧以娱哀,而念人生几何,死期将至,其限有不可得而越也。"清代王闿运说："一死则积忧舒,百哀娱。故以此大故,限已长戚之情也。"(《楚辞释》)可以参考。

以上二句意思是：我舒发忧愁,娱乐以释去悲哀,我的生命已经到了尽头。

乱曰：浩浩沅湘[1],分流汨兮[2]。修路幽蔽[3],道远忽兮[4]。怀质抱情[5],独无匹兮[6]。伯乐既没[7],骥焉程兮[8]。万民之生[9],各有所错兮[10]。定心广志[11],余何畏惧兮。曾伤爰哀[12],永叹喟兮[13]。世溷浊莫吾知[14],人心不可谓兮[15]。知死不可让[16],愿勿爱兮[17]。明告君子[18],吾将以为类兮[19]。

〔1〕浩浩：广大、盛大的样子。沅：沅江。在湖南省西部。源出贵州省云雾山。上游称清水江,自湖南省黔阳县黔城镇以下始名沅江。东北

流经辰溪、沅陵、常德等县市,至汉寿县入洞庭湖。湘:湘江。湖南省境内河流。源出广西壮族自治区灵川县东海洋山西麓。东北流贯湖南省东部,经衡阳、湘潭、长沙等市到湘阴县芦林潭入洞庭湖。

〔2〕汩(gǔ古):水流的样子。

以上二句说:浩渺的沅水和湘水,各自急急地流着。

〔3〕修:长。幽:僻。蔽:明代汪瑗说:"翳也。"(《楚辞集解》)"幽蔽",幽深蔽暗。

〔4〕忽:荒忽,不分明的样子。

以上二句意思是:林木掩翳的道路荒僻幽暗,通向那看不见的远方。

〔5〕质:质朴。这里指质朴的本性。情:本心。王逸说:"忠信之情。"(《楚辞章句》)

〔6〕匹:双。"无匹",王逸说:"孤茕独行,无有双匹也。"

以上二句说:我怀抱质朴忠信的本心,茕独孤特而与众不同。

〔7〕伯乐:古代传说中善于相马的人。洪兴祖《楚辞补注》引《战国策》:"昔骐骥驾盐车上吴坂,迁延负辕而不能进,遭伯乐仰而鸣之,知伯乐之知己也。"没:死。

〔8〕骥:良马。焉:安、何。程:衡量、计量。"骥焉程兮",王逸说:"言骐骥不遇伯乐,则无所程量其才力也。以言贤臣不遇明君,则无所施其智能也。"

以上二句说:伯乐已死,还有谁能够识别良马?

〔9〕万民之生:洪兴祖《楚辞补注》引一本、朱熹《楚辞集注》作"民生禀命"。当作"民生禀命"。民生:人生。禀命:受命于天。

〔10〕错(cù醋):通"措",安置。

以上二句意思是:人的一生受命于天,寿夭穷通,各有自己的定数。

〔11〕定心:坚定心志不动摇。广志:开阔心胸。

〔12〕曾(céng层):通"层",重累。爰哀:哀而不止。

〔13〕永叹:长叹。喟:叹息。

以上二句说:我哀伤不止,不住叹息。

〔14〕莫吾知:没有人了解我。

〔15〕谓:说。

以上二句说:世道混浊,没有人能够了解我,人心真是不可说啊!

〔16〕让:辞让,退避。

〔17〕爱:爱惜,不舍。

〔18〕明告:明确地告诉。君子:有德之人。

〔19〕类:法则,标准。"吾将以为类兮",郭在贻说:"乃指以'知死不可让,愿勿爱兮'为类(类即法则、道德标准之意),亦即舍生取义之意。这种思想,篇中凡三致意焉,如'重仁袭义兮,谨厚以为丰';如'定心广志,余何畏惧',等等。故最后总结一句'吾将以为类兮',意思就是说:我将以舍生取义为处世之准则。"(《训诂丛稿·楚辞解诂续》)此说是。

以上四句意思是:知道死亡无法避免,希望不要吝惜生命。我明确地告知天下的君子,我将以舍生取义作为自己的准则。

思美人

本篇是屈原在楚怀王时期,遭谗被疏、出居汉北时所作。从内容来看,当是写于《离骚》之后,《抽思》之前。清代蒋骥说:"《抽思》、《思美人》,与《骚经》语意相近。""与《骚经》皆作于怀王时。""后于《骚经》。"这一看法是正确的。但是在旧说中也有人认为,此篇是屈原在顷襄王时期流放江南时所作。持此种看法的人并非是个别的。其中的一个重要原因,是由于《思美人》篇的某些句子,有与《哀郢》、《涉江》等篇类似之处。如《思美人》中有"开春发岁兮,白日出之悠悠。吾将荡志而愉乐兮,遵江夏以娱忧"。《哀郢》中有"去故乡而就远兮,遵江夏以流亡"。《思美人》中有"观南人之变态","独茕茕而南行";《涉江》中有"哀南夷之莫吾知"。这些相似之处,容易使人将它们同等看待。但是实际上,这些相似之处,却有本质的区别。我们知道,《哀郢》是写屈原流放到陵阳,路线是自西向东;《涉江》是写屈原从陵阳流放到沅、湘地区,路线是自东至西南。而《思美人》写的是屈原自郢都出居汉北的一段路程。屈原自郢都去汉北,必须溯汉水北上,但从郢都进入汉水,先要沿夏水(在今湖北省境内)走一段路。夏水出于长江,由郢都(在今湖北江陵)向东南方流至监利,再向东北流至沔阳附近汇入汉水(这是古代夏水的流向,今已改道)。屈原从郢都出发而要进入汉水,必须先沿着夏水向东南行,而从郢都到监利一段,夏水又大致与长江平行,而且靠得很近,因此沿着夏水也就是沿着长江,所以在屈原作品中江、夏并提。《思美人》中所谓"遵江夏","南行",是指屈原先沿着江、夏向东南(主要是南)行的一段路程,到了监利之后才转向东北(主要是北)。因此,《思美人》中的"遵江夏",目的地是汉北,与《哀郢》中"遵江夏"的目的地不同;《思美人》中的"南行"是指折向东北之前向东南行的一段路,与《涉江》中的路线也不同。把《思美人》与《哀郢》、《涉江》等篇相区别的根本原因还不在于行走路线的不同,而是在于它们所表达的思想感情不同。《思美人》中说:"知前辙之不遂兮,未改此度。车既覆而马颠兮,蹇独怀此异路。""指嶓冢之西隈兮,与纁黄以为期。""广遂前画兮,未改此度也。"这说明屈原虽然遭受了坎坷与挫折,但是并没有对楚王绝望,他还希望"君之一悟,俗之一改",实现自己的政治理想。在这一点上,《思美人》与《离骚》、《抽思》是一致的。《离骚》中说:"国无人莫我知兮,又何怀乎故都?既莫足与为美政兮,吾将从彭咸之所居。"屈原遭受谗人陷害,因而想离开郢都。《思美人》中说:"吾将荡志而愉乐兮,遵江夏以娱忧。"此时是真的离开郢都了,走上了去汉北的路,这使他甚至有一种轻松的感觉。但他真的到了汉北,便又开始思念郢都,竟至于"魂一夕而九逝"(见《抽思》)。总之,《离骚》、《思美人》、《抽思》,都写于楚怀王时期,在思想感情上,属于同一阶段,只是在层次上有所区别,《思美人》是屈原思想感情发展链条中的一个环节。

思美人兮[1],揽涕而伫眙[2]。媒绝路阻兮[3],言不可结而诒[4]。蹇蹇之烦冤兮[5],陷滞而不发[6]。申旦以舒中情兮[7],志沉菀而莫达[8]。愿寄言于浮云兮[9],遇丰隆而不将[10]。因归鸟而致辞兮[11],羌宿高而难当[12]。高辛之灵盛兮[13],遭玄鸟而致诒[14]。欲变节以从俗兮[15],愧易初而屈志[16]。独历年而离愍兮[17],羌冯心犹未化[18]。宁隐闵而寿考兮[19],何变易之可为[20]?

〔1〕思:想念,挂念。美人:指楚怀王。
〔2〕揽:擦拭。明汪瑗说:"揽,扷而挥之也。"(《楚辞集解》)清奚禄诒说:"揽,拭也。"(《楚辞详解》)涕:眼泪。"揽涕",擦干眼泪。王夫之说:"挥涕也。"(《楚辞通释》)闻一多说:"揽涕犹收涕也。"(《九章解诂》)伫(zhù 住):长时间站立。眙(chì 赤):直视的样子。清奚禄诒说:"眙,举目也。""揽涕而伫眙",即擦拭眼泪,久立而长望的意思。清代徐焕龙说:"因思故涕,涕久故揽,收泪复思,伫立呆盼。"(《屈辞洗髓》)可以参考。
〔3〕媒:媒人。汪瑗说:"所以约婚姻者也。"奚禄诒说:"媒指友人

也。"绝:断绝。"媒绝",汪瑗说:"以喻己之寡合也。"路:指上达于楚王的通路。阻:阻塞不通。"路阻",汪瑗说:"以喻己之遭谗也。"

〔4〕结:聚。王夫之说:"结,聚也。聚所欲言而陈之也。"诒(yí宜):通"贻",赠给。"言不可结而诒",清胡文英说:"己思君之甚而不可得见,言又非可结聚而远赠。"(《屈骚指掌》)

以上四句意思是:思念美人啊,擦干眼泪我久立而凝望。媒人断绝,通路阻塞,心中的话又不能结聚起来赠给美人。

〔5〕蹇蹇(jiǎn简):汪瑗说:"蹇蹇,拥塞不通貌。"又闻一多说:"蹇蹇犹蹇产,诘屈也。"可参考。烦冤:汪瑗说:"烦、繁同。冤,枉也。烦冤,谓所枉者众多也。犹言甚屈耳。"

〔6〕陷滞:汪瑗说:"陷,没之深也;滞,溺之久也。""陷滞而不发",清钱澄之说:"言烦冤诘曲,无以自解,亦无从发泄也。"(《庄屈合诂》)汪瑗说:"陷滞不发,言路阻也。"又胡文英说:"若车之陷于泥淖,莫能自拔也。"可参考。

以上二句说:那么多的冤屈拥塞在心里,沉积阻滞却无由发泄。

〔7〕申旦:通宵达旦。清戴震说:"申旦犹达旦。申者,引而至之谓。"(《屈原赋注》)一说申旦犹旦旦,指累日。如钱澄之说:"申旦,犹言旦旦也。"奚禄诒说:"申旦者,欲日日陈已之情也。"亦可通。又一说以申旦为申明。王夫之说:"申旦,重复而明也。"清刘梦鹏说:"申,达其情;旦,明其志。"(《屈子章句》)可备参考。

〔8〕菀(yù玉):郁结,积滞。洪兴祖说:"菀,积也。"清蒋骥说:"菀,结也。"(《山带阁注楚辞》)达:通。"志沉菀而莫达",王逸说:"思念沉积,不得通也。"(《楚辞章句》)汪瑗说:"沉菀不达犹陷滞不发也。……此章言已冤不能发,情不能达,以见终不得结言以诒美人也。"

以上二句说:我夜以继日抒发心中的冤情,心思郁结积滞,又没有通路可达于美人。

〔9〕愿:希望。寄:托付。

〔10〕丰隆:古代神话中的云神。将:奉,秉承。汪瑗说:"言欲因浮云而寄言于美人,则云师虽相遇而乃径逝,莫我承也。"

以上二句说:我想托天上的浮云捎去我的话,遇到云神它却不肯听命于我。

〔11〕因:依托,凭借。致辞:汪瑗说:"犹寄言也。"

〔12〕羌(qiāng腔):楚方言,发语词。宿:洪兴祖《楚辞补注》引一本作"迅",朱熹《楚辞集注》作"迅"。按此处作"迅"亦通。迅:疾速。戴震说:"迅,飞之疾也。""迅高",鸟飞疾速而高。作"宿",栖息之意。王逸释"宿"为"飞集山林"。王夫之说:"宿高,鸟宿高枝。"当:值,逢遇。洪兴祖说:"当,值也。"刘梦鹏说:"当犹遇也。""难当",难以遇到。汪瑗说:"欲因归鸟而致辞于美人,则归鸟飞速而又高,不易相值也。"

以上二句说:我想通过飞回去的鸟儿向美人致辞,无奈鸟儿栖息于山林高枝,我很难与之相逢。

〔13〕高辛:古代帝王帝喾在位时的称号。灵盛:形容帝喾之德神灵而充盛。又汪瑗说:"灵盛,犹言福隆也。"可参考。

〔14〕玄鸟:即凤凰。诒:通"贻",这里用作名词,指礼物,聘礼。"致诒",送达礼物。

以上二句紧接"寄言浮云"、"归鸟致辞"四句,意思是说,自己想托付云神、飞鸟带话给美人,但都没有办成,而高辛却有神灵,派遣凤凰给美人送礼。

〔15〕从俗:追随世俗。

〔16〕易初:改变初衷。屈志:因屈服而改变志向。"愧易初而屈志",清王萌说:"而易初屈志之事,我所愧也。"(《楚辞评注》)钱澄之说:"若变节从俗,则将易初屈志,终愧而不为也。"

以上二句说:我想改变操守以遵从流俗,又为改变了初衷、放弃志向而感到惭愧。

〔17〕历年:经年。愍(mǐn敏):忧患。

〔18〕冯(píng平):盛,大。汪瑗说:"冯,充积盈满之意。""冯心",蒋骥说:"初时盛满之愿也。"未化:没有改变。"冯心犹未化",汪瑗说:"言己之道义节气,充积盈满于心,虽遭放逐之久,而犹不能变其所守也。"

以上二句说:我独自一人经年遭受忧患,但我当初的志向仍然盈满于心而没有改变。

〔19〕隐:隐忍。闵:忧患。寿考:高寿,老死。王逸说:"终年命也。"汪瑗说:"寿考,善终也。"蒋骥说:"寿考,犹没世也。"按:这里是指没有意外的、生命的自然终结。

〔20〕何变易之可为:改变自己初志的事情怎么可以作呢? 朱熹说:"然终不能变易其初心也。"王远说:"言宁抱痛忧,以毕此生,变节易初之事,何可为也。"清林云铭说:"宁抱痛忧而老死于此,亦不可冒愧而变易,况但历年乎?"(《楚辞灯》)诸说可参考。

以上二句说:我宁可在隐忍忧痛中度过一生,也不能去做改变初志的事情。

知前辙之不遂兮[1],未改此度[2]。车既覆而马颠兮[3],蹇独怀此异路[4]。勒骐骥而更驾兮[5],造父为我操之[6]。迁逡次而勿驱兮[7],聊假日以须时[8]。指嶓冢之西隈兮[9],与纁黄以为期[10]。

〔1〕前辙:从前的轨迹;已经走过的道路。遂:成功、顺利。"知前辙之不遂",指屈原的主张在朝廷行不通,政治理想不得实现。一说指前代忠直之士的结局。王逸说:"比干、子胥蒙祸患也。"(《楚辞章句》)汪

瑗说:"前辙或解作往古之迹,言古之忠臣义士,鲜有成其志者。"(《楚辞集解》)王、汪之说可参考。

〔2〕度:法度,规矩。汪瑗说:"度,君子立身行己之法度也。"

以上二句说:我明知从前的道路不顺利,但我也不改变立身行事的准则。

〔3〕颠:跌倒,倒下。"车覆马颠",与"前辙之不遂"句相呼应,"车覆马颠",正说明了"前辙不遂",这里以车马的颠覆比喻屈原政治理想的失败。

〔4〕蹇(jiǎn简):楚方言,发语词。异路:不同于俗众的道路。汪瑗说:"异路,喻古道也。言众人之所不由而己独由之,所以有颠覆之祸也。"清蒋骥说:"异路,与俗殊异之路。"(《山带阁注楚辞》)"车既覆而马颠兮,蹇独怀此异路",朱熹说:"知直道之不可行,而不能改其度,虽至于车倾马仆,而犹独怀其所由之道,不肯同于众人也。"(《楚辞集注》)蒋骥说:"明知前志之不得行,本缘不改此度之故。然虽车倾马仆,而所由之度,终不能忘。"

以上二句说:我所走的路虽然已是车覆马仆,但我仍独自惦念这不同于流俗的道路。

〔5〕勒(lè乐):套在马头上的笼头。这里用作动词,指驾驭马。汪瑗说:"勒,控御之意。"骐骥:良马。更驾:重新驾好车。汪瑗说:"更,重复整顿之意;驾,谓车也。勒马更驾,言不以颠覆之故而遂止也。"

〔6〕造父(fǔ甫):人名,周穆王时人,以善于驾车著称。操之:指执辔驾车。

以上二句说:勒住骏马,重新整顿车驾,让造父为我执辔驾车。

〔7〕迁:迁移,前进。逡(qūn群阴平)次:犹逡巡,指从容缓行的样子。驱:策马前进。

〔8〕假日:借日。须时:等待时机。汪瑗说:"即前优游卒岁之意。"

以上二句说:从容缓行不急于赶路,我暂且优游卒岁以等待时机。汪瑗释此二句说:"车既踬矣,马既颠矣,犹勒而更之,复迁徙逡巡于异路之次而善进焉,其不易初而屈志可见矣。"蒋骥说:"然虽车倾马仆,而所由之度,终不能忘。故更驾骏马,择良御,弭节徐行,以俟时至而得遂其志也。"二人说是。

〔9〕嶓冢(bō zhǒng 波肿):山名。蒋骥说:"嶓冢,山名,汉水发源之处,在今汉中府宁羌州楚极西地。原居汉北,举汉水所出以立言也。"隈(wēi 威):山势弯曲的地方。汪瑗说:"隈,山隩也。""指嶓冢之西隈",洪兴祖说:"言日薄于西山也。"(《楚辞补注》)汪瑗说:"西隈,日所入处也。"蒋骥说:"嶓冢,僻远之境。"这里是以"嶓冢之西隈",比喻道路遥远。

〔10〕与:以。纁(xūn 勋):通"曛",浅绛色。"纁黄",赤黄色,日落时的颜色。朱熹说:"日将入时,色纁且黄也。"(《楚辞集注》)清戴震说:"纁黄,日入色。"(《屈原赋注》)又汪瑗说:"日将入时则色纁且黄,盖黄昏之时,喻人之年老也。"可参考。

以上二句说:指着嶓冢山西边的山湾,以太阳落山的黄昏时分为期。按:汪瑗释此二句说:"盖自誓此心,终身而不改耳。自'欲变节以从俗'至此,即洪(按指洪兴祖)所谓反观初志,不可变易,益自修饰,死而后已是也。曾子曰:'士不可以不弘毅。'屈原庶几乎此矣。"蒋骥也说:"纁黄,日入之时。喻言没身由此异路也。"二人都认为,二句是以西方落日,比喻屈原坚持自己的志向,至死不改的决心。其说是。

开春发岁兮[1],白日出之悠悠[2]。吾将荡志而愉乐兮[3],遵江夏以娱忧[4]。揽大薄之芳茝兮[5],搴长洲之宿莽[6]。惜吾不及古人兮[7],吾谁与玩此芳草[8]?解萹薄与杂菜兮[9],备以为交佩[10]。佩缤纷以缭转兮[11],遂萎绝而离异[12]。吾且僂侗以娱忧兮[13],观南人之变态[14]。窃快在中心兮[15],扬厥凭而不竢[16]。芳与泽其杂糅兮[17],羌芳华自中出[18]。纷郁郁其远承兮[19],满内而外扬[20]。情与质信可保兮[21],羌居蔽而闻章[22]。

〔1〕发岁:一年的发端。"开春发岁",汪瑗说:"谓春初岁首也。"(《楚辞集解》)

〔2〕白日:太阳。汪瑗说:"白日,晴日也。"悠悠:长久。汪瑗说:"入春则日渐长,故曰白日出之悠悠。"清蒋骥说:"白日悠悠,犹言春日迟迟也。"(《山带阁注楚辞》)

〔3〕荡志:放纵心志,犹言纵情。汪瑗说:"荡志,谓开豁其心志也。"

〔4〕遵:循,沿着。江:长江。夏:夏水。故道从湖北沙市市东南分江水东出,流经今监利县北,折东北至沔阳县治附近入汉水。故自此以下的汉水,也兼称夏水。娱忧:欢快、娱乐以解除忧愁。汪瑗说:"娱忧,犹言消愁也。"

以上四句说:正当春回大地,一年初始之时,春日迟迟,白昼渐长,我沿着长江、夏水而行,放纵情怀,娱乐以解忧。按:本段是承接上文"聊假日以须时"之意而来。本篇反映了屈原从郢都到汉北的情景。汉北在郢都的北面,从郢都到汉北必须沿着长江、夏水而行,所以文中说"遵江夏以娱忧"。

〔5〕揽:采摘。薄(bó帛):草木茂盛的地方。"大薄",指茂密的丛林。汪瑗说:"大薄,大丛也。"闻一多说:"大薄,大林也。"(《九章解诂》)茝(zhǐ止):同"芷",即白芷。香草。

〔6〕搴(qiān千):楚方言,摘取。洲:水中的陆地。按:"长洲"与上句中的"大薄"相对,是指水中的陆地,并非指实际存在的地名。宿莽:

草名。王逸说:"草冬生不死者,楚人名曰宿莽。"(《楚辞章句》)洪兴祖说:"《尔雅》云,卷施草拔心不死,即宿莽也。"(《楚辞补注》)可以参考。

〔7〕不及古人:指生未能与古人同时。汪瑗说:"不及古人,谓不得与古之君子并生其时也。"

〔8〕玩:赏玩。芳草:指芳芷与宿莽。汪瑗说:"芳草,……喻道德之美也。此章言己采取芳草以为佩饰,而因叹俗人既不知此,古人又不可及,则将谁可与玩赏此芳草者乎?盖深憾浊世知己者之希也。"清徐焕龙说:"惜吾生也晚,不及古之圣帝明王,谁与共玩?"(《屈辞洗髓》)又清陈本礼说:"古人指高辛,此悼己之灵盛不及古人,虽有孤芳,只堪自赏,恨无美人之与玩也。"(《屈辞精义》)诸说可参考。

以上四句说:在茂密的丛林中采摘芳香的白芷;在洲渚之上撷取宿莽。我感到痛惜的是生不能与古人同时,当今之世谁能与我共同赏玩芳草?

〔9〕解:折取。清钱澄之说:"解犹采也。"(《庄屈合诂》)蒋骥说:"解,拔取之意。"萹(biān 编):萹蓄,一名"扁竹"。野生草本植物,可入药。"萹薄",指成丛的萹蓄。杂菜:徐焕龙说:"菜之无足名者。"

〔10〕备:准备,具备。汪瑗说:"谓以萹薄杂菜兼收而并用也。"交:合,并。"交佩",汪瑗说:"左右佩也。"

〔11〕缤纷:繁盛的样子。缭转:缭绕,缠绕。汪瑗说:"缭转,绕而又绕也。"清奚禄诒说:"缭转,环匝于身也。"(《楚辞详解》)

〔12〕萎绝:枯萎凋落。离异:离散,分离。"遂萎绝而离异",汪瑗说:"萎绝离异,谓枯槁断烂,不耐久也。"钱澄之说:"言其化为臭腐而见弃也。"陈本礼说:"萹、菜皆不芳之品,而世人偏爱之,且交相佩之以为美,不知适佩之而遽已萎绝离异矣。"诸说可参考。

以上四句说:世人折取萹蓄与杂菜交并佩带于身,虽然佩带的草缤纷错杂周身缠绕,但这些草最终还是枯萎凋零,分散节离。

235

〔13〕且:暂且。僵佪(chán huái 蝉怀):徘徊不进的样子。

〔14〕南人:指郢都以南的居民。按:屈原去汉北先要循夏水向南走一段,所以能接触到"南人"。变态:指民风习俗的变化。

以上二句说:我姑且徘徊、流连,娱乐以解忧,随便看看南方民风习俗的变化。

〔15〕窃:私自,暗中。快:快乐,快活。

〔16〕扬:发扬,散播。一说扬,和也。清朱骏声说:"《淮南·说山》'其声舒扬',注:'和也。'"(《说文通训定声》)清马其昶说:"《淮南》注:'扬,和也。'扬厥凭者,和其愤懑之心。"(《屈赋微》)说亦通。厥:其。凭:盛,满。一说指"愤懑"。不竢(sì 伺):无所待。"扬厥凭而不竢",汪瑗说:"发扬其中之所得者,而无待于外也。"

以上二句意思是:我暗中心里很快活,只要有内在的充实,自然会发扬出来,而无须有所等待。

〔17〕芳:芳香,指香草的气息。泽:光泽,润泽。杂糅:混杂交错。汪瑗说:"芳泽杂糅,谓佩饰之盛也。指上章芳草而言。"

〔18〕华:光彩,光辉。"芳华自中出",汪瑗说:"芳华,言其气之香,色之丽也。芳华自中出,有诸中者,则形诸外也。"

以上二句意思是:香草的气息与光泽交相错杂,其内在的芳香与光彩自然而然地显现出来了。

〔19〕纷郁郁:香气充盛的样子。承:洪兴祖《楚辞补注》引一本作"蒸"。朱熹《楚辞集注》作"烝"。按当作"蒸"或"烝","蒸"与"烝"同。烝,气上行曰烝。远烝:朱熹说:"芳气之远闻也。"汪瑗说:"远烝,谓香气薰烝袭人之远闻也。"

〔20〕满内外扬:汪瑗说:"积于中者深,故发于外者盛也,承上章芳华自中出而言。"奚禄诒说:"言芳华纷然郁郁可以远薰,盖德满于内而名自扬也。"

以上二句说:馥郁的芳香向远方薰炙,只有内在的盛满充盈,才会向外播扬。

〔21〕情:汪瑗说:"情,发于外者。"质:汪瑗说:"质,存诸中者。"信:确实。保:恃。

〔22〕居:居处。蔽:障蔽。"居蔽",指幽僻的处所。闻:名声。章:显著。"居蔽闻章",朱熹说:"所居虽蔽而其名闻则章也。"汪瑗说:"居蔽闻章,可谓遏之而愈光,抑之而愈扬者矣。"

"情与质信可保"二句,清钱澄之说:"但恐情与质不能始终自保耳,信可保也,犹芳之处于幽谷之中,丛棘之内,虽极隐蔽,而其馨闻自不可掩,则亦何必扬厥冯乎?"(《庄屈合诂》)徐焕龙说:"情之与质毫无虚假,而信乎可保,故虽居障蔽之地,声闻日以章明。"奚禄诒说:"内情外质相副,诚可自保,虽居山泽,闻问亦章,宁以放而失乎?"诸说可参考。

令薜荔以为理兮〔1〕,惮举趾而缘木〔2〕。因芙蓉而为媒兮〔3〕,惮褰裳而濡足〔4〕。登高吾不说兮〔5〕,入下吾不能〔6〕。固朕形之不服兮〔7〕,然容与而狐疑〔8〕。广遂前画兮〔9〕,未改此度也〔10〕。命则处幽吾将罢兮〔11〕,愿及白日之未暮〔12〕。独茕茕而南行兮〔13〕,思彭咸之故也〔14〕。

〔1〕薜荔(bì lì 必力):常绿藤本植物,亦称"木莲"。茎、叶、果可供药用。汪瑗说:"薜荔,生于木者。"(《楚辞集解》)理:指媒人。

〔2〕惮(dàn 但):怕,畏惧。汪瑗说:"惮,畏难也。"举趾:抬脚。缘木:顺着树向上爬。这里指去找生于树上的薜荔。清徐焕龙说:"缘木比上援贵显。"(《屈辞洗髓》)可以参考。

〔3〕芙蓉:荷花。汪瑗说:"芙蓉,生于水者。"又清蒋骥说:"薜荔、

芙蓉,喻旧交在位者。"(《山带阁注楚辞》)可以参考。

〔4〕褰(qiān 千):通"搴",揭起。裳(cháng 常):下身的衣服。"褰裳",用手提起下身的衣服。濡(rú 如):沾湿。

"令薜荔以为理"以下四句,王逸说:"意欲升高,事贵戚也。诚难抗足,屈蜷跼也。意欲下求,从风俗也。又恐污泥,被垢浊也。"(《楚辞章句》)王逸是以缘木为升高,濡足为下求,说可参考。又汪瑗说:"屈子思美人之情,可谓急矣。媒绝路阻,言不可结而诒矣。此令薜荔以为理,因芙蓉以为媒,特一举手一投足之劳,则言可结而诒矣,媒不绝而路不阻矣,美人可得而见矣,顾以为惮而不为者,朱子曰:'内美既足,耻因介绍以为先容,而托以有惮也。'是此惮者,非不能也,不为也。观此,则前诸篇屡屡以理弱媒拙自恨者,岂诚然哉?特反言以责谗人之嫉己,人君之不察耳。此所谓惮者,乃其不肯变节以从俗,易初而屈志之本心也,故曰情与质信可保兮。"按汪瑗说是。以上四句说:我想命令薜荔做我的媒人,但是抬脚爬上树去找它,这使我感到为难;我想去托芙蓉为我说合,又害怕撩起衣裳下水会弄湿了我的脚。按:这里是以缘木、下水比喻变节以从俗,所以屈原不会去做,而以"有所惮"为借口。

〔5〕说(yuè 月):通"悦",愉快,喜悦。"登高吾不说",王逸说:"事上得位,我不好也。"蒋骥说:"登高,承缘木言。"(《山带阁注楚辞》)徐焕龙说:"惮缘木者,登高则附势而吾不悦。"

〔6〕入下:蒋骥说:"入下,承濡足言。""入下吾不能",王逸说:"随俗显荣,非所乐也。"徐焕龙说:"惮褰裳者,入下更无耻而吾不能。"

按:以上二句承"令薜荔以为理"以下四句而言,汪瑗说:"登高不悦,入下不能,言不能与世浮沉也。"

〔7〕固:本来。朕形:我的形体,犹言"我本身"。服:服从,适应。"朕形之不服",朱熹说:"形偃蹇而不服,心耿介而使然也。"(《楚辞集注》)汪瑗说:"朕形不服,言己身之倔强也。"蒋骥说:"若欲因人求合,则

必不肯为。盖疏傲之形,固未尝习惯也。"戴震说:"不服,不卑屈以求人。"(《屈原赋注》)诸说可参考。

〔8〕然:闻一多说:"然犹乃也。"(《九章解诂》)容与:迟缓不前的样子。狐疑:犹豫不决。刘梦鹏说:"狐疑者,进退维谷若难自决之辞。"(《屈子章句》)"然容与而狐疑",汪瑗说:"然又自以为疑,犹孔子曰'吾道非邪'之意,盖反言以见吾道之为是耳。屈子岂真遂有所疑于其心哉?"清屈复说:"登高缘木,入下濡足,此因我身素所不习,然此不习者,是耶? 非耶? 狐疑之甚。"(《楚辞新注》)

以上四句说:登高上树我不喜欢,下水我又做不到;本来我就是一个不愿随俗的人,真让我迟疑不决,进退两难。

〔9〕广:汪瑗说:"广,扩而充之也。"奚禄诒说:"广,弘也。"(《楚辞详解》)遂:成功,实现。汪瑗说:"遂,必欲成之也。""广遂",钱澄之说:"广遂,多方以遂之也。"(《庄屈合诂》)画:谋划,计策。"前画",从前的计划。汪瑗说:"前画,言初心之所谋也。"钱澄之说:"前画犹前辙也。"

〔10〕度:法则,规矩。汪瑗说:"此度,措诸躬而已有所行者也。"

以上二句意思是:多方以求得实现我当初的谋划,不改变法则与规矩。

〔11〕命:汪瑗说:"命,如'道之将行也与,命也;道之将废也与,命也'之命。"处幽:处于昏暗、僻远的地方,指遭贬斥、流放。汪瑗说:"处幽,谓遭放逐,而不显用于时也。"罢:止,休。汪瑗说:"罢如字,休也。吾将罢兮,犹吾已矣夫之意,言道之不行也。"一说罢通"疲",疲倦,劳累。朱熹说:"罢,读作疲。"可以参考。

〔12〕愿及白日之未暮:希望能够赶在太阳落山之前。与前"与纁黄以为期"意同。比喻屈原希望在衰老、死亡降临之前,能够抓紧时间有所作为。汪瑗说:"白日未暮,犹言此身尚未死耳,欲及时修德立行也,唤上广遂前画二句。"蒋骥说:"欲遂居蔽以安命,则日未纁黄,尚冀有为,

情又安能已乎?"

以上二句意思是:我注定了要处于昏暗幽僻的境地,终其一生,志不得伸,我希望能赶在太阳落山之前实现我的计划。

〔13〕茕茕(qióng 琼):孤独的样子。南行:向南行走。按:这里的"南行"与前"遵江夏以娱忧"呼应。屈原从郢都到汉北先要进入汉水,而进入汉水之前先要沿长江、夏水向东南(主要是南)行走,到了监利才转向东北(主要是北),进入汉水。这里的南行,正是指沿长江、夏水向东南行走的一段路。

〔14〕彭咸:传说是殷代贤臣,因谏其君而不被听取,自投水而死。故:故事,旧事。

以上二句说:我独自一人向南行走,心里想着彭咸的故事。

惜往日

《惜往日》在《九章》中是争议较大的一篇。争议的焦点有二:一、《惜往日》是否屈原的绝命辞;二、《惜往日》是否屈原的作品。关于《惜往日》是否屈原绝命辞,司马迁在《史记·屈原传》中全文收录了《怀沙》,并说:"……乃作《怀沙》之赋","于是怀石遂自沉汨罗以死。"这似乎就成为《怀沙》是屈原绝命辞的证据。后来朱熹提出了不同看法,认为《怀沙》虽有"死不可让"之说,但还"未有决然之计","是以其词虽切而犹未失其常度",因而不以《怀沙》为屈原绝命辞。他认为《惜往日》、《悲回风》才是屈原临绝之音。由于是临死之言,出于"瞀乱烦惑之际",所以会有"不暇择其辞之精粗"的现象。朱熹的看法对后人影响很大。清代的蒋骥以及现代的游国恩等人,都认为《怀沙》表明了屈原必死的决心,《惜往日》才是屈原绝命辞。但是,汉代以来以《怀沙》为屈原绝命辞的看法仍代有沿袭,未曾中绝。其实，司马迁固然在《史记》中收录并提到了《怀沙》，但这并不能证明只有《怀沙》才是屈原的绝命辞，而《史记》未曾收录、不曾提到的屈原的其他作品就一定不是屈原的绝笔。就目前所掌握的材料，既不能证明只有《怀沙》才是屈原绝命辞，也不能证明《惜往日》绝不是屈原绝命辞，那种认为只有《怀沙》才是屈原绝命辞而其他作品绝不是屈原绝命辞的看法未免失之武断。

最早对《惜往日》是否屈原所作产生怀疑的，是宋代的魏了翁。后来又有明代许学夷。二人都是以"不似屈原口吻"这一理由，怀疑《惜往日》及《悲回风》不是屈原所作。清末的吴汝纶除了在语言风格上对《惜往日》提出疑问，还认为《史记》以《怀沙》为绝笔，《怀沙》以后则不得有作。扬雄模仿屈原《九章》，自《惜诵》至《怀沙》而止，也说明了《怀沙》以下作品的可疑。其后又有闻一多、刘永济等，也怀疑《惜往日》不是屈原的作品。自宋代而起的这股怀疑之风自然有它的道理，但是毕竟没有充分、确凿的证据能够证明《惜往日》肯定不是屈原所作。因此，直至现在，有关《惜往日》是否屈原所作的两种看法依然并存。

本篇从内容来看，应当是屈原的绝命辞，创作的时间距屈原自沉汨罗不会太远。篇中明确地表现了屈原进步的法治思想，说明了屈原当时想要实行的政治变革的性质。这一点也是本篇在屈原作品中的突出特点。

惜往日之曾信兮[1]，受命诏以昭诗[2]。奉先功以照下兮[3]，明法度之嫌疑[4]。国富强而法立兮，属贞臣而日娭[5]。秘密事之载心兮[6]，虽过失犹弗治[7]。心纯庞而不泄兮[8]，遭谗人而嫉之[9]。君含怒而待臣兮，不清澈其然否〔10〕。蔽晦君之聪明兮〔11〕,虚惑误又以欺〔12〕。弗参验以考实兮〔13〕,远迁臣而弗思〔14〕。信谗谀之溷浊兮〔15〕,盛气志而过之〔16〕。

〔1〕惜:惋惜,痛惜。往日:这里是指屈原被楚怀王所信用的日子。曾信:曾被信任。洪兴祖《楚辞补注》引《史记》:"原博闻强志,明于治乱,娴于辞令。入则与王图议国事以出号令;出则接遇宾客应对诸侯,王甚任之。"可以参考。

〔2〕命诏:指君王发布的命令文告。《史记·秦始皇本纪》:"命为制,令为诏。"昭诗:洪兴祖《楚辞补注》引一本、朱熹《楚辞集注》"诗"作"时"。按当改"诗"作"时"。"昭时",晓谕时世。朱熹说:"时谓时之政治也。言往日尝见信于君,而受命以昭明时之政治也。"

〔3〕奉:承奉。先功:楚国先王的功业。照:照耀。下:指臣民。

〔4〕法度:国家的法令、章程。嫌疑:指法令中含混不清的成份。清代钱澄之说:"明嫌疑者,是非可否,所辨在几微之间,叙称与王决定嫌疑是也。"(《屈诂》)可以参考。

以上四句意思是:痛惜我从前曾被楚王信用的日子,那时我接受君王诏命以晓谕当时;承奉先王的功业以照临臣民;使国家法令、章程中含混的地方明确起来。

〔5〕属(zhǔ主):通"嘱",托付、委托。贞臣:廉洁正直之臣。娭(xī希):同"嬉"。游戏玩乐。"日娭",日日游乐玩耍。闻一多说:"委政于人臣,日事嬉游。"(《九章解诂》)以上二句,清代徐焕龙说:"奉先功故富强,明法度故法立。国政属付贞臣,故君无事而日娭。"(《屈辞洗髓》)此说是。

〔6〕秘密事:不易公开的机密之事。载心:藏之于心。一说载,在也。亦通。

242

〔7〕过失:明代汪瑗说:"无心曰过,意外曰失。"(《楚辞集解》)治:责怪。"虽过失犹弗治",清刘梦鹏说:"己偶过失,而王恕不深责,故己得从容尽所长也。"(《屈子章句》)清陈本礼说:"述怀之宠遇于己独厚。"(《屈辞精义》)二说是。

以上二句意思是:由于我深得怀王信任,国家机密藏在我心中,即使偶有过失楚王也不怪罪于我。

〔8〕纯厖(dūn máng 敦盲):又作"敦厖",纯厚笃实。闻一多说:"纯厖,古之成语,犹敦厚也。"泄:泄漏。"心纯厖而不泄",王逸说:"素性敦厚,慎语言也。"(《楚辞章句》)清林云铭说:"言己心诚信,不敢以机密国事与同列共知。指造为宪令,上官大夫欲夺而不与之事。"(《楚辞灯》)

〔9〕谗人:朱熹说:"谗人谓上官大夫、靳尚之徒也。"可以参考。

以上二句说:我敦厚笃实不泄露机密之事,谗佞之人因此而嫉恨我。

〔10〕清澈:原意是指水澄澈透明。这里用作动词,意谓审察、考辨。然否:是非。

以上二句说:君王听信了谗言而含怒对待我,却不去审察其中的是非。

〔11〕蔽:遮蔽、壅蔽。晦:昏暗不明。聪明:耳聪目明,视听灵敏。

〔12〕虚:虚假不实。惑:迷惑。明汪瑗说:"乱其君之心志也。"清林云铭说:"以信为疑曰惑。"误:错误,谬误。

以上二句意思是:那些谗佞之徒不但蒙蔽君王使之听不清,看不明,又以虚言、谬误以及使之迷惑的手段对君王进行欺骗。

〔13〕参验:比较、检验。考实:考察、核实。

〔14〕迁:放逐,贬谪。弗思:汪瑗说:"谓不念往日之好也。"

以上二句意思是:君王对那些谗佞小人的所作所为没有进行检验与核实,却把我贬谪到远远的地方而不顾念往日的情分。

〔15〕谗:毁人之善。谀(yú 于):谄媚,奉承。溷(hùn 混)浊:原意是指水不清,此处是比喻谗谀盛行的恶浊空气。

〔16〕盛气志:盛气凌人的样子。过:责备、怪罪。

以上二句说:君王听信了那些谗佞阿谀之徒的污言浊语,盛气凌人地怪罪于我。

何贞臣之无罪兮,被离谤而见尤〔1〕。惭光景之诚信兮〔2〕,身幽隐而备之〔3〕。临沅湘之玄渊兮〔4〕,遂自忍而沉流〔5〕。卒没身而绝名兮〔6〕,惜壅君之不昭〔7〕。君无度而弗察兮〔8〕,使芳草为薮幽〔9〕。焉舒情而抽信兮〔10〕,恬死亡而不聊〔11〕。独鄣壅而蔽隐兮〔12〕,使贞臣为无由〔13〕。

〔1〕被:遭。离:遭遇。"被离",二词同义而相属。谤:指责。尤:责怪。

以上二句说:为什么忠贞之臣没有罪过,却遭受诽谤又被指责?

〔2〕光景(yǐng 影):指日月天光。诚信:诚实无欺。"光景诚信",清蒋骥说:"谓日往月来,信实有常也。"(《山带阁注楚辞》)

〔3〕幽隐:幽僻隐晦。备:全,尽。

以上二句意思是:我惭愧的是日月天光诚实守信地照临万物,连我这身处幽僻隐晦之地、虚度光阴的人也备受其光泽。

〔4〕沅(yuán 元):水名。在湖南省西部。源出贵州省云雾山,流入洞庭湖。湘:水名。湖南省最大河流。源出广西灵川县东海洋山西麓,流入洞庭湖。玄渊:深渊。

〔5〕忍:忍心,硬着心肠。沉流:投水。

以上二句说:面对着沅湘之水的深渊,我硬着心肠投入水中。

〔6〕卒:终,终于。没身:丧身,死亡。绝名:声名湮灭、消失。清代戴震说:"没身绝名,言身死而不建功名以留于后世也。"(《屈原赋注》)

〔7〕壅:遮蔽,壅塞。闻一多说:"壅君谓被壅之君,犹暗君也。"(《九章解诂》)昭:明白。

以上二句意思是:我终归是要死亡而湮没姓名,这本不足惜,我所惋惜的是被蒙蔽的君王始终也没有明白。

〔8〕度:计量长短的标准。这里指衡量是非的标准。"无度",不辨是非、善恶。清代钱澄之说:"度,心中分寸也。无度则不知长短,故不能察。"(《屈诂》)可以参考。

〔9〕薮(sǒu 叟)幽:荒僻的草泽之地。清代陈本礼说:"薮,荒泽也。言与泽草同腐。"(《屈辞精义》)可以参考。

以上二句说:君王没有是非善恶的标准不能明察,使芳草处于荒僻的草泽之地与野草同腐。

〔10〕焉:安,何。舒:发。抽:拔。清代刘梦鹏说:"抽者,取而示之之意。"(《屈子章句》)信:诚。"抽信",钱澄之说:"谓拔出诚心以示人也。"

〔11〕恬:安然,平静。聊:苟且。

以上二句说:我如何才能抒发我的情愫,表明我的诚心,使我安然地去死而不苟生?

〔12〕鄣:同"障",阻隔,遮蔽。壅:壅塞。蔽隐:遮挡,隐蔽。

〔13〕由:道路。"无由",无路可行。

以上二句说:我死去倒没有什么,只是君王被谗人所蒙蔽、阻隔,任用忠贞之臣成为不可能。

闻百里之为虏兮〔1〕,伊尹烹于庖厨〔2〕。吕望屠于朝歌兮〔3〕,宁戚歌而饭牛〔4〕。不逢汤武与桓缪兮〔5〕,世孰云而知之[6]？吴信谗而弗味兮[7]，子胥死而后忧[8]。介子忠而立枯兮[9]，文君寤而追求[10]。封介山而为之禁兮[11]，报大德之优游[12]。思久故之亲身兮[13]，因缟素而哭之[14]。或忠信而死节兮[15]，或訑谩而不疑[16]。弗省察而按实兮[17]，听谗人之虚辞[18]。芳与泽其杂糅兮[19]，孰申旦而别之[20]？何芳草之早殀兮[21]，微霜降而下戒[22]。谅聪不明而蔽壅兮[23]，使谗谀而日得[24]。

〔1〕百里：人名，即百里傒。"傒"也作"奚"。春秋时秦国大夫。原为虞大夫，虞亡时被晋所俘，后以陪嫁之臣的身份被送入秦国。百里傒又亡秦至楚，为楚人所执。秦穆公闻百里傒贤，以五张公羊皮将其赎回，用为大夫。故人称五羖（gǔ古）大夫。虏：奴隶。

〔2〕伊尹：人名。名伊，尹是官名。一说名挚。商初大臣。传说出身于奴隶。原为有莘氏女陪嫁之臣，汤用为小臣。后汤任之以国政，助汤攻灭夏桀。烹：烹调食物。庖（páo 袍）厨：厨房。传说伊尹忧天下之不治，负鼎以干汤。汤令其调味，甚甘，得进见。汤问之，答曰：使臣调国，亦如是矣。遂以其为相。

〔3〕吕望：一名吕尚，吕为封姓。一说字子牙。西周初年官太师，辅佐周武王灭商，封于齐，是周代齐国始祖。因其本姓姜氏，民间又习称为姜太公。朝（zhāo 招）歌：古地名，在今河南省淇县。商代纣王的别都。传说吕望不遇时，因穷困曾在朝歌做屠夫，后垂钓于渭水之滨而遇文王，文王任用为太师。

〔4〕宁戚：春秋时期卫国人。曾在齐国为商，暮宿于城门之外，在车下喂牛。望见齐桓公，乃击牛角而歌，桓公以为非寻常之人，车载之以归，后为桓公客卿，以备辅佐。一说桓公任为大夫。饭牛：喂牛。

〔5〕缪(mù木):通"穆"。"汤武桓缪",指上文任用百里傒等人于穷困、微贱的成汤、周武王、齐桓公、秦缪公。他们都是知人善任,因而成就了王霸之业的君王。

〔6〕孰:谁。云:句中语助词。

以上二句意思是:百里傒、伊尹、吕望、宁戚,他们都出身微贱,如果不是遇到了成汤、武王、齐桓公、秦穆公这些圣明的君王,世上有谁能够了解他们?

〔7〕吴:这里是指春秋末期吴国的国君夫差。信谗:吴王夫差听信了太宰伯嚭的谗言,逼死了伍子胥。味:体味,辨别。朱熹说:"味,譬之食物,咀嚼而审其美恶也。"(《楚辞集注》)"弗味",清王夫之说:"弗味,不玩味子胥之忠谏也。"(《楚辞通释》)可以参考。

〔8〕子胥:即伍子胥。春秋时期吴国大夫。名员,字子胥。其父伍奢为楚国大夫,楚平王时被杀,子胥入吴。后子胥助阖闾刺杀吴王僚,夺取王位,使吴国势日盛,最终攻破楚国。吴王夫差时,子胥因劝王拒绝越国求和的要求而遭谗被疏,后吴王赐剑逼子胥自杀。忧:亡国之忧。"后忧",吴王夫差不听子胥乘胜灭了越国的劝告,使越国赢得喘息的机会,最后灭了吴国。

以上二句说:吴王夫差听信了谗言而不加以体察、辨别,子胥被赐死之后吴国就有了亡国的忧患。

〔9〕介子:即介子推,一作介之推,春秋时晋国人。曾从晋文公流亡在外。文公得国后,赏赐诸随从臣属,遗忘子推。子推遂逃于介山而隐。文公觉悟,追而求之,子推不肯出。文公于是放火烧山,子推抱树而死。枯:指被焚而死。"立枯",抱木而死。

〔10〕文君:即晋文公,春秋时晋国君,名重耳。曾因其父献公立幼子为嗣而出奔在外十九年。后在秦国帮助下返国即位,是春秋时五霸之一。寤:通"悟",觉悟、醒悟。

247

〔11〕介山:原名绵上山,在今山西省介休东南。因介子推曾隐居于此山中,故名介山。子推死后,晋文公以绵上之田封于子推,作为子推祭田。禁:禁止人们进山采樵。一说指禁止烟火。传说晋文公为纪念介子推,每年在他被烧死的那一天禁止烟火,这一天后来就成为寒食节。此说可参考。

〔12〕报:报答。大德:传说介子推随文公出行,途中缺粮,子推割下腿上肉给文公吃,对文公有大恩德。优游:宽广,丰厚。清代蒋骥说:"优游,言德之大也。"(《山带阁注楚辞》)又闻一多说:"子推远隐介山,故曰大德之优游,言优游于利禄之外也。"(《九章解诂》)可以参考。

〔13〕久故:故旧。闻一多说:"久故即旧故,犹言往昔。"亲身:亲近,不离左右。

〔14〕缟(gǎo搞)素:丧服,这里指穿着丧服。之:代词,指介子推。

以上六句说:介子推忠心耿耿却抱木而死,文公觉悟之后就想追寻他回到身边。赐封子推介山并禁止人们采樵,以报答子推丰厚的大恩大德。文公思念故旧亲随,身穿丧服哭子推。

〔15〕忠信:忠诚信实。死节:为名节而死。这句是指上面提到的伍子胥和介子推,二人都是对君国忠信却无善终。

〔16〕訑谩(dàn mán旦蛮):欺诈。清代蒋骥说:"兖州人谓欺曰訑。"(《山带阁注楚辞》)

以上二句说:忠诚信实的人死于名节,欺君罔上者反倒用之而不疑。

〔17〕省(xǐng醒)察:考察,检验。按:审察,研求。"按实",考察实际情况。

〔18〕虚辞:虚假不实的言辞。

以上二句说:君王不加考察也不研究实际情况,却愿意听谗佞之徒的虚假言辞。

〔19〕芳:指芳洁的东西。泽:指污垢的东西。糅(róu柔):混杂。

〔20〕申旦:申述,辩白。别:区别。

以上二句说:芳洁与污浊混杂在一起,谁能够为之申明辩白并加以区别?

〔21〕殀(yāo腰):短命。

〔22〕戒:警告,示戒。

以上二句意思是:为什么芳草短命早死?那是微霜降下对它的摧残。

〔23〕谅:实在。聪不明:听觉不灵敏。闻一多说:"《广雅·释诂四》:'聪,听也。'聪不明即听不明。"(《九章解诂》)蔽壅:蒙蔽,壅塞。

〔24〕得:得意,得志。

以上二句说:实在是由于听觉不灵敏而被蒙蔽、阻塞,才使得谗谀之徒一天比一天得志。

自前世之嫉贤兮[1],谓蕙若其不可佩[2]。妒佳冶之芬芳兮[3],嫫母姣而自好[4]。虽有西施之美容兮[5],谗妒入以自代[6]。愿陈情以白行兮[7],得罪过之不意[8]。情冤见之日明兮[9],如列宿之错置[10]。乘骐骥而驰骋兮[11],无辔衔而自载[12]。乘氾泭以下流兮[13],无舟楫而自备[14]。背法度而心治兮[15],辟与此其无异[16]。宁溘死而流亡兮[17],恐祸殃之有再[18]。不毕辞而赴渊兮[19],惜壅君之不识[20]。

〔1〕前世:很久以前,古时候。

〔2〕蕙:香草,又名熏草,佩兰。若:杜若,香草。佩:佩带。

〔3〕佳:美好。冶:艳丽。"佳冶",指美女。

249

〔4〕嫫(mó魔)母:传说是黄帝之妻,貌甚丑。姣(jiāo交):妖媚。自好:自以为美好。

〔5〕西施:古代的美女。春秋末期越国人。越王勾践将其献与吴王夫差,成为夫差的宠妃。传说吴亡后,随范蠡而去。

〔6〕谗妒:谗佞而嫉妒贤能之人的人。自代:自己取代别人的位置。

以上六句意思是:妒贤嫉能的事古已有之,说什么蕙草、杜若这些香草不可以佩带。丑陋的妇人嫉妒美女的芬芳四溢,妖媚作态自以为美貌。即使有西施般美丽的容颜,谗佞嫉妒的人也能够排挤她并取代她的位置。

〔7〕陈情:陈述衷情。白行:表白、说明自己的行为。

〔8〕罪过:过失,错误。不意:想不到的,意外的。

以上二句说:我希望陈述衷情以表明我的所作所为,我的所谓过失、错误实在是我所意料不到的。

〔9〕情:情实,真实情况。冤:冤枉。"情冤",曲直,是非。又明代汪瑗说:"冤,枉屈也。本谓冤枉之情,而曰情冤者,倒文耳。"(《楚辞集解》)亦可通。见:显露,显明。汪瑗说:"见谓冤枉之情毕露而无遗,谗谀不得蔽晦之也。"日明:一日明似一日。又清代林云铭以"日明"为"见之如日之明",亦可通。

〔10〕列宿:布列于天上的星宿。错置:错杂分布的样子。

以上二句说:我被冤枉的事实显而易见一天比一天明朗化,就像天上错杂分布的众星一样,看上去明明白白。

〔11〕骐骥(qí jì其计):骏马。

〔12〕辔(pèi配):马缰绳。衔(xián贤):马嚼子。自载:指骏马没有了约束,随心所欲地奔驰。

〔13〕氾:通"栰(fá伐)",即筏子,用竹木编排而成的渡水用具。泭(fú扶):同"桴",小木筏。下流:顺流而下。

〔14〕楫(jí及):船桨。备:事先的准备。

〔15〕背:违背。心治:以自己的主观意愿作为治理国家的依据,而不遵循法度与规矩。

〔16〕辟:通"譬",比喻。异:不同。

以上六句说:乘着没有缰绳和马络头的骏马,只能任其随意奔驰;乘着小船顺流而下却没有船桨,只能自己采取措施。像那种违背法度以自己的主观意愿去治理国家的做法,以上面两种情况来比喻,是没有什么不同的。

〔17〕宁:宁可。溘(kè克):忽然。"溘死",忽然死去。流亡:随水而去。汪瑗说:"谓为水所漂浮,言自沉也。"

〔18〕再:第二次。清段玉裁《说文解字注》说:"凡言再者,重复之词,一而又有加也。""恐祸殃之有再",姜亮夫说:"盖顷襄昏暗,秦之见欺者日益加甚,家国飘摇,恐其不保,则屈子既辱于小人之谗害,或且将再辱于亡国之惨痛,此再辱之耻,宁能更忍,故曰'宁溘死而流亡'矣。"(《屈原赋校注》)可以参考。

以上二句说:我宁愿忽然死去而随水漂流,我更害怕的是再一次遭逢祸殃。

〔19〕毕:结束。"不毕辞",话没有说完。赴渊:投水。

〔20〕惜:痛惜。壅:蒙蔽。识:知道,明白。

以上二句说:话没有说完我就投水而死,可惜被蒙蔽的君王不明白我的心。

橘颂

前人对《橘颂》有不同的看法,主要是对写作的年代有争议。一种看法认为,《橘颂》是屈原早年的作品。如清代的陈本礼说:"其曰嗟尔幼志,年岁虽少,明明自道,盖早年童冠时作也。"明代的汪瑗认为《橘颂》乃屈原平日所作,未必作于放逐之后。还有人认为,《橘颂》是屈原流放江南时所作,如清代的邱仰文、现代的游国恩等人持此种看法。此外还有人认为《橘颂》"殆亦近死之音",如清代的蒋骥。

从内容看,《橘颂》当是屈原早年的作品。这可以从《橘颂》所表达的思想感情中看出。《橘颂》通过对橘树的赞颂,表达了作者崇高的志向、高洁的品格以及热爱楚国的强烈情感。全篇格调明朗乐观,洋溢着一种蓬勃向上的朝气。《橘颂》可能是屈原担任三闾大夫时的作品。三闾大夫的职责是教育皇家子弟,屈原写《橘颂》,是要对学生进行思想品格的教育。《橘颂》是一篇教书育人的作品。

《橘颂》是用比兴手法写成的,在屈原作品中这是独具特色的一篇,它是后世托物咏志辞赋诗词的一个典范。

后皇嘉树[1],橘徕服兮[2]。受命不迁[3],生南国兮[4]。深固难徙[5],更壹志兮[6]。绿叶素荣[7],纷其可喜兮[8]。曾枝剡棘[9],圆果抟兮[10]。青黄杂糅[11],文章烂兮[12]。精色内白[13],类可任兮[14]。纷缊宜修[15],姱而不丑兮[16]。

[1] 后:后土。皇:皇天。"后皇",指天地。明代黄文焕说:"后皇,犹云后土之神也。生物者属之地,故以美树归之后皇也。"(《楚辞听直》)可以参考。嘉:美,善。"嘉树",宋代洪兴祖引《异物志》云:"橘为树,白华赤实,皮既馨香,又有善味。"(《楚辞补注》)

[2] 徕:同"来"。服:习惯,适应。清代刘梦鹏说:"服,与土性宜也。"(《屈子章句》)

以上二句说:天地所生的美好的橘树,来到南方就适应这里的水土。

〔3〕受命:禀天地之气而生。迁:迁徙。"受命不迁",王逸说:"言橘受天命,生于江南,不可移徙。种于北地,则化而为枳也。"(《楚辞章句》)《韩诗外传》十:"王不见夫江南之树乎名橘,树之江北则化为枳。"橘生南土,迁则变质,故曰受命不迁。屈原自比志节如橘,亦不可移徙。

〔4〕南国:指江南。明代汪瑗说:"或曰,南国泛指江南,则楚自在其中。"(《楚辞集解》)

以上二句说:橘树受天之命植根于江南的土地上,不可迁徙。

〔5〕深固难徙:指橘树扎根深固,难以移动。清代胡文英说:"橘树种于此,即于此成实,徙之则不实而多死,是其志之专一,深固难动也。"(《屈骚指掌》)可以参考。

〔6〕更:更加。壹:专一而不二。"壹志",守志坚确。

以上二句说:橘树根深柢固难以迁徙,愈使它志向专一。

〔7〕素荣:白花。洪兴祖说:"《尔雅》:'草谓之荣,木谓之华。'此言素荣,则亦通称也。曹植《赋》曰:'朱实不萌,焉得素荣。'"

〔8〕纷:盛多繁茂的样子。可喜:惹人喜爱。

以上二句说:碧绿的叶子洁白的花,茂盛繁密多可爱。

〔9〕曾:通"层",重叠。"曾枝",指橘树枝条重叠。剡(yǎn 演):锐利。棘(jí 及):刺。王逸说:"棘,橘枝刺若棘也。"洪兴祖引《方言》曰:"凡草木刺人,江湘之间谓之棘。""剡棘",利刺。

〔10〕抟(tuán 团):通"团"。王逸说:"抟,圆也。楚人名圆为抟。"又清胡文英说:"圆果虽出于天然,而有若人力所抟,则天赋之厚矣。"此以"抟"作动词,可以参考。

以上二句说:重重叠叠的枝条长满利刺,圆圆的果实个个饱满。

〔11〕青:橘未熟时呈青色。黄:橘已熟时的颜色。糅(róu 柔):混杂,错杂。"青黄杂糅",明汪瑗说:"杂糅,犹言参错,谓果色之或青或

253

黄,先后生熟之不同也。"

〔12〕文章:指橘青黄之色相间,错杂交织而成的色彩或花纹。烂:光辉鲜明的样子。

以上二句说:果实或青或黄错杂相间,色彩鲜明又艳丽。

〔13〕精色内白:指橘肉精纯洁净。洪兴祖说:"青黄杂糅,言其外之文;精色内白,言其中之质也。"

〔14〕类:类似,像。任:担负,担任。

以上二句意思是:橘肉精纯洁白,质地优良,就像那本质纯洁高尚的人,可托以重任。

〔15〕纷缊(yūn 晕):同"纷纭",盛多,纷繁。指橘树枝繁叶茂,色彩斑斓。宜修:修饰得宜,恰如其分。

〔16〕姱(kuā 夸):美好。丑:通"俦",同类,等类。"不丑",不群,与众不同。按:以上二句是本段结语。本段从干枝、花叶、果实内外各方面描写橘树,最后二句"合全树而总言之,见其所得皆善,不与他树为类也"(清林云铭《楚辞灯》)。又清代奚禄诒说:"此上颂橘,此下申言己志。"(《楚辞详解》)此说是。

以上二句意思是:橘树枝繁叶茂,果实累累,色彩斑斓,就像经过修饰一样恰到好处,它是那么美好而又与众不同。

嗟尔幼志[1],有以异兮[2]。独立不迁,岂不可喜兮[3]。深固难徙,廓其无求兮[4]。苏世独立[5],横而不流兮[6]。闭心自慎[7],不终失过兮[8]。秉德无私[9],参天地兮[10]。愿岁并谢[11],与长友兮[12]。淑离不淫[13],梗其有理兮[14]。年岁虽少[15],可师长兮[16]。行比伯夷[17],置以为像兮[18]。

〔1〕嗟(jiē接)：赞叹。尔：你，指橘树。幼志：天生的本性。朱熹说："幼志，言自幼而已有此志，盖其本性然也。"(《楚辞集注》)

〔2〕有以异兮：有与众不同的志向。

以上二句说：赞叹你天生的本性，幼时就有与众不同的志向。

〔3〕以上二句说：独立不迁移，难道不可爱？

〔4〕廓：空阔，超脱，落落寡合的样子。清代钱澄之说："廓者，言其心境之超旷也。"(《屈诂》)按：以上二句承上段"深固难徙，更壹志兮"之意而更进一层。意思是说，由于专志于深固本根，独立不迁，故于身外之物别无所求，显得孤寂、超脱、不合世俗。

〔5〕苏：醒。"苏世独立"，独自清醒地立于世上。楚辞《渔父》有"举世皆浊我独清，众人皆醉我独醒"句，与此同意。

〔6〕横：横绝，横断，当间阻截，与"流"相对。流：顺流而下，随波逐流。"横而不流"，横截中流而不随水漂流。

以上二句意思是：独自清醒地立于世上，横绝中流而不随波逐流。

〔7〕闭心：关闭心灵，心中的事情深藏不说，对外界的事物则不为所动。慎：谨慎小心。

〔8〕不终失过：洪兴祖《楚辞补注》引一本、朱熹《楚辞集注》引一本作"终不失过"。按：当改作"终不失过"。失过：失于过错。

以上二句说：关闭心灵，谨慎小心，因而始终没有做过错事。

〔9〕秉：持，执。"秉德"，坚持道德。

〔10〕参：比，并。"参天地"，与天地相配，相当。古人认为天地是无私的，故有德之人，可与天地相比。洪兴祖说："天无私覆，地无私载，秉德无私，则与天地参矣。"此说是。

以上二句说：守持道德，不存私心，可以与天地相比并。

〔11〕岁：年岁，生命。并：一同，一起。谢：凋谢，这里指时光流逝，年岁增长。"并谢"，一起成长，一起渡过时光。清代牟庭相说："愿我年

255

与橘年并时俱谢,长共为友。"(《楚辞述芳》)

〔12〕长友:长久为友。

以上二句意思是:愿我们一同成长,一同度过岁月,终身做朋友。

〔13〕淑:善良,美好。离:通"丽",美丽。

〔14〕梗:坚直硬挺。指橘树的枝干,比喻人的品质刚强、正直。理:橘树的纹理,比喻道理、原则。

以上二句意思是:善良美丽而不淫,梗直刚强又有理。

〔15〕年岁虽少:清代王夫之说:"木之寿者,或数百年,橘非古木,故曰年少。"(《楚辞通释》)清蒋骥说:"橘无松柏之寿,故曰年岁少。"(《山带阁注楚辞》)可以参考。

〔16〕师:老师。长(zhǎng 掌):长者,长辈。这里师、长都作动词用。"可师长",可以为人师长。

以上二句说:虽然年少,却可以为人师长。

〔17〕行:品行。伯夷:商代孤竹君之子。因辞让君位逃至周。曾谏阻周武王伐纣。武王灭商后,伯夷耻食周粟逃到首阳山,后饿死在山里。

〔18〕置:树立。像:楷模,榜样。

以上二句说:橘树的品行能与伯夷相比,要树立它作榜样。

悲回风

《悲回风》在语言风格上与屈原其他作品不同,因而有人说《悲回风》是寓言,还有人把它与《远游》相提并论。朱熹提出《悲回风》与《惜往日》是屈原临绝之音,此后就有人认为《悲回风》是屈原绝命辞。宋代的魏了翁最早怀疑《悲回风》及《惜往日》不是屈原的作品,其理由是两篇不似屈原口吻。从此就不断有人引申、发挥这种看法,如清末的吴汝纶、现代的闻一多等人。

从《悲回风》的思想内容来看，它所表现的是，现实社会使人遭受无穷的愁苦与烦冤，没有办法摆脱；因而想象能够像神仙一样，居于虹霓之颠，抚摸青天，吸湛露，漱凝霜，依风穴，听波声，遨游于天地之间，与山川江河、四时风景为伴，以躲避人世的烦忧，排遣心中的郁闷，过一种与尘世隔绝的生活。然而事实上不可能脱离现实社会，诗人最初的志向也终归无法改变。在篇末，既表达了对前贤的尊崇，又对申徒狄怀石自沉的做法提出疑问，认为此举"无益"。因此，从《悲回风》的思想内容及语言风格来看，不像是屈原所作，当是汉初具有消极避世思想的人的作品。

悲回风之摇蕙兮[1]，心冤结而内伤[2]。物有微而陨性兮[3]，声有隐而先倡[4]。夫何彭咸之造思兮[5]，暨志介而不忘[6]。万变其情岂可盖兮[7]，孰虚伪之可长[8]？鸟兽鸣以号群兮[9]，草苴比而不芳[10]。鱼葺鳞以自别兮[11]，蛟龙隐其文章[12]。故荼荠不同亩兮[13]，兰茝幽而独芳[14]。惟佳人之永都兮[15]，更统世而自贶[16]。眇远志之所及兮[17]，怜浮云之相羊[18]。介眇志之所惑兮[19]，窃赋诗之所明[20]。

〔1〕回风：旋风。朱熹说："回风，旋转之风也。"（《楚辞集注》）摇：汪瑗说："摇，谓摇落也。"（《楚辞集解》）蕙：香草，亦名薰草、零陵香、佩兰。

〔2〕冤结：汪瑗说："冤结，谓冤枉之情，绠结于心而不可解也。"闻一多说："冤结，犹郁结也。"（《九章解诂》）伤：痛。

以上二句说：旋风摇落了蕙草令人悲哀，心中冤情郁结阵阵伤痛。

〔3〕物:指蕙草。微:微渺,渺小。性:性命。汪瑗说:"性犹命也。""陨性",丧命。

〔4〕声:指风声。汪瑗说:"声,回风之声。风本无形,故只称其声。"隐:隐匿。指风有声音而无形。倡:先导,发始。王逸说:"倡,始也。"(《楚辞章句》)"先倡",朱熹说:"言秋令已行,微物凋陨,风虽无形而实先为之倡也。"汪瑗说:"先倡,言风虽无形,而实能先为之倡,以挠万物,故回风起而蕙遂摇落也。谗人之踪迹诡密,中伤君子,犹风无形而能陨物也。"清王萌说:"秋令初行,物虽未陨形而已陨性,转瞬而严霜坚冰,无物不陨,实风先为之倡。智者见远,故心伤也。"(《楚辞评注》)诸说可参考。

以上二句意思是:渺小如蕙草者把命丧,万物之变化是以有其声而不见其形的旋风为先导的。

〔5〕夫(fú 扶):发语词。何:为何,为什么。彭咸:传说是殷代的贤臣,因谏其君不听,自投水而死。造思:这里是令人思慕的意思。王逸说:"言己见谗人,倡君为恶,则思念古世彭咸,欲与齐志节而不能忘也。"闻一多说:"造思犹追怀。"郭沫若此句译为:"我为何苦苦地思慕彭咸?"(《屈原赋今译》)又一说"造思"是"设心"、"立志"之意。如汪瑗说:"造,设也。造思犹言设心也。"王萌说:"造思犹言立志。"可以参考。

〔6〕暨(jì 记):及。介:节操。洪兴祖说:"己独不忘彭咸之志节。"(《楚辞补注》)一说"介",坚也。一说"介",独特,耿介。亦可通。

以上二句意思是:为什么彭咸令人思慕? 他的志向及节操也使人不能忘记。又一说以上二句是说彭咸本人,而不是指屈原对彭咸的思慕。如汪瑗说:"言彭咸之设心与立志,当殷衰乱之世、昏暗之君,而能以中正自守,确乎不拔而不为世俗所汩溺也。亦犹兰茝,虽当回风凋陨万物之时,不以幽僻而变其芳也。"其说可参考。

〔7〕万变:汪瑗说:"万变,反复无常也。"情:汪瑗说:"情即虚伪之

情也。"盖:覆盖,掩盖。

〔8〕孰:疑问代词,谁。长:长久。

"万变其情岂可盖兮"二句,明周拱辰说:"质实者不磨,虚诞者终灭,故曰情不可盖,伪不可长,亦自旌其介志欤?"(《离骚草木史》)可以参考。

〔9〕号群:汪瑗说:"号群,呼其类也。"闻一多说:"鸟兽各以类聚,麟凤不与众鸟兽为群也。"

〔10〕苴(chá茶):枯草。王逸说:"生曰草,枯曰苴。"一说"苴",读音居。《说文》:"苴,履中草。"《汉书·贾谊传》:"冠虽敝,不以苴履。"苴,指鞋中的草垫。此说可参考。比:并列,混合。清戴震说:"比,并也。"(《屈原赋注》)又闻一多说:"比,杂也。《乐论·释文》:'百草异类,相杂而生,则失其芬矣。'"可参考。"鸟兽鸣以号群兮"二句,明黄文焕说:"鸟鸣则号鸟之群,兽鸣则号兽之群,各自有群,不可乱也。如思彭咸者,终当以彭咸为群也。苟非其类,无由强附,如草之苴比,终不能芳也。"(《楚辞听直》)

以上二句说:鸟兽鸣叫以呼唤同类;青草若与枯草混杂在一起,就会失去芳香。

〔11〕茸(qì气):重叠累积。又朱熹说:"茸,整治也。"亦通。自别:与异类相区别。

〔12〕隐:隐藏,隐蔽。文章:指蛟龙身上错杂的色彩或花纹。汪瑗说:"文章,谓鳞甲之光彩也。""鱼茸鳞以自别"二句,黄文焕说:"鱼还为鱼,茸鳞以自别异,仍鱼也;龙还为龙,即匿文章以自隐藏,仍龙也。"王萌说:"茸鳞自异,鱼有不逊蛟龙之意,故蛟龙思自隐以避之。至灵固不与庸类争也。然蛟龙之异于鱼鳖者文章耳。"清刘梦鹏:"鱼茸鳞以自别,庸流修饰以自异;蛟龙隐其文章,君子晦迹而藏身。"(《屈子章句》)戴震说:"隐者,怀藏不自露也。此言物各以类不相杂厕,比己之不能与

世合,而思彭咸同心同志,自相感矣。"闻一多说:"别,明也(《乡饮酒礼》郑注),别与隐对。鱼炫耀其鳞甲,蛟龙则务韬晦其文。"以上诸说从不同的角度阐发原文,颇富启发意义,可以参考。

以上二句说:鱼儿整饬鳞甲以示有别于异类;蛟龙则隐藏起身上的花纹与光彩。

〔13〕荼(tú 途):苦菜。清郝懿行《尔雅义疏》说:"《易通卦验玄图》云,苦菜生于寒秋,经冬历春,得夏乃成。"又说:"《颜氏家训·书证》篇云,叶似苦苣而细,摘断有白汁,花黄如菊。"荠(jì 计):荠菜。洪兴祖引《尔雅疏》:"《本草》云,荠,味甘,人取其菜,作菹及羹。"郝懿行说:"荠抽茎,开小白花,子细薄,黄黑色,味甘。"

〔14〕兰:即兰草,一种香草。芷(zhǐ 止):即白芷,香草。幽:隐蔽,僻静。"故荼荠不同亩兮"二句,黄文焕说:"荼荠甘苦之殊,不能以同亩而遂同味;兰芷之味,不以幽谷而遂不芳也。有其实则始终以之也。"刘梦鹏说:"荼苦荠甘,生不同亩,邪正原不并植,故兰芷幽僻,独有孤芳,不与众溷也。"二人之说可以参考。

以上二句承接前四句之意而贯之,意思是:所以苦味的荼不能与甘味的荠菜同亩种植;兰草、白芷虽然生长于幽僻之地,仍然独放异香。

〔15〕惟:唯独,只有。佳人:美人。这里是屈原以佳人自比。都(dū 督):美,漂亮。朱熹说:"都,美也。""永都",永久美丽。汪瑗说:"永都,指德行而言,盖谓君子德行之美恒久而不变也。"清钱澄之说:"永都,言长有其美也。"(《庄屈合诂》)

〔16〕更:经历,经过。统世:历世。朱熹说:"统世,谓先世之垂统传世也。"钱澄之说:"统世,合万世而总计之。"朱、钱之说可以参考。按:这里的"统世"当是泛指年代久远,不必拘泥于具体的世、代。贶(kuàng 况):王逸说:"贶,与也。"戴震说:"贶,犹爱也。"这里的"贶",是赞许、珍爱的意思。"自贶",汪瑗说:"贶,与也。自与,犹自许也。言君

子之美,虽历屡世,而特立之操,足以自许其不变也,犹今言历万世而无弊之意。"可以参考。

以上二句说:只有佳人永远美丽、漂亮,无论经历多少年代,从始至终自重自爱而不改变。

〔17〕眇(miǎo秒)远:高远。眇通"渺"。"眇远志",高远的志向。所及:所达到的地方,程度。

〔18〕怜:怜爱。相羊:同"徜徉",徘徊,自由自在地往来。"眇远志之所及"二句,汪瑗说:"所及,谓志之所之,其高远直与浮云齐也。谓之曰怜者,盖亦自怜其志之高远而不能有合于世也。谓之曰浮云者,盖浮云轻则愈高远也。"

以上二句意思是:我的志向高远与天相齐,但是却不被人们所理解,难以实现。它就像天上的浮云一样,在高远的虚空中孤独地往来徘徊,惹人怜惜。

〔19〕介:坚定,专一。汪瑗说:"介,言其坚确也。"一说介是孤高之意,亦通。惑:疑惑,迷惑。

〔20〕窃:暗自,私自。赋:诵。

"介眇志之所惑"二句,清陈本礼说:"恐己志不明,为人所疑。"(《屈辞精义》)

以上二句说:我的志向坚定高远使世人迷惑不解,所以我赋诗以彰明己志。

惟佳人之独怀兮[1],折若椒以自处[2]。曾歔欷之嗟嗟兮[3],独隐伏而思虑[4]。涕泣交而凄凄兮[5],思不眠以至曙[6]。终长夜之曼曼兮[7],掩此哀而不去[8]。寤从容以周流兮[9],聊逍遥以自恃[10]。伤太息之愍怜兮[11],气於邑而不可止[12]。纠思心以为纕兮[13],编愁苦以为膺[14]。

折若木以蔽光兮[15],随飘风之所仍[16]。存仿佛而不见兮[17],心踊跃其若汤[18]。抚珮衽以按志兮[19],超惘惘而遂行[20]。岁忽忽其若颓兮[21],时亦冉冉而将至[22]。薠蘅槁而节离兮[23],芳以歇而不比[24]。怜思心之不可惩兮[25],证此言之不可聊[26]。宁逝死而流亡兮[27],不忍为此之常愁[28]。孤子吟而抆泪兮[29],放子出而不还[30]。孰能思而不隐兮[31],照彭咸之所闻[32]。

〔1〕怀:怀念,思念。

〔2〕若:杜若,一种香草。亦名杜蘅、杜莲、山姜。椒:花椒,落叶灌木,所结的子即称为花椒,是一种香物。处:居住。"自处",独自居住。"惟佳人之独怀"二句,汪瑗说:"上章怜己立志之高远,此章伤己高远之志,隐伏而无所用也。"(《楚辞集解》)清徐焕龙说:"人莫怀佳,佳人独怀。所独怀者,折此芳椒无从遗赠,只以自处。"(《屈辞洗髓》)可以参考。

〔3〕曾(céng层):通"层",重叠。一说通"增",增益,亦可通。歔欷(xū xī 须希):叹息抽咽的声音。嗟嗟(jiē 阶):叹息之声。汪瑗说:"嗟嗟,嗟而又嗟,叹之甚也。"

〔4〕隐伏:汪瑗说:"隐者,潜而不见也;伏者,屈而不伸也。二字亦承自处而来。"按:"隐伏"是比喻屈原被斥逐流放的处境。思虑:汪瑗说:"思者,念之切也;虑者,忧之深也。"

〔5〕涕:鼻涕。泣:眼泪。汪瑗说:"自鼻出曰涕,自目出曰泣。涕泣者,歔欷之深也。"交:交流。汪瑗说:"交,谓涕泣并下也。"凄凄:悲伤凄怆。汪瑗说:"凄凄,惨伤貌,嗟嗟之甚也。"

〔6〕思不眠:因思虑过甚而无法成眠。曙:天刚亮。

以上四句说:叹息又叹息,独处幽僻思虑深重,鼻涕眼泪一起流,心中凄怆,夜不成眠到天亮。

〔7〕终:尽,全。曼曼:汪瑗说:"曼曼,夜长貌。"

〔8〕掩:停止。洪兴祖说:"掩,抚也,止也。"(《楚辞补注》)清蒋骥说:"掩,抑也。"(《山带阁注楚辞》)又汪瑗说:"掩,挥也。"可参考。"掩此哀而不去",汪瑗说:"掩哀,犹所谓排闷遣怀也。言此独怀之哀,虽挥斥之而不能去也,以见哀之之甚。"清王远说:"上节言其立志之高,此节言其独处之悲。"(附见王萌《楚辞评注》)清夏大霖说:"因思而不眠,惟不眠而恨夜长,夜长不胜哀,而哀愈不可掩遏,消遣不去矣。"(《屈骚心印》)

以上二句说:整个夜晚是那样漫长,我尽力遏止心中的悲哀,但却终于排遣不开。

〔9〕寤:睡醒,醒过来。从容:安逸舒缓的样子。汪瑗说:"从容,优游貌。"周流:周游。汪瑗说:"周,遍也;流,游也。流与游古通用,故史传言上流皆作上游。"

〔10〕聊:姑且。逍遥:自由自在,无拘无束。汪瑗说:"逍遥,行乐意。"恃:依靠,凭借。蒋骥说:"恃者,寄托之意。"这是"恃"的引申意,可通。"自恃",清钱澄之说:"自恃者,恃其自能逍遥也。"(《庄屈合诂》)清刘梦鹏说:"自恃,自镇其情无令过伤之意。"(《屈子章句》)二说可参考。

"寤从容以周流"二句,钱澄之说:"长夜不眠,而思起行,从容周流,庶几足以逍遥乎?"徐焕龙说:"不寐,寤何来? 姑以曙为寤,拟从容以周流山野,聊逍遥以自作主张,希幸昼非夜比,或能自恃,不为哀思煎迫耳。"钱、徐说是。

〔11〕太息:长叹。愍(mǐn 敏)怜:忧愁,哀怜。

〔12〕於邑(wū yì 巫义):同"呜唈",气结,哽咽。王逸说:"气逆愤

懑,结不下也。"(《楚辞章句》)

"伤太息之愍怜"二句,汪瑗说:"此章承上,言哀思之深,夜既不寐,幸而至旦,已觉寤矣。将欲从容远游,聊寻乐以自娱,又复感伤,太息愍怜,以至于气之於邑而不可止焉。方自慰而复自悲,以见终不能释然于怀也。"徐焕龙说:"岂知正欲逍遥,不觉伤感太息,自愍自怜,至于哭不出声,於邑难止,将奈之何哉?"清屈复说:"寤而於邑不止,尽日哀思也。"(《楚辞新注》)

以上四句意思是:早上醒来之后,我从容不迫去周游四方,希望暂且凭借优游自在以解忧。但是我却仍然伤心,长叹而哀怜,愤懑使我气结抽噎而无法自制。

〔13〕纠:洪兴祖说:"纠,绳三合也。"这里"纠"用作动词,是纠集、编结的意思。思心:思绪。纕(xiāng 香):佩带。"纠思心以为纕",钱澄之说:"纠,犹结也。思绪万端,纠于一处,以为佩带也。"蒋骥说:"迨既晓,欲游行以寄意,而伤其愁思菀结,如系缚于胸,佩而不能暂离。"

〔14〕编:编织,编结。膺(yīng 英):胸。朱熹说:"膺,胸也。谓络胸者也。"(《楚辞集注》)马茂元说:"膺的本义是胸,所谓'络胸',指护胸的衣,是引申义,即《释名》所说的'心衣'。王先谦曰:'盖即今俗之兜肚。'(《释名疏证补》)。"(见马茂元《楚辞选》)此说可参考。

"纠思心以为纕"二句,汪瑗说:"纕膺之佩,无日而可去,以喻思心愁苦,无时而可释也。"说是。

〔15〕若木:神话中长在西方日入处的大树。蔽:遮住,遮挡。光:日光。

〔16〕飘风:旋风,大风。仍:就。"随飘风之所仍",汪瑗说:"犹所谓驭风而行也。"

以上二句说:折下一枝若木遮挡阳光,我随风而行,任由风儿带我去它要去的地方。

〔17〕仿佛:若有若无的样子。

〔18〕踊跃:跳动。汤:滚开的水。

"存仿佛而不见"二句,明周拱辰说:"存仿佛而不见,言不见犹依稀见之也。"(《离骚草木史》)王萌说:"言欲将君国事,付之不见,而心不能禁也。"清张诗说:"言佳人在于仿佛形似间,若可见而终不得见。"(《屈子贯》)诸说可参考。

〔19〕抚:抚摩。珮:玉佩,指佩带的饰物。衽(rèn 认):衣襟。按:压抑,止住。"按志",汪瑗说:"按志,抑弭其志,不使躁急也。应上'心踊跃其若汤'而言。"

〔20〕超惘惘(wǎng 往):失意、惆怅的样子。

以上二句说:我抚摩着佩饰、衣襟,抑制住激跳的心,若有所失我将起行。

〔21〕忽忽:形容时间过得很快。汪瑗说:"忽忽,去之速也。"颓:衰败。这里指人的衰老。汪瑗说:"忽忽而若颓,言既往之岁也。"刘梦鹏说:"岁颓,岁将暮也。"

〔22〕时:朱熹说:"时,谓衰老之期也。"冉冉:渐渐。汪瑗说:"冉冉而将至,言将来之时也。"刘梦鹏说:"时至,年将老也。""岁忽忽其若颓"二句,清徐焕龙说:"乃还顾年岁,忽忽若颓;老死之时,冉冉将至。"

以上二句说:岁月忽忽流逝好似将尽,衰老之期渐渐就要来临。

〔23〕蘋(fán 凡):草名。蘅(héng 衡):草名。槁(gǎo 搞):干枯。节离:朱熹说:"草枯则节处断落也。"汪瑗说:"或曰,谓节节而离断也。"王夫之说:"节离,叶离枝也。"(《楚辞通释》)诸说可参考。

〔24〕歇:竭,尽。汪瑗说:"歇,销也。"闻一多引原本《玉篇》:"歇,臭味消散也。"(《九章解诂》)比:并列。洪兴祖说:"比,合也。""不比",汪瑗说:"不比,谓不连汇茂盛也。"又明代李陈玉说:"精华销歇,非复少时。"(《楚辞笺注》)可参考。

以上二句说:蘋蘅之类的草干枯而脱落,芳香因此消散而不比往昔。

〔25〕惩:汪瑗说:"有所警诫而悔改之曰惩。"

〔26〕聊:蒋骥说:"聊,苟且也。"

"怜思心之不可惩"二句,汪瑗说:"言此心之不改者,盖欲证此言之不可苟也。"

〔27〕逝:洪兴祖《楚辞补注》引一本作"溘"。朱熹《楚辞集注》作"溘",引一本作"逝"。按:"溘死"是屈原作品常用语,如《离骚》有"宁溘死以流亡";《惜往日》有"宁溘死而流亡","逝"当改作"溘"。溘(kè克):忽然。流亡:指形体等遗迹的消亡。

〔28〕不忍为此之常愁:周拱辰说:"此身之死,不以易此心之愁,盖愁苦而生,不如无生。谓天盖高,不能寄忧;谓地盖厚,不能埋愁,人至一死,而天地不能愁我矣。死可忍,而愁不可忍也。"张诗说:"盖死则愁心自解,生则不能也。"

以上四句说:可怜我这忧思之心虽受挫折却不能改变,我的行为证明了我的话并非苟且之言。我宁可忽然死去而使形体消亡,也不愿忍受这无休无止的愁苦。

〔29〕孤子:朱熹说:"幼而无父曰孤。"吟(yín银):呻吟。汪瑗说:"吟,呻吟也,哀痛之声。"抆(wěn稳):揩,拭。"孤子吟而抆泪",汪瑗说:"吟而抆泪,自伤茕独,无所依归也。"

〔30〕放:朱熹说:"放,弃逐也。""放子出而不还",汪瑗说:"出而不还,摈绝之深,不复收录也。"蒋骥说:"放子无还家之日。"

"孤子吟而抆泪"二句,明林兆珂说:"孤子悲泪,放子无依,原盖以自况也。"(《楚辞述注》)

〔31〕隐:伤痛。

〔32〕照:亮察,知晓。王逸解作"睹见"。又洪兴祖《楚辞补注》引一本作"昭";朱熹《楚辞集注》作"昭",注曰:"昭,明也。"亦通。"照彭

咸之所闻",王夫之说:"昭彭咸之所闻,见所传闻于彭咸者,正与己类也。臣之于君,犹子之于父母,孤子悲哽,放子长离,彭咸之隐痛,其情亦然。以我例之,正与同也。"

以上四句说:孤儿因哀痛而呻吟拭泪,被放逐在外的子弟尤还家之日;想到此,有谁能不心中伤痛?我所听到的有关彭咸的事情,正清楚可见于我的眼前。

登石峦以远望兮[1],路眇眇之默默[2]。入景响之无应兮[3],闻省想而不可得[4]。愁郁郁之无快兮[5],居戚戚而不可解[6]。心輑羁而不形兮[7],气缭转而自缔[8]。穆眇眇之无垠兮[9],莽芒芒之无仪[10]。声有隐而相感兮[11],物有纯而不可为[12]。藐蔓蔓之不可量兮[13],缥绵绵之不可纡[14]。愁悄悄之常悲兮[15],翩冥冥之不可娱[16]。凌大波而流风兮[17],托彭咸之所居[18]。

〔1〕峦:小而尖的山。汪瑗说:"石峦,则无草木蔽翳,可远望也。"(《楚辞集解》)

〔2〕眇眇(miǎo秒):洪兴祖说:"眇眇,远也。"(《楚辞补注》)又汪瑗说:"眇眇,幽深貌。"亦通。默默:洪兴祖说:"寂无人声也。""路眇眇之默默",汪瑗说:"总言道路僻陋,而无人声也。"

以上二句说:我登上石头山向远方眺望,寂无人声的路径一直伸向很远的地方。

〔3〕景:景致,景物。这里指周围的环境。响:声音。这里指大自然发出的声音。无应:得不到回应。汪瑗说:"无应,犹言不答也。""入景响之无应",明陈第说:"山高路远,故景响俱无,而听视寂灭。"(《屈宋古

267

音义》)钱澄之说:"既入而景响无应,不惟无跫然之足音也。空山独处,即使无人,而有影响之应,闻之犹动人省想,庶几具有至者乎?"(《庄屈合诂》)

〔4〕省(xǐng醒)想:这里指所思所想的事情。"闻省想而不可得",钱澄之说:"今求闻以省想而不可得,则寂寞极矣。省想,犹猜度也。"清徐焕龙说:"凡物,影随形,响随声,莫不有应。今则入于景响无应之乡,欲一闻吾日夜所省思想念之事,而绝不可得,闻且不得,他复何望哉?"(《屈辞洗髓》)

以上二句意思是:我处身于大自然的景致和各种声响之中,但是周围的一切都对我没有回应;我想听到自己所思所想之事的讯息,但是根本得不到。

〔5〕快:洪兴祖《楚辞补注》、朱熹《楚辞集注》皆引一本作"决"。按:当作"决"。决:开。于省吾说:"本文之'无决'与'不解'相对为文。'决'训'开'与'解'训'除'(《诗·天保》的'何福不除',《毛传》训'除'为'开'),互文同义。《哀郢》称:'心绖结而不解兮,思蹇产而不释','释'与'开'义相因,可以互证。"(《泽螺居楚辞新证》)

〔6〕居戚戚(qī期):忧愁、悲伤的样子。解:排解,消除。
以上二句说:忧伤郁闷使我心胸不开豁;常戚戚而无法消除。

〔7〕靰(jī激):马缰绳。羁(jī基):马笼头。"心靰羁",心灵受到束缚、拘禁。形:洪兴祖《楚辞补注》引一本作"开";朱熹《楚辞集注》作"开"。按:当作"开"。开:开通,开豁。"心靰羁而不开",王逸说:"肝胆系结,难解释也。"(《楚辞章句》)清夏大霖说:"言心如马受缰络,不得开展。"(《屈骚心印》)

〔8〕缭:洪兴祖说:"缭,缠也。"转:汪瑗说:"转,既缭而复缭之也。"缔(dì帝):洪兴祖说:"缔,结不解也。""气缭转而自缔",朱熹说:"缭转自缔,谓缭戾回转而自相结也。"汪瑗说:"言郁结之气,如绳之辗转缭绕

而自相纠结,不可解脱也。上句以马喻心,此句以绳喻气,而四句不过反复言其愁之甚也。"王夫之说:"缭转自缔,气随心困,欲舒而若束之也。"(《楚辞通释》)

以上二句说:心绪就像被马缰绳和马笼头束缚的马儿一样不得开放;郁结之气如同绳索,缠绕盘旋纠结成一团。

〔9〕穆眇眇:静穆辽远的样子。又马茂元说:"穆眇眇,言其遥远而幽微。"(《楚辞选》)垠(yín银):边际,尽头。

〔10〕莽芒芒:渺茫空阔的样子。马茂元说:"莽芒芒,言其广阔而空旷。"仪:匹配。

以上二句意思是:天地静穆辽远无边无际;原野空阔渺茫无与相匹。

〔11〕声:风声。隐:隐微,不显著。

〔12〕物:指草木。纯:美好,纯正。"声有隐而相感"二句,清刘梦鹏说:"声,风声;纯,犹美也。适听回风之声动,已无穷之感,蕙生非时,不免摇落,虽有其美,而终不可为,其如此回风何哉!"(《屈子章句》)马茂元说:"声,指风声。隐,尚未显著的迹象。回风一起,意味着肃杀的秋冬的来临,生物都将枯萎,使人感慨生悲。上句用以影射国运的没落,下句与'物有微而陨性'同意,用来比喻自己大命的将倾。物,指蕙。纯,言其禀性的纯洁,经不起回风的摧残。不可为,没有挽回的办法。"二说可参考。

以上二句意思是:风声起,虽然不显著,但万物却有感应;草木即使有纯美的本性,在肃杀秋风来临之时也无可奈何。

〔13〕藐蔓蔓:洪兴祖《楚辞补注》引一本作"邈漫漫";朱熹《楚辞集注》作"邈漫漫"。按:当作"邈漫漫","藐蔓蔓"为借字。邈漫漫:长而又长的样子。清王念孙说:"……绵绵,小长貌;蔓蔓,大长貌。是绵绵、蔓蔓皆长也。《楚辞·九章》云:'藐蔓蔓之不可量兮,缥绵绵之不可纡',绵绵犹蔓蔓耳。"(《广雅疏证》卷六上)量(liáng良):计量,度量。

〔14〕缥(piāo 飘)绵绵:旋绕萦回,连绵不绝。纡(yū 迂):屈曲回旋。又于省吾说:"……既言'飘绵绵',则有弯环萦绕之意,与不可纡回之义显然不合。'纡'字在此应读为'虞',纡、虞叠韵。……'于'之通'虞',犹'纡'之通'虞'。《尔雅·释言》:'虞,度也'。《孟子·离娄》:'有不虞之誉',赵注训'虞'为'度'。虞训度,典籍习见。上句言'邈漫漫之不可量兮',量谓计量,计量与虞度互文见义。"按:"缥绵绵"与"邈漫漫"意相同而相对成文。"纡",《说文》释"萦也",即萦绕之意。上句"邈漫漫之不可量",意思是说愁思绵长不可测量;下句"缥绵绵之不可纡",应与上句意相对。但"纡"意为"萦",全句意思不好理解。王逸释下句为"细微之思,难断绝也",其意与上句不相连属,且"纡"无断绝之意。于省吾以"纡"为"虞",训为度,于全句意思顺畅且与上句相对成文,因姑用于说以为解。

以上二句说:漫漫愁思无法计量,萦绕盘旋不可测度。

〔15〕悄悄:忧愁的样子。洪兴祖说:"《诗》云:'忧心悄悄'。""愁悄悄",指忧思深重。

〔16〕翩:疾飞的样子。冥冥:高远,深远。朱熹说:"冥冥,远去也。""翩冥冥",很快地飞向高空。

"愁悄悄之常悲"二句,洪兴祖说:"此言己欲疾飞而去,无可以解忧者也。"清徐焕龙说:"我之愁思悄悄常悲,纵令远去他邦,如鸟之翩飞于冥冥,终不可以娱乐我心。"

〔17〕凌:乘。流:朱熹说:"流,犹随也。"清陈本礼说:"流者,随波而漂也。"(《屈辞精义》)"凌大波而流风",汪瑗说:"犹《哀郢》篇所谓'顺风波而流从'之意。言乘舟而济渡也。"刘梦鹏说:"流风谓从流随风,不拘所泊也。"

〔18〕托彭咸之所居:汪瑗说:"犹托彭咸之所在也。"清钱澄之说:"极写愁心重复琐屑,数落不尽,其志惟在托彭咸之所居,而愁思始息。

自此以下,皆是从彭咸往来上下,所言俱非人间世也。"姜亮夫说:"言将从彭咸而居也。彭咸所居,即下文上高岩以下一段也。"(《屈原赋校注》)诸说可以参考。按:彭咸在屈辞中多次出现,其人其事已不可详考。旧注多有因屈原投水而死,故反推彭咸亦必为水死者。上句"凌大波而流风",更为多数旧注认作彭咸水死的证据。其实,此二句是说追随彭咸之所在,以之作为精神的寄托,与水死无关。

以上二句意思是:乘着波浪而随风漂泊,彭咸之所在就是我的寄托。

上高岩之峭岸兮[1],处雌蜺之标颠[2]。据青冥而攄虹兮[3],遂倏忽而扪天[4]。吸湛露之浮源兮[5],漱凝霜之雰雰[6]。依风穴以自息兮[7],忽倾寤以婵媛[8]。冯昆仑以瞰雾兮[9],隐岷山以清江[10]。惮涌湍之磕磕兮[11],听波声之汹汹[12]。纷容容之无经兮[13],罔芒芒之无纪[14]。轧洋洋之无从兮[15],驰委移之焉止[16]。漂翻翻其上下兮[17],翼遥遥其左右[18]。泛潏潏其前后兮[19],伴张弛之信期[20]。观炎气之相仍兮[21],窥烟液之所积[22]。悲霜雪之俱下兮[23],听潮水之相击[24]。借光景以往来兮[25],施黄棘之枉策[26]。求介子之所存兮[27],见伯夷之放迹[28]。心调度而弗去兮[29],刻著志之无适[30]。

〔1〕岩:崖岸。峭:峻峭,陡直。岸:水边高起之地。"上高岩之峭岸",王逸说:"升彼山石之峻峭也。"(《楚辞章句》)

〔2〕蜺(ní泥):《尔雅·释天》:"蜺为挈贰。"清郝懿行《尔雅义疏》说:"蜺,雌虹也。……挈贰,其别名。"又说:"蜺者,霓之假借。……虹、霓散文俱通。故邢疏引郭氏《音义》云:'虹双出,色鲜盛者为雄,雄曰

虹;暗者为雌,雌曰霓。'"标:树梢。颠:顶部。"标颠",顶点,顶端。"上高岩之峭岸"二句,明李陈玉说:"自'上高岩之峭岸'句至末,共四十句,皆言从彭咸所居以后,上天下地,登山观水,神魂所之,靡所不适:据虹处霓,扪天吸露,漱霜依风,过昆仑,涉岐山,看波涛,听潮水,经炎霜,窥烟液,吊介子,访伯夷与子胥、申徒之辈,上下左右,岂不快哉!何事受人间之樊笼乃尔邪?此所以决意彭咸之从也。"(《楚辞笺注》)清胡文英说:"此与登石峦以远望,皆承悯悯遂行而言,盖不忍此心之常愁,而托远游以自解也。"(《屈骚指掌》)按:自"上高岩之峭岸"以下诸句,承接"凌大波而流风兮,托彭咸之所居"之意,是诗人想象追随彭咸上天入地,遨游于天宇之内,无所不至,表达了诗人欲摆脱尘世的烦恼,想要随心所欲,自由驰骋的愿望。

以上二句说:我登上高峻的崖岸,停留于虹霓的顶端。

〔3〕据:凭借,依靠。青冥:青天。汪瑗说:"青冥,近天轻清高远之气也。"(《楚辞集解》)摅(shū 舒):抒发,舒散。汪瑗说:"摅,舒也。摅虹,盖谓拂去其虹,而将以扪天也。"又王夫之说:"摅虹,发气成虹也。"(《楚辞通释》)可以参考。

〔4〕倏(shū 书)忽:迅速,极快地。扪(mén 门):摸。

以上二句说:我以青天为依凭而舒散了彩虹,于是一下子就摸到了天。

〔5〕湛(zhàn 站)露:指露水厚重。源:洪兴祖《楚辞补注》引一本作"凉";朱熹《楚辞集注》作"凉"。按:当作"凉"。"浮凉",汪瑗说:"谓露之清澈,其光若浮而味凉也。"

〔6〕漱:汪瑗说:"漱,以水荡口也。"雰雰(fēn 分):霜雪纷降的样子。又汪瑗说:"雰雰,皎洁貌。"可以参考。

以上二句说:吸入那浓厚的露水真清凉;用那纷飞的凝霜漱一漱口。

〔7〕风穴:传说中风由此出的窟穴。洪兴祖引宋玉赋云:"空穴来

风。"汪瑗说:"穴者,巢窟之处也。盖风从地出,而又出于地之虚处,故曰虚则生风,又曰空穴来风。凡风所从出之处,皆曰风穴。如《庄子》所谓大块之窍,宋玉所谓土囊之口,是也。"自息:独自歇息。汪瑗说:"自息,独宿也。"

〔8〕倾寤:偏侧着身子醒来。朱熹说:"倾寤,倾侧而觉寤也。"汪瑗说:"倾寤谓假寐辗转之间,忽然倾侧而觉寤也,是亦独怀不眠之意。"婵媛(chán yuán 蝉元):因情绪紧张或激动而喘息的样子。这里是指忽然醒来,因受惊而喘息。本字作"啴咺","婵媛"是借字。

以上二句说:背靠着风穴我独自歇息,朦胧中偏侧着身子忽然醒来,惊遽中不由得喘息起来。

〔9〕冯(píng 平):同"凭",依靠,依据。朱熹说:"冯,据也。如冯轼之冯。"昆仑:古代神话传说中的神山。瞰(kàn 看):俯视。

〔10〕隐:倚,靠。朱熹说:"隐,依也,如隐几之隐。"岷山:即岷(mín 民)山,位于四川松潘县北,绵延四川、甘肃两省边境。岷山是长江、黄河的分水岭,是岷江、嘉陵江的发源地。以:而。清江:使江流清澈。朱熹说:"清江,去其浊秽之流也。"清蒋骥说:"而见江水发源之山,依而清之。"(《山带阁注楚辞》)又闻一多解释"隐岷山以清江"句说:"自昆仑下视,岷山清江皆隐于雾中。"(《九章解诂》)以"隐"为隐蔽、遮蔽之意;"以"为与意,闻说可参考。

以上二句说:我凭据昆仑山俯视云雾;我倚靠着岷山,使江水清澈起来。

〔11〕惮:畏惧。涌湍:汹涌的急流。礚礚(kē 科):急流声。一说水激石声。

〔12〕汹汹(xiōng 凶):水势凶猛发出的声音。

以上二句说:汹涌的急流冲激石头,发出礚礚的声音使人畏惧;耳边是汹汹的波涛之声。

〔13〕纷容容:指波涛流动起伏、纷乱变动的样子。经:法度、条理。"无经",清胡文英说:"无经,乱而不整也。"(《屈骚指掌》)

〔14〕罔芒芒:广阔无边的样子。纪:秩序,准则。闻一多说:"《月令》:'毋失经纪',经纪犹法度条理也。此言水波之纷乱。"

以上二句意思是:波涛起伏流动,茫茫无边,一派纷乱无序的样子。

〔15〕轧(yà 亚):朱熹说:"倾压之貌。"清钱澄之说:"轧者,波波相压之势。"(《庄屈合诂》)"轧洋洋",指波浪相互挤压,无边无际的样子。无从:无由,不知从何而来。闻一多说:"从,始。"

〔16〕驰:急行的样子。委移(wēi yí 威宜):蜿蜒曲折的样子。焉止:在哪里停止。

以上二句说:波涛相倾相压无边无际,不知它是从何而来;蜿蜒曲折急驰而去,不知它在哪里停住?

〔17〕漂翻翻:波浪奔流翻腾的样子。上下:指波浪上下翻腾。

〔18〕翼遥遥:像飞一样跑得又快又远。这里是形容水流之速。左右:指波浪在奔流中左右涌动。

以上二句意思是:波浪上下翻腾着奔流向前;左右涌动着像飞一样向远方流去。

〔19〕泛:指水涨漫溢。潏潏(yù 玉):水涌出的样子。"泛潏潏",指水流漫溢涌动。前后:波浪相挤相压,前后摆荡。与上文之"上下"、"左右"意同。

〔20〕伴:伴随。张弛:开弓曰张,松弓曰弛。这里用张弛比喻潮水的起落。清王远说:"潮有消长,故曰张弛。"(附见王萌《楚辞评注》)信期:信守约期。指潮水的涨落有一定的规律,就像信守约期一样准时。王远说:"潮汐有信,故曰信期。""伴张弛之信期",钱澄之说:"朝潮夕汐,一长一落,皆有信期。伴张弛之信期,言随潮汐往来也。"

以上二句意思是:水流漫溢,波涛翻滚,伴随着一涨一落的一定之期。

〔21〕炎气：洪兴祖说："《神异经》曰：'南方有火山，昼夜火然。'《抱朴子》曰：'南海萧丘之中，有自生之火，常以春起而秋灭。'"(《楚辞补注》)朱熹说："炎气，火气也。"明黄文焕说："炎气，炎热之气也。"(《楚辞听直》)马茂元说："炎气，夏令郁蒸之气。"(《楚辞选》)诸说可参考。相仍：王逸说："相仍者，相从也。"朱熹说："相因而不已也。"闻一多说："仍亦积也。"

〔22〕烟液之所积：朱熹说："烟液者，火气郁而为烟，烟所著又凝而为液也。"王夫之说："烟，云也。液，雨也。积者，云屯而雨沛也。此春夏之气也。"

〔23〕悲霜雪之俱下：黄文焕说："下霜之后，继之以雪，秋而冬也。"汪瑗说："露结而为霜，雨冻而为雪。俱下，齐降也。"

〔24〕潮水：指定时涨落的海水。汪瑗说："海水逆涌为潮。"相击：相互冲撞。

"观炎气之相仍"至"听潮水之相击"四句，汪瑗说："炎烟者，火气之所成而盛于夏者也。霜雪者，水气之所结而盛于冬者也。潮水相击，则盛于仲春、仲秋二季者也。各举四时之盛者而言之，此四时之光景也。曰观、曰窥、曰悲、曰听，参错之文耳。盖谓四时之光景，其声色之触于目，入乎耳，而感乎心，不胜其日月如流之叹也。即'岁忽忽其若颓，时亦冉冉而将至'之意。故欲借四时之光景，而急乘时以往来而周流，以求古之知己者。"清蒋骥说："炎气指夏，霜雪指冬，错举以概四时也。"(《山带阁注楚辞》)

〔25〕借光景以往来：汪瑗说："借光景以往来，犹假日以消忧之意。""是总承上四句而言，盖恐时光易过，欲急于追古之意。"

〔26〕施：加，施加。黄棘：宋吴仁杰说："《山海经》，苦山有木焉，名曰黄棘，黄华而圆叶，其实如兰。……《嘉祐图经》云：'枸杞一名仙人

杖,而枸杞有针者,一名枸棘。'今此所云黄棘,以华黄得名。又其实如兰,则用为马策者,特取其香耳,不以刺为嫌也。"(《两汉刊误补遗》)闻一多说:"……案策之言刺也,古鞭策以有芒刺之木为之,故曰'黄棘之枉策'。"二说可参考。枉:弯曲。策:马鞭。

以上二句意思是:我暂且借时日周游以消忧,我挥动黄棘木做的弯弯的马鞭,驱策坐骑。

〔27〕介子:即介子推,春秋时期晋国人。曾跟随晋文公流亡国外。文公归国后赏赐随从而将其遗漏,他便携母隐居山中。传说文公因寻不到他便放火烧山逼其下山,他坚不复出而被烧死。所存:汪瑗说:"所存,所在也。"这里是指留存的遗迹。

〔28〕见:汪瑗说:"见犹览也。"伯夷:商末孤竹君之长子。因不愿受君位,投奔于周。后反对周武王伐商,商亡后与其弟叔齐逃到首阳山,坚不食周粟而饿死。放迹:指逃逸、流亡的遗迹。汪瑗说:"放迹,犹言放逸之迹也。"按:"放迹"与上句中"所存"相对,意相同。

以上二句紧承"借光景以往来"二句之意,意思是说:我寻求介子推之所存、所在;我观览伯夷逃逸山林的遗迹。

〔29〕调度:思虑,思量。钱澄之说:"调度,犹酌量得宜也。"夏大霖说:"调度,审义裁度也。"去:消除,去掉。

〔30〕刻:铭刻,镌刻。汪瑗说:"刻如刀之刻木,而所入之深也。"著:附着。"刻著志",汪瑗说:"著志,如物有所附着,而不能离也。故安土重迁者曰著土。"清马其昶说:"介子、伯夷,皆古志节之士。刻著,犹牢著也,言向慕二子之专。"(《屈赋微》)按:"刻著志"是指牢牢地铭刻于心志。无适:王逸说:"言己思慕子推、伯夷清白之行,剋心遵乐,志无所复适也。"汪瑗说:"无适,犹不去也。"

以上二句意思是:我思量着,子推、伯夷之事在我心中盘桓不去,他们铭刻于我心中,我不会再有其他的选择。

曰:吾怨往昔之所冀兮[1],悼来者之惕惕[2]。浮江淮而入海兮[3],从子胥而自适[4]。望大河之洲渚兮[5],悲申徒之抗迹[6]。骤谏君而不听兮[7],重任石之何益[8]?心绲结而不解兮[9],思蹇产而不释[10]。

〔1〕曰:明汪瑷说:"此又结通篇之意,故以曰字更端之,若乱辞是也。"按:"曰"以下内容是全篇的总结,表达了一种想效法前贤去赴死,却又明知死而无益的复杂、矛盾的心情。怨:埋怨,责备。汪瑷说:"怨者,有求而不遂,怅憾之意也。"冀:期望。

〔2〕悼:悲伤。一说恐惧。来者:将来。汪瑷说:"来者,来世也。"惕惕:忧惧。

"吾怨往昔之所冀"二句,朱熹说:"往昔所冀,谓犹欲有为于时。来者惕惕,谓将赴水而死也。"(《楚辞集注》)清夏大霖说:"往昔所冀,谓从前谏诤冀君之大有为也。来者,谓将来之败亡可忧惧也。往者所冀无成,是以怨;将来败亡难救,是可悼也。"(《屈骚心印》)清胡文英说:"往昔所冀兰蕙,今已如此摧折,故可怨;而将来之回风可悼,更足令人惕惕然也。"(《屈骚指掌》)诸说可以参考。

〔3〕浮:顺流而漂。江:长江。淮:淮水,今称淮河。发源于河南桐柏山,东经安徽、江苏入洪泽湖。下游原本流经淮阴涟山入海。宋绍熙五年,黄河夺淮,淮水自洪泽湖以下,主流合于运河,经高邮湖由江都县入长江。"浮江淮而入海",清蒋骥说:"言由江达淮入海。"(《山带阁注楚辞》)

〔4〕从:追随。子胥(xū 须):即伍子胥,名员,春秋时期楚国人。其父兄被楚平王杀害,子胥奔吴,佐吴王阖闾伐楚,五战入郢,掘平王墓,鞭其尸。后吴王夫差败越,越请和,子胥谏阻,吴王不从。夫差听信伯嚭谗

言,迫子胥自杀。洪兴祖引《越绝书》曰:"子胥死,王使捐于大江,乃发愤驰腾,气若奔马,乃归神大海。"(《楚辞补注》)适:畅快,适宜。"自适",洪兴祖说:"自适,谓顺适己志也。"汪瑗说:"自适,犹自得也。"

以上二句说:我将顺着长江、淮水漂流而入大海,追随伍子胥而顺遂我的志向。

〔5〕大河:指黄河。洲渚(zhǔ 主):水中的陆地。

〔6〕申徒:即申徒狄。洪兴祖说:"《庄子》云:'申徒狄谏而不听,负石自投于河。'《淮南》注云:'申徒狄,殷末人也,不忍见纣乱,自沉于渊。'"又一说申徒狄,六国时人。按:申徒狄之事已不可确考,前人之说供参考。抗:通"亢",高,高尚。"抗迹",指高尚的行为。汪瑗说:"抗迹,高踪也。"

以上二句说:眼望大河之中的洲渚,我为申徒狄的高尚行为而悲伤。

〔7〕骤:屡次。

〔8〕重任石:洪兴祖《楚辞补注》引一本作"任重石"。朱熹《楚辞集注》作"任重石"。按:当作"任重石"。任:王逸说:"任,负也。"(《楚辞章句》)闻一多说:"任,犹抱也。"(《九章解诂》)

以上二句说:申徒狄屡次地进谏,君王却不听他的话,他抱着沉重的石头投河而死,这又有什么益处呢?

〔9〕絓(guà 挂)结:打结,结成结。

〔10〕蹇(jiǎn 简)产:屈曲不伸。释:排解,解除。"心絓结而不解"二句,蒋骥说:"还溯大河,见子胥、申徒皆其同类,而忽感二子之死,不能救商与吴之亡,故踌躇徘徊,卒又不忍遽死,而其愁思益萦徊而不能解释也。"

以上二句意思是:我想到伍子胥与申徒狄的事情,心里就像打了结一样解不开;愁思曲折萦回而无法排解。

远游

本篇王逸《楚辞章句》定为"屈原之所作也",但后世学者对此多有质疑。总括各家之说,否定本篇为屈原所作的理由大致有三:一、认为《远游》有很多神仙道家之言,与屈原的其他作品不同,不符合屈原的思想体系。二、认为《远游》与司马相如《大人赋》相同的句子太多,因而推断《远游》出于司马相如之手,或者是后人摹仿《大人赋》的伪作。三、认为《远游》中的一些人名是屈原身后之人,如韩众,见于《史记·秦始皇本纪》,是秦朝的方士,因而推断《远游》不是屈原作品。

以上这些意见都有一定的参考价值,但还不足以据之确定《远游》不是屈原的作品。首先,《远游》中虽有不少神仙道家之言,但其基本思想仍然是屈原因愤世嫉俗而想要避祸远游,这个思想在《离骚》和《九章》中也多有表露。另外,《远游》和司马相如《大人赋》的关系,洪兴祖、朱熹、汪瑗等《楚辞》注家多认为《大人赋》是因袭《远游》而作。比较两篇作品的内容,我们认为洪兴祖等人的说法似乎更加合理。至于韩众,尚无确证说明《远游》和《秦始皇本纪》中的韩众是同一个人。因此,《远游》篇虽有疑点,却难断然确定非屈原所作。为反映世传屈原作品的多种情况,所以仍依王逸旧说,选录此篇。

悲时俗之迫阨兮[1],愿轻举而远游[2]。质菲薄而无因兮[3],焉托乘而上浮[4]。遭沉浊而污秽兮[5],独郁结其谁语[6]。夜耿耿而不寐兮[7],魂茕茕而至曙[8]。

〔1〕时俗:当时的习俗,即社会风气。迫:胁迫,逼迫。阨(è饿):困厄。"迫阨",二字是并列关系,指受到楚国朝廷嫉贤妒能风气的胁迫与困厄。

〔2〕轻举:轻身高飞。远游:清王夫之说:"远尘而游于旷杳。"(《楚辞通释》)即远离尘世而游于空旷杳远之境。

以上二句总述想要远游的原因,意思是:我悲愤于当世邪风恶习的胁迫与困厄,想要轻身高飞漫游远方。

〔3〕质:性质、资质。菲薄:浅薄。按:这里是指屈原想要效法神仙真人,轻身飞举,云游四方,但自己却是俗骨凡胎不能遂愿,因此自叹说"质菲薄"。因:凭依、依靠。"无因",指无所凭依。一说"因"指因缘。清钱澄之说:"无因,谓与仙人无夙因也。"(《庄屈合诂》)即与仙人无缘之意,亦可参考。

〔4〕焉:疑问副词,怎么,如何。托:依托。乘:本义指车驾,这里泛指神仙真人乘之以上浮之物。上浮:上升。指上升于云而漫游四方。

以上二句说:我资质浅薄又没有凭依,怎能借助神仙的乘驾之物而上升于天?

〔5〕沉浊、污秽:都指世道而言。明汪瑗说:"言世俗之迫阨如泥涂之沉浊,粪壤之污秽也。"(《楚辞集解》)一说"沉浊"指君主的昏暗不明,"污秽"指谗佞之人所加的污言秽语。亦通。

〔6〕郁结:忧郁烦闷,愁绪在心中积聚、滞结。语:告诉、诉说。"谁语",即语谁。

以上二句说:我遭遇这混浊污秽的世道,滞积在心中的郁郁愁思向谁去诉说。

〔7〕耿耿:心中不安的样子。不寐:不能入睡。

〔8〕茕茕:忙忙碌碌,往来不定的样子。一说指惶恐不安的样子。

王逸说:"精魂怔忪不寐,故至曙也。""怔忪"即惶恐不安之意。亦可参。曙:天亮。

以上二句说:我整夜心绪不宁不能入睡,神魂飘忽直至天明。

惟天地之无穷兮[1],哀人生之长勤[2]。往者余弗及兮[3],来者吾不闻[4]。步徙倚而遥思兮[5],怊惝怳而乖怀[6]。意荒忽而流荡兮[7],心愁悽而增悲[8]。神倏忽而不反兮[9],形枯槁而独留[10]。内惟省以端操兮[11],求正气之所由[12]。

[1] 惟:思。无穷:指天长地久,无穷无尽。又汪瑗说:"无穷,犹言不已也,谓天地之转运而生生不已也。"亦通。

[2] 勤:忧患。一说"勤"指劳苦。长勤,指终生劳苦。亦通。

以上二句说:想那天地长久时日无穷,哀叹人生短促又多忧患。

[3] 往者:指已经逝去的事情。一说指前世圣哲。亦通。

[4] 来者:指未来的事情。一说指后世的圣哲。亦通。

以上二句说:已经逝去的先世之事我来不及见到,将要到来的后世之事我也不得与闻。

[5] 徙倚:留连徘徊的样子。遥思:远思,思绪悠远。

[6] 怊(chāo超):悲伤。惝怳(chǎng huǎng 场谎):心神不安的样子。一说指失意不悦的样子。可参。乖怀:指心意烦闷错乱。

以上二句说:我步履徘徊,思绪悠远,内心悲苦,心意烦乱。

[7] 意:思绪。荒忽:通"恍惚",思绪不定的样子。流荡:流动不定的样子。又王逸说:"情思罔两,无据依也。"认为"流荡"指无所依托。亦通。

281

〔8〕愁悽:忧愁,凄苦。

以上二句说:我的神思流荡不定,心中忧愁凄苦,更增添了悲痛。

〔9〕神:精神。倏忽:极快的样子。反:返回。

〔10〕形:形体。枯槁(gǎo搞):干枯,形容人的形体枯瘦。又王逸说:"身体寥廓,无识知也。"认为"枯槁"指神魂离散之后,空虚的躯体无知无识的样子。亦可参考。

以上二句说:我的神魂迅速离散再也不返回,只留下一具干枯的躯体。

〔11〕内:内心。惟:副词,只有。省(xǐng醒):审查。端操:端正操守。

〔12〕正气:正大刚直之气。按:关于"正气",前人的解释略有不同。一说指道家所谓的元气,如王夫之说:"此玄家所谓先天气也,守此则长生久视之道存矣。"(《楚辞通释》)一说指正大之气,如蒋骥说:"正气,正大之气也。"(《山带阁注楚辞》)一说指儒家修心养性时所求之气,即孟子所说的"浩然之气",如刘梦鹏说:"正气,即孟子所谓浩然者。"(《屈子章句》)皆录以备考。

以上二句说:我只有在内心反省以端正操守,寻求正气的由来。

漠虚静以恬愉兮〔1〕,淡无为而自得〔2〕。闻赤松之清尘兮〔3〕,愿承风乎遗则〔4〕。贵真人之休德兮〔5〕,美往世之登仙〔6〕。与化去而不见兮〔7〕,名声著而日延〔8〕。奇傅说之托星辰兮〔9〕,羡韩众之得一〔10〕。形穆穆以浸远兮〔11〕,离人群而遁逸〔12〕。因气变而遂曾举兮〔13〕,忽神奔而鬼怪〔14〕。时仿佛以遥见兮〔15〕,精皎皎以往来〔16〕。绝氛埃而淑尤兮〔17〕,终不反其故都〔18〕。免众患而不惧兮〔19〕,世莫知其所如〔20〕。

〔1〕漠:漠然,冷淡。虚静:空虚安静。按:"虚静"是道家哲学的一个命题。这里,屈原是要仿效道家的"虚静",寻求超脱世俗的羁绊,保持内心的空敞宁静。恬愉:愉快,安乐。

〔2〕淡:恬淡,无所争求的意思。无为:道家的政治、哲学概念,指顺乎自然的变化,而不有意作为。自得:自得其乐。

以上二句说:漠然处世,保持内心的宁静,从而得到快乐安逸;淡然恬静地顺乎自然的变化而自得其乐。

〔3〕赤松:即赤松子,神话传说中的古仙人。洪兴祖说:"《列仙传》:赤松子,神农时为雨师,服水玉,教神农,能入火自烧。至崑山上,常止西王母石室,随风雨上下。炎帝少女追之,亦得仙俱去。张良欲从赤松子游,即此也。"(《楚辞补注》)清尘:清静无为的事迹。一说"清尘"指赤松子乘风雨飞升之事。亦可参。

〔4〕承:秉承,承受。风:教化。"承风",秉承教化。乎:于。遗则:遗留的法则。

以上二句说:我曾听说古仙人赤松子清静无为的事迹,愿从他的法则中秉承他的教化。

〔5〕贵:珍视、尊重。真人:道家称修炼得道者为真人。休德:美德。一说"休德"指赤松子的虚静无为。又一说指能够与天同寿的德行。皆可参考。

〔6〕美:赞美,羡慕。往世:过去。清夏大霖说:"往世,指从前之仙者。"(《屈骚心印》)登仙:飞升为仙人。

以上二句说:我珍视古代真人的美德,羡慕往世那些成仙的人。

〔7〕与化去而不见:指真人的美德和成仙的奇迹,都与天地阴阳一起变化而去不可得见。

〔8〕著:昭著,显明。延:绵延不绝。

以上二句说:真人、仙人与天地阴阳一起变化而去,不可得见,但他们的名声却昭著于世,永久流传。

〔9〕奇:惊奇,赞叹。傅说(yuè月):相传是殷高宗武丁的贤相。传说傅说死后,他的精魂变成了天上的星辰。《庄子·大宗师音义》说:"傅说死,其精神乘东维,托龙尾,乃列宿。今尾上有傅说星。"

〔10〕羡:羡慕。韩众:传说中的古代仙人。据《列仙传》记载,齐国人韩众曾为王采药,但王不肯吃,韩众自己吃了之后就变成了仙人。得一:得道。"一",指纯真之道。一说"一"指壹气,即上文所说的正气。

〔11〕形:形体。穆穆:沉静安详的样子。一说指杳冥幽远的样子。亦可参考。浸远:渐渐远去。

〔12〕遁逸:隐遁,隐逸。

以上四句说:惊叹傅说死后精魂化为辰星,羡慕韩众潜心修炼终于得到了纯真之道,他们的形体沉静而安详地渐渐远去,离开了世俗的人群而隐遁不见。

〔13〕因:凭借。气变:神仙真气的变化。汪瑗说:"气变,谓炼气而变化也。……言神仙炼气变化而遂能高飞,不可测度,不可邂逅。"(《楚辞集解》)一说指精、气、神三者的变化。王夫之说:"气变,精化气,气化神也。"(《楚辞通释》)曾(zēng增)举:高飞。

〔14〕忽:倏忽,迅速。神奔而鬼怪:形容仙人倏忽往来,变幻怪异,如神鬼出没。

以上二句说:仙人们凭借真气的变化飞升高举,倏忽变幻,犹如神出鬼没。

〔15〕时:有时。

〔16〕精:指仙人的灵光。皎皎:明亮的样子。

以上二句说:有时世人仿佛能远远地望见,神仙们发着明亮的灵光在空中往来。

〔17〕绝:超越。氛埃:指世俗的浊气与尘埃。淑:善,美好。尤:当作"邮"。段玉裁说:"《释言》:'邮,过也。'按经过与过失,古不分平去,故经过曰邮,过失亦曰邮,为尤、讹之假借字。"按"邮"作名词为传舍之义,作动词为经过之义。此处即作动词用,又引申为旅游、行游之义。"绝氛埃而淑尤",即超越浊气尘埃而作美好的行游之意。

〔18〕故都:指旧居。一说"故都"指凡俗的血肉躯壳。如清徐焕龙说:"故都,谓血肉之躯壳,向为神舍者。"(《屈辞洗髓》)仅供参考。

以上二句说:超脱了世俗的浊气与尘埃而作美好的行游,永不返回尘世的旧居。

〔19〕免:避免,脱离。众患:指各种忧患、祸害。一说"众患"指上文的"时俗之迫阨",亦可参考。

〔20〕所如:所之,所去的地方。

以上二句说:脱离世间的祸患而不再恐惧,世间没有谁知道他去往何方。

恐天时之代序兮[1],耀灵晔而西征[2]。微霜降而下沦兮[3],悼芳草之先零[4]。聊仿佯而逍遥兮[5],永历年而无成[6]。谁可与玩斯遗芳兮[7],晨向风而舒情[8]。高阳邈以远兮[9],余将焉所程[10]。

〔1〕天时:日月岁时的运行。代序:时序更相替换。"恐天时之代序"的意思是说,害怕随着岁月不断地更替,人也将至衰老之年。

〔2〕耀灵:指太阳。晔(yè夜):光辉闪耀。朱熹说:"晔,闪光貌。言行之速。"(《楚辞集注》)西征:太阳西行。汪瑗说:"日道左旋,故曰西征也。言天时代序而独指日者,盖积日以成月,积月以成岁,言日行之

速,以足天时代序之意也。"(《楚辞集解》)

〔3〕微霜:薄霜。沦:沉。"下沦",下沉。

〔4〕悼:悲伤。零:凋零,零落。

以上四句意思是:我恐怕岁时不断更替,光辉闪耀的太阳总在向西运行,寒霜降落,芳草凋零,真令人悲伤。

〔5〕聊:暂且。仿佯(páng yáng 旁羊):徘徊,游荡。逍遥:优游自得的样子。

〔6〕永历年:经过了很多年。成:成就。"永历年而无成",指年复一年无所成就。一说"历年无成"指学仙不成而言。如清邱仰文说:"此节言年老,恐学仙不成。"(《楚辞韵解》)亦可参。

以上二句说:我经过多年的努力,志业竟无所成就,只好暂且游荡,逍遥自乐。

〔7〕玩:欣赏。一说"玩"是珍惜之意,亦通。遗芳:遗留的芳泽。这里是屈原以遗芳自比。一说"遗芳"比喻将来的余年。汪瑗说:"遗芳比余年也。谓既往之年无所成就,则亦已矣。而将来余年犹可及时修省,顾无可与共赏而惜之者。宁免临风长叹乎?"又林云铭说:"遗芳,见弃于时之善行也。"(《楚辞灯》)二说皆可参考。

〔8〕晨:洪兴祖《楚辞补注》引一本作"长"。闻一多说:"晨当为长,字之误也。向风舒情,奚必晨旦? 一本作长为允。"(《楚辞校补》)按此说是,当从一本作"长",指长久。一说"晨向风"当作"向晨风",仅录以备参考。舒情:抒发情怀。一说指"舒缓情怀",亦可参。

以上二句说:能与谁一起欣赏这残留的芳泽呢? 我只好长久地面对清风抒发自己的情怀。

〔9〕高阳:古帝颛顼的称号,屈原的始祖。汪瑗说:"高阳,即帝颛顼也。古之得道之君,若轩辕是也。如傅说,屈子亦引为神仙,但今《列仙传》不载,无所考耳。屈原,高阳之苗裔,见《离骚》篇。此之所引盖慕

其道耳,无取苗裔之义也。"(《楚辞集解》)此说分析了屈原这里引"高阳"的意图,可供参考。邈(miǎo秒):遥远的样子。

〔10〕程:法,取法。一说据《说文解字·禾部》:"程,程品也。十发为程,一程为分,十分为寸",认为"程"这里是比喻品评的标准。"焉所程",是说用什么法度作为品评的标准。亦通。

以上二句说:高阳距今已十分遥远,我将何所取法呢?

重曰〔1〕:春秋忽其不淹兮〔2〕,奚久留此故居〔3〕?轩辕不可攀援兮〔4〕,吾将从王乔而娱戏〔5〕。餐六气而饮沆瀣兮〔6〕,漱正阳而含朝霞〔7〕。保神明之清澄兮〔8〕,精气入而粗秽除〔9〕。顺凯风以从游兮〔10〕,至南巢而壹息〔11〕。见王子而宿之兮〔12〕,审壹气之和德〔13〕。

〔1〕重(chóng虫)曰:再次陈辞。汪瑗说:"此下至末,不过反复推衍而极言之耳,故以重曰起之。重者,复也,再也。"(《楚辞集解》)林云铭说:"重曰,亦歌之音节。"(《楚辞灯》)皆可参考。

〔2〕春秋:指岁月、时间。汪瑗说:"春秋,错举四时而言之也。"忽:急速的样子。淹:滞留,久留。

〔3〕奚:为什么。故居:故乡,旧居。

以上二句说:岁月急速去而不停留,我为何久久地留在故乡?

〔4〕轩辕:即黄帝。《国语·晋语》:"昔少典氏娶于有蟜氏,生黄帝、炎帝。"《史记·五帝本纪》:"黄帝者,少典之子,姓公孙,名轩辕。"王逸说:"轩辕,黄帝号也,始作车服,天下号之为轩辕氏也。"(《楚辞章句》)《史记索引》引皇甫谧云:"居轩辕之丘,因以为名,又以为号。"援:牵引,攀附。"不可攀援",指时代久远,不可攀附。清代蒋骥说:"不可

攀援,以轩辕既尊且远也。"(《山带阁注楚辞》)又清代徐焕龙说:"黄帝轩辕氏,丹砂既成,有龙下迎黄帝上,群臣攀龙欲上者皆坠,则知其不可攀援矣。"(《屈辞洗髓》)此说径以黄帝乘龙升天的传说为释,未免拘泥。

〔5〕王乔:即王子乔,神话中的古仙人。洪兴祖《楚辞补注》引《列仙传》说:"王子乔,周灵王太子晋也。好吹笙,作凤鸣,游伊洛间。道士浮丘公接上嵩高山。三十余年后,来于山上,见桓良曰,告我家,七月七日待我缑氏山头。果乘白鹄住山巅,望之不得到,举手谢时人,数日去。"又引《淮南子》:"王乔、赤松,去尘埃之间,离群慝之纷,吸阴阳之和,食天地之精,呼而出故,吸而求新,蹀虚轻举,乘云游雾,可谓养性也。"娱戏:娱乐,游戏。

以上二句说:轩辕离我久远不可攀附,我将跟随王乔一起游戏。

〔6〕餐:食。六气:天地四时之气。沆瀣(hàng xiè 杭去声谢):北方夜半之气,即清露。

〔7〕漱(shù 树):漱口。《说文》:"漱,荡口也。"段玉裁注:"荡口者,吮刷其口中也。"正阳:王逸说:"正阳者,南方日中气也。"朝霞:王逸说:"日始欲出赤黄气也。"

以上二句说:吃的是天地四时的精气,饮的是夜半的清露;漱口用南方日中气,口含着太阳将出时的赤黄气。

〔8〕保:保持。神明:指人的精神。明代汪瑗说:"神明,指心也。"清澄:明净清澈。

〔9〕精气:即上文的六种精英之气。一说指阴阳元气。粗秽:洪兴祖说:"粗,物不清也。"汪瑗说:"粗秽,昏浊之气也。精气入则粗秽之气销矣。修养家所谓吐故纳新之术也。或曰,粗,物不精也。秽,物不清也。精气入则粗气除,保清澄则秽气除。"又清刘梦鹏说:"修炼家贵气贱形,故谓形为粗秽。"(《屈子章句》)亦可参考。

以上二句说:保持心神的明净清澈,吸入天地间的精气而消除粗浊污秽的东西。

〔10〕凯风:南风。《尔雅·释天》:"南风谓之凯风。"

〔11〕南巢:南方凤鸟栖居之地。壹息:稍事休息。

以上二句说:随着南风而行游,来到凤鸟栖居的南巢才稍事休息。

〔12〕王子:即王子乔。宿:留止,歇宿。王逸说:"屯车留止,遇子乔也。"

〔13〕审:讯问,探求。壹气:精纯不杂之气。汪瑗说:"即上文所谓正气,正,言其无浊秽之邪;一,言其精纯不杂也。"又王逸训"壹气"为元精之气。亦通。一说"壹气"即《庄子·知北游》"通天下一气耳"之"一气",指构成天地万物的基本素质。亦可参考。和德:汪瑗说:"和德,言正气之中和也。一,言其无驳杂;和,言其无乖戾。"又蒋骥说:"外气既入,内德自成,所谓六气者,凝炼而为一气矣,然必得所养而后能和,故就王子而讯之。"

以上二句说:遇见王子乔就留宿下来,向他请教精气中和的奥妙。

曰[1]:道可受兮,不可传[2]。其小无内兮,其大无垠[3]。无滑而魂兮,彼将自然[4]。壹气孔神兮,于中夜存[5]。虚以待之兮,无为之先[6]。庶类以成兮,此德之门[7]。

〔1〕曰:洪兴祖说:"曰者,王子之言也。"(《楚辞补注》)

〔2〕道:修仙养气之道。"道可受兮不可传",指修仙养气之道可以心受领会,而不可以言传。洪兴祖说:"谓可受以心,不可传以言语也。《庄子》曰,道可传而不可受,谓可传以心,不可受以量数也。"按:《庄子》语见《大宗师》:"夫道,有情有信,无为无形;可传而不可受,可得而不可见。"与此句意思相近,唯传受二字互易。

〔3〕其:指道。小无内:小到极点,在其范围之内不能再分剖出更小

的东西。大无垠:大到极点,至于没有边际。"其小无内兮其大无垠"之意,亦见《庄子·天下》篇:"至大无外,谓之大一;至小无内,谓之小一。"又洪兴祖引《淮南子》说:"深闳广大,不可为外;析毫剖芒,不可为内。"明代汪瑗说:"无内,无间隙也;无垠,无边际也。小无内大无垠,言道无所不在也。其言与《中庸》'语大,天下莫能载焉'语小,天下莫能破焉'相类。"(《楚辞集解》)说均可参。

〔4〕无:不要,别。滑(gǔ古):乱。而:王逸释为"尔"。朱熹也说:"而,汝也。"(《楚辞集注》)清戴震说:"尔、女、而、戎、若,语之转。"(《屈原赋注》)魂:汪瑗说:"魂,谓人之精神也。"彼:即指魂。汪瑗说:"彼,即指魂也。自然,即不滑乱也。一反一正之谓耳。言不滑乱其精神,则无为而自得,有天然之妙也。"一说"彼"指身心。如朱熹说:"此言道妙如此,人能无滑其魂,则身心自然。"又一说指养气之道,如蒋骥说:"言养气之道,但可心受,不可言传,其藏之至密,而放之至广。但能无以私意滑乱其神魂,则所养渐近自然。"

以上二句说:不要搅乱你的精神,它将自然而然,保持天性。

〔5〕壹气:与上文"审壹气之和德"的"壹气"同,指精纯不杂之气。一说"壹"作动词,指专一。亦通。孔:甚,很。"孔神",甚为神妙。又清胡文英说:"孔神,甚为神化不测也。"(《屈骚指掌》)中夜:半夜。

以上二句说:精纯之气最为神妙,在夜半寂静之时,能感觉到它的存在。

〔6〕虚以待之:以虚静来对待万物。《庄子·人间世》:"气也者,虚而待物者也。"汪瑗释此句说:"虚心以涵养于未接事物之先,此阴阳动静之机理。"清刘梦鹏说:"虚以待之者,不为思扰,与耿耿不寐者异矣。"(《屈子章句》)无为之先:洪兴祖说:"此所谓感而后应,迫而后动,不得已而后起。"汪瑗说:"无为之先,谓未与物接之时。"又戴震说:"无之言勿也。"勿为之先,指不要先有作为。

以上二句说:要虚静地对待万事万物,不要先有所为。

〔7〕庶类:众多的物类。汪瑗说:"庶类,犹言万物也。"成:形成。此德:指上文"壹气之和德"。门:门径。"此德之门",汪瑗说:"言万物皆由一气而成也。"清林云铭说:"身中许多造化,皆从此出。所谓和德,此其门也。"(《楚辞灯》)又王逸释"此德之门"为"仙路径也"。洪兴祖又引《老子》"玄之又玄,众妙之门"来解释"此德之门",意谓得道之门径。可以参考。

以上二句意思是:万物的形成,都是由于这精纯元气起了作用。按:王子乔之言止于此。

闻至贵而遂徂兮〔1〕,忽乎吾将行〔2〕。仍羽人于丹丘兮〔3〕,留不死之旧乡〔4〕。朝濯发于汤谷兮〔5〕,夕晞余身兮九阳〔6〕。吸飞泉之微液兮〔7〕,怀琬琰之华英〔8〕。玉色頩以脕颜兮〔9〕,精醇粹而始壮〔10〕。质销铄以汋约兮〔11〕,神要眇以淫放〔12〕。嘉南州之炎德兮〔13〕,丽桂树之冬荣〔14〕。山萧条而无兽兮〔15〕,野寂漠其无人〔16〕。载营魄而登霞兮〔17〕,掩浮云而上征〔18〕。

〔1〕至贵:至为珍贵,神妙之言。汪瑗说:"至贵,犹言至妙也。指上章王子之词为至妙之言,而其贵无敌也。"(《楚辞集解》)一说"至贵"是王者的称谓,指王子乔。又一说"至贵"指道。如清王夫之说:"至贵,上所闻之道要也。"(《楚辞通释》)可以参考。遂:于是,就。徂(cú 粗阳平):往、去。

〔2〕忽:迅速地。行:出行。

以上二句说:听了王子乔的至妙之言,我就想前往,急速起行去找修炼之地。

〔3〕仍:跟随、投奔。又朱熹说:"仍,因,就也。"汪瑗说:"仍,因,依也。"意皆可通。羽人:神话中能飞升的仙人。王逸说:"《山海经》言有羽人之国,不死之民。或曰,人得道,自生毛羽也。"洪兴祖说:"羽人,飞仙也。"丹丘:神话中昼夜长明的仙人所居之地。王逸说:"因就众仙于明光也。丹丘,昼夜常明也。《九怀》曰:'夕宿乎明光。'明光即丹丘也。"又汪瑗说:"丹,南方之色也。丘,土之高者也。上自顺凯风以从游,下至掩浮云而上征,皆远游南方之境,故曰至南巢而壹息,曰仍羽人于丹丘,曰嘉南州之炎德。巢言其居,丹言其色,南方以火德旺,故曰炎也。"又刘梦鹏说:"丹丘,疑即丹穴之山。"(《屈子章句》)按:丹穴之山见《山海经·南山经》:"丹穴之山,其上多金玉。丹水出焉,至南流注于渤海。"汪、刘之说可备参考。

〔4〕留:停留,留止。不死之旧乡:指神仙所居之处。"旧乡",即故乡,故居。

以上二句说:跟随飞仙来到丹丘,于是就留在这不死之民的故乡。

〔5〕濯:洗。汤(yáng阳)谷:神话中地名,相传是太阳升起的地方。又作"旸谷"、"阳谷"。王逸认为"汤谷"指东方日出之处的温泉,说:"朝沐浴于温泉。汤谷在东方少阳之位。《淮南》言,日出汤谷,入虞渊也。"

〔6〕晞(xī西):晒干。汪瑗说:"晞,曝日也。濯曰发而晞曰身者,互文也。""互文"之说可取。九阳:指太阳。《后汉书·仲长统传》:"沆瀣当餐,九阳代烛。"李贤注:"九阳,谓日也。《山海经》曰:'阳谷上有扶木,九日居下枝,一日居上枝'也。"刘梦鹏说:"九阳,日也。日者阳之宗,九者阳之数,故称日为九阳。"一说指太阳升起的地方。

以上二句说:早晨在汤谷中沐浴,傍晚在太阳下晒干我的身体。

〔7〕吸:饮。飞泉:指六气。洪兴祖说:"六气,日入为飞泉。"林云

铭也说:"飞泉,日入之气也。"(《楚辞灯》)一说指流水。如汪瑗说:"飞泉,犹言流水也。"一说指水向上涌的喷泉。一说为地名。如洪兴祖引张揖云:"飞泉,飞谷也,在昆仑西南。"一说指丹水,即道家炼丹之水。如刘梦鹏说:"飞泉,丹水也。丹水玉膏,一服即仙。"微液:细微的汁液。这里指飞泉之精华。清徐焕龙说:"吸其微液,更飞泉之精髓。"

〔8〕怀:指服食。王逸说:"咀嚼玉英以养神也。"琬琰(wǎn yǎn 晚眼):美玉。刘梦鹏说:"琬琰,美玉,学仙者食玉荣琼屑也。"华英:美玉之花的精英。汪瑗说:"华英,玉之精也。"

以上二句说:吸取六气中的精华,服食美玉之花的精英。

〔9〕玉色:汪瑗说:"谓色之温润如玉也。"颉(pīng 乒):指容颜气色好。又汪瑗说:"颉,鲜艳也。"蒋骥说:"颉,浅赤色。"(《山带阁注楚辞》)戴震说:"气上充于色曰颉。"(《屈原赋注》)睕(wàn 万):光泽。戴震说:"睕,柔泽也。""睕颜",指脸上有光泽。

〔10〕精:精神,精力。又汪瑗说:"精,真元之气也。"醇粹:醇正精粹。洪兴祖引班固说:"不变曰醇,不杂曰粹。"

以上二句说:容颜像美玉那样气色好而有光泽,精神醇正而开始强盛。又汪瑗释此二句说:"言洗曝服食之后,而颜色精神形质遂至美好而不丑陋,壮盛而不衰老也。可见王子之言其妙如此。其言亦与前步徙倚章相应,以见非复向日愁苦之形状矣。"亦可参考。

〔11〕质:指未成仙得道之前的凡人体质。销铄(shuò 朔):消溶。"质销铄",指凡人脱胎换骨,形质变得轻清。朱熹说:"质销铄,所谓形解销化也。"又清钱澄之说:"质销铄,犹脱胎换骨也。"(《庄屈合诂》)汋(zhuó 浊)约:同"绰约",体态柔弱而美好的样子。洪兴祖说:"汋约,柔弱貌。《庄子》曰:肌肤若冰雪,绰约若处子。"又清胡文英说:"汋约,因销铄而轻也。"

〔12〕神:精神。一说指魂魄。要眇(miào 妙):精微的样子。又王

夫之说:"要眇,微妙也。"亦通。一说指深远的样子。一说指美好的样子。汪瑷说:"要眇,美好貌。眇、妙同。《湘君》篇曰:美要眇兮宜修。"亦均可参考。淫放:指精神充沛、旺盛。汪瑗说:"淫,纵也。放,发扬之意。淫放,谓精神有余也。"一说指远游。王逸说:"魂魄漂然而远征也。"可以参考。

以上二句说:我那凡人的形质销熔解化变得柔弱轻盈,我的精神更加微妙而充沛旺盛。

〔13〕嘉:赞美。南州:泛指南方。又林云铭说:"南州,故都也。"一说指楚国以南之地。姜亮夫说:"楚在周京之南,故于春秋以来,皆以南人称之,即孟子所谓南蛮。此则更在楚南也。"(《屈原赋校注》)炎德:汪瑷说:"南方以火德旺,故曰炎也。"这里指南方气候温暖,很有好处。

〔14〕丽:与上句"嘉"相对为文,作动词,亦是赞美或以为华美之意。又汪瑗说:"丽,光彩貌。"亦可参考。桂树:亦称木犀、桂花、丹桂、九里香等,是一种常绿植物。荣:茂盛。"冬荣",指桂树凌冬不凋,枝叶繁茂。

以上二句说:赞美南方那温暖的好处,致使桂树冬天仍然繁茂。

〔15〕萧条:冷落,寂寥。王逸说:"溪谷寂寥而少禽也。"

〔16〕野:旷野。寂漠:空旷,冷清。"漠"通"寞"。王逸说:"林泽空虚罕有民也。"

按:旧说对以上二句主要有两种解释:一说二句描绘的是无世俗纷扰的清静幽美的仙家修炼之境。如汪瑗说:"萧条无兽,谓无患害之虑也。寂寞无人,谓无世氛之扰也。此四句言境物幽美,可为修炼之地也。"清陈本礼说:"山无兽则虎狼可知,野无人则鸡犬不闻可知,且满山桂树冬荣,真仙灵之窟宅也。"(《屈辞精义》)一说二句是描绘南州的寂寞清虚,为下文的上征于天做铺垫。两种说法中,当以前者为近是。

〔17〕载营魄:汪瑗说:"载犹戴也。营犹经营之营,谓修炼也。营

魄,所谓修炼之体魄也。修养家言古之仙人有尸解而去者,有戴魄而升者。并其肉身而去者,最难得也。此二句承上言修炼之至,遂并戴其营魄而登霞掩云以升天也。"一说据《老子》河上公注:"营魄,魂魄也。"认为此处的"营魄"亦指"魂魄"。如王夫之说:"营,魂也。以神气载魂魄,乘云霞,以与天通,轻举之始效也。"亦可参考。登霞:上升于云天。王逸说:"抱我灵魂而上升也。"汪瑗说:"登犹登位、登座、登庸之登,践履之意。《庄子》曰:黄帝得之以登云天。霞犹云也。"一说"登霞"指登仙远去。如朱熹说:"霞与遐通,谓远也。"蒋骥也说:"霞、遐同,远也。人死则魂升而魄降,惟有道者,质销神旺,故其魂能载此晶莹之魄,而升于高远也。"朱、蒋之说亦可通。

〔18〕掩:遮蔽。"掩浮云",指升于云表之上,被浮云所遮蔽。又王逸释"掩"字为攀缘、踩踏,说:"攀缘蹈气而飘腾也。"亦可参考。上征:上升于天。

以上二句说:载着经过修炼的体魄登上云霞,乘着浮云上升于天。

命天阍其开关兮[1],排阊阖而望予[2]。召丰隆使先导兮[3],问大微之所居[4]。集重阳入帝宫兮[5],造旬始而观清都[6]。朝发轫于太仪兮[7],夕始临乎于微闾[8]。屯余车之万乘兮[9],纷溶与而并驰[10]。驾八龙之婉婉兮[11],载云旗之逶蛇[12]。建雄虹之采旄兮[13],五色杂而炫耀[14]。服偃蹇以低昂兮[15],骖连蜷以骄骜[16]。骑胶葛以杂乱兮[17],斑漫衍而方行[18]。撰余辔而正策兮[19],吾将过乎句芒[20]。历太皓以右转兮[21],前飞廉以启路[22]。阳杲杲其未光兮[23],凌天地以径度[24]。风伯为余先驱兮[25],氛埃辟而清凉[26]。凤皇翼其承旂兮[27],遇蓐收乎西皇[28]。揽彗星以为旍兮[29],举斗柄以为麾[30]。叛陆离其上下兮[31],游惊雾之流波[32]。时暧曃其曭莽兮[33],召玄武而奔属[34]。后文昌使掌行兮[35],选署众神以并毂[36]。

〔1〕按:从此句以下一段是叙述漫游天庭及四方之境。阍(hūn昏):守门人。"天阍",天帝的守门人。关:天门。

〔2〕排:推开。洪兴祖说:"排,推也。《大人赋》曰:排阊阖而入帝宫。"(《楚辞补注》)一说指排列。汪瑗说:"排,列也。谓众仙排列立于阊阖之间而待我之至也。"(《楚辞集解》)阊阖(chāng hé 昌合):神话中的天门。予:我。"望予",朱熹说:"望予,须我之来也。与《骚经》倚阊阖而望予者,意不同矣。"(《楚辞集注》)

以上二句说:我命令天庭的守门人开门,他打开天门在等待我。

〔3〕召:召唤,招来。丰隆:神话中的云神。先导:前导,开路。

〔4〕问:寻访。大微:即太微,星名,在北斗之南,轸宿和翼宿之北。这里指天庭。又汪瑗说:"有曰太微者,有曰少微者,有曰紫微者。太者,尊之之词,谓天帝所居也。"

以上二句说:我召唤云神使他前导,寻访天庭之所在。

〔5〕集:积聚。重阳:汪瑗说:"重阳犹言纯阳也。谓己修炼纯阳之身,故能升天而入帝宫也。"帝宫:天帝之宫。

〔6〕造:至,到。旬始:星名。这里指旬始所在之位,至此可观清都。清都:天帝所居之宫。《列子·周穆王》:"清都、紫微、钧天、广乐,帝之所居。"又夏大霖说:"清都,清虚之帝都,无混浊者。"(《屈骚心印》)

以上二句说:炼就了纯阳之身,可以进入天帝的宫阙;我到达旬始星所在的位置,纵观天帝居住的清都。

〔7〕轫(rèn 任):停车时抵住车轮的木块。"发轫",起动车辆,启

程。太仪:王逸说:"太仪,天帝之庭,习威仪之处也。"又清徐焕龙说:"太极生两仪,天乃太极始生之阳仪,故曰太仪。"(《屈辞洗髓》)亦可参考。

〔8〕临:到达。于微闾:神话中山名。

以上二句说:清晨从天帝之庭太仪出发,晚上到达了于微闾山。

〔9〕屯(tún 囤):聚集。一说"屯"指排列,陈列,亦可参考。乘(shèng 胜):数量词,古以四马拉一车为一"乘"。"万乘",指车辆众多。

〔10〕纷:众多的样子。溶与:本义指"水盛",这里形容车辆之多。一说"溶"当作"容"。"容与",形容车辆舒缓徐行。亦可参考。

以上二句说:我聚集了万乘车辆,声势盛大,一起并驾齐驱。

〔11〕八龙:汪瑗说:"仙人以龙为马驾车。""驾八龙",指以八龙驾车。婉婉(wān 弯):蜿蜒貌。这里指龙身曲伸前行的样子。

〔12〕载:带着。按:车上之旗本应插载,但此句说的是以云为旗,所以"载"只是带着的意思。云旗:以云为旗。逶蛇(wēi yí 威宜):形容云旗飘卷而又伸展的样子。

以上二句说:八龙驾着车蜿蜒前行,车上的云旗卷曲飘舞,迎风招展。

〔13〕建:立,树立。雄虹:彩虹。汪瑗说:"虹,霓类。……但虹为雄而雌为霓耳。"旄(máo 矛):竿顶用旄牛尾装饰的旗。"雄虹之采旄",指以虹为彩色的旄旗。一说"雄虹"指旗帜上的彩绘,亦通。

〔14〕炫耀:光彩闪耀。

以上二句说:树起雄虹作为彩旄,五色缤纷,光彩闪耀。

〔15〕服:古代以四马或六马驾一车,中间驾辕的两马称为服。偃蹇(yǎn jiǎn 演简):矫健的样子。低昂:指马在驰骋时马首的俯仰低昂。

〔16〕骖(cān 餐):指在服马外旁拉套的马。战国时服马一般有两匹,左服马左外旁的马称左骖,右服马右外旁的马称右骖,统称为骖。连

蜷:马蹄屈伸的样子。骄骜(ào 傲):纵放恣肆的样子。清钱澄之说:"上章容与委蛇,写车旗之安徐也;下章偃蹇骄骜,状马之神骏。"(《庄屈合诂》)

以上二句是形容驾车的龙马步履矫健,体态骄纵,恣意驰骋。

〔17〕骑:总指车马而言。胶葛:车马交错杂乱的样子。

〔18〕斑:通"班",分布。这里用作副词,指车马分列的样子。一说指从行者的行列;一说指马色驳杂。可以参考。漫衍:洪兴祖说:"无极貌。"这里形容车马分布广远,连绵不尽。方行:并行。"方"本义指并船而行。这里即指并车而行。汪瑗说:"方行,并行也。言万乘之车马斑然分布而并进也。"

以上二句说:车马交错喧杂,分布广远,齐头并进。

〔19〕撰:持、拿。一说"撰"犹"总余辔乎扶桑"之"总",释为总揽、总握,亦通。辔(pèi 佩):马缰绳。策:马鞭。"正策",整整马鞭。汪瑗说:"正,整顿也;策,所以鞭马者也。撰辔正策,欲将行之状也。"

〔20〕句(gōu 勾)芒:东方木官之神。《山海经·海外东经》:"东方句芒,鸟身人面,乘两龙。"郭璞注:"木神也。方面素服。《墨子》曰:昔秦穆公有明德,上帝使句芒赐之寿十九年。"

以上二句说:手持缰绳整整马鞭,我将经过句芒所在的东方。

〔21〕历:经过。太皓:即太皞。传说中东方的古帝王。王逸说:"东方甲乙,其帝太皓,其神句芒。太皓始结网罟,以畋以渔,制立庖厨,天下号之为庖羲氏。"按:在先秦时代"太皞"和"伏羲"本无关系,至汉代始合而为一。《远游》中的太皞,从王逸以下不少注家皆以为即伏羲氏,恐非是。右转:游历东方之后向右转弯,而游西方。一说"右转"是指游东方。汪瑗说:"自南方而北面视之,则东方在右,故曰右转。"

〔22〕飞廉:神话中的风神。启路:开路,先导。

以上二句说:经过东方之帝太皞所在之处,然后向右转弯,并让风伯飞廉在前面开路。

〔23〕阳：太阳。杲杲(gǎo 搞)：日出光辉明亮的样子。未光：指太阳尚未升起，还没有放出光辉。

〔24〕凌：超越、越过。天地：指天地之间，即从东方到西方的天地空间。径：直。"径度"，径直越过。清胡文英说："太虚之中，毫无窒碍，不比行地行天有所遵循也，故可以径度。"(《屈骚指掌》)

以上二句说：在太阳还没有升起发光之前，我就越过天地之间，径直驰往西方。

〔25〕风伯：神话中的风神，即上文的"飞廉"。先驱：前导，开路。

〔26〕氛埃：浊气，尘埃。辟：扫除。

以上二句说：风伯为我前导开路，扫除氛埃而使道路清净爽洁。

〔27〕翼：这里用作状语，犹言翼然，即翅翼开张的样子。承：承接。旂：同"旗"。此句凤凰所承之旗，即上文"载云旗"之旗。

〔28〕遇：遇见。汪瑗说："不期而见曰遇。"蓐(rù 入)收：西方之神。王逸说："西方庚辛，其帝少皓，其神蓐收。"《山海经·海外西经》："西方蓐收，左耳有蛇，乘两龙。"郭璞注："金神也。人面，虎爪，白毛，执钺。"西皇：指西方之帝，即少皞。洪兴祖《离骚》注说："少皞以金德王，白精之君，故曰西皇。"

以上二句说：凤凰展翅承接着云旗，共同驶向西方；在西皇那里我遇到了蓐收。

〔29〕揽：持。彗星：绕太阳运行的一种星体，分彗核、彗尾两部分。彗尾形如扫帚，俗称扫帚星，又名孛星、长星、搀枪等。旌：古代的一种用旄牛尾或彩色鸟羽装饰于竿顶的旗子。一说这里"旌"是旗的通称，亦通。

〔30〕斗柄：北斗七星之柄。按：北斗由七颗星(天枢、天璇、天玑、天权、玉衡、开阳、摇光)组成酒斗之形。其中玉衡、开阳、摇光三星又称

为斗杓,即斗柄。麾(huī辉):古时用以指挥军队的旗子。

以上二句说:拿着彗星作为旗子,举起斗柄作为令旗。

〔31〕叛陆离:三字状语,形容各种旗子参差分散的样子。一说"陆离"形容光辉灿烂的样子。如汪瑗说:"陆离,灿烂貌。以星斗为旌麾,故灿烂而光辉也。"亦可参考。上下:形容旌旗忽高忽低,上下飘舞的样子。

〔32〕惊雾:指急速流动的浮云。流波:流水。"惊雾之流波",指像汹涌的流水那样急速游动的浮云。胡文英说:"惊雾之流波,雾之惊扰,如浪之流也。如今之黄山云雾万状,人皆以为黄海,亦惊雾流波之类也。"一说以"惊雾"与"流波"为二事而分别言之。如汪瑗说:"惊雾,犹言怒涛骇浪,谓大雾也。流波,水也。雾乃水气所蒸者,北方以水德旺,故以惊雾流波言之也。"此说似不如胡文英的解释准确,但汪瑗认为"惊雾""流波"指北方而言,与此段游四方之旨相合,可以参考。又一说"惊雾""流波"仍是形容旌麾飘舞之状。如清代钱澄之说:"上若惊雾,下若波流,闪铄动摇,皆指旌麾而言。"此说亦可备一解。

以上二句说:各种旗幡参差分散,上下飘舞,在湍急的云雾中游动。

〔33〕暧曃(ài dài 爱代):昏暗不明的样子。晻(tǎng 躺)莽:晦暗的样子。汪瑗说:"莽,旷荡杳冥貌。北方其色黑,故以暧曃晻莽言之也。"清王邦采说:"晻,光模糊也。"(《屈子杂文笺略》)

〔34〕玄武:北方之神。传说其形象是龟与蛇之合体。"玄武"是二十八宿北方七星宿(即斗、牛、女、虚、危、室、壁)的总称。洪兴祖说:"二十八宿,北方为玄武。说者曰:'玄武,谓龟蛇。位在北方,故曰玄。身有鳞甲,故曰武。'蔡邕曰:'北方玄武,介虫之长。'《文选》注云:'龟与蛇交曰玄武。'"汪瑗说:"玄武,北方七宿,谓龟蛇也。位在北方,故曰玄。玄,黑色也。身有鳞甲,故曰武。武,指龟蛇也。玄言其色,武言其物,合而言之,为北方七宿之称也。或曰,玄,水之色;武,水之物也。亦通。"奔

属(zhǔ 主):奔走相随。"属",跟随。

以上二句说:时已入夜,一片昏暗晦冥,我呼唤玄武神奔走相随。

〔35〕文昌:星名,属紫微垣,由六颗星组成。《史记·天官书》:"斗魁戴匡六星,曰文昌宫:一曰上将,二曰次将,三曰贵相,四曰司命,五曰司中,六曰司禄。"朱熹说:"文昌,在紫微宫,北斗魁前,六星如匡形。"掌行:掌管行路的事宜。又洪兴祖说:"掌行,谓掌领从行者。"亦通。

〔36〕选:挑选。署:安排,部署。毂(gǔ 古):车轮中心安插车轴的部分,其作用相当于现在的轴承。这里是以"毂"指车。"并毂",车轮相并,是左右夹辅扈卫之意。

以上二句说:让文昌星掌管行游之事,选派众神充当扈卫。

路曼曼其修远兮〔1〕,徐弭节而高厉〔2〕。左雨师使径侍兮〔3〕,右雷公以为卫〔4〕。欲度世以忘归兮〔5〕,意恣睢以担挢〔6〕。内欣欣而自美兮〔7〕,聊媮娱以自乐〔8〕。涉青云以泛滥游兮〔9〕,忽临睨夫旧乡〔10〕。仆夫怀余心悲兮〔11〕,边马顾而不行〔12〕。思旧故以想象兮〔13〕,长太息而掩涕〔14〕。泛容与而遐举兮〔15〕,聊抑志而自弭〔16〕。

〔1〕曼曼:通"漫漫",路途遥远的样子。

〔2〕徐:缓,慢慢地。弭(mǐ 米)节:这里是缓缓行进的意思。高厉:犹言高迈、高蹈,即向着高远处行进的意思。按:"厉"和"迈"古音同属月部。据于省吾《泽螺居楚辞新证》,金文中"万"、"迈"、"厉"三字同用无别。

以上二句说:路程漫漫又长又远,我将向着高远处缓缓而行。

〔3〕雨师:雨神,即屏翳,或作荓翳。径侍:直接侍卫。

〔4〕雷公：雷神，亦即《离骚》"雷师告余以未具"之"雷师"。《山海经·海内东经》："雷泽中有雷神，龙身而人头，鼓其腹。"袁珂《山海经校注》："案《大荒东经》云：'东海中有流波山，入海七千里，其上有兽，状如牛，苍身而无角，一足，出入水则必风雨。其光如日月，其声如雷，其名曰夔，黄帝得之，以其皮为鼓，橛以雷兽之骨，声闻五百里，以威天下。'郭璞注：'雷兽，即雷神也，人面龙身鼓其腹者；橛犹击也。'即此雷神也。"

以上二句意思是：让雨师和雷公跟在左右担当侍卫。

〔5〕度世：超越尘世，飞升成仙。忘归：忘记回归人间。

〔6〕恣睢（zì suī 自虽）：纵放任性，无拘无束的样子。担挢（jiē jiāo 揭交）：连绵词，亦志意纵放之意。担挢，又写作揭骄、指桥、拮矫。

以上二句说：我要超越世俗成仙而去，忘却回到人间，驰心任性，纵放自得。

〔7〕内：内心。欣欣：喜悦的样子。自美：自己感到很得意。

〔8〕媮（yú 余）：乐。"媮娱"，取乐娱怀。自乐：自得其乐。

以上二句说：我内心喜悦无比得意，聊且取乐愉怀而自得其乐。

〔9〕涉：渡。"涉青云"，指踏入云端。泛滥：汪瑗说："泛滥，犹汗漫也。"按："汗漫"指无边无际。这里"泛滥游"，指不着边际地四处漫游。

〔10〕临睨（nì 逆）：居高临下地俯视。

以上二句说：我踏入云端不着边际地四处漫游，忽然居高临下地瞥见了故乡。

〔11〕仆夫：役夫，随从。怀：思念。余：屈原自指。

〔12〕边马：朱熹说："边，旁也。谓两骖也。"顾：回头看。

以上二句说：役夫思念家乡，我心中也很悲伤，拉车的骖马也顾盼故土，不愿前行。

〔13〕旧故：王逸认为指"朋友"、"兄弟"。汪瑗说："旧故，谓平日相与之亲族朋友也。"清代奚禄诒说："旧故，先君、祖考、宗党、朋友皆在

内。"(《楚辞详解》)想象:指思念回忆亲戚朋友的音容笑貌和种种往事。

〔14〕掩涕:拭泪。

以上二句说:思念亲戚朋友而想起种种情事,不禁长长叹息并擦拭眼泪。

〔15〕泛:漂浮不定的样子。容与:逍遥,悠闲自得。"泛容与",形容登天远行时逍遥自在的样子。遐:远。"遐举",指登天远行。

〔16〕聊:姑且。抑志:按捺自己的思想。自弭:遏制自己的情绪。"抑志而自弭",指按捺住自己对家乡和故旧的思念,克制自己因思念而产生的悲哀。

以上二句说:我暂且按捺住对家乡和故旧的思念,逍遥自在地登天远行。

指炎神而直驰兮〔1〕,吾将往乎南疑〔2〕。览方外之荒忽兮〔3〕,沛罔象而自浮〔4〕。祝融戒而还衡兮〔5〕,腾告鸾鸟迎宓妃〔6〕。张《咸池》奏《承云》兮〔7〕,二女御《九韶》歌〔8〕。使湘灵鼓瑟兮〔9〕,令海若舞冯夷〔10〕。玄螭虫象并出进兮〔11〕,形蟉虬而逶蛇〔12〕。雌蜺便娟以增挠兮〔13〕,鸾鸟轩翥而翔飞〔14〕。音乐博衍无终极兮〔15〕,焉乃逝以徘徊〔16〕。

〔1〕炎神:南方之神,即古代神话中的火神祝融。王逸说:"南方丙丁,其帝炎帝,其神祝融。"(《楚辞章句》)《吕氏春秋》高诱注说:"祝融,颛顼氏后,老童之子,吴回也,为高辛氏火正,死为火官之神。"一说"炎神"即指"炎帝",而非火神祝融,如蒋骥说:"炎神,炎帝神农氏也。"(《山带阁注楚辞》)亦可参。直驰:径直驰骋。

〔2〕南疑:指九疑山,又名苍梧山,在今湖南省宁远县南。因九疑山

在楚之南境,故云南疑。一说"南疑"指九疑山的南方。如徐焕龙说:"往九疑之南观览。"(《屈辞洗髓》)录以备考。

　　以上二句说:我向着火神祝融的居处直驰而去,还将前往南方的九疑。

　　〔3〕方外:四方荒远之地。汪瑗说:"方外,四方之表也。"(《楚辞集解》)胡文英说:"方外,域外也。"(《屈骚指掌》)一说"方外"指世外,即世俗之外,亦可参。荒忽:形容边远之地广漠寥廓,无边无际的样子。一说"荒忽"是形容隐约模糊、幽昧不明的样子。亦可参。

　　〔4〕沛(pèi 配):水流动的样子。汪瑗说:"沛,泛流貌。"罔象:形容水势浩森荡漾的样子。一本作"潣溔",义与"罔象"同。汪瑗说:"潣溔,犹荡漾,水盛貌。"自浮:指自身浮动。一说"自浮"指漂泊不定,亦可参。

　　以上二句说:纵览四方荒远之地一片广漠无垠的景象,就像置身于浩翰的大水之中而随波浮动。

　　〔5〕祝融:见上文"炎神"注。古代关于祝融的神话传说颇多,如《山海经·海外南经》:"南方祝融,兽身人面,乘两龙。"又近人袁珂考证说:"《淮南子·时则篇》云:'南方之极,自北户孙之外,贯颛顼之国,南至委火炎风之野,赤帝、祝融之所司者万二千里。'则祝融者,南方天帝炎帝之佐也。《山海经·海内经》云:'炎帝之妻,赤水之子听訞生炎居,炎居生节并,节并生戏器,戏器生祝融。'是祝融乃炎帝之裔。然《大荒西经》乃云:'颛顼生老童,老童生祝融。'而颛顼者,黄帝之曾孙,是祝融又黄帝之裔,说复不同。……关于祝融之神话,见于《海内经》者,有'鲧窃帝之息壤以湮洪水,不待帝命,帝令祝融杀鲧于羽郊'。见于《墨子·非攻下》者,有'(成汤伐夏),天命融(祝融)隆(降)火于夏之城间,西北之隅'。见于《尚书大传》及《太公金匮》等书者,有祝融等七神雪天远来,助周灭殷事;见于《史记》司马贞《补三皇本纪》者,有共工与祝融战,不胜而怒触不周山事,等等。祝融在古神话传说中,位亦显矣。"(《山海经

校注》)戒:告诫。衡:车辕前的横木,这里即指车而言。"还衡",指调转车行的方向。车本向南直驰,祝融则告诫其还车北上,所以说"还衡"。"还衡"一本作"跸御",不少注家都从"跸御"立说。如朱熹说:"跸,止行人也。御,禦也。"(《楚辞集注》)汪瑗说:"跸,止行人也。御、禦通,止也。天子出游有跸御,亦谓之警跸。谓戒饬祝融之神以为警跸,而禦止行人,俾可直驰而速归也。曰祝融戒者,倒文耳。"仅备参考。

〔6〕腾:飞驰。"腾告",汪瑗说:"犹今之所谓飞报也。"鸾鸟:神话中凤凰一类的鸟。《说文·鸟部》:"鸾,赤神灵之精也。赤色,五采,鸡形。鸣中五音,颂声作则至。"传说"鸾鸟"出现则天下安宁。宓(fú伏)妃:神话中的洛水之神,传说是古帝伏羲氏之女。

以上二句说:祝融劝诫我回车北向,不要继续南行,于是我飞报鸾鸟去迎接宓妃前来。

〔7〕张:陈设。《咸池》、《承云》:都是古乐曲名。王逸说:"《咸池》,尧乐也。《承云》,即《云门》,黄帝乐也。"又朱熹说:"《咸池》,尧乐。《承云》,黄帝乐也,又曰颛顼乐,又曰有虞氏之乐,无所稽考,未详孰是。"

〔8〕二女:指尧的两个女儿娥皇、女英。御:侍奉。《九韶》:古乐名。王逸说:"《韶》,舜乐名也。"又汪瑗说:"《离骚》曰舞韶,此曰歌韶者,盖乐有歌有舞,单言之者,盖举此以知彼,而文互见也。"

以上二句说:陈设演奏《咸池》、《承云》等乐曲,娥皇、女英又为我演唱了《九韶》。

〔9〕湘灵:湘水之神。洪兴祖说:"上言二女,则此湘灵乃湘水之神,非湘夫人也。"(《楚辞补注》)瑟(sè色):一种弦乐器。"鼓瑟",弹奏瑟。

〔10〕海若:神话中的海神名。洪兴祖说:"海若,《庄子》所称北海若也。"冯夷:神话中的河神,即河伯。《庄子·大宗师》:"冯夷得之,以

游大川。"疏:"姓冯名夷,弘农华阴县潼乡堤首里人也,服八石,得水仙。大川,黄河也。天帝锡冯夷为河伯,故游处盟津大川之中也。"

以上二句说:让湘水之神鼓瑟,令海若、冯夷跳舞。

〔11〕玄:黑色。螭(chī 吃):传说中的一种无角龙。"玄螭",黑色的无角龙。虫:汪瑗说:"虫,泛指水中之虫也。"象:罔象,传说中的水中神兽。王逸说:"螭,龙类也。象,罔象也。皆水中神物。"并出进:指水中神兽一起出出进进欢舞游戏。

〔12〕形:形体,体态。蟉虬(liú qiú 流求):盘曲的样子。洪兴祖说:"蟉虬,盘曲貌。"又奚禄诒说:"缪虬,形体蜿蟺貌。"(《楚辞详解》)逶蛇(yí 移):蜿蜒而蠕动的样子。

以上二句说:黑色的螭龙和水中的神兽一起进出欢舞,体态优美盘曲,不停地蜿蜒蠕动。

〔13〕蜺:同霓,副虹。主虹为虹,副虹为霓。霓位于主虹外侧,色彩较为浅淡。"雌蜺",汪瑗说:"虹雄而霓雌也。"又王逸认为"雌蜺"在这里比喻神女:"神女周旋,侍左右也。"亦可参考。便娟(pián juān 骈捐):体态轻盈而优美的样子。增挠:汪瑗说:"挠绕通,缠缭之意。"胡文英说:"挠,袅娜也。增挠,舞态也。"(《屈骚指掌》)按:"挠"本缠绕之意,"增挠"在这里则指增添了妖娆之态。

〔14〕轩翥(zhù 住):高飞的样子。又汪瑗说:"轩,昂也;翥,举也。轩翥翔飞,谓远举高飞而轻捷可爱也。"亦通。

以上二句说:雌霓轻盈飘舞更增添了妖娆之态,鸾鸟奋翼高飞也似翩翩起舞。

〔15〕博衍:指音乐内容博大繁盛,演奏绵延不绝。洪兴祖说:"博,广也,达也。"汪瑗说:"博衍,谓广博敷衍,可乐者多也。"蒋骥说:"衍,盛貌。"(《山带阁注楚辞》)诸说皆可参考。无终极:没有穷尽。

〔16〕焉乃:于是。王夫之说:"焉乃,犹言于是。"蒋骥说:"言南游

之乐至矣。于是遂逝而徘徊以择所住也。"一说"焉乃"是疑问词。如汪瑗说："南方声色鸟兽之乐博衍无穷也,如此又何必远逝浮游而淹留以忘归也。"又一说"焉"在这里作指示代词,承上指音乐而言;"焉乃逝以徘徊",指音乐漫长无尽,反复回旋。按:这里取王夫之、蒋骥之说,其余诸说仅备参考。逝:往,去。

以上二句说:歌舞音乐博大繁盛漫长无尽,我于是在音乐声中又出发遨游。

舒并节以驰骛兮[1],逴绝垠乎寒门[2]。轶迅风于清源兮[3],从颛顼乎增冰[4]。历玄冥以邪径兮[5],乘间维以反顾[6]。召黔嬴而见之兮[7],为余先乎平路[8]。经营四荒兮[9],周流六漠[10]。上至列缺兮[11],降望大壑[12]。下峥嵘而无地兮[13],上寥廓而无天[14]。视倏忽而无见兮[15],听惝恍而无闻[16]。超无为以至清兮[17],与泰初而为邻[18]。

[1]"舒并节"句:王逸说:"纵舍辔衔而长驱也。"(《楚辞章句》)汪瑗说:"舒,纵舍也。并合而总之也。节,旌节也。盖欲归之速,无暇于载旗建旄撰辔正策,故合并其旌节之类而纵舍之以驰骛也。"(《楚辞集解》)按"舒并节"的意思不太明确。从王逸、汪瑗之说以及上文"屯余车之万乘兮,纷溶与而并驰"、"选四方众神以并毂"等句看,此处的"舒"当为纵放之意,"并节"疑即指"并驰"、"并毂"而言。"舒并节"的意思是指不再保持并驰的节律,使诸多车骑分散奔驰。又王夫之说:"并节,总辔也。"(《楚辞通释》)胡文英说:"凡驭之道,舒缓其辔则可以驰骤。并节,合执其节,恐驰而落。"(《屈骚指掌》)二说亦可参考。

307

〔2〕逴(chuò绰):超越。又奚禄诒说:"逴,远行也。"(《楚辞详解》)亦通。绝垠:这里指天的边际。寒门:神话中的北极之门。《淮南子·地形篇》:"北方曰北极之山,曰寒门。"高诱注:"积寒所在,故曰寒门。"又徐文靖说:"所谓寒门者,谷口也。服虔曰:'黄帝升仙之处也。'师古曰:'谷口,仲山之谷口也。'以仲山之北寒凉,故谓此谷为寒门也。"(《管城硕记》)夏大霖说:"寒门,九阴之地,至寒。"(《屈骚心印》)诸说皆可参考。

以上二句意思是:放开辔衔,使众多的车骑不再保持统一的节律而尽快奔驰,超越天之边际,来到北极的寒门。

〔3〕轶(yì义):《说文·车部》:"轶,车相出也。"段玉裁注:"车之后者突出于前也。"这里泛指超越。迅风:疾风。清源:汪瑗说:"水之渊深处曰源。北方属水,故曰清源。"据此,则"清源"泛指北方。又蒋骥说:"清源,水源,谓北海也。"(《山带阁注楚辞》)亦通。

〔4〕颛顼:神话中的北方之帝。洪兴祖说:"北方壬癸,其帝颛顼,其神玄冥。"郝懿行说:"颛顼水德,位在北方。"(《尔雅义疏》)增冰:指北方层层积累的冰山。汪瑗说:"增,厚积也。北方地寒而多水,故四时常有增积之冰。"

以上二句说:我超越疾风来到北方的清源,追随颛顼于层层积累的冰山。

〔5〕历:经过。玄冥:北方之神。《礼记·月令》:"其日壬癸,其帝颛顼,其神玄冥。"郑玄注:"玄冥,少皞氏之子,曰修,曰熙,为水官。"邪径:指绕道而行。胡文英说:"已从颛顼乎增冰,则玄冥之境皆已悉之,故不须见玄冥,而邪径其地以过也。"一说指路途穷塞。如王逸说:"道绝幽都,路穷塞也。"林云铭说:"穷塞之外,无径可通,故谓之邪。"(《楚辞灯》)又一说认为"邪径"指邪曲之径。如钱澄之说:"所历有邪径,故先命黔嬴平路,自以生平不由邪径也。"(《庄屈合诂》)二说仅供参考。

〔6〕乘:升。间维:本义是指天的区域划分,这里则泛指天空。洪兴祖说:"《孝经纬》云:天有七衡而六间,相去十一万九千里。《淮南》云:两维之间,九十一度。注云:自东北至东南,为两维;匝四维,三百六十五度。一度二千九百三十二里。"一说"间维"指北隅。如汪瑗说:"天有四正四隅。间维,谓北隅也。承上邪径而言,欲乘北隅,间道以召黔嬴也。"仅备参考。反顾:回头看。

以上二句说:我路经玄冥之所绕道而行,升上天空之中回首观望。

〔7〕嬴:当作"嬴",形近而误。"黔嬴(léi 雷)",天上造化之神。一说指水神。《史记·司马相如列传》:"左玄冥而右含雷。"《史记集解》引《汉书音义》说:"含雷,黔嬴也。天上造化神名。或曰水神。"汪瑗说:"按黔,黑色;嬴,弱也。字义于水为切。此章皆叙北方之境,水神是也。"

〔8〕平路:铺平道路。

以上二句说:我召见造化神黔嬴,请他先行为我铺平道路。

〔9〕经营:往来周旋。又汪瑗说:"经,经历也。营,营为也。……如访仙问道,炼气升天,皆其所经历之处,营为之事也。"亦可参。四荒:四方荒远之地。

〔10〕周流:周游,遍历。六漠:指六合,即上下与四方。洪兴祖说:"六漠,汉乐歌作六幕,谓六合也。"

〔11〕列缺:天上的缝隙。汪瑗说:"列裂通。凡物边缝之际则裂缺也。上至列缺,犹俗言直到天边耳。"一说"列缺"指闪电,或从天的缝隙中照下的闪电。如洪兴祖说:"《大人赋》云:贯列缺之倒影。注云:列缺,天闪也。《文选》云:列缺晔其照夜。应劭曰:列缺,天隙电照也。"又一说"列缺"指列仙之宫阙,一说指西北天亏之处。皆仅供参考。

〔12〕降望:俯视。大壑:大海。《庄子·天地篇》:"夫大壑之为物也,注焉而不满,酌焉而不竭。"疏:"夫大海泓宏,深远难测,百川注之而

不溢,尾闾泄之而不干。"一说"大壑"指神话中地名,即归墟;又一说指大地,如汪瑗说:"此盖谓上至天际,而下望天地如一大壑耳。大壑犹言大地也。"皆可参考。

以上四句说:我往来于荒远之地,周游天地四方,上至天边,俯视大海。

〔13〕峥嵘:这里指深远的样子。无地:指下面深邃幽远超越了大地的界限。

〔14〕寥廓:空虚而广远的样子。无天:指上面空旷高远,超越了天空的界限。

〔15〕倏忽:迅急的样子,这里指看起来模糊不清的样子。

〔16〕惝恍(chǎng huǎng 场幌):这里指听起来模糊不清的样子。洪兴祖引颜师古说:"惝恍,耳不谛也。"

按:以上四句的"下无地"、"上无天"、"视无见"、"听无闻",是指经过修仙炼道之后所达到的一种超凡脱俗的境界。如洪兴祖说:"《淮南》云:'若士曰:我游乎冈㝢之野,北息乎沈墨之乡,西穷冥冥之党,东开鸿濛之光,此其下无地而上无天,听焉无闻,视焉无眴。'"钱澄之说:"游穷六合,亦以远矣。然犹在天地内也,不能离见闻也。远之又远,至于下无地,上无天,视无见,听无闻。直出无为之先,太初之始,而后为至道,而后为真能。"夏大霖说:"天地闻见,皆泰初之后有此迹象。此并无之者,壹气还之泰初,虽神仙亦归之无迹象。"诸说皆可参考。

〔17〕超:超越。无为:道家的哲学概念。指顺应自然的变化,而不有意作为。"超无为",指超越无为的境界。至清:指最为虚静清明的精神境界。"清",指清虚,清静,是道家修炼所欲达到的一种精神境界。一说"至清"犹言太清,义同。

〔18〕泰初:亦作"太初",指形成天地万物的元气之始。《庄子·天

地篇》:"泰初有无,无有无名。"疏:"泰,太;初,始也。元气始萌,谓之太初,言其气广大,能为万物之始本,故名太初。""与泰初而为邻",意思是返归到元气始萌、万物初始的状态中,也是指达到清静无为的精神境界。

卜居

　　《卜居》和《渔父》，王逸《楚辞章句》都定为"屈原之所作"。后世许多注家也都赞同此说。但也有不少研究者对这两篇的作者提出了疑问，这些疑问从不同的角度提出，都有一定道理。从实际内容看，这两篇确与屈原的其他作品有明显不同。在思想内容上，两篇都有较浓厚的道家思想。《卜居》中所表现出的顺其自然、不了了之的对待问题的态度，显而易见有黄老色彩。而《渔父》则宣扬与世浮沉，隐退自全的思想。这与屈原其他作品的忧国忧民，积极进取的情感很不一致。其次，从文体形式上看，《卜居》和《渔父》是以叙事为主的有韵的散文，在文体上更接近于汉赋。况且，两篇用的是问答体形式，而问答体的辞赋是在西汉初年才开始兴起，屈原的辞作是没有这种形式的。另外，《卜居》对屈原事迹的记述也很不确切。屈原在放逐中是不可能回郢都的，而《卜居》则说，屈原被放逐三年，往见太卜郑詹尹。太卜当是朝中掌卜筮之官，屈原既已被放逐，不可能在三年时又回到郢都会见太卜，郑詹尹也不可能走出郢都见到屈原。有人因此认为，《卜居》是屈原斥居汉北时所作。但这一说法仍不能合理解决问卜的地点问题。又从《卜居》的思想情绪看，似乎也不太可能。屈原在汉北期间的主要思想活动是想尽快返回郢都，重振改革大业，这与《卜居》中流露的思想情绪显然有别。只要把《卜居》与确认为屈原在汉北时作的《抽思》加以对比，就不难发现这一点。总之，《卜居》和《渔父》不大可能是屈原的作品。

　　关于这两篇的作者，诸家也做了种种考证。从篇内所反映的思想倾向看,这两篇很可能是西汉初年黄老思想盛行时的作品。作者当是既有道家思想,又敬佩屈原为人、同情屈原遭遇的人。因此,尽管作者旨在宣扬道家思想,但对屈原的思想和形象丝毫没有歪曲,反而充分肯定和赞扬了屈原清白高洁的品格和矢志不渝的斗争精神。

至于这两篇的作者究竟是何人以及是否出自同一人之手,则因历史久远,资料缺乏,已经无法考证。

《卜居》和《渔父》虽非屈原所作,但在中国文学史上的影响却不可低估。它们是在楚辞和汉赋之间的过渡形式的作品,起到了承上启下的作用。从《诗经》到楚辞的诗体变化,已经受到了先秦散文的一些影响,而《卜居》和《渔父》进一步趋于散文化,句式长短相间,错落有致,不拘一格,用韵也较为自由。这既从一个方面反映了楚辞文体的流变,又为汉代散体大赋的形成开创了新路。同时篇中运用的问答体形式,排比铺叙的手法以及寓言色彩等,也都在汉赋中得到了进一步的发展。

屈原既放三年[1],不得复见[2]。竭知尽忠[3],而蔽障于谗[4]。心烦虑乱[5],不知所从[6]。往见太卜郑詹尹曰[7]:"余有所疑,愿因先生决之[8]。"詹尹乃端策拂龟[9],曰:"君将何以教之[10]。"

〔1〕既:已经。放:流放,放逐。按:屈原曾两次被迫离郢,一是楚怀王时被谗见疏,斥居汉北。这只是被排斥出朝廷,离开郢都,还不是真正的流放。一是顷襄王时放逐于江南之野,不复召还。前人注此句有两种说法,一说是指顷襄王时的放逐;另一说认为是指怀王时斥居汉北事。其实本篇并非屈原所作,而是后人以屈原事迹为题材创作的,所以不必

313

拘泥于屈原行迹的准确性。

〔2〕复见:再次见到。"不得复见",指不能再见到楚王。

〔3〕竭知:指竭尽才智。"知"通"智"。

〔4〕蔽障:遮蔽阻隔。谗:谗言,这里指进谗言之人。

以上二句说:自己竭尽才智、忠心为国,却受到谗佞小人的遮蔽与阻隔,而不能上达于君。

〔5〕虑:思绪,思虑。"虑乱",思绪紊乱。

〔6〕不知所从:无所适从,不知怎么办好。

以上二句说:心情烦闷,思绪紊乱,无所适从。明代黄文焕说:"众臣留智以卫身,忠臣竭智以忧国;智留则诡踪,自秘而愈巧;智竭则忠肠,日露而成愚。心烦虑乱,不知所从,长于谋国者,自拙于谋身也。"(《楚辞听直》)可以参考。

按:以上几句是自述问卜之由。明代汪瑗说:"此段首二句言见放之久,次二句言见放之由,末二句又承上四句言欲往见太卜之意也。"(《楚辞集解》)

〔7〕太卜:朝廷掌管卜筮之官。《周礼》有太卜氏。郑詹尹:太卜的姓名。

〔8〕因:通过。这里引申为请求之意。决:决疑。汪瑗说:"决者,断其疑也。"

以上二句说:屈原去见太卜郑詹尹,对他说:"我有些事疑惑不明,愿请先生为我决断。"

〔9〕乃:于是,就。策:古代卜筮用的蓍草。《礼记·曲礼》:"龟为卜,策为筮。""端策",端正蓍草,准备卜筮。宋代朱熹说:"端,正也。策,蓍茎也。正之将以筮也。"(《楚辞集注》)一说"端"是"揣"的假借字。"端策"即数策。拂:拭。龟:古代占卜用的龟甲。"拂龟",拂去龟甲上的灰尘,准备占卜。"端策拂龟",是卜筮前以示虔敬的准备工作。

唐代刘良说:"立蓍拂龟,以展敬也。"(《文选》五臣注)

〔10〕何以教之:有何见教。这是表示客气的说法,实际的意思是:您要占卜何事?

以上二句说:郑詹尹于是端正蓍草拂拭龟甲,郑重地说:"您有何见教?"

屈原曰:"吾宁悃悃款款朴以忠乎[1]?将送往劳来斯无穷乎[2]?宁诛锄草茅以力耕乎[3]?将游大人以成名乎[4]?宁正言不讳以危身乎[5]?将从俗富贵以偷生乎[6]?宁超然高举以保真乎[7]?将哫訾栗斯,喔咿儒儿以事妇人乎[8]?宁廉洁正直以自清乎[9]?将突梯滑稽,如脂如韦,以洁楹乎[10]?宁昂昂若千里之驹乎[11]?将泛泛若水中之凫乎,与波上下,偷以全吾躯乎[12]?宁与骐骥亢轭乎[13]?将随驽马之迹乎[14]?宁与黄鹄比翼乎[15]?将与鸡鹜争食乎[16]?此孰吉孰凶?何去何从[17]?世溷浊而不清[18],蝉翼为重,千钧为轻[19];黄钟毁弃[20],瓦釜雷鸣[21];谗人高张[22],贤士无名[23]。吁嗟默默兮[24],谁知吾之廉贞[25]?"

〔1〕宁:宁可,宁愿。按:"宁"与下句的"将"字叠用,构成"宁……将……"的句式,表示选择的询问,意思是"是宁愿……还是……""将",是连词,表选择,可译为"还是"。下皆同。悃悃(kǔn捆)款款:质朴诚恳的样子。朱熹说:"悃悃,诚实倾尽之貌。"(《楚辞集注》)汪瑗说:"悃悃,朴质貌;款款,忠诚意。朴者言乎外之悃悃也,忠者言乎中之款款也。"(《楚辞集解》)朴以忠:质朴而忠诚。"以",而。

〔2〕劳:慰劳。"送往劳来",迎送往来宾客。汪瑗说:"送往迎来亦治国之大径。而屈子鄙之者,盖谓专事逢迎者言之也。"可以参考。又清代蒋骥说:"送往劳来,犹俗云随处周旋,巧于媚世者也。"(《山带阁注楚辞》)亦可参考。斯:代词,这样,指"送往劳来"。"斯无穷",就这样无休无止地干下去。又清王夫之说:"不忠于国,则唯奔走于势要。势盛则趋之,势衰则谢之。环转去来,终身不疲。"(《楚辞通释》)亦通。

以上二句说:我是宁可质朴忠实诚诚恳恳呢？还是送往迎来忙于应酬,长此以往呢？

〔3〕诛锄草茅:刈除田间的杂草。力耕:竭力耕作。王逸释此句说:"刈蒿菅也,种稼穑也。"(《楚辞章句》)

〔4〕游:游说。大人:指居高位而有权势者。"游大人",指游说以事权贵。按:战国之际,游说之风甚盛。士人常常奔走于诸侯国之间发表各种言论、主张,一旦被采纳,则可得高官厚禄。成名:成就自己的名声荣誉。王逸说:"荣誉立也。"清代王邦采说:"博取虚名。"(《屈子杂文笺略》)可以参考。

以上二句说:我是宁可在田间默默无闻地努力耕作呢？还是去游说权贵以博取名声荣誉？又汪瑗说:"此段言务本逐末之相反,疑而不能决者也。夫力耕者,恒馁在其中,饥饿不能出门户;而宦游者,每得美誉,而享高爵重禄以肥荣,此又事理之不可推者也。"清林云铭说:"上句言归隐于田亩,下句言曳裾于朱门。"(《楚辞灯》)可备参考。

〔5〕正言:正直之言,这里指以正直之言规谏君王。讳:隐瞒,避忌。危身:危害自身。

〔6〕从俗:追随世俗。偷生:指苟活。

以上二句说:我是宁可毫不隐讳地正言直谏、危及自身也在所不惜呢？还是追随世俗贪求富贵而苟且偷生呢？又明汪瑗释此二句说:"此段言捐躯畏死之相反,疑而不能决者也。呜呼！绳愆纠谬,而匡君爱国者,恒遭迁谪放逐,刀锯鼎镬之惨;而与世浮湛,逢君之恶者,每安享富贵以终天年。此又事理之不可推者也。"亦可参考。

〔7〕超然:超脱而毫无顾虑的样子。高举:远离世俗的意思。保真:保持自己真实的本性。汪瑗说:"保真,谓保全吾之天真,而不贪饕于功名富贵,以决性命之情也。"王夫之说:"真与贞同,正也。"可参考。

〔8〕哫訾(zú zī足资):犹言"趑趄"、"咨嗟",三词音义皆通,行走多曰趑趄,言语多曰哫訾,形貌多曰咨嗟。这里的"哫訾",王逸释为"承颜色也",洪兴祖释为"以言求媚也",汪瑗释为"以词色求媚于人也",清代王远释为"欲言不言之状"(《楚辞评注》),清钱澄之释为"数以言语效小殷勤"(《庄屈合诂》),王夫之释为"言有畏而不敢尽",义皆可通。统而言之,"哫訾"指阿谀奉承、忸怩作态以求媚于人的样子。栗斯:小心谨慎,曲意逢迎的样子。王邦采说:"慄斯,惧怯貌。"清刘梦鹏说:"慄,色惧貌;嘶,心怯貌。气夺神怖,小人之形也。"(《屈子章句》)喔咿(wō yī窝依)、儒儿:强颜欢笑的样子。王远说:"喔咿嚅唲,强作笑语以求媚也。"一说"喔咿儒儿",形容娇姿媚态软语轻声。一说"喔咿儒儿"是婴儿在母亲面前撒娇作态的样子,用以形容强颜曲从以求宠。一说"儒儿"同"嚅唲",指欲言又止的样子。诸说可参考。事妇人:汪瑗说:"事妇人,盖以男子求媚于妇人之怜爱,以比小人求媚于权贵之眷顾也。"一说"事妇人"指从事妇人所做之事。如王远说:"事妇人,为妇人之事也。妾妇之道,以顺为正。哫訾八字,皆柔弱妇人之貌,故云。"又一说"妇人"指楚怀王的宠妃郑袖。如朱熹说:"妇人,盖谓郑袖也。"蒋骥说:"以事妇人与高举对言者,举朝皆因事袖而进,舍是则惟有退隐而已。"诸说可备参考。

以上二句说:我是宁可超然远去以保持自己真实的本性呢?还是阿谀奉承强颜欢笑,像求媚于妇人那样事奉权贵呢?

〔9〕自清:保持自身品质的高洁。

〔10〕突梯:圆滑的样子。滑(gǔ古)稽:本义是指古代的流酒器,能"转注吐酒,终日不已"。引申为能言善辩,言词无穷。洪兴祖《楚辞补注》说:"一云酒器也。转注吐酒,终日不已,出口成章不穷竭,若滑稽之吐酒。"王夫之说:"滑稽,酒注也。辨言不穷,如倾注出也。"(《楚辞通释》)清徐焕龙说:"巧言随口出,滑稽也。"(《屈辞洗髓》)脂:油脂。韦:熟牛皮。"如脂如韦",取其油滑柔软,指善于应酬。清夏大霖说:"言言语油滑,态度柔软,揣度人情以应酬也。"(《屈骚心印》)洁楹(xiéyíng 斜营):指旋绕堂前的楹柱,这里是指盘旋应酬的意思。清戴震说:"洁者,旋绕之称。凡度直曰度,围度曰洁。庄周书所谓洁之百围,贾谊所谓度长洁大是也。楹,柱也。堂上有东西楹。"(《屈原赋注》)又夏大霖释为"揣度人情以应酬",亦通。

以上二句说:我是宁可廉洁正直以保持自身的高洁呢?还是巧言善辩,油滑柔顺,善于周旋应酬呢?

〔11〕昂昂:超群出众、气宇轩昂的样子。又蒋骥说:"昂昂,不肯下人之意。"驹:少壮的小马。《说文·马部》:"马二岁曰驹。""千里之驹",指能日行千里的宝马良驹。汪瑗说:"千里驹,谓虽未壮而可致千里,以见才力之殊绝也。"又方廷珪释此句为"独行不顾"。可以参考。

〔12〕泛泛:浮游不定的样子。唐李周翰说:"泛泛,鸟浮貌。"(《文选》五臣注)凫(fú浮):野鸭。与波上下:随着波涛上下沉浮。方廷珪释为"随俗沉浮"。可参考。偷:洪兴祖说:"苟且也。"

以上四句说:我是宁可像千里驹那样气宇轩昂超群出众呢?还是像野鸭那样浮游不定,随波逐流,苟且偷生呢?

〔13〕亢轭(kàng è 抗厄):并驾齐驱。"亢"通"伉",并列;"轭",车辕前部驾在牲口脖子上的曲木。唐吕延济说:"骐骥抗轭,喻与贤才齐列也。"(《文选》五臣注)一说"亢轭"指与骐骥争先而前。如清钱澄之说:"亢轭,争先也。"亦可参考。

〔14〕驽(nú奴)马:劣马。夏大霖说:"随驽马,比愚劣落人后。"迹:足迹。钱澄之说:"随迹,遵其辙也。"

以上二句说:我是宁可与骐骥并驾齐驱呢?还是循着驽马的足迹步其后尘呢?

〔15〕黄鹄(hú胡):大鸟名。《汉书》颜师古注:"黄鹄,大鸟,一举千里。"汪瑗说:"鹄,俊鸟名,其色黄,故曰黄鹄。"一说指"天鹅",《说文通训定声》:"按形似鹤,色苍黄,亦有白者。其翔极高,一名天鹅。"一说指"大雁"。比翼:齐飞。

〔16〕鹜(wù务):鸭。"鸡鹜",指平凡低劣的禽鸟,与黄鹄相对。唐刘良说:"黄鹄,喻逸士也;鸡鹜,喻谗夫也。比翼,犹并肩也;争食,争食禄也。"(《文选》五臣注)明张凤翼说:"黄鹄,喻远大也;鸡鹜,喻近小也。"(《文选纂注》)清胡文英说:"上句一飞冲天,下句龌龊争一餐。"(《屈骚指掌》)诸说可参考。

以上二句说:我是宁可与黄鹄比翼齐飞呢?还是去同鸡鸭争食呢?

〔17〕以上二句是总括上述之事以问卜于郑詹尹。意思是:这些哪个吉祥哪个凶险?我要避开哪些?从事哪些?朱熹说:"此结上八条,正问卜之词也。"

〔18〕溷(hùn混):混乱污浊。不清:不清明。又林云铭说:"言是非不清。"(《楚辞灯》)

〔19〕蝉翼:蝉的翅翼,这里指分量极轻的东西。千钧:古代以三十斤为一钧。"千钧"指份量极重的东西。

以上二句说:世道混乱污浊而不清明,以蝉翼为重,却以千钧为轻。王逸说:"近佞谗也,远忠良也。"唐吕向说:"随俗颠倒,重小人,轻君子。"(《文选》五臣注)汪瑗说:"因自太息溷浊之世莫知轻重贵贱,小人显而君子晦,故无知己之操守者也。"可参考。

〔20〕黄钟:古乐十二律之一,声调最为洪亮。这里指音律符合黄钟

的钟类乐器。朱熹说:"黄钟,谓钟之律中黄钟者,器极大而声最闳也。"毁弃:毁坏废弃。

〔21〕瓦釜:瓦制的锅。按:釜是烹饪器,不是乐器,这里用击釜之声形容庸俗低劣的声音,与黄钟之声相对。

以上二句说:黄钟被毁坏废弃,却把瓦锅敲得声如雷鸣。又李周翰说:"黄钟,乐器,喻礼乐之士。瓦釜,喻庸下之人。"胡文英说:"弃黄钟鸣瓦釜,犹之用谗人而舍贤士也。"二说所释比喻之义可以参考。

〔22〕高张:身居高位而趾高气扬。

〔23〕贤士无名:指贤德之士被排斥出朝廷而默默无名。

〔24〕吁嗟(xū jiē 须接):慨叹之声。默默:默默无言。"吁嗟默默",朱熹说:"此因而自叹之词也。"汪瑗说:"吁嗟者,慨叹之深也。默默者,无言之至也。皆不自得意之词。"可以参考。

〔25〕廉贞:廉洁,正直。

以上二句说:慨然长叹而又默默无言,有谁知道我的廉洁与正直?

詹尹乃释策而谢[1],曰:"夫尺有所短,寸有所长[2],物有所不足,智有所不明[3],数有所不逮,神有所不通[4]。用君之心,行君之意,龟策诚不能知事[5]。"

〔1〕释:舍,放下。谢:辞谢。

〔2〕尺有所短,寸有所长:朱熹说:"尺长于寸,然为尺而不足,则有短者矣。寸短于尺,然为寸而有余,则有长者矣。"(《楚辞集注》)清徐焕龙说:"尺寸所以度物,然物长于尺,则尺短而不能知物之长;物短于寸,则寸长而又不能知物之短。言此以兴下文。"(《屈辞洗髓》)按:这两句是说任何事物都各有长处与短处,用以比喻龟策卜筮并不能完全决断天下所有的疑问。王夫之说:"蓍龟虽神物,而既不能止浊世之乱,抑不能

屈贤者之操。"(《楚辞通释》)可参考。

〔3〕物有所不足:指用龟策卜筮亦有不足之处。智有所不明:指卜筮决疑不能时时而明。如林云铭说:"物,指龟而言。"(《楚辞灯》)又旧说认为此二句是泛指事物有不足之处,智慧有不明之时。如洪兴祖引《列子》说:"物有不足,天倾西北,地不满东南。"(《楚辞补注》)朱熹说:"智有所不明,尧、舜知不遍物,孔子不如农圃之类也。"亦可参考。

〔4〕数:亦指用龟策卜筮。不逮:不及。"数有所不逮",指用龟策卜筮也有算计不到之处。"神有所不通",指卜筮也不能通晓各种事物。一说"数"与"神"亦皆泛指,如朱熹说:"数有所不逮,如言日月之行,虽有定数,然既是动物,不无赢缩之类是也。神有所不通,惠迪者未必吉,从逆者未必凶,伯夷饿死首阳,盗跖寿终牖下之类是也。"亦可参考。

〔5〕以上三句意思是:用您自己的本心,去行符合您心意的事吧。龟策卜筮实在不能决断您所说的这些事。又徐焕龙说:"用君之心所安,行君之意所欲,龟策诚不能知此事。邪正善恶,惟人自主,无听命于神之理。且神亦何从而保为善者之必吉,变节而即免于凶耶?"蒋骥说:"宜去者不幸而吉,宜从者不免于凶,鬼神不诏人以凶,而尤不导人以不义,则安能与其事哉?"可以参考。

渔父

屈原既放[1],游于江潭[2],行吟泽畔[3],颜色憔悴[4],形容枯槁[5]。渔父见而问之曰[6]:"子非三闾大夫与[7]?何故至于斯[8]?"屈原曰:"举世皆浊我独清[9],众人皆醉我独醒[10],是以见放[11]。"渔父曰:"圣人不凝滞于物[12],而能与世推移[13]。世人皆浊,何不淈其泥而扬其波[14]?众人皆醉,何不铺其糟而歠其醨[15]?何故深思高举[16],自令放为[17]?"屈原曰:"吾闻之,新沐者必弹冠[18],新浴者必振衣[19]。安能以身之察察[20],受物之汶汶者乎[21]?宁赴湘流[22],葬于江鱼之腹中。安能以皓皓之白[23],而蒙世俗之尘埃乎[24]?"

〔1〕既:已经。放:流放,放逐。
〔2〕游:游荡。江:指湘江。又汪瑗说:"江潭泛指江南耳。今湖湘汉沔之间皆可谓之江潭。盖楚本水国,故既曰江潭,又曰泽畔。"(《楚辞集解》)王夫之说:"南人通谓大水曰江。"(《楚辞通释》)蒋骥说:"江谓沅江。"(《山带阁注楚辞》)一说指沧浪江,与下文"沧浪之水清兮"相呼应。一说根据屈原由沅入湘自沉汨罗的放逐路线,以及下文"宁赴湘流"推测,屈原此时尚在沅水一带,还未到达湘江,因而赞同蒋骥之说。按:本篇为汉初人据屈原传说所作的寓言,故文中所说境地未必与屈原的实际经历相关联。但今本下文有"宁赴湘流"之句,则在作者意中,此"江"即指湘江。诸说均备参考。潭:楚方言,深水。"江潭",泛指湘江

一带。

〔3〕行吟:边行走边吟诵。泽畔:水边。

〔4〕颜色:脸色。憔悴:脸色晦暗,精神萎靡的样子。汪瑗说:"憔悴,黧黑貌。"

〔5〕形容:体态容貌。枯槁:清癯枯瘦的样子。蒋骥说:"憔悴枯槁,近死之容色也。"

〔6〕渔父(fǔ甫):渔翁。"父",古代对老年男子的尊称。

〔7〕子:古代对男子的尊称。三闾大夫:屈原曾经担任的官职,掌管楚王朝的宗族昭、屈、景三姓之事。王逸说:"屈原与楚同姓,仕于怀王,为三闾大夫。三闾之职掌王族三姓,曰昭、屈、景。屈原序其谱属,率其贤良,以厉国士。"(《楚辞章句》)与:同"欤",表示疑问的语气词。

〔8〕斯:此,此地。"何故至于斯",为什么来到这个地方。蒋骥说:"斯指江潭言。"一说"至于斯"是"落到这种地步"的意思。又一说"至于斯"的意思是"来到此地"和"落到这种地步"兼而言之,如汪瑗说:"至于斯,言野处而身瘁也。渔父诘问屈原,既为三闾大夫,乃有官守爵禄者,当在于朝矣,何由放逐困穷而至于此乎?"诸说可参考。

〔9〕举:全。浊:混浊。浊、清,指品德行为而言。汪瑗说:"清比己之洁,而浊比世之秽也。"徐焕龙说:"贪位慕禄,浊也;洁己爱君,清也。"(《屈辞洗髓》)

〔10〕醉、醒:指对楚国形势的认识而言。汪瑗说:"醒比己之明,而醉比人之昏也。清浊不同流,醉醒不同趣,邪正不并立,忠佞不相容。以屈子之独操,而仕壅君处乱朝,安得而不见放乎?"徐焕龙说:"安危利灾,醉也;知凶辨吉,醒也。"清刘梦鹏说:"醉,昏愦无知貌。"(《屈子章句》)

〔11〕是以:因此。见放:被放逐。

以上三句意思是:屈原说:"世人全都贪图利禄权势,一片污浊,只有我品行高洁;众人都昏愦无知,不顾国家安危,唯独我头脑清醒,因此被放逐。"

〔12〕凝滞:本义是指水流不通畅,这里引申为拘泥、迂执的意思。汪瑗说:"凝滞,固执也。"王夫之说:"凝者,如冰之停,坚而不释。滞,如水之塞阻,而不通物事也。谓己所执持之志事也。"

〔13〕推移:推进,变动。"与世推移",指随着世道一起变化。王逸说:"随俗方圆。"又汪瑗说:"推移,圆转也。"林云铭说:"与世推移,屈伸变化,与时偕行也。"清陈本礼说:"推者,推彼而去之;移者,移此而就之也。"(《屈辞精义》)可以参考。

以上二句说:圣人不拘泥于任何事物,而能随着世道一起变化。

〔14〕淈(gǔ古):搅混。"淈其泥而扬其波",王逸认为是"同其风,与沉浮"之意。又唐张铣说:"淈泥扬波,稍随其流也。"(《文选》五臣注)汪瑗说:"淈,汩之也;扬,挠之也。淈泥扬波,欲其与世混浊而不必独清也。"可以参考。

以上二句说:世上的人都混浊,你何不也搅起泥沙,推波助澜?

〔15〕哺(bǔ补):食。《说文解字·食部》:"哺,申时食也。"段玉裁注:"引申之义,凡食皆曰哺。又以食食人谓之哺。"糟:酒渣。歠(chuò辍):同"啜",饮。醨(lí离):通"䣩",薄酒。唐吕向说:"哺糟歠醨,微同其事也。糟醨,皆酒滓。"汪瑗说:"哺糟歠醨,欲与众同醉而不必独醒也。"徐焕龙说:"满座醉客,一人不饮,肆酒之祸必及其身。非贪此糟醨,庶哺之歠之,方不以我为厌物。绝妙躲闪法。"胡文英说:"糟醨,醉者之余,哺之歠之,则可以不至独醒也。"(《屈骚指掌》)

以上二句说:众人都醉,你何不也连酒带糟喝它个大醉?

〔16〕深思:唐李周翰说:"深思,谓忧君与民也。"(《文选》五臣注)汪瑗说:"深思,言其用心太过也。"举:行为,举动。"高举",指高洁的行为。蒋骥说:"深思,则怵于危亡,所以独醒;高举,则超于利禄,所以

独清。"

〔17〕令:使,使得。为(wéi维):表示疑问的语气词。

以上二句说:你为什么把事情想得那么深远,行为又那么高洁,以至使自己被放逐?

〔18〕沐(mù木):洗头。弹(tán谈)冠:弹去帽子上的灰尘。

〔19〕浴:洗澡。振衣:抖掉衣服上的灰尘。

按:"新沐者"二句盖古代习语。汪瑗说:"沐浴二句,古有是语,屈子述之以起下文,故曰吾闻之,谓闻之于古也。沐,濯发也。以指轻击之曰弹。浴,澡身也。以手急拂之曰振。新沐浴毕,冠必弹而后戴,衣必振而后被,此人之常态,理之所必然。盖欲祛其坌氛而洁净耳,非作意而为之也。古人此语,盖亦比人之自新者,不可不修饰也。"蒋骥说:"言人之沐浴者,将服衣冠,必弹而振之,诚不愿以身既皎洁,而后受衣冠之垢污也。夫人之清醒,亦犹是矣。虽鬒斥不堪,宁誓以死,安能随俗推移以蒙其垢乎?"

〔20〕察察:洁白的样子。又汪瑗说:"察察,明之至也。"

〔21〕汶汶(mén门):昏暗的样子。这里指污浊。

以上四句说:刚洗过头发的人,必定弹干净帽子再戴;刚洗净身体的人,必定抖干净衣服再穿。怎么能让干干净净的身体,去沾染外物的污浊呢?

〔22〕宁:宁可。赴:往,投入。湘流:湘水,是今湖南省境内流入洞庭湖的大河。

〔23〕皓皓(hào浩):洁白的样子。王逸说:"皓皓,犹皎皎也。"李周翰说:"皓,白,喻贞洁。"

〔24〕蒙:蒙受。汪瑗说:"皓皓,洁白之至也。蒙,冒也。尘埃,污秽也。淈泥扬波而混浊,餔糟歠醨而酗醉者,此世俗之混混于尘埃之中者也。屈子又言宁往投水而死,为鱼所食亦所不恤,必不肯以清白之身

而冒彼世俗之污秽,使浼己也。呜呼,屈子死且不恤,而况放乎?而况憔悴枯槁乎?此章即申上章之旨,词加厉而志愈坚刚,意独至而情益悲矣。其不肯与世推移也决矣。"

以上四句说:宁可投入湘水,葬身于鱼腹之中,又怎能让洁白的品德去蒙受世俗间污秽的尘埃呢?

渔父莞尔而笑[1],鼓枻而去[2],歌曰:"沧浪之水清兮[3],可以濯吾缨[4];沧浪之水浊兮,可以濯吾足[5]。"遂去,不复与言[6]。

〔1〕莞(wǎn 晚)尔:微笑的样子。

〔2〕鼓:动,这里指划动。枻(yì 义):船桨。"鼓枻",划动船桨。又王逸释为"叩船舷也"(《楚辞章句》)。汪瑗也说:"枻,船旁板也,所以护船,使不损坏也。举棹刺船则板动,故曰鼓枻。或曰:鼓,扣也。谓扣枻以节歌也。"(《楚辞集解》)按:王、汪之说可备参考。

〔3〕沧浪(láng 郎):水名。按:沧浪水的具体所在地今已不能确指。《沧浪歌》本是楚地流传已久的古歌谣,渔父歌之是为了讽劝屈原,不能据之认为本篇所写的事情就发生在沧浪水。

〔4〕濯(zhuó 浊):洗。缨:古人用以系冠帽的带子。

〔5〕以上四句歌词是比喻人的行动应该与客观现实相适应,也就是劝屈原隐退自全。明张凤翼说:"歌意喻随其清浊而善用之,亦溷泥扬波等意。"(《文选纂注》)汪瑗说:"渔父独歌《沧浪之曲》者何也?瑗按《沧浪之歌》详见《孟子·离娄上篇》,其来远矣,其旨明矣。盖讽屈子见放实自取之也。其所以讽其自取者,非讽其自取见放也,讽其既见放矣,道既不行矣,则容与山林可也,浮游江湖可也,又何必抑郁无聊之甚,以至憔悴枯槁其身哉?此则渔父之意也。虽然,渔父之意未可尽非,而实

出于爱惜屈子之至情。要之,屈子念君忧国之心有不容自已者,其心事之幽深微婉,固非渔父之所能到,亦非渔父之所能知也。"王夫之说:"沧浪之水,初夏涨则浊,秋杪水落则清,因时而异,善用者因之,浊亦可以濯足。君子遇有道则行吾志,无道则全吾身,何凝滞之有哉。"(《楚辞通释》)林云铭说:"四句指点出不凝滞而能推移本领。"(《楚辞灯》)诸说可参考。

〔6〕不复与言:不再与屈原说话。又汪瑗说:"屈子申纪渔父歌罢遂鼓枻远去,而已不复得与之言也。或曰:盖屈子自言已别渔父而去不复与之言也。渔父因上章屈子之言而知独行之志决不肯变,故不复再言,于是笑歌而去,自适其适也。屈子之意亦自谓各行其志云耳,复何言哉?"徐焕龙也说:"渔父遂去不顾,原亦不复与言,盖两无言也。"(《屈辞洗髓》)亦可参考。

宋 玉

九辩

　　本篇为宋玉所作。宋玉,楚人,生卒年代不详,但知他稍后于屈原;他的创作直接受过屈原的影响,因此有人说他是屈原的学生。史书说宋玉是楚王的小臣,"事楚襄王而不见察"。由于他在政治上郁郁不得志,因此作品中也多抒发怀才不遇的不平之气。宋玉的作品,据《汉书·艺文志》说共有十六篇。但除本篇历来基本上得到公认外,连《文选》所收的《高唐赋》、《神女赋》、《风赋》和《登徒子好色赋》也有人认为不是宋玉的作品,其他篇目就更难考知了。

　　本篇篇名《九辩》,原是古代的乐曲名,作者借它为题,来写诗歌。但在宋玉的时代,《九辩》之曲是否继续存在,或者说宋玉此诗是否真能用《九辩》的调子来唱,则现在已无法知道了。

　　作者在本篇中反复强调自己忠而有才,但却不被楚王了解,更受奸佞排挤,以至失职穷困,进退失所。篇中对楚王的指责和对谗人的揭露都比较鲜明而尖锐,能使人对当时楚国社会的黑暗和贵族统治集团的腐朽,产生较深的印象。在作者大量抒写的个人失意和悲愁中,也交织着对楚国命运的关心;又因为他的抒情大致是以实际的遭遇为基础,所以显得情真词切,有别于后代某些封建文人无病呻吟的"悲秋"之作。

　　本篇中有关秋景的描绘历来脍炙人口。作者对深秋典型景物的感受和把握相当敏锐,表现也比较准确细致,从而生动地比喻或衬托了他所要抒发的悲愁感情,常常收到情景交融的艺术效果,有利于抒情主题的完满表现。篇中语句的长短富于变化,语气词"兮"的位置也一再变换,这都使诗歌的语言和节奏显得相当灵活。

过去的注家对本篇有不同的分章。朱熹《楚辞集注》分全篇为九章,从文义上看比较恰当,因此加以采用。但这与篇题《九辩》之"九",并无必然联系。

悲哉秋之为气也[1]!萧瑟兮[2],草木摇落而变衰。憭栗兮,若在远行[3];登山临水兮,送将归[4]。泬寥兮,天高而气清[5]。寂寥兮,收潦而水清[6]。憯凄增欷兮,薄寒之中人[7]。怆怳懭悢兮,去故而就新[8]。坎廪兮,贫士失职而志不平[9]。廓落兮,羁旅而无友生[10]。惆怅兮,而私自怜。燕翩翩其辞归兮[11],蝉寂漠而无声[12]。雁廱廱而南游兮[13],鹍鸡啁哳而悲鸣[14]。独申旦而不寐兮[15],哀蟋蟀之宵征[16]。时亹亹而过中兮[17],蹇淹留而无成[18]。

〔1〕气:古人认为充塞于宇宙的东西;在秋天,据说是一种肃杀之气,所以作者感叹其悲凉。

〔2〕萧瑟:寂寞萧条的样子。

〔3〕憭栗(liáo lì 辽立):凄凉。

〔4〕送:送别。以上四句意思是:心情凄凉,好像人在远行之中;又像登山临水送人归去,而自己更加伤感。

〔5〕泬寥(xuè liáo 穴去声辽):空旷而清朗的样子。

〔6〕寥:通"漻(liáo 辽)",一本即作"漻"。寂漻,平静而清澈的样子。潦(lǎo 老):积水,这里指泛滥的水。收潦,泛滥的水归入正常水道。以上二句意思是:秋天的水不再泛滥,每条水流都显得平静而清澈。

〔7〕憯:同"惨"。憯凄,悲伤。欷(xī 希):叹息声。增欷,加重叹

息。薄寒:深秋的轻寒。中(zhòng 众):动词,侵袭。中人,侵人。

〔8〕怆(chuàng 窗去声)怳:失意、惆怅的样子。圹㝗(kuàng lǎng 矿朗):与"怆怳"同义。去:离开。故:指原来所在的地方。就:到。新:指新的地方。

以上二句意思是:在原来的地方很失意,所以想到新的环境中去。

〔9〕坎廪(lǎn 览):困顿,不得志。失职:失去职位。志:心意。

〔10〕廓落:孤独空虚的样子。羁(jī 基)旅:作客他乡。友生:朋友。

〔11〕翩翩(piān 偏):飞得轻快的样子。辞归:指燕子秋天飞回南方。

〔12〕寂漠:通"寂寞",清静无声。

〔13〕廱廱(yōng 拥):通"雍雍",形容鸣声和谐。

〔14〕鹍(kūn 坤)鸡:古书上说的一种像鹤的鸟。啁哳(zhāo zhā 招渣):形容声音杂乱细碎。

〔15〕申旦:达旦,直到天亮。不寐(mèi 妹):睡不着。

〔16〕宵征:夜行。指蟋蟀在夜间活动时振翅发声。

以上二句说:孤独失眠通宵达旦,蟋蟀夜鸣使人心烦。

〔17〕亹亹(wěi 伟):行进不停的样子。过中:过了中年。

〔18〕蹇(jiǎn 简):通"謇",楚方言,发语词。淹留:久留。

以上二句说:时光不停过去,已经过了中年,久留在外却没有什么成就。

以上第一段,由感叹秋气悲凉起兴,结合凄凉的秋景,抒述个人客居失意。

悲忧穷戚兮独处廓[1],有美一人兮心不绎[2]。去乡离家兮徕远客[3],超逍遥兮今焉薄[4]?专思君兮不可化[5],君不知兮其奈何[6]!蓄怨兮积思,心烦憺兮忘食事[7]。愿一见兮道余意[8]，君之心兮与余异。车既驾兮揭而归[9]，不得见兮心伤悲[10]。倚结轸兮长太息[11]，涕潺湲兮下沾轼[12]。忼慨绝兮不得[13]，中瞀乱兮迷惑[14]。私自怜兮何极[15]，心怦怦兮谅直[16]。

〔1〕戚：通"蹙(cù促)"，局促。穷蹙，陷于困境，无路可走。廓：空虚。

〔2〕有美一人：作者自比。怿："怿(yì亦)"的假借字，喜悦。

以上二句意思是：有一个美人，心情悲忧，处境穷困，孤独空虚，没有乐趣。

〔3〕徕：同"来"。远：远方，指楚都。客：动词，作客。

〔4〕超：远。逍遥：这里指游荡无依的样子。焉：疑问代词，何，哪里。薄：到。

以上二句意思是：离开家乡来楚都作客，失去职位后，在远方游荡无依，如今又到哪里去？

〔5〕专：一心一意。君：当是指楚顷襄王。化：政变。

〔6〕其：句中助词。

以上二句说：专诚思念君王的心意不可改变，君王不了解却无可奈何。

〔7〕憺(dàn淡)：通"惮"，惊悸。

以上二句说：心里积蓄着怨恨和思念，忧烦心悸不想吃饭和做事。

〔8〕一见：见一见君王。道：说说。意：心意。

〔9〕揭(qiè窃)：离去。

〔10〕以上二句说：车已驾好想要离开这里而归去，但不能见到君王，心里仍然伤悲。

〔11〕倚：靠着。轸(líng灵)：车栏。古代车箱前面和左右两面都有

栏木,横直交结,所以叫"结轸"。太息:叹息。

〔12〕涕:泪。潺湲(chán yuán 蝉元):水流不断的样子,这里形容流泪不止。沾:沾湿。轼(shì 式):古代车箱前面供人凭倚的横木。

〔13〕忼:同"慷"。慷慨,这里是激愤的意思。绝:断。

〔14〕瞀(mào 冒):昏乱。

以上二句说:激愤之下想和楚王断绝,却又做不到,心中昏乱又迷惑。

〔15〕极:终了。

〔16〕怦怦(pēng 烹):形容心跳。谅直:诚实正直。

以上二句说:私下里自我伤感哪有个完,心跳激动皆因自信诚实正直。

以上第二段,进一步具体抒述个人的遭遇和心情。

皇天平分四时兮[1],窃独悲此凛秋[2]。白露既下百草兮[3],奄离披此梧楸[4]。去白日之昭昭兮[5],袭长夜之悠悠[6]。离芳蔼之方壮兮[7],余萎约而悲愁[8]。秋既先戒以白露兮[9],冬又申之以严霜[10]。收恢台之孟夏兮[11],然欿傺而沈藏[12]。叶菸邑而无色兮[13],枝烦挐而交横[14]。颜淫溢而将罢兮[15],柯仿佛而萎黄[16]。萷櫹椮之可哀兮[17],形销铄而瘀伤[18]。惟其纷糅而将落兮[19],恨其失时而无当[20]。揽骐辔而下节兮[21],聊逍遥以相佯[22]。岁忽忽而遒尽兮[23],恐余寿之弗将[24]。悼余生之不时兮[25],逢此世之俇攘[26]。澹容与而独倚兮[27],蟋蟀鸣此西堂。心怵惕而震荡兮[28],何所忧之多方[29]。卬明月而太息兮[30],步列星而极明[31]。

〔1〕平分:平均分配。四时:四季。

〔2〕窃:暗自。凛(lǐn檁):原作"廪",据洪兴祖《楚辞补注》所引一本改。凛秋,寒凉的秋天。

〔3〕白露:专指秋天的露水。

〔4〕奄(yǎn掩):忽然。离披:分散的样子,指树木枝疏叶落。梧:梧桐。楸(qiū秋):树名,落叶乔木,树干高直。梧桐和楸树都比较早凋。

〔5〕昭昭:光明的样子。

〔6〕袭:承,继。悠悠:漫长的样子。

以上二句说:离开了光明的白天,继而进入漫漫的长夜。

〔7〕蔼(ǎi矮):繁盛的样子。方壮:正当壮盛之年。

〔8〕余:我。菱:枯萎。约:拘束。

以上二句说:我已离开那芳美繁盛的壮年,现在的心灵是萎缩而悲愁的。

〔9〕戒:警戒。

〔10〕申:重,加上。

以上二句说:秋天已用白露来发出警告,冬天更要加上严霜的摧残。

〔11〕恢:广大。台:通"胎",象征物类富有生机。恢台,生机繁盛的样子。孟夏:初夏。

〔12〕然:乃,就。欿:同"坎",这里用作动词,沉陷。傺(chì翅):住,止。沈:同"沉"。

以上二句说:收走了初夏时期的繁盛生机,乃使它沉陷止息而埋藏起来。

〔13〕菸(yū迂)邑:枯萎的样子。无色:没有鲜亮的色泽。

〔14〕烦挐(rú如):纷乱。交横:纵横交错。

〔15〕颜淫溢:指植物的外形因过度成熟而变形。淫溢,过分,过度。罢:通"疲",指植物生长将至精疲力尽的阶段。

〔16〕柯:树枝。仿佛:这里是色泽暗淡的意思。萎黄:枯黄。

〔17〕萷(xiāo 消):疏秃的样子。橚槮(xiāo sēn 萧森):树木高耸的样子。

〔18〕销铄(shuò 朔):销熔,这里指树木受到损毁。瘀(yū 迂)伤:受伤而败血瘀积,这里指树木残。

以上二句意思是:深秋的树木疏秃耸立真是可悲,它们外形受损又内带病残。

〔19〕惟:思。其:指树木。纷糅(róu 柔):众多而错杂的样子。

〔20〕恨:憾,遗憾。失时:失去了壮盛之时。无当:没有好的遭际。

以上二句说:想那纷然交错的树木都将在秋风中落尽树叶,真遗憾它们已失去壮盛之时而终无好的遭遇。

〔21〕揽:总持,总把地拿着。骓(fēi 非):古代驾车拉边套的马,这里是一般地指驾车的马。辔(pèi 配):缰绳。下节:停车。节,度,指车行的速度。

〔22〕聊:暂且。逍遥:优游自得的样子。相佯:通"徜徉(cháng yáng 常羊)",徘徊。

〔23〕岁:年岁。忽忽:很快的样子。遒(qiú 球):迫近。遒尽,近于完结。

〔24〕寿:寿命。将:长。

〔25〕悼:悲伤。不时:没遇上好的时世。

〔26〕佂攘(kuāng rǎng 匡壤):纷扰不宁的样子。

〔27〕澹:同"淡",指心情淡漠。容与:闲散的样子。独倚:独自靠在什么地方站着。

〔28〕怵(chù 触)惕:忧惧。

337

〔29〕这句说:怎么所忧愁的事情是这样多。

〔30〕卬(yǎng仰):通"仰",仰望。

〔31〕步:动词,徘徊。列星:众星。极:至。明:天亮。这句意思是:徘徊于星夜,直到天亮。

以上第三段,以秋天树木的遭遇为比喻,进而直接抒发自己生不逢时的悲愁。

窃悲夫蕙华之曾敷兮〔1〕,纷旖旎乎都房〔2〕。何曾华之无实兮〔3〕,从风雨而飞飏〔4〕。以为君独服此蕙兮〔5〕,羌无以异于众芳〔6〕。闵奇思之不通兮〔7〕,将去君而高翔〔8〕。心闵怜之惨凄兮,愿一见而有明〔9〕。重无怨而生离兮〔10〕,中结轸而增伤〔11〕。岂不郁陶而思君兮〔12〕,君之门以九重〔13〕。猛犬狺狺而迎吠兮〔14〕,关梁闭而不通〔15〕。皇天淫溢而秋霖兮〔16〕,后土何时而得漧〔17〕。块独守此无泽兮〔18〕,仰浮云而永叹〔19〕。

〔1〕蕙华:蕙草的花。华,同"花"。敷(fū伕):开放。

〔2〕旖旎(yǐ nǐ以拟):茂美的样子。乎:于。都:华丽。都房,犹如说华屋。

〔3〕曾华:花朵累累。曾,通"层"。实:果实。

〔4〕飏:通"扬"。

以上四句意思是:独自悲伤蕙花曾盛开于华丽的屋中,为什么它花朵累累却不结果实,终于随风雨而飘落。这是作者借蕙花来比喻自己的经历。

〔5〕服:佩带。

〔6〕羌(qiāng腔)：楚方言，发语词。众芳：一般的花草。

以上二句说：我本来以为君王会专爱佩带这蕙花，谁知他对待蕙花和对待一般花草没有什么区别。

〔7〕闵：通"悯"，怜惜。奇思：出众的思想。

〔8〕翔：飞。

以上二句说：可怜自己有出众的思想却不能上通于君王，所以将离开他而远走高飞。

〔9〕有明：有所表述，以明心迹。

〔10〕重：动词，看得很重的意思。无怨：意思是行为无可埋怨，等于说无罪。生离：意思是被抛弃。

〔11〕轸(zhěn诊)：通"紾"，心头扭结，悲痛。

以上二句说：我把无罪而被弃这件事看得很重，因此心中积结着悲痛而且愈来愈伤心。

〔12〕郁陶：忧思郁结的样子。

〔13〕九重：九重大门，这里是强调君王难以见到。

〔14〕狺狺(yín银)：犬吠声。

〔15〕关：门关。梁：桥梁。

〔16〕淫溢：过度，这里指下雨过多。霖(lín林)：久下不停的雨。

〔17〕后土：大地。滽：同"干"。

〔18〕块：块然，孤独的样子。芜：通"芜"，荒芜。泽：聚水的洼地。下雨过多而又独处长满乱草的洼地，说明处境恶劣。

〔19〕永叹：长叹。

以上第四段，以蕙华的遭遇自比，自叹无法得到楚王的了解，处境极为恶劣。

何时俗之工巧兮〔1〕，背绳墨而改错〔2〕！却骐骥而不乘兮[3]，策驽骀而取路[4]。当世岂无骐骥兮？诚莫之能善御[5]。见执辔者非其人兮[6]，故骗跳而远去[7]。凫雁皆唼夫梁藻兮[8]，凤愈飘翔而高举[9]。圜凿而方枘兮[10]，吾固知其钼铻而难入[11]。众鸟皆有所登栖兮[12]，凤独遑遑而无所集[13]。愿衔枚而无言兮[14]，尝被君之渥洽[15]。太公九十乃显荣兮[16]，诚未遇其匹合[17]。谓骐骥兮安归[18]？谓凤皇兮安栖[19]？变古易俗兮世衰，今之相者兮举肥[20]。骐骥伏匿而不见兮，凤皇高飞而不下[21]。鸟兽犹知怀德兮，何云贤士之不处[22]？骥不骤进而求服兮[23]，凤亦不贪馁而妄食[24]。君弃远而不察兮[25]，虽愿忠其焉得[26]？欲寂漠而绝端兮[27]，窃不敢忘初之厚德[28]。独悲愁其伤人兮，冯郁郁其何极[29]！

〔1〕时俗：当时的社会风气。工巧：善于投机取巧。

〔2〕背：背弃。绳墨：木工用的墨斗墨线，是定直线的工具，这里比喻正道。错：通"措"，指正常的措施。

〔3〕却：拒绝。骐骥(qí jì 其技)：骏马，比喻贤能的人。

〔4〕策：马鞭，这里是动词，用鞭赶马。驽骀(nú tái 奴台)：劣马，比喻庸劣的人。取路：赶路。

〔5〕御：驾驭。

〔6〕执辔者：拿着缰绳的人，即驾车者。

〔7〕骗(jú 局)跳：跳跃。

以上四句说：现在世上难道没有骏马？其实只是不善于驾驭它。它看到驾车的不是适当的人，所以连蹦带跳远远地逃去。这是比喻统治者昏庸，所以贤能的人都要离去。

〔8〕凫(fú伏)：野鸭。唼(shà霎)：水鸟或鱼类吞食东西。梁：粟米。藻：水草。

〔9〕高举：高高飞起。以上二句比喻小人得志，贤人远去。

〔10〕圜凿(zuò做)：圆的插孔。圜，同"圆"。方枘(ruì瑞)：方的榫(sǔn损)头。

〔11〕鉏铻(jǔ yǔ举语)：同"龃龉"，互相抵触，彼此不合。

以上二句说：圆孔中要插进方榫头，我本来就知道那是不相配合而插不进的。

〔12〕众鸟：比喻庸人。登：鸟升于树。栖：鸟类歇宿。

〔13〕凤：凤凰，比喻贤士。遑遑(huáng皇)：匆忙不安的样子。集：栖止。无所集：无栖身之处。

〔14〕衔枚：古代行军为了保密，常令士卒口衔一根木制短筷似的东西，以防说话。这里"衔枚"是闭口不言的意思。

〔15〕被：蒙受。渥沃(wò qià沃恰)：深厚的恩泽。

以上二句意思是：我情愿紧紧闭口什么都不说，但我曾受楚王的厚恩，所以不忍不讲。

〔16〕太公：姜太公，姜尚。

〔17〕匹：配。

以上二句说：姜太公直到九十岁才显名荣耀，实在因为他原先未曾遇到可以相配、彼此投合的君主。

〔18〕安归：归于何处。

〔19〕安栖：栖于何处。

以上二句都比喻贤士找不到适当的处所。

〔20〕相者：相马的人。举肥：只挑选肥马。

以上二句意思是：改变了古道，改变了好的风俗，所以时世衰微；现在那些专管选士的人，只是根据表面现象来挑选人才。

〔21〕以上二句比喻贤士逃世隐居。"伏匿(nì逆)",隐藏。

〔22〕云:说,这里是责怪的意思。不处:不留。

以上二句意思是:凤凰、骐骥这种鸟兽尚且知道恋慕有德的人,又为何责怪贤士不肯留在昏乱的朝廷上呢?

〔23〕骤:急速。服:用。

〔24〕餧:同"喂"。妄:胡乱。

〔25〕弃远:弃而远之。

〔26〕以上四句说:骏马不肯急速行进以求得人的使用,凤凰也不贪求饲养而乱吃人的东西;君主抛弃贤士而不辨善恶,贤士虽然愿意效忠又怎么能够?

〔27〕寂漠:通"寂寞"。绝:断。端:头绪。绝端,即断为两截,互不联系。

〔28〕初:当初。

以上二句说:想要自甘寂寞而同君王决裂,心里又不敢忘他当初的厚恩。

〔29〕冯:通"凭",楚方言,满。冯郁郁,充满愁闷的样子。何极:哪里才是尽头。

以上第五段,诉说世道昏暗,明主难遇,因此贤士不被任用,以至退隐避世。

霜露惨凄而交下兮[1],心尚幸其弗济[2]。霰雪雰糅其增加兮[3],乃知遭命之将至[4]。愿徼幸而有待兮[5],泊莽莽与野草同死[6]。愿自直而径往兮[7],路壅绝而不通[8]。欲循道而平驱兮[9],又未知其所从[10]。然中路而迷惑兮[11],自压桉而学诵[12]。性愚陋以褊浅兮[13],信未达乎从容〔14〕。窃美申包胥之气盛兮〔15〕,恐时世之不固〔16〕。何时俗之工巧兮,灭规矩而改凿〔17〕。独耿介而不随兮〔18〕,愿慕先圣之遗教〔19〕。处浊世而显荣兮,非余心之所乐。与其无义而有名兮,宁穷处而守高〔20〕。食不媮而为饱兮〔21〕,衣不苟而为温〔22〕。窃慕诗人之遗风兮〔23〕,愿托志乎素餐〔24〕。蹇充倔而无端兮〔25〕,泊莽莽而无垠〔26〕。无衣裘以御冬兮〔27〕,恐溘死不得见乎阳春〔28〕。

〔1〕霜露:比喻诬陷、迫害。

〔2〕幸:希望。济:成功。

〔3〕霰(xiàn现):雪珠,是水蒸气在高空遇冷而凝成的小冰粒,往往在下雪以前降落,所以这里霰雪连称。这是比喻比"霜露"更大的迫害。雰(fēn氛):雪下得很大的样子。糅(róu柔):混杂。

〔4〕遭命:所要遭遇的命运。

以上四句说:寒霜白露阴惨惨地一齐袭来,自己心里还希望它们不会得逞;现在看到雪珠雪片都杂在一起越下越大,才知道自己所要遭遇的悲惨命运就要到来了。

〔5〕徼幸:同"侥幸"。

〔6〕泊莽莽:置身于荒野的样子。

以上二句意思是:我曾希望侥幸摆脱目前的处境,因而有所期待,可是现在却如同置身于荒野,将与野草同死。

〔7〕此句原作"愿自往而径游兮",据洪兴祖《楚辞补注》所引一本及朱熹《楚辞集注》改。自直:自己去辩明曲直。径往:直接去见楚王。

〔8〕壅(yōng拥):阻塞。

〔9〕循道:遵循大道。平驱:平稳地驱驰。

〔10〕从:由。

以上二句意思是:想按正常的道路做人行事,在目前的环境中,又不知如何去做。

〔11〕然:乃。中路:半路上。

〔12〕桉:通"按"。自压按,自我克制。学诵:指学《诗》(专指《诗经》中的诗)。古人认为《诗》是温柔敦厚的,所以宋玉说为了自我克制,达到心平气和,而要学《诗》。

〔13〕性:本性。陋:视野不广,缺乏见识。褊(biǎn 扁):狭隘。浅:浅薄。

〔14〕信:真,实际上。从容:舒缓的样子。

以上二句说:虽然学了《诗》,但由于本性愚陋、褊浅,所以实际上并没有达到心情舒缓。

〔15〕美:动词,赞美。申包胥:春秋时楚国大夫。楚昭王十年,吴国攻楚,破郢都。申包胥求救于秦国,站在秦廷上哭了七天七夜,终于感动秦哀公,出兵救楚。这里引用申包胥的故事,是着眼于他敢于直接去找一个大国的君主提要求,与上文"愿自直而径往"相应,不牵涉楚国与别国的关系。

〔16〕固;应作"同",因字形相近而误,"同"与上文"通"、"从"、"诵"、"容"押韵。

以上二句意思是:暗自赞美申包胥志壮气盛,然而恐怕现在的时世和那时不同了,他那种做法未必行得通了。

〔17〕规:画圆形的仪器。矩:画方形的仪器。凿(záo 遭阳平):动词,给器物打眼。改凿,即不依靠"规矩"而胡乱打眼。

〔18〕耿介:正直。不随:不肯随从流俗。

〔19〕慕:仰慕,取法。先圣:前代圣贤。

〔20〕宁:宁可。穷处:处于困境。守高:保持高节。

〔21〕媮:同"偷",苟且。

〔22〕衣:动词,穿衣。

以上二句意思是:吃东西不苟且,即使不饱也感到饱足;穿衣服不苟且,即使不暖也感到温暖。都是比喻不苟求富贵,但求心安理得。

〔23〕诗人:专指《诗经》各篇的作者。遗风:遗留的高风格。

〔24〕素餐:疑应作"素飧(sūn 孙)","飧"与上下文"温"、"垠"、"春"押韵。素飧出于《诗经·魏风·伐檀》篇"彼君子兮,不素飧兮"("素餐"亦出此篇),这有多种解释,其中之一是认为此二句讽刺贵族统治者生活奢侈,不吃朴素的饭食。宋玉在这里就是把"素飧"理解为朴素的饭食,从而表示他要和"诗人"一样来鄙视贵族统治者的奢侈,情愿在俭朴生活中寄托自己的志节。这一句是和上文"食不媮"二句紧密呼应的。

〔25〕蹇(jiǎn 简):通"謇",楚方言,发语词。充:充塞,满。倔:通"屈",委屈。无端:没完没了。

〔26〕垠(yín 银):边,尽头。

以上二句说:满心委屈折腾个没完,又像是置身于荒野望不到边。

〔27〕裘:皮衣。

〔28〕溘(kè 克)死:忽然死去。阳春:温暖的春天。

以上二句说:没有棉衣皮衣抵御寒冬,真恐怕会忽然死去而见不到温暖的春天。

以上第六段,描写个人处境艰难而找不到出路,但决心要保持自己的操守。

靓杪秋之遥夜兮〔1〕,心缭悷而有哀〔2〕。春秋逴逴而日高兮〔3〕,然惆怅而自悲。四时递来而卒岁兮〔4〕,阴阳不可与俪偕〔5〕。白日晼晚其将入兮〔6〕,明月销铄而减毁〔7〕。岁忽忽而逎尽兮[8],老冉冉而愈弛[9]。心摇悦而日幸兮[10],然怊怅而无冀[11]。中憯恻之凄怆兮[12],长太息而增欷[13]。年洋洋以日往兮[14],老嵺廓而无处[15]。事亹亹而觊进兮[16],蹇淹留而踌躇[17]。

〔1〕靓(jìng 净):通"静"。杪(miǎo 秒):树木的末梢。杪秋,秋末。
〔2〕缭悷(liáo lì 疗利):缠绕曲折。
以上二句说:在寂静的秋末长夜中,心里缠绕不解的是哀愁。
〔3〕春秋:指年岁。逴逴(chuò 绰):远远的样子,指过去的年头都显得很远。日高:指年岁一天比一天高。
〔4〕递来:一个接着一个而来。卒岁:过完一年。
〔5〕阴阳:古人认为阴阳二气交替消长形成四季,这里指寒往暑来的变化。俪、偕:都是"并"的意思,指同在一起。这句意思是:寒往暑来,时光不停流逝,而人却不可能跟着时光在一起,只能被它抛在后边,越来越衰老。
〔6〕晼(wǎn 碗)晚:太阳将下山的光景。入:日落。
〔7〕销铄:这里是损蚀的意思,指月缺。
〔8〕逎:临近,迫近。
〔9〕冉冉(rǎn 染):渐渐。弛(chí 迟):松懈。
以上二句说:年岁很快要临近完结,年纪渐老,心志就愈来愈松懈。
〔10〕摇悦:心动而喜。日幸:天天抱着侥幸的想法。
〔11〕怊(chāo 超)怅:惆怅。冀(jì 计):希望。
以上二句说:天天抱有侥幸的想法,有时就心动而喜,但终究还是惆怅而绝望。
〔12〕憯恻(cè 测)、凄怆:都是悲伤的意思。
〔13〕太息:叹息。欷(xī 希):即欷歔(xū 虚),哀痛时不由自主地

发出的急促呼吸声。

以上二句的意思是：心中悲伤，以至于长声叹息和抽抽嗒嗒。

〔14〕年：年时，时光。洋洋：广大的样子，这里是形容时光无穷无尽。

〔15〕嵺（liáo 辽）廓：通"寥廓"，空虚的样子。

以上二句说：时光无穷无尽在一天天过去，自己老了却心情空虚而身无归宿。

〔16〕事：指国事。亹亹（wěi 伟）：这里是不停变化发展的意思。觊（jì 计）：企图。进：进取。

〔17〕踌躇（chóu chú 筹除）：犹豫不决。

以上二句意思是：国事还在不断变化，心里仍企图进取，所以久留在此而犹豫不决，没有断然离去。

以上第七段，悲叹时光消逝，老而无成，但仍抱着进取的希望。

何氾滥之浮云兮[1]，猋壅蔽此明月[2]？忠昭昭而愿见兮[3]，然霠曀而莫达[4]。愿皓日之显行兮[5]，云蒙蒙而蔽之[6]。窃不自料而愿忠兮[7]，或黕点而污之[8]。尧舜之抗行兮[9]，瞭冥冥而薄天[10]。何险巇之嫉妒兮[11]，被以不慈之伪名[12]？彼日月之照明兮，尚黯黮而有瑕[13]。何况一国之事兮[14]，亦多端而胶加[15]。被荷裯之晏晏兮[16]，然潢洋而不可带[17]。既骄美而伐武兮[18]，负左右之耿介[19]。憎愠惀之修美兮[20]，好夫人之忼慨[21]。众踥蹀而日进兮[22]，美超远而逾迈[23]。农夫辍耕而容与兮[24]，恐田野之芜秽[25]。事绵绵而多私兮[26]，窃悼后之危败[27]。世雷同而炫曜兮[28]，何毁誉之昧昧[29]！今修饰而窥镜兮〔30〕,后尚可以宷藏〔31〕。愿寄言夫流星兮〔32〕,羌倏忽而难当〔33〕。卒壅蔽此浮云兮〔34〕,下暗漠而无光〔35〕。

〔1〕氾滥:同"泛滥",这里指浮云布满天空。浮云:比喻谗人。

〔2〕猋(biāo 标):狗奔跑很快的样子,这里形容浮云飘动。

以上二句说:为什么布满天空的浮云,飘来飘去把明月挡住?

〔3〕见:同"现",显现。

〔4〕霭(yīn 阴):乌云蔽日。"霭曀(yì 义)",天色阴暗的样子。

以上二句意思是:一腔忠心亮堂堂的,希望能够显现;然而天色阴暗,终于不能上达。

〔5〕皓日:光明的太阳,比喻君主。显行:显赫地在空中运行,比喻君主明察一切。

〔6〕蒙蒙:云气迷蒙的样子。

〔7〕料:估量。原作"聊",据洪兴祖《楚辞补注》所引一本及朱熹《楚辞集注》改。

〔8〕黕(dǎn 胆):污垢。点:动词,玷污,污辱。

以上二句意思是:我不自量而想要效忠于楚王朝,有人却用种种污秽来污辱我的忠心。

〔9〕尧舜:唐尧、虞舜,传说中的上古圣君。抗行:高尚的行为。

〔10〕瞭冥冥:高远的样子。薄:迫近。

以上二句意思是:唐尧、虞舜的高尚行为远远超出世俗,似乎高入云天。

〔11〕险巇(xī 希):艰险,这里指险恶的人。

〔12〕被:加在身上。伪名:捏造的恶名。

以上二句意思是:唐尧、虞舜不把君位传给儿子而传给了贤人,为什么险恶的人出于嫉妒,竟把不慈爱这种恶名加在他们身上?

〔13〕尚:尚且。黯黮(àn dàn 暗淡):昏暗的样子。瑕(xiá 狭):玉上的斑点,比喻缺点。

以上二句意思是:唐尧、虞舜像日月那样光照天下,尚且被人把是非搅混而说成有缺点。

〔14〕一国:一个诸侯国,指楚国,相对于唐尧、虞舜为全中国的共主而言。

〔15〕多端:头绪繁多。胶加:纠缠不清。

〔16〕裯(dāo 刀):"衹(dī 低)裯"的简称,短衣。晏晏:轻柔的样子。

〔17〕潢(huǎng 谎)洋:空荡荡的样子,这里形容衣服不合身。带:动词,结上带子。

以上二句说:披上荷叶制的衣服倒显得轻飘,可惜空荡荡地结不上带子。这是比喻楚王只求外观,不注重实际。

〔18〕骄美:自骄其美。伐武:自夸其勇。

〔19〕负:恃,倚仗。左右:指近臣。这句意思是:楚王认为他那些近臣的"正直"都靠得住。

〔20〕愠惀(wěn lǔn 稳轮上声):心地实诚而不善于言词的样子。修:与"美"同义,指美德。

〔21〕好(hào 浩):喜爱。夫(fú 扶):指示代词,彼。慷慨:这里指善于发表激昂动听的言词。

以上二句意思是:楚王憎厌忠诚老实这种真正的美德,却喜爱那些人假装出来的激昂慷慨。

〔22〕众:指谗人。踥蹀(qiè dié 窃蝶):小步行走的样子。

〔23〕美:指贤人。超:与"远"同义。逾迈:远行。

以上二句说:谗人们扭扭捏捏地一天天往朝廷里挤,贤人们只能远远地走开。

〔24〕辍(chuò绰):停止。容与:闲散的样子。

〔25〕芜秽:长满乱草,草荒。

以上二句写由于楚王朝政治混乱,以至生产遭到严重破坏。

〔26〕绵绵:久远的样子。

〔27〕以上二句意思是:国家的政事长久以来被谗人们杂以私心,我暗自悲伤今后楚国的危亡。

〔28〕雷同:人云亦云,彼此相同。炫曜(xuàn yào渲耀):本指日光强烈,引伸为目光迷乱、不辨是非。

〔29〕毁:说人坏话。誉:赞美。昧昧(mèi妹):昏暗的样子。以上二句意思是:世俗的人都同样的目光迷乱,他们评论人的好坏是多么昏乱。

〔30〕修饰:以修饰容貌比喻克服缺点。窥镜:以看镜比喻自己找出毛病。

〔31〕窜:逃。窜藏,这里是逃过危难、得以保全的意思。

以上二句意思是:现在能找出毛病加以克服,今后还可能逃过危难、得以保全。这是作者对楚王朝提出的希望。

〔32〕寄言:托人传送言词。

〔33〕倏(shū书)忽:快速的样子。当:值,遇上。

以上二句意思是:无人可托,只能请流星向楚王传送我的言词,然而流星快速地飞来飞去,实在很难遇上。

〔34〕卒:终于。

〔35〕暗漠:昏暗的样子。

以上二句意思是:楚王终于被谗人所蒙蔽,下面的整个楚国就昏暗无光。

以上第八段,揭露谗人蒙蔽君主,混淆是非,指责楚王骄傲昏庸,对楚国前途表示担心。

尧舜皆有所举任兮[1]，故高枕而自适[2]。谅无怨于天下兮[3]，心焉取此怵惕[4]？乘骐骥之浏浏兮[5]，驭安用夫强策[6]。谅城郭之不足恃兮[7]，虽重介之何益[8]？遭翼翼而无终兮[9]，忳惛惛而愁约[10]。生天地之若过兮[11]，功不成而无效。愿沈滞而不见兮[12]，尚欲布名乎天下[13]。然潢洋而不遇兮[14]，直恫愁而自苦[15]。莽洋洋而无极兮[16]，忽翱翔之焉薄[17]？国有骥而不知乘兮，焉皇皇而更索[18]？宁戚讴于车下兮[19]，桓公闻而知之[20]。无伯乐之善相兮[21]，今谁使乎誉之[22]？罔流涕以聊虑兮[23]，惟著意而得之[24]。纷纯纯之愿忠兮[25]，妒被离而鄣之[26]。愿赐不肖之躯而别离兮[27]，放游志乎云中[28]。乘精气之抟抟兮[29]，骛诸神之湛湛[30]。骖白霓之习习兮[31]，历群灵之丰丰[32]。左朱雀之茇茇兮[33]，右苍龙之躣躣[34]。属雷师之阗阗兮[35]，通飞廉之衙衙[36]。前轻辌之锵锵兮[37]，后辎乘之从从[38]。载云旗之委蛇兮[39]，扈屯骑之容容[40]。计专专之不可化兮[41]，愿遂推而为臧[42]。赖皇天之厚德兮[43]，还及君之无恙[44]。

〔1〕举任：选拔、任用贤能的人。

〔2〕高枕：高枕无忧。自适：自身安逸。

〔3〕谅：信，确实。

〔4〕怵惕（chù tì 触替）：恐惧警惕。

以上二句说：尧、舜确实不被天下人怨恨，他们心中哪里用得着忧惧?

〔5〕浏浏(liú流):水流的样子,这里是顺溜的意思。

〔6〕驭:驾驭。强策:强硬有力的鞭策。

以上二句说:尧舜乘着骏马跑得挺顺溜,驾驭时何必再用有力的鞭策?

〔7〕郭:外城。

〔8〕介:甲,盔甲。

以上二句说:里里外外的城墙实在不足倚靠,虽有坚厚的盔甲又有什么好处?

〔9〕邅(zhān沾)翼翼:不敢冒进、小心翼翼的样子。无终:没有结果。

〔10〕忳(tún屯)惛惛(mēn闷):忧郁烦闷的样子。约:穷困。愁约,穷愁潦倒。

〔11〕这句意思是:人生天地之间如同路过一个地方,不会久留。

〔12〕沈滞(zhì治):沉抑不伸,埋没。见:同"现"。

〔13〕布名:扬名。

以上二句说:甘愿自己埋没而无所表现吧,终于还是希望扬名于天下。这是写思想上矛盾的情况。

〔14〕潢(huǎng谎)洋:空荡荡的样子,这里是没有着落的意思,形容"不遇"。

〔15〕直:只是,简直是。恂愁(kòu mòu扣某去声):愚昧。

以上二句紧接上文,意思是:既然毫无着落地得不到好的遇合,还想扬名天下就简直是愚昧而自讨苦吃。

〔16〕莽洋洋:荒野辽阔的样子。

〔17〕翱(áo敖)翔:鸟回旋飞翔。薄:到,止。

以上二句意思是:如同面对辽阔的荒野望不到边,像鸟儿似的飘忽飞翔又能飞到哪里去?

〔18〕皇皇:通"遑遑",匆忙不安的样子。索:寻求。

以上二句说:楚国明明有骏马却不知驾乘,为什么反而要急急忙忙地另外去寻求?

〔19〕宁戚:春秋时卫国人,传说他经商于齐,夜间喂牛,望见齐桓公,就敲着牛角唱歌,自叹怀才不遇。桓公找他谈话后,用他为卿。

〔20〕桓公:齐桓公,春秋前期齐国国君,曾称霸于诸侯。

〔21〕伯乐:人名,以善于相马著称。相(xiàng 象):指相马,识别马的好坏。

〔22〕誉:称扬。

以上二句说:没有伯乐那样善于相马的人,现在又让谁来称扬好马?这是比喻贤才没有人了解。

〔23〕罔:通"惘(wǎng 网)",怅惘,失意的样子。虑:思考。

〔24〕著:同"着"。着意,很用心。

以上二句意思是:在失意悲愁中,且来想一想前代的事情,君主们只有用心求贤,才能够得到他们。

〔25〕纷纯纯:很诚挚的样子。

〔26〕被离:通"披离",纷乱的样子。鄣:同"障",阻碍。

以上二句说:极其诚挚地愿意效忠于楚王朝,却被形形色色的嫉妒手段所阻挡。

〔27〕不肖:不贤。

〔28〕志:意。志乎,意在。

以上二句说:但愿君王开恩,让我这不贤的人离去,我有意在那云天之中散心游玩。

〔29〕精气:古代指充塞于自然的元气。抟抟(tuán 团):聚而成团的样子。

〔30〕骛(wù 务):追求,追随。湛湛(zhàn 站):浓厚的样子,这里是形容众神密集。

以上二句说:我要乘着一团团的精气,去追随一群群的神灵。

〔31〕骖(cān 餐):古代驾在车前两侧的马。这里作动词,意思是两侧驾以白霓。霓(ní 尼):副虹。习习:飞动的样子。

〔32〕历:经过。群灵:指群星之神。丰丰:众多的样子。

以上二句说:车旁驾着飞动的白虹,穿过了那么多星星。

〔33〕朱雀:原作"朱荣",据洪兴祖《楚辞补注》所引一本及朱熹《楚辞集注》改。"朱雀",星座名,为南方七宿的总称。茷茷(pèi 配):飞舞翻动的样子。

〔34〕苍龙:星座名,为东方七宿的总称。躍躍(qú 渠):行进的样子。以上二句是想象在群星中穿行,看到一些星座的生动形象。

〔35〕属(zhǔ 主):接连,跟随。"属雷师",让雷师跟随于后。阗阗(tián 田):鼓声,比喻雷声。

〔36〕通:开路。"通飞廉",让飞廉在前面开路。"飞廉":神话中的风神。衙衙(yú 鱼):行进的样子。

〔37〕轻:原作"轻",据洪兴祖《楚辞补注》所引一本及朱熹《楚辞集注》改。辌(liáng 梁):古代一种卧车。轻辌,轻便的卧车。锵锵(qiāng 枪):象声词,指车铃声。

〔38〕辎乘(zī shèng 资剩):辎重车。从从(cōng 聪):与下文"容容"为互文,都是"从容"的意思,指跟得不紧不慢。

〔39〕载:带着。云旗:以云为旗。委蛇(wēi yí 威宜):卷曲而延伸的样子。

〔40〕扈(hù 户):扈从,侍从。屯骑:聚集的车骑。"扈屯骑",以成群的车骑为扈从。

〔41〕计:心意。专专:专一、执着的样子。

〔42〕遂:终于。推:推广。臧(zāng脏):善,好。

以上二句意思是:我对楚王朝的心意十分执着而不可改变,但愿这种心意终于会推广开去,起到好的作用。

〔43〕赖:依赖,仰仗。

〔44〕恙(yàng样):疾病。

以上二句说:仰仗上天的深厚恩德,仍保祐楚王无病无灾。

以上第九段,强调楚王应任用贤才,慨叹自己终于怀才不遇;想象超脱现实,放游太空,但最后仍不忘楚王,对他表示良好的祝愿。